語言文字叢書

語文釋要

馬顯慈　著

目次

《語文釋要》序

一

　　馬顯慈兄是資深語文教育工作者，也是研究有得的語文學者。他治學的範疇，涉及語言文字、語文教育、古典文學幾方面；這幾方面，他經常有高水平的論著發表。除單篇論文不計外，他近期出版的學術專著，有《關漢卿白樸馬致遠三家散曲之比較研究》、《說文解字句讀述釋》、《說文解字義證析論》、《說文句讀研究訂補》，現在又有《語文釋要》的出版，可見他是一位名副其實、有卓越表現的語文教育工作者和語文學者。

二

　　《語文釋要》一書，是顯慈兄在香港教育學院及香港公開大學多年授課的講稿，在授課過程中，屢經調整、修訂。現時的定稿是：行文要言不煩、深入淺出，內容分漢字、語音、詞匯、文言語法、工具書、修辭六個部分。「漢字」方面，本書以字形為討論中心，兼及形音與形義的討論，而於漢字的簡化、整理、規範等問題，更有專節述論，切合語文教學重視應用的需要。「語音」方面，本書既有古今語音的各種辨析，又有語音系統、語音與語義關係的說明，更討論了古音知識的應用，對現代語文教學中的古代漢語教學，應有頗大的參考價值。「詞匯」方面，本書從詞匯學的角度，芟夷枝蔓，介紹了有關

詞匯各方面的精要知識。

三

　　本書內容，也有「文言語法」、「修辭」和「工具書」的述論。「文言語法」方面，本書對文言詞類和文言句式有清晰的說明，至於文言詞類如何活用的問題，也提供了參考意見，對現代語文教學中的文言文教學，應有切實的幫助。「修辭」方面，本書對語言運用藝術、修辭方式以至語音、詞語、句子、篇章等各種修辭技巧，都逐一作扼要的介紹，而於修辭語體、修辭風格和修辭格的應用，都有述說，對教師和學生，無疑是很有用的提示。「工具書」方面，本書簡要地說明了中文工具書的類別、功用和使用方法，貫徹了現代語文教學的精神：重視學生自學能力的提升，並促使學生學會自學。如果有人說，本書的價值，不但可增益讀者多方面的語文知識，同時也可在語文的應用和學習方面，為讀者提供切實有用的提示和啟發；這個意見，應該是公允持平之論。

四

　　顯慈兄是我認識多年的朋友，我們在八十年代初已訂交。在我的印象中，他治學劬勤、工作認真、教學用心，有這樣表現的人，在現實環境中，大抵會得到相稱的待遇和推許。不過，顯慈兄性格篤實、謙退，行事低調，不自表功，不喜自炫，甚至不願意將自己著作的出版消息，刊載於自己所任教院校的刊物上。性格、行事如此的人，像顯慈兄，他的表現，有時可能會被人低估或忽視。是不是真的這樣？我不能肯定，也不敢胡亂猜想。無論怎樣，我相信顯慈兄今後仍然會

以篤實、謙退的作風，繼續撰作、出版他自己的著作。

李學銘

二〇二〇年一月於新亞研究所

第一部分
文字

導言

　　文字是記錄語言的符號，是人與人交際溝通的重要輔助工具。文字不但把人類的文化活動與成果記錄下來，而且將之保存流傳久遠。文字將人類祖先種種寶貴經驗累積，讓我們可以承先啟後，不斷將知識、經驗、思想，補充更新發展。新知識的開創更換，改進人類生活，啟發智慧，傳播思想感情，擴大溝通交流領域。中國文字，又稱漢字，具有漫長古遠的發展歷史，一直以來記錄中華民族的生活文明。要繼承及研究人類古代的文化遺產，要閱讀及理解中華古籍文獻材料，漢字的專門知識是重要的學習範疇。

漢字起源

　　漢字，即是中國文字，指記錄漢語的文字，一般都認為是表意文字。據文字學家研究，漢字早於西元前二千五百年已經出現。以下介紹六種文字起源說法，並概述漢字發展成文字體系所經歷的年代。[1]

---

[1]　參考周有光著：《世界文字發展史》（上海市：上海教育出版社，1997年），頁91-97、147-156。高更生著：《漢字研究》（濟南市：山東教育出版社，2001年），頁1-35。王寧、鄒曉麗主編：《漢字》（香港：海峰出版社，1999年），頁30-37、79-88。王寧主編：《古代漢語》（北京市：高等教育出版社，2012年），頁27-65。張世祿主編：《古代漢語教程》（重訂本）（上海市：復旦大學出版社，2005年），頁3-26。詹鄞鑫著：《漢字說略》（瀋陽市：遼寧出版社，1992年），頁28-51、151-164。馬景侖主編：《漢語通論》（南京市：江蘇古籍出版社，2002年），頁19-40。

起源傳說

關於漢字起源的傳說，流傳較廣的有結繩、八卦、河圖洛書、倉頡造字、起「一」成文、刻契諸種說法。

（一）結繩說

據一些考古專家研究，在文字發明之前，人類曾利用各種方法來傳情達意、幫助記憶。「結繩」是世界上不少民族所用過的方法。中國古代曾有文獻記載過人使用「結繩」記事：

> 《易》〈繫辭・下〉：「上古結繩而治，後世聖人易之以書契。百官以治，萬民以察，蓋取諸夬。」
>
> 《說文解字》〈敘〉：「神農氏結繩為治而統其事。」
>
> 《老子》〈第八十章〉：「使民復結繩而用之。」
>
> 《莊子》〈胠篋篇〉：「昔者容成氏、大庭氏、伯皇氏、中央氏、栗陸氏、驪畜氏、軒轅氏、赫胥氏、尊盧氏、祝融氏、伏羲氏、神農氏，當是時也，民結繩而用之。」
>
> 《周易正義》引《虞鄭九家易》：「古者無文字，其有約誓之事，事大大結其繩，事小小結其繩，結之多少，隨物眾寡；各執以相考，亦足以相治也。」

（二）八卦說

八卦是中國古代一套象徵性符號。以「－」代表陽，「--」代表陰，通過這些所謂陰爻、陽爻的三重組合，形成一個卦象（上爻代表天、下爻代表地、中爻代表人）。這種三爻形式的組合可以成為八種

不同的形式，統稱叫八卦。基本上，每一種卦象代表一系列的事物。例如：

☰ 為乾卦，代表天、父、馬、首、健等

☷ 為坤卦，代表地、母、牛、腹、順等

☵ 為坎卦，代表水、中男、豕、耳、陷等

☲ 為離卦，代表火、中女、雉、目、麗等

☶ 為艮卦，代表山、少男、狗、手、止等

☱ 為兌卦，代表澤、少女、羊、口、說等

☳ 為震卦，代表雷、長男、龍、足、動等

☴ 為巽卦，代表風、長女、雞、股、入等

八卦再互相重疊，可以組成六十四個以六個爻為一組的重卦。這種重疊的組合可以象徵各種不同的自然現象與人情事態。例如：

天地否	地天泰	山地剝	地雷復

八卦是中國遠古時期，見於人類社會的一種象徵事物符號。據文獻所載，八卦是由伏羲氏創造，《易》〈繫辭下〉：「古者庖羲氏之王天下也，仰則觀象於天，俯則觀法於地，觀鳥獸之文與地之宜，近取諸身，遠取諸夫，於是始作八卦，以通神明之德，以類萬物之情」。東漢許慎《說文解字》〈敘〉也有相近的說法。漢代有人認為八卦和文字有著承傳關係，例如篆書「水」字寫作「卅」，就是八卦中坎卦☵的直寫，西漢末《易緯》〈乾鑿度〉則認為八卦的卦象「☰」、「☷」、「☲」就是古文天、地、火等字。

（三）河圖洛書說

　　此說與世界上其他古老文字發展的傳說接近，認為文字是由神靈所賜。《河圖洛書》認為文字是神派龍馬和靈龜到人間呈示的訊息。《尚書》〈顧命〉：「伏羲王天下，龍馬出河，遂則其文，以畫八卦，謂之河圖。」《河圖玉版》：「蒼頡為帝[2]，南巡狩，發陽虛之山，臨於無扈洛洞之水，靈龜負書，丹甲青文，以授之。」這是一種神話傳說，內容雖然神怪，但它啟示中國文字可能發源自河洛一帶，而黃河流域正是中國文明的誕生地，文字發源於此亦頗有道理。

（四）倉頡造字說

　　先秦兩漢時，有不少文獻記載了倉頡造字：

> 《呂氏春秋》〈君守〉：「倉頡作書，后稷作稼。」
> 《荀子》〈解蔽篇〉：「好書者眾矣，而倉頡獨傳者壹也。」
> 《淮南子》〈本經訓〉：「昔者倉頡作書而天雨粟，鬼夜哭。」
> 《說文解字》〈敘〉：「黃帝之史倉頡，見鳥獸蹄迒之迹，知分理之相別異也，初造書契。」又說：「倉頡之初作書，蓋類象形。」

　　從文獻所載，倉頡可能是古代整理文字或處理記錄語言符號的人物，是一個發明文字的人，又或是一些從事與文字工作有關的官員，此說到現在還很難確定。

2　一作「倉頡」。

（五）「起『一』成文」說

　　宋人鄭樵認為中國所有文字都是由「一」變化出來，他指出「一」有五種不同的變化，簡而說之，就是以橫筆、折筆、縱筆等筆形不斷衍變成各類字形。鄭氏的分析是來自《說文解字》「始一終亥」的編排形式，由此而推衍文字起於「一」的理論。這個觀點其實也與道家的思想有關，《老子》〈道化〉：「道生一，……一生二，二生三，三生萬物」。此說指出萬物皆由至簡之「一」而生，文字乃萬物之一，按此道理則無事無物不是如此，亦不必追尋究竟，其論說仍有待商榷。

（六）刻契說

　　刻契（又稱契刻）是古代記事方法。古籍文獻有這樣的記載：

> 《釋名》：「契，刻也，刻其識數也。」
> 《易》〈繫辭下〉漢人鄭玄注：「書契取予市物之券也。其券之象書兩劄，刻其側。」
> 《墨子》〈備城門〉：「守城之法，必數城中之木，十人之所舉為十挈，五人之所舉為五挈，凡輕重以挈為人數。」（案：所謂「挈」即是契。）
> 《列子》〈說符〉：「宋人有遊於道得人遺契者，歸藏之，密數其齒，曰：吾富可待矣！」

　　按上述文獻所載，可知古代用刻契記數頗為普遍。事實上，刻契也具備交際作用，有助人類傳情達意，促進溝通與交流。

　　從文字的記錄與傳意功能來說，以上各類說法，只有倉頡造字說較切合漢字的起源。結繩說只是人類的一種記事方式，八卦說是用符

號代稱宇宙事物和人事活動，河圖洛書說是一種神話，起一成文說只在字形筆畫的衍變立說，刻契說是一種記數方式，它們都不是記錄人類的語言，與文字的傳意功能拉不上關係。文字的功用應在於人與人之思想感情交際和記錄事情，而且與人的語言有對應聯繫，一些抽象或單一的標記符號，如八卦之卦象、刻契符號，都不能算是文字，此類說法難以視為漢字的起源。

漢字起源及其年代

據考古發現，到目前為止，與漢字有關的最早資料有兩類，分別是新石器時代仰韶文化的表意記號和大汶口文化的象形符號。其中仰韶文化的表記符號是刻在陶器上的記號，這些記號與古文字的形態很相似，例如[3]：

| （一）、|| （二）、✕ （五）、八 （八）、門 （門）

有些考古學家和文字學家，都認為這些記號，特別是表示數目的，很可能是從刻契發展而來。此外，在西安半坡和臨潼姜寨出土的陶器刻劃符號，都同樣顯示出具有刻契記事的特徵。至於大汶口文化的陶器刻劃符號，就十分規整和形象化。由於文字學家能夠依照已釋讀之商周時期古文字來加以分析，不少學者都認定大汶口文化的陶器刻劃符號是文字。也就這樣，學術界都認為漢字的最早出現時期，應該在大汶口文化時段中的西元前二千五百年。事實上，根據考古及文字專家對小屯殷甲骨文的研究，可以清楚瞭解到這個時期的甲骨文是一個能夠完整記錄漢語的文字體系，這個體系形成的開始應該在夏商

3　《考古》1965年第五期，頁222。

時代。文字學家王寧《漢字學概要》提出有關文獻作證,《尚書》〈多
士〉:「惟殷先人有冊有典:殷革夏命」,就是一個堅實證明。於此可知
商滅夏時,已有記事典冊。夏代可說是中國第一個有完整世系記錄下
來的朝代,漢字的字形符號最初積累年代,可以推算到夏初,約是西
元前二千一百年。王寧以表列分析,推斷原始漢字的出現是始於新石
器時代中期,到它發展成初步的文字體系,大約經歷了二千六百年。[4]

新石器時代始	前6000
	前5000
仰韶文化	前4000……漢字起源上限
（前5000-前3000）	
大汶口文化	前3000
（前4500-前2300）	
龍山文化	前2100（夏代始）……漢字起源下限
（前2900-前1800）	
小屯殷墟文化	前1600（商代始）……漢字體系上限
（前1600-前1100）	
	0（西元始）

漢字形義及其演變

　　世界上的文字大可分為表音文字和表意文字兩大類型。漢字屬於
表意文字,是一種體制特殊的文字系統。它從遠古時出現的象形文字
開始,一直發展到今天,都保留著表意的成分。漢字所代表的是漢語
的語素,原則上每一個漢字都具備了形、音、義三個元素。漢字具有

4　有關說法及引述詳見王寧著《漢字學概要》(北京市:北京師範大學出版社,2001
　　年),頁27。

由形生義及形義合一的特質。例如「中」，它的字形是由「口」「丨」交疊而成，「口」的古文字寫成「〇」表示了在一個規劃的範圍，「丨」表示這個範圍的方位，也就是中央的意思。「中」字有形，有義，有音，具備了形音義三者合一的特徵。用「中」作為一個聲符，由「中」的讀音與其他形符結合，可以組成「仲」、「忠」、「衷」、「忡」、「盅」等字。通過與「亻」、「心」、「衣」、「忄」、「皿」字形的拼合，呈示出其他與「中」的字義訊息相關的文字。每一個新組成的漢字，它所表示的字義都代表著漢語的一個語素。當它們組合成詞，用於語言上，就會清楚理解到漢字一字一音一義的特質：「仲夏」（夏季的中段時間）、「忠臣」（正直不歪的臣子）、「衷」（貼肉的內衣，再引申為人的內心、真心）、「忡」（以「忄」之形旁，呈示其與人內心之擔憂感受）、「盅」（以「中」表示此為一個內有可藏東西的容器，有器皿空虛之意）。

一　漢字的特點

（一）表意性質

　　漢字是漢語語素的記錄體，不少文字可以按其形態特徵而猜出字義。例如認識「火」字本義，就可以推斷有「火」字形組合的文字多會與「火」有關，例如「灰」、「炙」、「炎」、「烈」、「炆」、「熱」、「爨」等。又如「車」字本義為有輪之器具，有轉動、運輸物件之特質，有些具「車」形組件的文字就很有可能與此等含義相關，例如「轉」、「軻」、「陣」、「載」、「輿」、「輦」等。其他字形如「水」、「木」、「金」等都具備這呈示本義的訊息的特質。這是因為漢字形體多具備提示與該字字義有關的屬性。

（二）漢語音節單位

　　漢語是用一個文字表示一個語義單位，每一個文字原則上都只有一個音節，如「字」所記錄的語音單位「zì」（漢語拼音），將字形拆開成「宀」和「子」，它們的讀音不是「zì」的分解。「字」是一個音節，以一個方塊形文字去表示。又如「中國」，是由兩個漢字組成，是兩個音節；「中間人」由三個漢字組成，三個音節；「中華文化」由四個漢字組成，是四個音節。基本上，全部都是一字一音節。

（三）超時空應用

　　漢字不是記音文字，所以在應用期間音的變化較大，形、義的轉變就較少。正因如此，它具有超時空特質，不同時代，不同地域的人，縱然說話的語音不同，無論是現代的方言或古代的語音，都可以通過漢字形義的理解，得知所記下來的文字訊息，理解所要傳遞的資訊，能夠打破時空的界限。有些見於字典的非常用字，或所謂冷僻字，雖然文獻上已沒有記下讀音，但仍可以從其構形及文獻上的使用情況，推敲出其字義含意。

（四）形音義統一

　　從漢字發展情況來說，漢字的特點是，每一個字都有一個較固定寫法，有它的讀音和含義；字形、字音、字義，三者成為一個緊密的統一體。例如：「牟」，（粵音是 meu 4）由「厶」、「牛」組成，本義是牛的叫鳴，「厶」古文字作 ，描畫出由牛口發出聲氣，形象十分鮮明。「牛」古文字作 ，將牛頭的角突現出來。「牟」（古文字作 ）的讀音，也描述了牛的叫聲，「牟」字反映出形、音、義三者的統一。其他相關例子還有「衷」、「客」、「忍」、「恭」、「鉤（勾）」等。

二 漢字的演變

漢字從它的產生開始，經過人不斷使用，持續演變發展。在整個漫長歷史階段裏，它的結構與形體都經歷過不少變化，包括筆劃、構件的改動、更換、增刪、重組等。漢字是世界上一種非常古老的文字，它具有強大而旺盛的生命力，這正與它本身不斷完善發展有著密切關係。漢字結構的發展階段，大致上可分為表形、表意、音意結合三個階段。[5]

（一）表形階段

與其他世界上的古老文字的發展情況一樣，漢字最初都經過了圖畫階段，主要為象形文字。這階段的漢字特點是，按客觀事物的形體、實物的形狀作比照描繪，其中也有用符號表示抽象的概念。

字例：

象形字

（魚）　　　（申〔電〕）　　　（州）　　　（無〔舞〕）

指事字

（上）　　　（寸）　　　（面）　　　（至）

5　三階段之說為學界較流行之觀點，有關論說可參考馬景崙主編《漢語通論》（南京市：江蘇古籍出版社，2002年），頁22-23。

（二）表意階段

　　文字形體有兩個或多個象形符號，或具指事含義符號的字形，通過各類形符結合去表示較抽象、複雜的概念，原則上這類字等同傳統六書的會意字。從文字結構內容來看，整個形義建構開闊了傳遞訊息範疇。據有關研究統計，此類會意古文字約一千個，這些文字反映出所記錄之語言較充實和豐富，體現人類思維進入較複雜的階段。

　　字例：

會意字

（並）　　　（初）　　　（祭）　　　（爨）

（三）音意結合階段

　　文字從表形、表意基礎，發展到音與意的結合，由此繁衍出大量新的文字。這種由表意形旁和表音聲旁組合而成的文字，即是六書的形聲字。專家學者通過定量統計，發現形聲字佔著一定的優勢。有關統計分析詳見下表[6]：

字量	象形字	指事字	會意字	形聲字	假借字	結構不明	總字量	形聲所佔百分比
甲骨文	277	20	396	334	129	70	1226	27%
東漢《說文解字》	364	125	897	7967			9353	85%
南宋《通志·六書略》	1455			21341			22796	94%

6　表中資料見馬景侖主編《漢語通論》（南京市：江蘇古籍出版社，2002年），頁23。

　　臺灣文字學家李孝定曾用甲骨文字與朱駿聲《六書爻列》及鄭樵《六書略》作過類似統計，其研究結論也發現形聲字具有多量的優勢。[7]

		象形	指事	會意	形聲	假借	轉注	未詳	總計
甲骨文字	字數	276	20	396	334	129	○	70	1225
	百分比	22.53	1.63	32.22	27.27	10.53	○	5.71	100
清朱駿聲《六書爻列》	字數	364	125	1167	7697	115	7	○	9475
	百分比	3.84	1.32	12.31	81.24	1.21	0.07	○	100
南宋鄭樵《六書略》	字數	608	107	740	21810	598	372	○	24235
	百分比	2.50	0.44	3.05	90.00	2.47	1.53	○	100

　　事實上，一些文字在使用過程裏有增添聲符情況[8]：

寶　　　

鳳　　　

7　研究詳見李孝定著：《漢字的起源與演變論叢》（臺北市：經聯出版事業公司，2008年），頁136。及李孝定著：《漢字史話》（臺北市：經聯出版事業公司，1977年），頁41。按李氏所析，朱氏統計主要出自《說文解字》，鄭氏統計未詳，可能來自《唐韻》、《六書正譌》及其他字書。

8　下列字例中之「缶」、「凡」、「攴」、「土」是增添聲符。

學

竈

漢字的構形

　　漢字具有形、音、義三個要素，字形是漢字外在形式，形體結構
體現於其表意功能，不同筆形、部件組合，傳遞各類語義訊息。漢字
是表意體系文字，整個字形根據語言中與之相應某個詞義來建構。漢
字的形體附有可供分析的傳意內容，因此也有稱之為構意文字。漢字
絕大多數是一字一音（即一字一音節），雖然屬於表意文字，一般不
會與語音直接聯繫，然而文字的聲符是具有示音功能。文字的聲符不
是直接將文字注音，但負載著該字讀音的訊息。[9]

9　參考王寧著：《漢字構形學講座》（臺北市：三民書局公司，2013年），頁2-4。《中國
　　語言學大辭典》編委員編：《中國語言學大辭典》（南昌市：江西教育出版社，1991
　　年），頁3，「字音」條。

漢字構形理據

按傳統文獻記載，東周時已有人注意到文字的形體結構並嘗試加以解釋，如：

《左傳》〈昭公元年〉：「於文，皿蟲為蠱。」
《左傳》〈宣公十二年〉：「於文，止戈為武。」
《左傳》〈宣公十五年〉：「於文，反正為乏。」
《韓非子》〈五蠹〉：「自環者謂ㄙ，背ㄙ者謂之公。」

漢代儒家經典文獻《周禮》〈地官〉〈保氏〉提出「六書」一詞，文中記錄：「保氏掌諫王惡，而養之以道，乃教之六藝：一曰五禮，二曰六樂，三曰五射，四曰五馭，五曰六書，七曰九數」。「六書」是當世教學範疇，其內容如何則沒有具體講述。東漢時，班固、鄭眾、許慎三家分別提出了六書的細目名稱，但三家之名目、次第稍有不同：

班固：象形、象事、象意、象聲、轉注、假借（《漢書》〈藝文志〉）
鄭眾：象形、會意、轉注、處事、假借、諧聲（《周禮注》）
許慎：指事、象形、形聲、會意、轉注、假借（《說文解字》〈敘〉）

文字學家梁東漢《漢字的結構及其流變》將三家六書的不同處歸納了三點，以下稍作整理介紹：

（一）名稱的不同

象形、轉注、假借是三家所用的相同名稱，其餘三項就不一致：

班固	鄭眾	許慎
象事	處事	指事
象意	會意	會意
象聲	諧聲	形聲

（二）次序的不同

　　三家都認為六書是「造字之本」，但次第的不同，反映出他們對文字發展有不同觀點。綜合而言，班、鄭兩家認為象形最先，許慎則以指事最先；班、許二人以假借為最後，而鄭眾則將諧聲放在最後。

（三）解說的問題

　　班固、鄭眾兩家只列出了六書的名目，沒有專著留於後世，欠缺六書定義的闡釋。許慎《說文解字》〈敘〉將六書分項闡析，設立定義，以工整句型逐一解說，並附上相關字例印證。在《說文解字》分析篆字時，亦往往援引六書之說，其中以「象形」、「象某某之形」為說較多。

六書理論

　　傳統的六書分析，自古至今，不少學者都本於東漢人許慎的定義立說。〈說文敘〉所謂「造字之本」理論架構，一直影響著後世文字學家的研究。及至今天，還有不少專家學者致力於六書理論研究。綜觀而論，諸家研究重點多是在許慎理論基礎上再作細緻分類，側重點及例證雖然有所不同，基本上都是參照許慎六書定義而加以發揮。[10]

---

10 以下所述參考梁東漢著：《漢字的結構及其流變》，上海市：上海教育出版社，1991

（一）象形

　　許慎《說文解字》〈敘〉：「象形者，畫成其物，隨體詰詘，日月是也。」

　　所謂象形就是象實物之形，是把客觀事物的形體描寫出來。象形字可以分為以下三類：

1 描繪事物形態

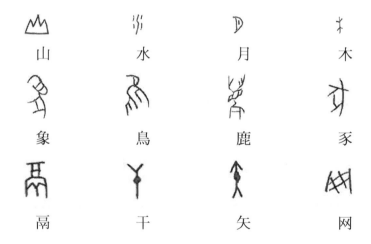

山　　　水　　　月　　　木

象　　　鳥　　　鹿　　　豕

高　　　干　　　矢　　　网

2 描繪事物特徵

如：羊　　　　　川

　　以簡要的線條勾劃羊的兩角、描繪河水流動之情勢。

年。林尹著：《文字學概要》，臺北市：中正書局，1992年。張世祿主編《古代漢語教程》（重訂本），上海市：復旦大學出版社，2005年。

3 附加描繪構件

附加構件的目的是為了將所表示之事物清晰呈示出來。例如：

（眉）在描擬眉毛形狀的筆畫下加上目形，表示是眼睛上的毛。

（身）附上人側面形體去表示出人體突出的肚子。

（元）人頭，在人頭下附上人的形體，表示人體上的頭部。

（二）指事

許慎《說文解字》〈敘〉：「指事者，視而可識，察而見意，上下是也。」

按許慎所釋，「視而可識」是從觀看去瞭解，「察而見意」是仔細觀察後而發現其含義。有學者認為許慎對指事的定義說得不清楚，清代文字學家王筠指出，「視而可識則近於象形，察而見意則近於會意」（《說文釋例》）。其實，指事包含了表形和表意的性質，從字形結構而論，可分兩類[11]：

1 在象形字上增加「指事」符號

這類字在象形字上加上指事符號，以表示抽象的概念。例如：

（刃）　　以一點表示刀鋒所在。

（本）　　以短橫畫表示樹的根部。

（亦）　　在人形（大）的兩臂下加點筆，指示人的腋下位置。

（叉）　　在又的字形上加上點筆，表示手指相錯之處。

---

11 臺灣學者林尹曾提出「增體指事」、「變體指事」、「省體指事」三種類別，詳見林尹著《文字學概要》（臺北市：中正書局，1992年），頁100-107。

2 純符號性質指事

以符號表示意義，包括數目、方向、抽象事理等。例如：

二（上）一條橫線代表位置的界限，一個短線符號在線上表示
　　　　在上的位置。

三（三）以三條橫線表示三的數目。

)(（八）以左右反方向的筆畫表示向兩旁分開之意。

回（回）以由內而外的回轉線條表示「回轉」之意。[12]

（三）會意

許慎《說文解字》〈敘〉：「會意者，比類合誼，以見指撝，武信
是也。」

會意指用兩個或兩個以上字形去組合成一個新字。這個新字義是
從所組合之字形而綜合顯示出來，以體現一個全新的訊息內容。例
如：以「止」、「戈」會合，成為「武」的意義，因為「止」本義是人
趾，可以表示用足前進、行軍頓足之意，再加一個表示兵器「戈」
字，結合而構成持戈前進的動態意思。從字形組合來看，會意字可分
正例與變例兩大類[13]：

1 會意正例

（1）異體會意

指文字組合部分都是不同形體，例如：

---

12 有專家學者認為回字可歸入象形，可備一說。見王筠著：《文字蒙求》（臺北市：藝
　文印書館，1974年），頁26。

13 以下所分類別參照林尹之說，字例則稍有不同。詳見林尹著：《文字學概要》（臺北
　市：中正書局，1992年）。

苗　艸、田兩形會意，長在田中的植物。

益　水、皿兩形會意，表示水在皿上流出，即是溢出，益本義為溢。

祭　肉、又、示三形會意，示用手持肉以享祀神靈之意。

羅　网、糸、隹三形會意，网為網本字，糸為絲繩，隹為网中之雀鳥，合此三形以示捕鳥用之器具，亦可解作網羅、放置之動作。

（2）同體會意

指文字的組合字形都有相同形體，例如：

从　由兩人組成，以兩人作前後排列表示相從之意。

玨　由兩玉組成，玉是多片玉串起之形，此指二玉相合為一玨。

卉　由三屮組成，三屮疊起，表示大地所生之艸本植物。

轟　由三車組成，表示多車行走所發出之聲響。

2　會意變例

（1）省體會意

指由兩個形體合成會意字，其中一體有所減省。例如：

梟　由省體的鳥形與木會合而成。《說文》：「不孝鳥也，故日至捕梟磔之，從鳥頭在木上。」

支　由又、朩組成，又是手形，朩為半竹。《說文》：「去竹之枝也，从手持半竹。」

谷　由口、水的省體組成。《說文》：「谷，泉出通川為谷，从水半見，出於口。」

隶　由及（从人从又）、尾（尾）的省體組成。《說文》：「隶，及也，从又，尾省。又持尾者從後及之也。」表示在後之手已觸及前之尾巴。

（2）兼聲會意

指會意字某一形符具有示音聲符（即一個形符具有兩種功能）。例如：

吁　于象氣之舒出。口張大，以示驚呼，从口于會意。于、吁兩字古音相同。

阱　由阝、井兩字會意。阝為山之橫豎形，在山地挖坑，即設陷阱捕捉野獸。阱、井兩字古讀關係切。

貧　由分、貝兩字會意。貝，古人用作錢幣，可指財貨。分，指分開、分離。貨財被拿財貨，以示有所不足。《說文》：「財分少也。」分、貧兩字音有疊韻關係。

仲　由人、中兩字會意。古人以伯仲叔季為長幼之次序，仲居中，从人中會意。中、仲古音相同，聲調不同。

（以上諸字中「于」、「井」、「分」、「中」皆同時具有示音功能。）

（四）形聲

許慎《說文解字》〈敘〉：「形聲者，以事為名，取譬相成，江河是也。」

形聲字是由形符與聲符組合而成，如「河」是由形符「水」與聲符「可」組成。聲符有示音功能，提示了文字讀音，但不是注音，聲符讀音不一定完全等同本字的讀音。形符則是揭示字義訊息，從形聲字結構來論，也可以稱作義符。形聲字義符具有表示屬類或相關屬性的特質，例如：

橘、梅、桑、漆等，都是从木，分別不同樹木類別。

疴、瘻、痔、瘤等，都是从疒，表示不同病類。

衽、襞、裔、裏等，都是从衣，與衣服相關，分別指稱衣之不同部位。

捉、擎、掰、持等，都是从手，與手之活動相關。

　　唐人賈公彥在《周禮》〈地官〉〈保氏〉疏文，提到形聲字形旁與聲旁的組合位置情況，指出形聲字聲符位置有左、右、上、下、內、外六種分類，梁東漢《漢字的結構及其流變》在賈氏基礎上加以補充[14]：

左形右聲	左聲右形	上形下聲
江 校 論 螞 弘 披 柑 漕	鳩 鴿 頸 鄖 瓴 頂 劬 斟	草 箕 罟 究 取 景 巔 寮
下形上聲	**內聲外形**	**內形外聲**
婆 娑 基 辜 獒 弩 惌 翡	圃 固 裹 閣 癬 鍵 屏 廓	問 閭 衡 恭 哉 載 辯 辮

此外，語言學專家張世祿《古代漢語教程》又補充了一些聲符佔於一角的例子[15]。今天所見楷書字體，亦有一些是聲符置於文字一角，如：

旗（其）　　萍（平）　　寤（吾）　　病（丙）

渠（巨）　　碧（白）　　聽（壬）　　劉（卯）

傅（甫）　　簸（皮）　　氧（羊）　　愍（民）

14　本書另出字例，與梁說字例有所不同。

15　見張世祿主編：《古代漢語教程》（重訂本）（上海市：復旦大學出版社，2005年），頁31-32。

（五）轉注

許慎《說文解字》〈敘〉：「轉注者，建類一首，同意相受，考老是也。」

六書轉注之說，歷來學者討論較多，意見未有統一。由於「考」、「老」兩個字例，在形、音、義三方面都有一定的聯繫，引發了不同觀點。以下簡述其中三種看法：

1 主形

認為〈說文敘〉「建類一首」的「類」是部首，也就是《說文》的五百四十部，至於「首」是指某一類字所從部首，即是用同一部首作形義符。「同意相受」則指同一形義符的字，其字義是從這個形義符引申發展而來。這些字義原則含意相同，所以可以「相受」。更有主張從字的筆劃方向來理解，「考」字最後一筆左回，「老」字則向右轉，以左轉為「考」，右轉為「老」去解釋轉注。

2 主義

認為凡是可以「互訓」的字都是轉注字。所謂「互訓」是古代一種解釋同義字術語。如《爾雅》〈釋詁〉：「初、哉、首、基、肇、祖、元、胎、俶、落、權輿、始也」，這些字都有「始」義。因為這類字可以互相訓解，所以都是轉注字。

3 主聲

認為轉注字就是意義相同、聲音相同或相近的字，這些字不論形體怎樣，在字音和字義方面都有密切關係。所以〈說文敘〉「建類一首」是指聲類，「首」是聲音，不是指五百四十部，而是語基，或稱語源。這個現象與古今音、方音有關，轉注字在讀音上，有雙聲或疊

韻通轉的語音關係。轉注就是由此轉到彼，可以互相作注解釋。

（六）假借

　　許慎《說文解字》〈敘〉:「假借者，本無其字，依聲託事，令長是也。」

　　假借指用聲音相同或相近的文字去記錄語言。「本無其字」指字形，「依聲」指聲音，「託事」指字義。不少學者認為假借開始是「本無其字，依聲託事」，後來記錄語言因為一時想不起本字，就臨時用另一個同音字來代替。假借可以分為以下幾類[16]:

1 本無其字假借

（1）有義假借

　　指文字除了本義外，又有引申假借義。例如:

　　①令《說文》:「發號也。从亼卩。」本義是發號施令;漢時以萬戶人口計算而設有縣、令之官，此用「令」之假借義，由發號之本義引申而來。

　　②長《說文》:「長，久遠也。从兀从亡，亾聲。」長，古文字作𣎼，象一長髮者持杖站立之形。「長」本義為老人，按《說文》所釋本義是久遠。漢設有縣長之官，此用本義之假借義，由老人或久遠之義引申而來。

（2）無義假借

　　指只借字音，而不借字義。例如:

---

16 林尹著:《文字學概要》（臺北:中正書局，1992年），頁182-200。

①耳　《說文》：「主聽也。象形。」用作語末助詞，如《史記》「如父老約法三章耳」，是無義依聲假借。

②其　《說文》：「箕，所以簸者也。从竹，甘象形，丌，其下也。凡箕之屬皆从箕。甘，古文箕；其，籀文箕。」其本義是箕，用作指稱代詞，表示「這」、「那」，亦是無義依聲假借。

2　本有其字假借

這類假借又稱通假，古文獻多數用「某通某」、「某與某同」、「古字通」等表示。這類可細分為以下三種：

（1）同音通假

例如：

①伏、服

陸士衡詩：「誰謂伏事淺。」《文選注》：「鄭司農曰：服事謂為公家服事也。與伏同，古字通。」文中所用「伏」字是借字，「服」字則是本字。

②后、後

《漢書》〈閩粵傳〉：「后數世，孝景三年，吳王濞反，欲從閩粵。」顏注：「后與後同，古通用字。」「后」是本字，與「前」相對。「后」、「後」同音通假。

（2）雙聲通借

例如：

①芐、蓮

　　曹子建詩：「寒芳芐之巢龜。」《文選注》：「《史記》曰：有神
龜在江南嘉林中，常巢於芳蓮之上。芐與蓮同。」「芐」、
「蓮」古聲同是來紐（「紐」就是聲母相同，來紐之國際音標
是 l）。文中所用「蓮」字是本字，「芐」字則是借字。

②冀、覬

　　王粲〈登樓賦〉：「冀王道之一平兮。」《文選注》：「賈逵《國
語注》曰：覬，望也。冀與覬同。」「冀」、「覬」古聲同是見
紐（聲母相同，國際音標是 k）。文中所用「覬」字是本字，
「冀」字則是借字。

（3）疊韻通假

①信、伸

　　左思〈魏都賦〉：「其軍容弗犯，信其果毅。」《文選注》：「鄭
玄《禮記注》曰：信讀如屈伸之伸，假借字也。」「信」、
「伸」兩字古韻同在十二部（此按段玉裁〈古韻十七部〉）。文
中所用「伸」字是本字，「信」字則是借字。

②蜚、飛

　　司馬相如〈封禪文〉：「蜚英聲。」蜚，《漢書》作飛。「蜚」、
「飛」兩字古韻同在十五部（按段氏〈古韻十七部〉）。文中所
用「飛」字是本字，「蜚」字則是借字。

　　按許慎〈說文敘〉對六書的解釋，漢字的造字法可歸納為以上六
種。清‧乾嘉學者戴震曾提出「四體二用」之說，認為六書「指事、
象形、形聲、會意四者為字之體；轉注、假借二者為字之用」。即是
漢字造字法有指事、象形、形聲、會意四種，轉注和假借不是造字法

而是用字法。然而，六書的分類很難完全解釋所有漢字的造字結構。清代王筠《文字蒙求》曾提出兼書之說，指出有「借象形指事而兼意」的字，還印證了一些文字是具有指事、象形、會意的特點。近代文字學家徐中舒《甲骨文字典》提出有些文字是可以歸入象形或會意。「四體二用」與「兼書」之說在一定的程度上，是可以補充六書之不足，但是不能完全概括所有漢字的造字原則。因為六書只是漢人對篆書的一種分析，此理論不能包容所有中國文字的構形，尤其是隸書、楷書和簡化字。

漢字構形分析

　　傳統漢字結構分析，可從部首和偏旁兩類理解。部首之說，是依許慎《說文解字》「分別部居」原則而定立，全書分五百四十個部首，以文字之相同構形部分，歸為類別而成一個完整體系。例如將「枯」、「枹」、「架」、「李」、「柴」、「東」等字歸入「木」部；「呻」、「員」、「問」、「名」等字歸入「口」部，因為它們都有相同的字形。偏旁之說，是指一個漢字除部首以外的部分，例如上述字例的「古」、「包」、「加」、「子」、「此」、「日」、「申」、「貝」、「門」、「夕」都是偏旁。部首理念對後世字書編撰有很大影響，歷代不少字書、辭書，如《玉篇》、《字彙》、《正字通》等，都是按照部首理念來編排。清朝《康熙字典》就採用《字彙》的排列方式，分兩百一十四部去編排文字。今天，不少流通的字典、辭典，其部首數量又再作減省改訂，但基本上都是源用兩百一十四部的分法。

（一）筆畫

　　從中國文字的發展歷程來看，漢字是刻成（甲骨卜辭、木片刻

契）、鑄成（青銅器皿上款式）或寫成（布帛、木片之文字），其中刻紋、鑄迹、線條、筆畫都是書寫的單位。從一個文字的結構來論，筆畫是漢字字形的最小單位。[17]

　　從篆書的形體可以明顯的看到漢字的筆畫樣式，這些篆書筆形結構，為後來的隸書和楷書筆畫的形成，建立了良好基礎。所謂筆畫（也可以寫作「筆劃」）是指書寫漢字過程中的一個一筆或最小連筆單位。漢字的書寫發展到楷書時，已清楚確立了筆順。這時的筆畫也就包括了筆形、筆順、筆數等屬性。直到現代漢字階段（所謂「現代漢字」階段，是中國大陸文字專家的劃分，即「簡化字」體系的文字）。事實上，從古今字的界線來分，楷書是今文字的定型字體，而簡化字與繁體字都同是楷書的範疇，都是現代通行的漢字，現代漢字原則上應包括繁體字和簡化字兩大類。[18]

　　通過筆形分析，大可發現繁簡兩體皆有橫、豎、折、點，此四筆形持續發展較強，為漢字書寫之主要基礎。

　　至於筆畫與筆畫的組合可歸納為以下三種：

　　　（1）相離。字例：二、八、小、川
　　　（2）相接。字例：丁、上、入、斤
　　　（3）相交。字例：十、七、力、井

　　筆畫是構成漢字的最小結構單位。以現行楷書為標準分析，有幾種不同的分類。傳統「永字八法」說法，分作「側、勒、努、趯、策、掠、啄、磔」（見元代李溥光《雪庵八法》〈八法解〉）。據現代流

17　王寧將篆字筆劃分作八類，詳見王寧著：《漢字學概要》（北京市：北京師範大學出版社，2001年），頁65。
18　王寧將現代漢字筆劃分作六類，同上。

行辭典的檢索分類，漢字筆畫一般會分為下列五種：

橫	豎	折	點	撇
一	丨	㇇	、	ノ

上述五類筆形的使用頻率，文字學家蘇培成《現代漢字學綱要》曾記錄有關研究結果。綜合觀之，橫筆之頻度最高，佔百分之三十，豎筆次之，約佔百分之二十，再其次是折、點、撇三筆，約百分之十七至百分之十五。[19]

部首

部首是編纂字典所用的字類標目，其功能主要是讓漢字有系統地排列。《說文解字》首創以部首排列文字，許慎《說文解字》〈敘〉：「其建首也，立為一耑，方以類聚，物以群分；同條牽屬，共理相貫，雜而不越，據形聯繫」，正說明書中以部首排列小篆的原則。部首通過字形分類，將具結構相關者歸拼，作為同類字形的組合理據。例如：「肺」、「胃」、「膏」、「肓」、「腸」、「股」、「肥」、「肩」諸字，不但有相同字形，字義也有相關，所以用「肉（月）」部聯繫起來。又如「放」、「政」、「敗」、「數」、「寇」、「整」諸字，以「攴」部聯繫；「帛」、「帶」、「帳」、「席」、「幕」、「帆」諸字，以「巾」部聯繫。

偏旁

從字形結構特點來看，漢字可以分獨體字和合體字兩大類。獨體字的字形不能拆分，因為是單獨成字結構。例子如：「日」、「木」、「心」、「龜」等。合體字則可以拆分，指由若干個構件形體組合而成的結構形體。例如：「訓」是可以拆成「言」和「川」；「零」可拆成

「雨」和「令」;「間」可以拆成「門」和「日」;「困」可以拆成「口」和「木」等。偏旁之說是針對合體字之結構形體拆分。習慣上,一個合體字上下、左右、內外的各組成部分都稱作「偏旁」。合體字拆分後,能獨立成字的叫成字偏旁,例如上述各例;不能獨立成字的稱不成字偏旁,例如:「卻」字的「卩」、「病」字的「疒」、「交」字的「亠」。部首與偏旁在概念上並無衝突,分析偏旁是由整個字結構去理解,分析部首則按字典定下檢索系統去理解。

部件

把漢字的書寫單位和構形單位元區分,目的是要理解漢字構件構意。筆劃是書寫的單位,不能體現出構字意圖,構件則可以,它由筆劃組成,是大於筆劃的單位。漢字的構形單位就是構件,例如:「女、口」是「如」的構件,「亼、口」是「合」的構件、「日、木」是「東」的構件。

部件就是由筆劃組成的構件,是獨立書寫的最小組字單位。從漢字書寫來說,特別是楷書,假若掌握了漢字結構中每一個部件,就有利對漢字整體認識,加深漢字教學效果,更可避免寫錯別字。

分析漢字部件,一般都會採用逐級劃分方法,由大到小,逐級拆分。筆劃與部件的組合,則有以下三種情況:

(1) 相離。字例:旦(日 一)、引(弓 丨)、孔(子 乚)、幻(幺 𠃌)

(2) 相接。字例:兀(一 儿)、天(一 大)、丕(不 一)、夭(丿 大)

(3) 相交。字例:夫(一 大)、本(木 一)、中(口 丨)、井(二 丨丨)

部件，從字形結構來分析，也可以稱為形素。形素是最小的基礎構件，當拆分一個漢字，拆到不可再拆，也就是構字意圖的最小單位，這些最小的單位就叫形素。按目前通行繁體字（楷書）的拆分情況來說，這就是部件。例如：

苟　可以拆分成：　艹 → 句　→　勹　→　口

瀛　可以拆分成：　氵 → 嬴

$$\downarrow$$

亡

$$\downarrow$$

口

$$\downarrow$$

月→女→凡　　　　（凡，可再拆成、几）

部件的組合方式

部件的組合方式是指合體字中部件的位置與部件之間的組合關係，它同時體現出漢字的字形間架結構。梁東漢《漢字的結構及其流變》曾分了上下組合式、左右並列式、內外拼合式三類，每類再各分成若干小類，一共四十九種。[20]馬景侖《漢語通論》將漢字部件組合概括為四種關係：上下、左右、內外、穿插。[21] 現參考其分類及字例，簡要介紹如下[22]：

---

20 詳見梁東漢著：《漢字的結構及其流變》（上海：上海教育出版社，1964年），頁86-87。

21 原表見馬景侖主編：《漢語通論》（南京市：江蘇古籍出版社，2002年），頁75。

22 有關字例本書與《漢語通論》所舉有所不同。

（一）上下關係

妄　　羹　　霜　　皆　　蕾

（二）左右關係

相　　側　　搹　　劓　　糶

（三）內外關係

匡　　罔　　凶　　問　　圓

（四）穿插關係[23]

勿　　噩　　爽　　鹵　　飛

漢字形音義關係

漢字具備形、音、義三個元素，形、音、義三者統一。每一個漢字代表一個音節，有一定意義聯繫，是音形義結合體。早期漢字多是按照字義而構形，例如甲骨文、金文有不少字都是形與義發生直接聯繫。隨著人類語言不斷豐富，書面交流日漸頻繁，漢字表音功逐漸突顯出來，形聲字大量產生正好反映出實際需要與使用情況。然而，漢字並沒有因此而走上拼音文字的道路，它持續依從密切的形義關係發展下去。

一　形義關係統一

漢字是表意文字，構形體現出詞義的目的，即是通過字形的結構與組合，表示出文字所要傳遞的語言訊息。例如：「行」，古文字寫作「𣥂」，是左右上下四通的街道，字形呈示人所行走之街道，形義兩者統一，後再引申為人之行走。小篆寫作「𧗟」，就失去了形義互為

---

23 又稱框架關係，這是針對難以在間架形式裏把部件劃分而說。

表裏的依據，許慎沒有看到「行」字的古文，於是只能在篆形上推測其字義，《說文解字》釋作：「人之步趨也」，將行字拆作「彳」、「亍」兩形立說，根本不合乎「行」最初的造字原意，解釋比較牽強。甲骨文「行」作「𡘲」則清楚體現出其形義統一關係。事實上，詞義是漢字構形主要依據，形義是互相統一。

二　本義與構形

本義是指與字形相貼切的詞之義項。義項就是詞義的單位，如一個多義詞就會有多個義項。從漢語語言的特質而論，字與詞有等同的對應關係，兩者意義統一，字義就是詞義，互為表裏，難以割裂劃分。通過字形分析，特別是文字筆劃所表達的語言訊息，可以發現該字的本義。例如：「木（本）」是在一棵樹下加上一個指事符號，它表示樹的下部，也就是我們說的樹腳、樹根。又如「盥（盥）」是兩手放入器皿裏，它的本義就是「洗手」；「卒（卒）」是一件有特別標記的衣服，本義是代稱士卒，它是在「衣」（衣）的字形基礎上加「ㄟ」作為辨識；「轟（轟）」是三輛車放在一起，但本義不是有三輛車，而是指車隊行走時的聲勢，車輪滾動所發出隆隆的聲響；「猋」是三隻狗作品字形的排列，但本義不是指三隻狗，而是指幾隻狗向前奔跑。通過對文字構形分析，可以知道，文字本義就是造字初始意圖，構形是反映本義的重要依據。不過，也不能只按著字的構形來解說文字本義，例如「卒」、「轟」就是要通過對文字形體的比照分析而得出合理的解釋。文字原本構意也不是完全等同本義，必須將字形與現實事理結合一起，作出概括分析，最好能從文獻中找出證據，尤其是在語句上的使用情況，方可以確定其本義。

三　形音關係

　　漢字具有記錄語言意義功能，但它不能只停留在記錄文字的本義，因為語言訊息所蘊含的內容會不斷衍生、發展、變化。語言隨著人類生活進步而向前推進發展，因此漢字必要突破其記錄本義範疇，擴大其記詞功能。用記錄本義的字去記錄與之音同或音近的詞，是其中一個解決辦法，也就這樣產生了借音字。

（一）借音字的出現

　　借音字的出現可以反映出文字使用上的折衷與變化，綜合專家學者的分析理解，可以分為下列兩類：

1　本無其字的借音字

　　這即是許慎六書中的假借字。借音字的出現，是基於要擴大漢字的記詞功能，同時也是為了減省漢字的字量，減輕使用者對字形的記憶負荷。不過，因為用了同形借音的方法，漢字的形義聯繫特點就會有所影響，在一定程度上，違反了漢字以形表義的原本性質。在甲骨文、金文的使用時代，音義合成造字方式還未成熟，於是出現了大量記音字。例如甲骨文卜辭「其自西來雨」一句，五個字中就用了四個借音字。

　　其　甲骨文作「𝌆」，本義是箕，卜辭中用作代詞。
　　自　甲骨文作「𝌆」，本義是鼻，卜辭中用作介詞。
　　西　甲骨文作「𝌆」；篆文作「𝌆」，本義是栖（棲），是鳥飛
　　　　返巢。卜辭中用作方位詞。
　　來　甲骨文作「𝌆」，像一種麥子的形狀，本義是指麥子。卜辭
　　　　中借作動詞，表示自上而下、來回之「來」。

2 本有其字的借音字

又稱通假字。語言中有些詞已經有專作某項表述或表達意思的字，但在使用時由於某種原因不用這些專用字，而借用與之音同或音近的字。這些專用字可以稱為本字，它的形義關係本來是一致，但用了借音字就使形義關係脫離。這類借音字在古書裏經常出現，例如：

《詩》〈周頌〉〈敬之〉：「佛時仔肩。」「佛」是借字，本字應是「弼」。

《楚辭》〈九章〉〈哀郢〉：「悲江介之遺風。」「介」是借字，本字應是「界」。

《尚書》〈益稷〉：「日月星辰山龍華蟲作會。」「會」是借字，本字應是「繪」。

《左傳》〈僖公三十年〉：「焉用亡鄭以陪鄰。」「陪」是借字，本字應是「倍」。

《禮記》〈檀弓上〉：「夫子之病革矣。」「革」是借字，本字應是「急」。

《荀子》〈解蔽〉：「百姓怨非而不用。」「非」是借字，本字應是「誹」。

《莊子》〈逍遙遊〉：「宋人有善為不龜手之藥者。」「龜」是借字，本字應是「皸」。

《孟子》〈告子上〉：「今有無名之指，屈而不信。」「信」是借字，本字應是「伸」。

《淮南子》〈主術〉:「下貪很而無讓。」「很」是借字,本字應是「狠」。

《史記》〈廉頗藺相如列傳〉:「頃之,三遺矢矣。」「矢」是借字,本字應是「屎」。

借音字的大量出現正反映出詞義的急劇變化,也同時標示出漢字記錄語言的發展進程。然而,由於把聲音相同或相近的字借用,使用時並沒有考慮到意義是否有關,借音字與本字、本義就容易混淆,因而造成不少誤解,增加閱讀及理解的干擾與阻礙,所以閱讀古代文獻時必須加倍注意借音字的問題。

(二)分化字的產生

分化字之所以產生是基於文字職能分化,即是說在記錄語言時,由於一字記錄多詞多義情況不斷增多,為了加強表義明確,以及減輕文字多義負荷,於是在原有字形加上一些具區別性的字形符號,另造一個有形音義相關的新字。以下分三類,舉例說明:

1 為保留本義而另造分化字,例如:

「暴」(暴),篆文作「暴」,本義為曬,字形像兩手捧著米在日出之下曬。「暴」後來用作表示「暴露」、「暴雨」、「殘暴」等詞義,為了有所區別,於是另造日字旁「曝」字。

「益」,古文作「𥁕」,本義是水向外溢出,字形像器皿裏水過盛向外溢瀉。「益」後來用作表示「有益」、「利益」、「增益」等詞義,於是另造水字旁「溢」字,還原其本義。

2 為表示引申義而另造分化字，例如：

「解」，本義為將動物肢體解剖。「解」後來用作描述人心理方面的開解，於是又有在原有字形上加上豎心邊，造成「懈」字，表示一些與人心理活動有關的抽象情況。

「赴」，本義是描述人奔走。後來因為民俗有奔走告喪的事情，於是在原有字形上加言旁，省了「走」旁，寫作「訃」。

3 為表示假借義而另造分化字，例如：

「采」，本義用手去摘取植物上果實。後來借為色彩，於是在原有字形上加上「彡」，造成「彩」字，表示色彩。又有在「采」旁補上「才」旁，成為與「采」分工的「採」字，「采」字的原本字義就轉變，而用作專指神態，如「神采奕奕」、「興高采烈」。

「然」，本義燃燒狗肉，以肉、犬、火三形會合成意。後來「然」借作是、對、乃、不過，以及語氣詞。於是在原有字形上加上火旁，造成一個「燃」字，還原「然」最初具有火燒之本義。

分化字一般都與原字有意義相通關係，即是在同一組字中有一個相同示音部件，並由此而組成音義合成字。通過分化字理據分析，可以發現它們之間的關係。例如：曚、朦、曚、濛、矇都是由「蒙」字分化出來，這些有音義關係的字又稱為同源字。按個別字例之組合獨立分析，如曚、朦、曚等字，都是六書中的形聲字。

四　形義關係運用

漢字既是形義關係統一，可以通過其結構特點探求本義，闡釋假借義，更可由此追尋其引申義之來龍去脈，弄清楚文獻詞義的內容，

了解漢語詞彙意義的來源，掌握正確用字用詞的方法。例如，「料」在古代文獻中一般都解作「預算」，今天流通的四字成語也有「料事如神」、「勝負難料」、「出人意料」等詞組。「料」又可以作名詞，例如「材料」、「史料」、「藥料」之類。這兩類不同詞義說解其實是互有關聯，從文字形義關係可以理解「料」由「米」與「斗」組成，兩者同象物類之形，而「斗」是古代一種量器，有所謂石、斗、升、合之容量單位。作「預料」、「不出所料」使用，正由量米這個具體動作顯示出來。所以「料」有預計、預算意思，由此而引申到表示數量的詞義內容，可以搭配成「原料」、「肥料」、「物料」、「資料」等名詞。

　　事實上，有些文字形義關係並不明顯，又由於其借用太久遠而難以追溯。然而，通過字的構形分析，可以找到一些蛛絲馬跡。例如「焉」，現代漢語難以搭配成詞，甚至沒有使用，只是引用古語時會出現，如「不入虎穴，焉得虎子」；「塞翁失馬，焉知非福」；「知錯能改，善莫大焉」。「焉」本義是一種雀鳥，篆書寫作「 」，像頭有長毛之鳥形。《說文》釋作「鳥也，黃色，出於江淮」。「焉」後借作疑問代詞和語氣助詞。加上女字旁「嫣」指美好，一般會用作描繪女子的笑容，讀音與「焉得虎子」的「焉」相同，是一個形聲字。「焉」在古漢語已不用作雀鳥解，是一個借音字，由本義轉為假借義。不過，從楷書與篆書字形來看，就有對應關係。基本上，從「焉」、「鳥」的字形，還可讓人理解到是雀鳥形態。假如不從字形去分析理解，「焉」之應用就是一個孤立的象形字，指一種形態美麗的雀鳥。同樣，「嫣」之形義亦可以聯繫起來，由「焉」作為聲符及其形義可以找到引申關係，諸如「蔫」、「鄢」、「傿」、「漹」等字，其實都與美好、美麗等意義相關。

　　對字的形義關係有了系統分析，就可以通過字形的特質把同源字義聯繫起來，不但方便記認，更容易辨別其相近的詞義，同時可以提

高用字效能，促進漢字溝通功能。

漢字的使用

漢字是記錄漢語的符號，不論甲骨文、金文、篆書、隸書或楷書，都具有嚴密系統。從歷史發展情況來看，漢字形體各種演變，正體現它記錄漢語的應用實況。漢字使用主要在書寫和識別兩方面，事實上，在廿一世紀電腦科技發達的新時代，漢字使用還應包括在電腦及互聯網上的傳意職能，包括編碼、輸入和文書的處理。[24]

漢字，在書寫方面必要有一定的標準，這既是配合使用上的方便，又為了減省不必要的誤會，以及記認上的困難。要達到書寫及使用的便捷和準確，當然先要有一個統一標準。秦朝「書同文」其中一個重要目的，就是要解決當時六國文字的雜亂情況，也同時為了準確傳遞訊息。正字的確立除了分清楚錯字與別字，更重要的是能提升漢字溝通功能。

從語文教學角度來說，漢字書寫規範化的教學非常重要，社會教育機關必要訂定一套符合教學使用的漢字應用通則。這應包括筆劃的標準處理、字形結構的標準佈局、筆順的合理安排、部件的適切組合方式。中國大陸、香港及臺灣三地教育機構，都編訂不少與漢字規範化有關的刊物，確立若干使用通則或指引，以促進漢字的教學功能。

下表列舉幾本具有影響力的刊物，使用者可以按實際需要，查檢研究，瞭解漢字的規範使用。

---

24 有關說法可參考王寧、鄒曉麗主編：《漢字應用通則》（瀋陽市：春風文藝出版社，1999年），頁298-321，〈漢字與信息處理〉。

名稱	編撰機構	年代	內容特點
《印刷通用漢字字形表》	文化部、中國文字改革委員會	1965	規整通用字體的標準字形
《常用國字標準字體表》	臺灣教育部	1982	訂定楷體寫法與所屬部首及劃數
《常用字字形表》	香港教育署語文教育學院	1986	注重漢字使用的普遍性、學術性及規律性原則
《現代漢語通用字表》	國家語言文字工作委員會、國家教育委員會	1988	訂定規範字形、劃數、筆順、部件組合等
《現代漢語通用字筆順規範》	國家語言文字工作委員會標準化工作委員會編	1997	訂出漢字筆順規範
《GB13000.1字元集漢字字序（筆畫序）規範》	國家語言文字工作委員會語言文字規範	1999	發布規範漢字的字序、筆劃、筆順等
《香港小學學習字詞表》附《常用字字形表》	香港特別行政區政府教育局課程發展處中國語文教育組	2007	注重常用字的字形規範、小學用字及詞語運用原則
《中英對照香港學校中文學習基礎字詞》	香港特別行政區政府教育局課程發展處中國語文教育組	2009	注重常用字的字形規範、中文基礎字詞運用原則

（一）筆劃處理

　　傳統以「永」字八法分類，即「側、勒、努、趯、策、掠、啄、磔」。[25]詳見下圖：

---

25 永字八法之說，有說最早出自漢人的隸書，〔東漢〕崔子玉、鍾繇，〔東晉〕王羲之等都有承傳發揚。

＊「側（點）、勒（橫）、努（直）、趯（鈎）、策（向上斜畫）、掠（撇）、啄（短撇）、磔（捺）」

現今一般將漢字筆劃分作「橫（一）」、「豎（｜）」、「折（乚）」、「點（、）」、「撇（丿）」五種，常用大型字典、辭典，如早期出版的《辭海》、《辭源》等索引都用此五筆。除此以外，「提（㇀）」、「捺（㇏）」、「鈎（乚）」也可採納應用，若一並計算，合共八種筆劃。[26]

（二）筆順作用

筆順是書寫漢字的一種規律，是長期以來中國人書寫漢字的經驗總結。有效筆順書寫，不但可提高書寫速度，體現字形結構組合的美感，而且可以避免漏筆，減少寫錯字的機會。以下為漢字書寫一般原則：

原則	字例
先橫後豎	十　千　于　拜
先撇後捺	八　人　久　禾
從上而下	三　豆　言　音
從左而右	川　林　例　糊
從外而內	月　同　句　局

---

26 有專家將此八種筆劃另分變體筆形，共分為四十種。詳見馬景侖主編：《漢語通論》（南京市：江蘇古籍出版社，2002年），頁72。

原則	字例
從內而外	凶 函 建 近
先中後旁	小 水 承 乘
先進後關	田 因 且 皿

　　上述各類書寫筆順都顯示出書寫時的共同特點，就是從漢字方塊結構來看，第一筆多是由文字最上方或左上角開始，收筆就盡量安排在字形下方或右下角。這完全符合人書寫時執筆的右手及眼睛的活動發展，所訂的筆順基於方便文字直寫，以及配合人之視角需要。值得注意的是，每個字之間由起筆到收筆的直寫距離，依常規筆順處理是較短，此可提升書寫速度，亦收便捷、連貫之效。

　　漢字在使用過程中，往往遇上一些與正字字形筆劃不相符的問題。從書寫、筆形組合與規範情況，錯別字是一種較普遍現象。此外，古今字、異體字亦值得注意。

一　錯別字

　　錯別字是錯字和別字的合稱，是使用文字過程中經常出現的問題。錯字是指寫錯文字的筆劃，可以是多筆、減筆、漏筆，或是不合

規範的結字組合[27]。別字是寫上另一個字，也有人稱之為「白字」。別字，指把原本應寫的甲字寫作乙字，從所寫文字來看，別字不是錯字，因為它不是所寫文字之字形處理或筆劃上的錯誤，而是在字與字搭配成詞所造成語義理解的錯誤。有些語文研究專家以語言心理現象來分析錯別字，指出這是使用者的個人問題。理由是甲寫錯某字，並不代表乙寫錯某字，甲的錯誤情況也不一定與乙的錯誤情況有相同或一致的關係。例如：「戌」字少寫了一筆成了「戊」字，看來這應該是別字問題，但是假如按實況分析理解（譬如訪問執筆者在當時書寫的情況），錯誤原因可能有幾個，可能是一時心急、大意漏了一筆，也可能是對「戌」字有錯誤的記認與理解。舉例說，假如某人把「感言」寫成「敢言」；「著名」寫成「註明」；「心機」寫成「心肌」，是甚麼原因呢？（以上諸例以操粵音者為說）這些都應從使用者的實際情況去分析，若是孤立文字的錯誤現象立論，就未必可以準確理解其原因。

　　錯字和別字的錯誤類別[28]：

1 錯字類

（1）增加筆劃

　　　步 — 步　武 — 武　曳 — 曳
　　　紙 — 紙　染 — 染　祖 — 祖

---

27 所謂不合規範之結字組合是指個人書寫的文字筆劃或部件形狀不當，如長筆寫作短筆，應在左上方的部件置於另一方向等，這些都是錯字。此與異體字、俗字的情況不同。

28 有關類別參考馬景崙主編：《漢語通論》（南京市：江蘇古籍出版社，2002年），頁77-78。此與本書所用名目及所舉字例有所不同。

（2）減少筆劃

器 — 噐　拜 — 拜　寇 — 寇
初 — 初　恭 — 恭　抵 — 抵

（3）改變筆劃

實 — 實　邦 — 邦　教 — 教
貌 — 貌　車 — 車　忍 — 忍

（4）改變結構

落 — 落　多 — 多　虐 — 虐
護 — 護　器 — 噐　面 — 靣

＊　以上與個人書寫有關

2　別字類

（1）形近而誤

辨別 —（辦）　膏肓 —（盲）　愛戴 —（載）
水壺 —（壼）

（2）音同而誤

流連 —（留）　克服 —（刻）　制肘 —（爪）
糊塗 —（胡）

（3）音形近而誤

暴躁 —（燥）　穀粱 —（梁）　拒絕 —（佢）
安穩 —（安隱）

（4）音義近而誤

大展<u>鴻</u>圖 —（雄）　心力交<u>瘁</u> —（悴）

<u>恍</u>然大悟 —（悅）

不知所<u>謂</u> —（為）　畫餅充<u>飢</u> —（饑）

<u>突如其來</u> —（特）（然）（奇）

* 以上與個人用字有關。（ ）中文字為常見錯別字。

二　古今字

文字的使用隨時代進展而發生了變化，同是用作記錄某件事情的字，因為寫法、用法的轉變而有所不同，因而出現了古今字。簡要點說，古今字是指古今同詞異形而又有區別意義的一組字，古字先出，今字則是保留記錄古字的某一部分意義而造成的字。這個現象是在用字時衍生出來，它的變化過程與本義、假借義和引申義相關。

（1）與本義有關的古今字

「莫」的本義是日落，天色變黑之時，《說文解字》釋曰：「日且冥也。從日在茻中。」《詩經》〈齊風〉〈東方未明〉：「不能辰夜，不夙則莫。」「莫」就是「暮」，是本義用法。先秦兩漢時「莫」字一般都解作「沒有」。《韓非子》〈難勢〉：「譽其盾之堅，物莫能陷之。」《荀子》〈天論〉：「在天者莫明於日月。」此「莫」字都是否定詞，不是本義。「莫」假借為沒有，於是另造「暮」字，目的是減輕「莫」之詞義負荷，同時亦保留本義「日且冥也」。讀音方面，「莫」、「暮」上古明母鐸部，聲母都是脣音，韻部都是用後響元音，兩者有語源關係。

此外，也有些古今字在讀音上相同之例。如「然」本義是燒，《說文解字》釋曰：「燒也。」按字形理解，是用火燒狗肉。然而，

後世所見古代文獻「然」皆借作代詞、語氣助詞，沒有用作「燃燒」。從字義發展與用字情況來看，「然」、「燃」是一對古今字。

（2）與假借義有關的古今字

「師」，《說文解字》釋曰：「二千五百人為師。」《爾雅》〈釋詁〉釋曰：「眾也。」本義指一批人數。《禮記》〈文王世子〉：「師也者，教之以事而喻諸德者也。」此則專指教師，這個釋義與本義並不相關，屬於假借義。兩者其實有引申關係，因為教師是引領學生學習知識，是面對群眾施教而具影響力的人，與「二千五百人為師」的概念相關。《後漢書》〈順帝紀〉：「疏勒國獻師子封牛。」句中「師子」則是「獅子」，屬於借字。這也記錄了「獅子」在中國的出現。後來為了分開「師」之詞義功能，另造「犭」旁「獅」字，可見「獅」是今字，「師」則是古字。

又如「卒」，《說文解字》釋曰：「隸人給事者。」篆文作「𨐌」，通過衣字末處所加的區別符號「丿」，表示士卒所穿衣服有特別記認，本義與兵卒相關。《楚辭》〈天問〉：「啟代益作后，卒然離孽。」（后，國君；離，通作罹，解作遭逢。）〔西漢〕司馬遷〈報任安書〉：「卒卒無須臾之間。」兩例「卒」字都借作「猝」字解。揚雄《方言》釋曰：「猝，謂急促也。」因為「卒」借作「倉猝」之意，於是另造「犭」旁的「猝」，以狗善奔之特性表示「急促」意。「卒」、「猝」兩字各司其職，可視為一對古今字。

（3）與引申義有關的古今字

「取」，《說文解字》釋曰：「捕取也。」從字形分析，是用手執人耳朵。《周禮》〈夏官〉〈大司馬〉：「獲者取左耳。」《左傳》〈宣公二年〉：「俘二百五十人，馘百人。」「馘」，《說文解字》釋曰：「軍戰斷耳也。」此為古代割敵耳以記軍功之記載。「取」本義應是獲取。

《詩經》〈齊風〉〈南山〉:「取妻如之何,告父母。」《左傳》〈隱公元年〉:「鄭武公取於申,曰武姜。」此為引申義,即是迎娶。《史記》〈滑稽列傳〉:「苦為河伯娶婦。」此為後出文字,「娶」即所謂今字,「取」則是古字。

「奉」,《說文解字》釋曰:「承也。从手,从廾,丰聲。」按字形而論,此為兩手捧物呈上之意。「奉」本義就是捧起,也即是「捧」之本字。《史記》〈項羽本紀〉:「謹使臣良奉白璧一雙,再拜獻大王足下;玉斗一雙,再拜奉大將軍足下。」引文前之「奉」為本義,解用雙手捧著物件;後之「奉」與「拜」結成一詞,「拜奉」與前之「拜獻」呼應,意思相同,解作行禮獻上,不是一般捧著物件之動態,屬引申義。「奉」是古字,「捧」是今字。

此外,有些字一直負載本義及引申義而沒有發展為一對古今字。例如「亡」,《說文解字》釋曰:「逃也。从入,从乚。」按字形像有人跌下山崖,本義是死亡,引申義解作逃亡。有文字學家認為是有人躲藏在隱蔽之處;也有認為字形像種籽、花蕾等植物,即「芒」的本字。《莊子》〈駢拇〉:「二人相與牧羊而俱亡羊。」此為引申義,解作丟失。《列子》〈湯問〉:「河曲智叟亡以應。」音義皆作「無」,屬引申義。《左傳》〈宣公二年〉:「亡不越竟。」則是逃亡,亦引申義。由「亡」本義再衍生發展的還有「忘」、「忙」,都是字義引申,此兩字不能視作古今字,古代文獻未見有把「亡」解作「忘記」、「忙碌」。

三　異體字

又稱或體字,也有專門為了與異寫字作出區別而稱之異構字。指意義與職能完全相同而形體不同、在任何情況下皆可互相替換的文字。例如:「夠」與「够」;「群」與「羣」;「缾」與「瓶」;「祕」與「秘」都是常見異體字。其他例子有:

坂 — 岅	痺 — 痹	憨 — 慚
恥 — 耻	牀 — 床	邨 — 村
盪 — 蕩	覩 — 睹	汎 — 氾
峰 — 峯	韁 — 繮	刧 — 劫
瞇 — 眯	鑪 — 爐	頓 — 軟
疏 — 疎	裏 — 裡	罵 — 罵

綜合而言，異體字多是部首、偏旁、部件等字形之間有所不同，有些是基於一些構件、筆形之組合差異，或是當中某些字形、筆劃之增減，又或是書寫習性使然。然而，在應用及溝通上均為社會大眾，特別是文化層較高，甚至官方、法定機構、學術界所接受。部分異體字有被視作俗字、通用字，其劃分界線稍有爭議。

漢字的簡化

由骨甲文、文金、戰國文字的發展過程中，文字形體發生過不少變化，當中有經過繁化階段，也有經過簡化階段。漢字字形的繁化與簡化發展，分別反映出其形體在使用期間具有高度的調節特徵。[29]簡而論之，當字形之示意功能出現需要增加意符或聲符時，漢字就走向繁化發展道路；當字形需要便捷使用，減省對人辨認記憶負荷時，漢字就走向簡化發展道路。秦代小篆整規與隸書出現，在一定程度上，體現出漢字字形在使用上的高度調節功能。

---

29 關於繁化、簡化之說，可參考唐蘭著：《中國文字學》（上海市：上海古籍出版社，2005年），頁99-128，〈文字中演化〉。李孝定著：《漢字的起源與演變論叢》（臺北市：經聯出版事業公司，2008年），頁229-242，〈從金文中的圖畫文字看漢字文字化過程〉。

下表為字形的簡化例子：

古文字	篆書	隸書／楷書
		善
		雷
		飲
		智
		法

　　漢字經過隸書和楷書的定型使用，差不多二千年來一直由官方與民間所沿用。在這悠長的傳承歷史裏，雖然漢字在書法上出現了行書、草書等字體，民間流行減筆字、俗用字，以及雕版印刷用的宋體字等，通行的漢字基本上仍是楷體，它的字形架構與筆形組合，沒有作過全民的簡化。及至晚清，漢字簡化發展有了嶄新發展。一八九二年，盧戇章出版了《一目了然初階》，提出漢字改革。之後，勞乃宣、黎錦熙、錢玄同等發表了專論及書刊，大力推動漢字改革運動，促進了漢字簡化步伐功效。[30]

　　簡化字是一九四九年後中國政府以行政方式推行的字體。在一九六四年五月中國文字改革委員會編輯出版了《簡化字總表》，一九七七年十二月公佈了《第二次漢字簡化方案（草案）》，一九八六年十月重新發展了《簡化字總表》。一九八六年國家語委《關於重新發表〈簡化字總表〉的說明》指出漢字形體已到穩定階段，社會應該應用規範的簡化字。

（一）簡化方式

　　綜合而言，簡化的方式大致可歸納為以下六類：

1 部分省略

　　將原本字形某部分省去。

i	省左旁	舍（捨）余（餘）
ii	省右旁	号（號）亩（畝）
iii	省上邊	云（雲）昆（崑）
iv	省下邊	丽（麗）巩（鞏）

---

30 關於近代漢字簡化的情況，可參考陳海洋編著：《漢字研究的軌迹——漢字研究記事》（南昌市：江西教育出版社，1995年），頁26-44。

　　v　省中間　　　宁（寧）夺（奪）

　　vi 省一角　　　孙（孫）扫（掃）

　　vii省外邊　　　开（開）里（裏）

2 部分改變

將原本字形某部分改變。

　　i　改變聲符　　　种（種）价（價）

　　ii 改變形符　　　争（爭）敌（敵）

　　iii 局部省改　　　枣（棗）养（養）

　　iv 偏旁省筆　　　饭（飯）细（細）

3 筆形變換

將行草筆法改成楷化構形。

车（車）专（專）书（書）

4 改用異體

用少筆畫異體字取代。

脉（脈）惊（驚）迹（跡）

5 另造新字

按固有造字原則另造新字。

泪（淚）护（護）体（體）

6 改用古字

用古字取代原字。

从（從）云（雲）网（網）

（二）簡化對形義的影響

　　簡化字的形體簡化把繁體楷書字形結構作了若干程度變改，對漢字傳意功能亦有所影響，值得注意的有以下三點[31]：

1　形符的識別

　　「讠」（言）、「钅」（金）、「饣」（食）、「贝」（貝）、「页」（頁）、「见」（見）、「车」（車）等的簡化偏旁，由文字原形變成類化符號或區別符號，筆形字形差異微細，增加了辨識困難，容易造成混亂，亦干擾閱讀認字速度。「讠」（言）、「钅」（金）、「饣」（食）等形旁簡化，無法再作獨體字使用，失去作為獨體字的標識功能，變成一種記號功能形體。

2　構件的功能

　　例如「泪」（淚），由形聲改成會意，「尘」（塵），更換了會意的構件。但以「戾」、「鹿」及以此為偏旁之字仍然存在，「捩」、「唳」、「綟」、「蜦」；「麟」、「麒」、「麓」、「麝」、「麋」諸字沒法相應簡化。再如「对」（對）、「权」（權）、「汉」（漢）、「树」（樹）、「凤」（鳳）、「鸡」（雞）、「戏」（戲）、「邓」（鄧）、「圣」（聖）等字，構件「又」之形體在個別字例中成為一個簡化符號，它沒法發揮原字之示意或示音功能，而在同類字形上又沒有識別作用。如「邓」，以「又」取代字偏旁「登」，只省便了「鄧」字筆劃筆形，對有偏旁「登」的其他字：澄、橙、證、覴、燈、鐙、瞪、蹬、嶝、簦等就不能以「又」取

31　以下說法部分參考王玉新著：《漢字認知研究》（濟南市：山東大學出版社，2000年），頁240-242，論述及例子有所改動。另筆者曾撰《漢字的簡化對文化傳承及識字學習的影響》，見《新亞論叢》總第12期，頁145-151。

代。這種簡化在若干範疇及程度上，增加記認字形、字音、字義的難度和用字的困難。

3 形符的分析

例如「聖」，按甲骨文之構形，耳、口、壬，皆可理解，能與聖賢能者之本質結合立說。「圣」則與「怪」字偏旁相同，此形古時沿用至今亦令人費解，《說文》釋作奇異，文字構意未明。又如「開」、「關」皆有「門」之形符作會意理解，簡化字「开」、「关」則只能以記號去處理，撇離了與「門」的相關意義，「开」與「关」無法解釋開關意思。然而，其他有「門」形符文字，如聞、問、閉、間、閂、閑、閘、閣、闖、閨、閣等則仍舊保留簡化「门」形，理據不能統一，影響整體漢字的理性系統發展。

漢字整理與規範

文字整理是基於使用的要求，文字要有規範是為了得到一個共同標準，以便順利溝通及準確傳遞訊息，同時為了避免不必要差錯，省卻不必要誤會。文字整理與規範也同時為了識字教學，讓文字書寫及記認有所依從，便於教導與學習，特別對基礎語文教育有著重大的意義。

古代曾經歷多次人為的文字整理活動，要而言之，可分為兩大類型。其一是字形系統的規範統整，其二是官方專門字書的刊行。按漢人許慎《說文解字》〈敘〉所載，秦時李斯整理篆書是一次重大的文字體系統整工作，接著為便於推行政令而頒行的隸書，則是另一次全面的漢字革新整合。隸書系統確立後而發展到六朝時期的楷書，此書體訂定了中國文字一直至今接近二千年的筆形結構體系，諸如楷書「永」

字八法的筆法結構，成為了沿用至今的漢字系統楷模。在此漫長期間，
官方與民間都相繼刊行過不少影響重大而具典範意義的書籍，例如：

《說文解字》〔東漢〕許慎撰，全書分析字形，考究字源，說解
字義，辨識聲音，共十四卷，另敘目一卷，合共五卷。此書按部
首排列，共五百四十部。書中所收字以小篆為主，古文、籀文等
異體列為重文，附於小篆之後。〈敘〉闡釋六書理論，詳述漢字
之結構系統。本書是一部有體系解釋文字形音義的字典，在中國
語言文字學史上地位非常重要。

《玉篇》〔南朝〕顧野王撰，全書三十卷，參考《說文解字》部
首排列，共五百四十二部。此書收兩漢、魏晉群書及當世所見之
通用字，以楷書字形為依歸。每字先出反切，再釋字義，解釋博
引書證。全書收有異體字，在字下標示與該字同聲符不同形符之
字及其所在部首。此外，引用亡佚資料頗多，對文字之來源、使
用情況及楷體筆型結構，皆有參考價值。

《干祿字書》〔唐〕顏元孫撰，全書以平、上、去、入四聲為編
次，按二百零六部分韻排列。收字分正、俗、通三體，亦收當時
流行簡體字。此書針對當時官場所用文件，如章奏、書啟、判狀
之使用字體而作，書名「干祿」正好反映編撰之用意。

《廣韻》〔北宋〕陳彭年、邱雍等奉勅撰，是《切韻》系韻書集
大成之著作。全書分二百零六韻，四聲相承，排列有序，體例雖
為韻書，亦具字典功能。本書有詳、略兩版本，詳本（澤存堂
本）注明文字形音義及使用書證，亦收錄奇字、僻字，於用字方

面具高度參考價值。

《字彙》〔明〕梅膺祚撰，全書正文以地支分為十二集，連卷首及末卷附錄，共十四卷，收字豐富。分二百一十四個部首，每部首內文字排列按筆畫多少為序，將難辨部首之字編為難檢字，另有「運筆」、「從古」、「遵時」、「通用」等附錄，對文字之使用提出正誤辨析。

《康熙字典》〔清〕張玉書、陳廷敬等奉詔編撰，全書部首按筆畫多少為序，各部收字亦依筆序排列，分十二集，每集另分上中下三卷。本書釋字集歷代字書、韻書之大成，每字載有古體，又附重文、別體、俗書，注音兼及古今，釋義包括本義、引申義、借義，書證詳細，依時代先後次序，提供字詞使用參考，對字典、詞書編撰影響頗大。

這些編排具體系而又收字量豐富的典籍，先後為漢字的統整、標準、規範，尤其在書寫及應用方面，起了極大示範及參考作用。

漢字是記錄漢語的符號，中文書面語基礎就是來自漢字的有機組合，漢字可以說是書面語言的實質表達體式。書寫漢字與閱讀漢字，兩者都是通過字形作為交際媒介。這兩種關乎發放與接收的書面交際，最關鍵是對字形的辨認，尤其是在要求辦事快捷、重視效率的使用環境，文字是否易寫、易認、能否將訊息傳遞準確，都是非常重要。因此，能否掌握一個具一致、規範、易記、易用，能承傳古代文化而又具理性之文字體系，對漢字使用者來說都是意義重大的課題。

第二部分
語音

導言

　　語音存在空間，非具象之物，是語言三個組成要素──語音、詞匯、語法之一，學習語言中一個重要部分。語音對人類發展相當重要，人有語音，可以表達、交流，語言得以發展，可以激發思維，傳播訊息，累積經驗，繼承技能，進而邁步前進，開創文明。學習語言，語音是相當重要的基石，掌握語言的語音狀況及其發展歷史與變化規律，可以再深入探究其他與語言相關的組成要素。語音的作用、語音的屬性、語音的形成與使用、漢語的語音系統、注音、音變、語音與語義之關係等，都是重要的內容。

概念闡釋

一　語音的作用

　　語音就是人類語言的聲音，它是語言的物質外殼，與自然界的其他聲音一樣，經由物體的振動而產生，具物理屬性。語音，指由人發音器官造出來之聲響，它由人發聲器官發出並由人聽覺器官接收，所以具有生理屬性。語音具有一定的意義內容，能夠發生社交作用，所以具有社會屬性。

　　語言聲音與自然界聲音的基本分別，就是語音具有意義的內容。

由人發出的聲音，除了有語義聲響外，還有兩類：一是反映生理現象之聲，例如咳嗽、打哈欠；另一是反映心理現象之聲，例如吹口哨、哭叫。這些聲音與它所表示之意義並無結合關係，不能成為具有思維訊息的聲音符號，所以不能算是語言。語言聲音指與它所代表之意義互相依存，代表著一定的意義內容。這些意義內容必須借助聲音才能表達出來，也就是聲音的語言。人類語音的功能就是能夠使人思想物質化，成為可以理解的東西。[1]

二　語音的屬性

語音是一種具有多重屬性的聲音，以下從物理、生理及社會三方面說明。

物理屬性

語音與世界上其他聲音一樣，是由物體振動產生聲波而形成的一種自然現象。聲波具有音高、音強、音長和音色四個要素，語音是聲音的一種，也具有這四種要素：

1 音高

音高是聲音的高低，取決於發音體振動的快慢。發音體的振動得

1　本部分論說語音之現象及有關理論，主要參考有關說法參考〔英〕戴維‧克里斯特爾（David Crystal）著，任明等譯《劍橋語言百科全書》（北京市：中國社會科學出版社，1995年），第27-28節，頁235-267。王力著《漢語音韻》（北京市：中華書局，2015年），頁1-14。董同龢著：《漢語音韻學》（北京市：中華書局，2014年），頁12-28。林燾、王理嘉合著：《語音學教程》（臺北市：五南圖書出版公司，2008年），頁43-110。竺家寧著《古音之旅》（臺北市：萬卷樓圖書公司，1998年），頁25-38。

越快，發出的聲音越高；振動得越慢，聲音就越低。音高是構成聲調和語調的主要因素。例如廣州話「依、倚、意」；「而、耳、二」的讀音，能夠反映出聲音的高低變化情況。

2　音強

音強是聲音的強弱或輕重，取決於發音體振動幅度的大小。物體振動的幅度叫振幅，振幅大則音強，振幅小則音弱。普通話中的「子」，有不念輕聲和念輕聲兩種讀法，例如「夫子」、「桌子」，就是因為音強而構成的重音與輕音差異。

3　音長

音長即是聲音的長短，是指聲波延續的長度，取決於發音體振動持續的時間。例如用廣州話讀入聲字，「宿」、「益」、「福」等字音難以延長不變，但與之相應之平聲字「鬆」、「英」、「風」就可以持續較長而不易變音。

4　音色

又稱音質，指一個聲音能夠區別於其他聲音的特質。音色的差別取決於聲波的振動方式與共鳴器的共振作用，例如樂器簫、弦琴有不同的音色，因為其振動式與共鳴器都不同。語音亦是，如「i」、「a」、「b」、「h」各有不同的音色。

音色分噪音和樂音兩類。噪音由許多無規則的音波組成。語音也有噪音，例如輔音中的塞音、擦音、塞擦音等。樂音則由若干具規則的純音（即只包含單一頻率成分的聲音）組成，由於有規律性和週期性，會令人聽起來覺得和諧、悅耳。語音中的元音（如 i、a、o、u、ü），一般來說，都是樂音。

生理屬性

語音由人的發音器官發出來，所謂發音器官可從以下三項理解：

1 肺和氣管

按人發音氣流之運送階段分析，可稱之為動力區。

肺和氣管都是呼吸器官，呼吸的氣流是發音的動力。由肺部呼出的氣流，經過氣管，送到喉部，期間衝擊聲帶或其他發音器官，造成振動而發出聲音。肺部吸入氣流量的大小，以及呼出氣流量的強弱與持續的時間，會直接影響聲音的強弱與長短。

2 喉和聲帶

按人發音氣流的運送階段分析，可稱之為聲源區。

喉是個活動的管腔，下接著氣管的頂端，是氣流呼出的通道，亦是約制氣流的發音機關。聲帶生長於喉部中間，由兩片強韌的脣形薄膜組成。聲帶中間的空隙叫聲門。人呼吸時，聲門會打開，氣流會自由通過。人發音時，聲門會先關閉，氣流由聲門間隙迫出，聲帶發生振動而產生聲音。人可通過聲帶的鬆緊控制，發出高低不同聲音。

3 口腔、鼻腔、咽腔

按人發音氣流的運送階段分析，可稱之為成音區。

口腔、鼻腔、咽腔是發音時的共鳴器，是語音中噪音成分的聲源。

口腔由上下兩部分組成，由前往後，上部為上脣、上齒、上齒齦、硬齶、軟齶和小舌；下部為下脣、下齒和舌頭。舌頭分舌尖、舌面、舌根三部分。人的口腔可自由開閉，嘴脣可成圓展形態，舌頭可前後伸縮，軟齶可隨意升降。正因如此，口腔可成為不同形狀的共鳴器，當氣流通過時就可以發出不同聲音。

　　鼻腔位於口腔上方,其通路由軟齶和小舌控制。發音時,軟齶和小舌若是上升,就會塞住鼻腔通路,發出的音就不是鼻音。假如軟齶和小舌下降,口腔通道又關閉,氣流就會在鼻腔形成共鳴,所發的音就是鼻音。

　　咽腔指由喉到小舌間的條狀空間。人的聲門位置較一般動物低,喉和口腔間距離稍長而形成了咽腔。咽腔讓舌頭和軟齶有較大活動空間,可發出不同的複雜聲音。咽腔是口腔的延續部分,它與口腔成為一個整體共鳴器。

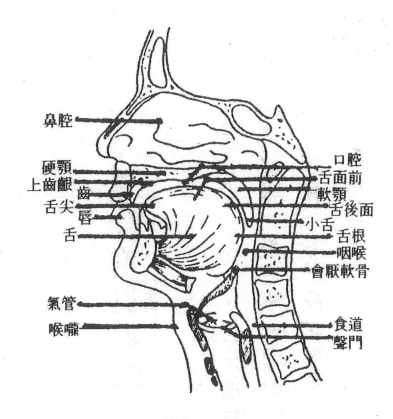

發音器官圖

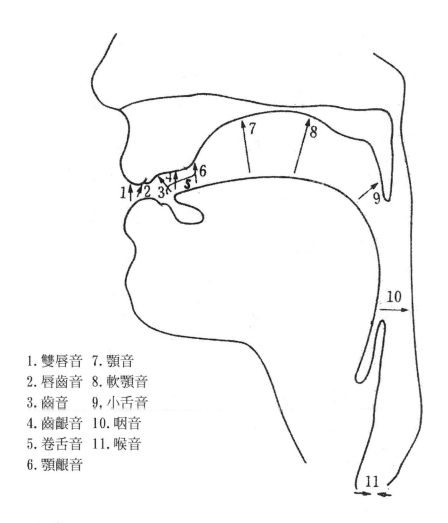

1. 雙唇音　7. 顎音
2. 唇齒音　8. 軟顎音
3. 齒音　　9, 小舌音
4. 齒齦音　10. 咽音
5. 卷舌音　11. 喉音
6. 顎齦音

社會屬性

　　語言的使用，是一個民族全體成員在漫長的歷史發展過程中，經過約定俗成而確立下來。語言的聲音與意義結合，取決於該語言的全體使用者的認同。分析語音宜把語音視作一種社會現象，著重其表意功能。語音的社會屬性可以從下列三點理解：

1 語音具有明顯的地方色彩和民族色彩

以廣州話為例，有以輔音 -p、-t、-k 收音的入聲，例如「拍」、「八」、「格」。長短元音 a、ɐ，可以分別組成不同的韻母，並有區別的意義，例如 a p「鴨」、ɐ p「恰」；at「壓」、ɐt「兀」。北方音系裏就難以找到這些特點。此外，漢語有以音高形成的聲調來區別意義，英語就沒有聲調。又如普通話有輕聲，英語則有重音的讀法。

2 語音具有系統性

語言和方言經過長期的應用與發展，各自形成自己的語音系統。例如，廣州話有二十個聲母（包括一個零聲母 Ø 及兩個脣化聲母 gw、kw）、五十三個韻母、高低六調（若將入聲調獨立計算，一共有九個聲調），成為一套相當完整的音系。

3 社會的「約定俗成」原則

一個音系的全貌，正代表著該語言的使用者，經過長期使用的共同決定。以廣州話為例，它有變調讀法，如「後門」、「抹油」、「男人」、「廚房」、「書面」等，口語都變讀為上聲。還有文白異讀現象，諸如「話語」、「電話」；「預料」、「物料」；「袋裝」、「膠袋」；「棋藝」、「圍棋」等文白讀法，都反映出語言具有「約定俗成」的社會性。

漢語語音分析

漢語，即中國語言。漢語語音指中國語言體系中的語音，包括其語音的特性、成分、結構、變化，以及其變化規律。以下從音節、音素、音位、元音、輔音等逐一闡析。

一　音節

　　音節是語音結構的基本單位。漢語的特點是一字一音節，例如說「語言文字」就是四個字，四個音節，但普通話的「兒化」韻則不當一個獨立的音節，「小孩兒」中的「孩兒」是一個音節（hai'er）。音節是由音素組成，所謂音素是最小的語音單位，例如「媽」這字是一個音節，由「m」、「a」兩個音素組成，廣州話的「督」讀音由「d」、「U」、「k」三音個素組成。按傳統音韻學的分析，每一個漢字的字音，以一音節為例，是由聲母、韻母、聲調三者組成，此外還可以作韻頭、韻腹、韻尾等細分，以下用分層方式把一個音節拆分，如下圖：

聲		調		
聲 母	韻	母		
	韻 頭	韻	身	
		韻 腹	韻 尾	

　　以普通話「天〔t'iɛn〕」*為例，它的音素、聲調及音節可以這樣分析：

陰　平　調　（第　一　聲）　55			
t'	i	ɛ	n
	i	ɛ	n
		ɛ	n

＊　本部分所用音標，原則上一律採用國際音標，聲母的送氣號則不用國際音標法的「h」，採用一般慣用的「'」。

　　廣州話音系則沒有 i、u、ö 介音，廣州話「天〔tIn〕」之音素、聲調及音節分析如下：

陰　平　調　（第　一　聲）　53		
t	I	n
	I	n

二　音素、音位

　　音素是指從音質（又稱音色）方面分析出來的最小的語音單位。它是語流中可感知的最小單位。如廣州話「充」（tʃʻuŋ）是由「tʃʻ」、「u」、「ŋ」三個音素組成。普通話「天」（tʻiɛn）是由「tʻ」、「i」、「ɛ」、「n」四個音素組成。

　　音位是從語音的社會性質劃分出來的最小單位，是語言裏能夠區別意義的最小語音單位。例如廣州話的「根」（gɐn）、「羹」（gɐŋ）兩個讀音是不同，含義亦有分別，這是基於「n」、「ŋ」兩個音素不同，「n」和「ŋ」在廣州話音系裏分別屬於兩個音位。目前，香港絕大部分土生土長操廣州話的人，「l」、「n」兩個聲母讀音不分，「男」（nam）與「藍」（lam）都念成 lam，在這些人的語音體系裏，變成了同一個音位。廣州話的「u」單元音、「ui」複元音、「un」鼻尾韻、「ut」塞尾韻，元音都是「u」，屬長元音，而「Uŋ」、「Uk」中的「U」是短元音，由於長短兩類互不衝突，可以歸為一個元音音位，而一般的標音都會統一用「u」，作簡便處理。類似例子還有「I」和「i」，可以參考後附的元音舌位圖及廣州音韻母表。

三　元音、輔音

　　音素可分為元音和輔音兩大類。

　　元音又稱母音，指氣流在咽腔、口腔不受阻礙而形成的音。發音

特點：

1 氣流通過聲帶造成顫動，發聲器官肌肉保持均衡的緊張狀態；

2 氣流暢順而舒緩，不受任何阻礙；

3 聲響聽來較清晰、嘹亮；

4 聲帶受到不同共鳴腔調整抑制，產生各類元音

元音類別

1 根據是否引入鼻腔共鳴之情況，可分為口元音、鼻化元音。廣州音的「唔」（m）、「五」（ŋ）屬鼻音韻。

2 根據舌部調制聲帶發音的部位可以分為舌尖元音、捲舌元音和舌面元音。

3 舌尖元音又分舌尖前和舌尖後兩類，前者如普通話的「思」（sʅ），後者如普通話的「詩」（ʂʅ）。普通話的「er」是捲舌元音，又稱「兒化元音」。廣州話就沒有後兩類元音。

4 舌面元音是指按舌面升降時的前後高低變化而形成各種元音。按舌面後部的升降，由低至高的順序是「ɑ」、「ɔ」、「o」、「u」。按舌面前部的升降，由低至高的順序是是「a」、「ɛ」、「e」、「i」。廣州話的後低元音在較前位置，即舌位圖中的「ɐ」，與前面的「a」成為一對有區別意義的長短元音，或可稱之為前後元音。

5 按脣形之圓展情況，可分為圓脣音、不圓脣音（或稱展脣音）兩類。廣州話的「y」是前高圓脣音、「œ」是半低圓脣音。

6 按一個音節中存在的元音數目可分之為單元音和複元音兩類。按黃錫凌《粵音韻彙》的分法，廣州話的單元音有「a」、「ɛ」、「œ」、「ɔ」、「i」、「u」、「y」七個，複韻母有「ai」、「ɐi」、

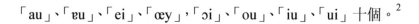

「au」、「ɐu」、「ei」、「œy」，「ɔi」、「ou」、「iu」、「ui」十個。[2]

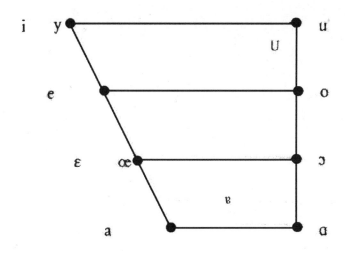

元音舌位圖（粵音）

　　輔音，又稱子音，指氣流在咽腔、口腔受到阻礙而形成的語音。

發音特點：

　　1　發音時氣流通路有阻礙，所發之氣流較強；

　　2　發音器官不發生阻礙的部分不緊張；

　　3　假如沒有與元音一起發音，容易讓人感受到噪音的特質；

　　4　發音時會經過1.成阻、2.持阻、3.除阻三個階段

輔音類別

　　輔音可從發音的方法與發音的部位分類。以下逐一闡析：

2　有關說法參考：黃錫凌著：《粵音韻彙》（重排本）（香港：中華書局，2005年），頁
　　56-72。張洪年著：《香港粵語語法的研究》（香港：香港中文大學出版社，2007年），
　　頁1-20。上所引音標參照《粵音韻彙》。調值之數字記錄則參用「五度標調法」。

按發音方法分類

1 按聲帶的振動與否，分為清輔音、濁輔音。發音時聲帶振動叫濁輔音，不振動的叫清輔音。廣州話中的「侯」、「似」、「盾」、「婢」等都是濁聲母。

2 按發音時的阻礙情況，分全阻、半阻兩類。全阻的又稱閉塞音或破裂音，例如廣州話用「p」、「t」、「k」作為聲母發音的「帕」、「塔」、「咳」。半阻一類又稱緊縮音，是指發音時口腔不塞住，而有狹窄的通道給氣流擠出來，例如廣州話用「f」、「ʃ」、「l」作為聲母發音的「花」、「灑」、「啦」。

按發音部位分類

輔音發音部位的分類可分為脣音、舌尖音、舌葉音、舌面音、喉音五大類，以下用廣州話為例，舉五類說明：

1 脣音

又分之為雙脣音、脣齒音。

雙脣音，發音時先雙脣緊閉然後放開。雙脣音一般為閉塞音，按除阻時呼氣之強度，可分不送氣、送氣兩類。「巴」、「拜」、「朋」的發音都是不送氣音，國際音標是「p」；「趴」、「派」、「貧」的發音都是送氣音，國際音標是「p'」。另有一類為有鼻音的雙脣音，例如「媽」、「埋」、「蚊」的發音，都是不送氣音，國際音標是「m」。

脣齒音，發音時氣流在下脣和上齒之間受到阻礙。脣齒音一般都是摩擦音。廣州話「花」、「輝」、「分」的發音，國際音標是「f」。

2　舌尖音

指發音時氣流在舌尖和上齒齦之間受到阻礙。廣州話的舌尖音不在舌的前端，屬於舌尖中音，一共有四個。「t」、「t'」兩個是舌尖塞音，前者如「打」、「帝」、「篤」，是不送音；後者如「他」、「替」、「禿」，是送氣音。此外，另有配合鼻音而發的舌尖音「n」，例子有「拿」、「泥」、「南」等。還有一個邊音「l」，又稱舌尖邊音，發音時舌尖形成阻礙，不讓氣流通過，但舌前部兩邊或一邊留出空隙，讓氣流從舌邊流出，例子有「啦」、「黎」、「林」等。

3　舌葉音

舌葉音指舌尖和舌面前向齒齦和上顎靠近，脣形略方（不圓不展）。廣州話的舌葉音分舌葉塞擦音和舌葉擦音兩種。

塞擦音，發音時成阻階段是塞音，除阻階段是擦音，分送氣與不送氣兩類，前者是「tʃ」，例子有「渣」、「齋」、「真」等；後者是「tʃ'」，例子有「叉」、「劑」、「親」等。[3]

舌葉擦音，發音時舌面向硬顎靠近，舌葉和齒齦相接觸，舌面的邊緣比較用力，與上臼齒相接觸，氣流由舌葉和齒齦之間流出。廣州話的例子有「沙」、「西」、「新」等，國際音標是「ʃ」。

4　舌根音

舌根音發音時舌面後部向軟顎升起，氣流在舌面後部和軟顎之間受到阻礙。廣州話有三個舌根音，「k」、「k'」是舌根塞音，有不送氣和送氣音兩類，前者例子有「家」、「雞」、「斤」等；後者例子有「卡」、「溪」、「勤」等。另一個是有鼻音的舌根音，國際音標是「ŋ」，例子有「牙」、「危」、「銀」等。

3　按《粵音韻彙》所擬音標，分別是 dz、ts。

5 喉音

喉音，是指控制聲門的開閉發音，發音部位在喉，是不送氣的擦音。據王力《漢語音韻》分析，廣州話的喉音是塞音，國際音標是「ʔ」。[4]現在按一般學者的分法，歸之為擦音，而用國際音標的「h」，例子有「蝦」、「揩」、「痕」等。

廣州話除了上述五類輔音，還有圓脣音（kw、kw'）和半元音（j）兩類，詳見後之廣州音系。

四　聲母、韻母、聲調

元音和輔音是語音本質的分類，聲母和韻母是語音功能的分類，兩者概念不同，不宜混為一談。元音和輔音是從人的生理結構與發聲所作出的具體分析，聲母和韻母是針對一套語言的語音情況所作出的描寫記錄。

聲母是一個音節的開頭部分，韻母是一個音節的後面部分。聲母通常由輔音充當，但是輔音不完全充當聲母，例如廣州話「鴉」、「雅」；「啱」、「崖」兩組字的讀音是不同，「鴉」、「啱」都是沒有聲母，只有韻母「a」；「雅」、「崖」則有聲母，拼寫音標分別是「ŋa」、「ŋai」。對於沒有聲母的字，聲韻學稱為零聲母，可以用「0」或「Ø」表示，一般習慣不標寫。

輔音除作聲母，又可在韻母出現，例如「東」（tuŋ）、「通」（t'uŋ），韻尾用了輔音「ŋ」；「篤」（tuk）、「禿」（t'uk），韻尾用了輔音「k」。廣州話中用輔音作韻尾有三組六個，都是鼻音和塞音相配，

4　王力著：《漢語音韻》（北京市：中華書局，2015年），頁10。

分別是「m」、「p」；「n」、「t」；「ŋ」、「k」。

韻母可再細分成韻頭、韻腹、韻尾三個部分。韻頭又稱介音，廣州話音系沒有介音（有些專家認為有，但說法還有爭議，未成定案），普通話「天」、「歡」、「宣」就有，分別用了「i」、「u」、「ü」三個介音。原則上，每個字的讀音都有一個主要元音，「a」是開口度較大的元音。有些字音缺少韻尾，例如廣州話的「ɛ」、「œ」、「ɔ」，它們都只有一個元音。「ai」、「ɐi」、「au」、「ɐu」等則是複元音韻母，當中的主要元音分別是「a」和「ɐ」，由於放於前，又稱前響元音。至於「m̩」（唔）、「ŋ̩」（梧）兩個就比較特殊，屬於鼻音韻母，沒有元音。

語音裏不同音節，除在音素上有區別，還有高低、強弱之不同。語言的聲調主要表現在音高上。漢語是用聲調來區別詞義，例如普通話「媽」、「麻」、「馬」、「罵」四個字的讀音，聲母和韻母都相同，都是「ma」，但是聽起來各自不相同，字義也不一樣。這是因為這四個讀音以不同聲調呈示，我們可以用「五度標調法」來瞭解。

「五度標調法」又稱「字母式聲調符號」，由語音學家趙元任創製的一種表示聲調的方法。原理與聲樂的五線譜相近，先畫一條垂直線，由下到上分作五度，高音在上，低音在下，在垂直線的右邊用橫線或斜線、折線，從左到右，表示聲調的起落點和調的形狀。由「五度標調法」描寫出來的聲調叫作調值，用數字表示出來。[5]詳見下圖：

5　趙元任著：《語音問題》（臺北市：臺灣商務印書館，1986年），頁60-66。趙元任著，吳宗濟、趙新那編：《趙元任語言學論文集》（北京市：商務印書館，2006年），頁596-611。

高　音	5度
半高音	4度
中　音	3度
半低音	2度
低　音	1度

普通話「媽」、「麻」、「馬」、「罵」四個字的調值可作以下描述：

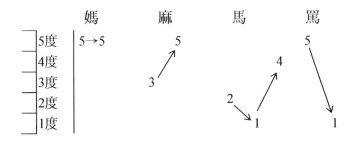

按調類來說，「媽」陰平、「麻」陽平、「馬」上聲、「罵」去聲。普通話的【漢語拼音方案】就把調號寫在音標上，臺灣用的【注音符號】，調號也是如此，直排時則寫在符號的右旁。

廣州話聲調，有平、上、去、入四類，每類各分陰陽（即是高低），陰入則按元音的長短再分成上下兩種，一共九個調。

若以五度標調處理，廣州話「依」、「倚」、「意」、「而」、「耳」、「二」六個字音的調值可作以下理解：

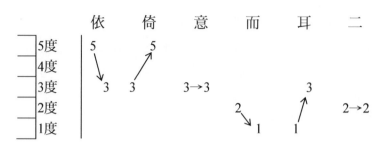

* 粵音陰平（53調值）另有55調值、陽平（21調值）亦有11調值，詳見下表。

以下用調值、符號，表列粵音九調：

	平		上	去	入	
陰調					上入	中入
	55	（或53）	35	33	55	33
字例：	分		粉	訓	忽	發*
陽調						下入
	21	（或11）	13	22		22
字例：	焚		奮	份		佛

* 由於〔fen→fet〕同一音調沒有中入調的字，於是借用近長元音的「發」〔fat〕。

　　廣州話的陰平調有55、53兩個讀法，此為語音變體，高平的55和高降的53，有學者認為前者是變調（有稱之為超平調）、後者是本調。例如「詩人」、「私人」，兩組詞字之前後讀法可以有輕微的高低差異。陽平調有21、11兩個讀法，如「扶持」、「音符」，也有輕微差異。[6]

6　說法及例子參考張洪年著：《香港粵語語法的研究》（香港：香港中文大學出版社，2007年），頁5-6。

「媽」、「麻」、「馬」、「罵」的廣州音聲調，分別是陰平55 / 53、陽平21、陽上13、陽去22，與普通話的調值並不相同。

有人將陰調的上入、下入和陽入，稱為陰入、中入、陽入。香港一般常見粵音字典，例如《中華新字典》、《商務新詞典》、《廣州音字典》、《廣州話正音字典》等，都用數字作調號標記：

　　　1、2、3分別代表陰平、陰上、陰去

　　　4、5、6分別代表陽平、陽上、陽去

　　　7、8、9分別代表陰入、中入、陽入

黃錫凌《粵音韻彙》就在字右旁上下方加上「-」或「ı」表示。[7]

此外，也可用調值數字表示，如「衫袋」ʃam55 tɔi 35；「袋鼠」tɔi 22 ʃy 35。普通話單字的調值，陰平、陽平、上聲、去聲的處理是：〔55〕高平調、〔35〕高升調、〔214〕低降中升調、〔51〕全降調。

以下用兩表介紹粵音聲調（有音無字則以○表示）

【表一】為陰聲韻類（即韻尾不收輔音 -p、-t、-k），只有六調。

【表二】為陽聲韻配入聲韻（即韻尾收輔音 -m -n -ŋ 與收 -p、-t、-k 相配），一共有九調，讀中入調時，可用陰入、中入、陽入作三連讀處理。（例如：私→史→試，時→市→是；東→董→凍，○→○→棟，篤→○→獨）調類分陰陽，即高低聲調。

【表一】

調類	平	上	去
陰	依	倚	意
陽	移	以	二

7　黃錫凌著：《粵音韻彙》（重排本）（香港：中華書局，2005年），頁69-70。

調類	平	上	去
陰	司	使	試
陽	時	市	是
陰	雌	此	次
陽	持	恃	○
陰	威	委	畏
陽	圍	偉	胃
陰	於	瘀*（瘀血）	酗
陽	如	雨	遇
陰	柯	婀	○
陽	哦	我	餓
陰	頗	跛	破
陽	婆	○	○
陰	巴	把	霸
陽	○	○	○
陰	蝦	嚇	○
陽	霞	下*（量詞）	夏
陰	啦	捌	鑞
陽	拿	那*（借用）	罷
陰	蛙	畫*（口語）	○
陽	華	○	話
陰	居	舉	據
陽	○	○	巨
陰	追	嘴	最
陽	○	○	罪
陰	眯	○	○
陽	微	美	味

調類	平	上	去
陰	招	沼	照
陽	○	○	召
陰	消	小	笑
陽	韶	○	兆
陰	飆	○	票
陽	嫖	縹	○

【表二】

調類	平	上	去	入
陰	東	董	凍	篤
				○
陽	○	○	棟	獨
陰	風	鳳*（口語）	諷	福
				○
陽	馮	○	奉	服
陰	凶	孔	哄	哭
				○
陽	紅	○	○	酷
陰	鬆	聳	送	叔
				○
陽	崇	○	○	熟
陰	張	掌	醬	○
				爵
陽	○	○	仗	着

調類	平	上	去	入
陰	商	賞	相	○
				削
陽	常	上	尚	○
陰	分	粉	訓	忽
				○
陽	焚	奮	份	佛
陰	羌	○	○	○
				腳
陽	○	○	○	○
陰	番	返	○	○
				法
陽	凡	○	飯	○
陰	班	板	○	○
				八
陽	○	○	扮	○
陰	因	忍	印	一
				○
陽	人	引	刃	日
陰	餐	產	燦	○
				擦
陽	殘	○	○	○
陰	撐	橙	瞪	測
				拆
陽	○	○	○	賊
陰	山	散	傘	○
				殺
陽	潺	○	○	○

調類	平	上	去	入
陰	升	醒	聖	色
				◯
陽	成	◯	盛	食

音節結構

音節是由一個或幾個音素構成，是語音結構的基本單位。一般音節都有一個響亮的元音，廣州話基本的音節結構形式有以下幾類：

輔元結構（cv）例如：ka「家」、kw'a「誇」

元輔結構（vc）例如：ɐŋ「鶯」、ɔk「惡」

輔元輔結構（cvc）例如：ʃɐp「濕」、jɐn「因」

元音結構（v）例如：a「啊」、ɐu「歐」*

鼻化元音結構（ŋ）例如：「唔」、「哼」

（註：c 是輔音 consonant 簡寫，v 是元音 vowel 簡寫。* ɐu 由兩個元音組成，是 v ＋v 結構。）

輔元分析法

又稱「cv 分析法」，就是把音節直接拆分為音素的方法。廣州話的例子如 kam（監），是 cvc；tʃɐu（秋），是 cvv。

以下從普通話的聲母、韻母組合方式，用表解框架介紹漢語音節結構[8]：

8　本表改編自黃伯榮、廖序東著：《現代漢語》（修訂本）（蘭州市：甘肅人民出版社，1983年），頁104。

普通話音節結構表

結構方式 字例	聲 母	韻　　　　母				聲 調	調 值
		韻頭	韻　　　　　身				
			韻　腹	韻　尾			
		（介音）	（主要元音）	（元音）	（輔音）		
游　yóu		i	o	u		陽　平	35
窗　chūang	ch	u	a		ng	陰　平	55
雪　xuě	x	ü	e			上　聲	214
備　bèi	b		e	i		去　聲	51
元　yuán		ü	a		n	陽　平	35
度　dù	d		u			去　聲	51
野　yě		i	e			上　聲	214
歐　ōu			o	u		陰　平	55
俄　é			e			陽　平	35
輔元結構	c	v	v	v	n		

* n 是 nasal 簡稱，代稱鼻輔音。

以下為廣州話音節結構分析：

廣州話音節結構表

結構方式 字例	聲 母	韻　　　　母			聲 調	調 值
		韻　　　　　身				
		韻　腹	韻　尾			
		（主要元音）	（元音）	（輔音）		
廣	kw	ɔ		ŋ	陰　上	35
州	tʃ	ɐ	u		陰　平	53
話 *	w	a			陽　去	22
音	j	ɐ		m	陰　平	55

結構方式＼字例	聲母	韻　　母			聲調	調值
		韻	身			
		韻　腹（主要元音）	韻　尾（元音）	（輔音）		
節	tʃ	I		t	中　入	33
結	k	I		t	中　入	33
構　*	k'	ɐ	u		陰　去	33
分	f	ɐ		n	陰　平	53
析	ʃ	I		k	陰　入	55
輔元結構	c	v	v	n		

* 「話」有文白兩讀，此處作文讀。有專家主張「構」應讀不送氣音，本表依社會習性讀送氣音。

音標與語音系統

　　語音是語言的物質外殼，在人類未發明錄音機之前，要記下人的語音，是一件頗困難的事。直至人發明音標，才能把語音記錄下來，不過音標只是記錄符號，由人去演繹出來，亦難保沒有差異，不能如實還原。錄音能把語音原原本本的記錄下來，但它只能重播讓人重複聽，並沒有記認與辨析的功能，不方便作語音分析。音標記音則可以打破時空限制，可以通過符號的記音作分析比較，是較方便的研究工具。[9]

一　國際音標

　　音標種類很多，其中最著名，又是全世界都通行的，就是「國際

9　今天科技發達，有不少電腦軟件已可直接處理錄音與音標問題。

音標」。它是一套由各國語言學家共同研究制定的標音符號，在一八
八八年公布初稿，之後經過幾次修訂，又譯成中文版本。以下為常見
國際音標圖表：

THE INTERNATIONAL PHONETIC ALPHABET

(Revised to 1951.)

THE INTERNATIONAL PHONETIC ALPHABET   (Revised to 1979)

	Bilabial	Labiodental	Dental, Alveolar, or Post-alveolar	Retroflex	Palato-alveolar	Palatal	Velar	Uvular	Labial-Palatal	Labial-Velar	Pharyngeal	Glottal
Nasal	m	ɱ	n	ɳ		ɲ	ŋ	ɴ				
Plosive	p b		t d	ʈ ɖ		c ɟ	k ɡ	q ɢ		ʔp ɡb		ʔ
(Median) Fricative	ɸ β	f v	θ ð s z	ʂ ʐ	ʃ ʒ	ç ʝ	x ɣ	χ ʁ		ʍ	ħ ʕ	h ɦ
(Median) Approximant		ʋ	ɹ	ɻ		j	ɰ	ʁ	ɥ	w		
Lateral Fricative			ɬ ɮ									
Lateral (Approximant)			l	ɭ		ʎ	ʟ					
Trill			r					ʀ				
Tap or Flap			ɾ	ɽ				ʀ				
Ejective	pʼ		tʼ				kʼ					
Implosive	ɓ		ɗ	ɗ		ʄ	ɠ					
(Median) Click	ʘ		ʇ									
Lateral Click			ʖ									

(pulmonic air-stream mechanism) CONSONANTS (non-pulmonic air-stream mechanism)

DIACRITICS

- ° Voiceless n̥ d̥
- ˬ Voiced s̬ ţ
- ʰ Aspirated tʰ
- ˗ Breathy-voiced b̤ a̤
- ̪ Dental t̪
- ̫ Labialized ţ
- ̡ Palatalized ţ
- ˠ Velarized or Pharyn-gealized ɫ, ɫ̣
- ̩ Syllabic n̩ l̩
- ˕ or ̬ Simultaneous ʃ and x (but see also under the heading Affricates)

- ʼ or ˙ Raised e̝, ẹ, e̝ w
- ˏ or ˎ Lowered e̞, ẹ, e̞ ̞
- ˖ Advanced u̟, ̟
- ˍ or ̠ Retracted i̠, i̠, ̠
- ˙ Centralized ë
- ̃ Nasalized ã
- ˞ r-coloured a˞
- ː Long aː
- ˑ Half-long aˑ
- ˘ Non-syllabic u̯
- ˒ More rounded ɔ̹
- ˓ Less rounded y̜

OTHER SYMBOLS

- ɕ, ʑ Alveolo-palatal fricatives
- ʎ̝, ʓ Palatalized ʃ, ʒ
- ɺ Alveolar fricative trill
- ɺ Alveolar lateral flap
- ɧ Simultaneous ʃ and x
- ʃ Variety of ʃ resembling s, etc.
- ɪ = ɪ
- ʊ = ə
- ʒ = Variety of ə
- ɚ = r-coloured ə

STRESS, TONE (PITCH)

- ˈ stress, placed at begin-ning of stressed syllable :
- ˌ secondary stress : ˉ high level pitch, high tone :
- ˍ low level : ˊ high rising :
- ˏ low rising : ˋ high falling :
- ˎ low falling : ˆ rise-fall :
- ˇ fall-rise.

AFFRICATES can be written as digraphs, as ligatures, or with slur marks ; thus ts, tʃ, dʒ : ʦ ʧ ʤ : t͡s t͡ʃ d͡ʒ. σ, ʝ may occasionally be used for tʃ, dʒ.

VOWELS

	Front	Back	Front	Back
Close	i y	ɨ ʉ	ɯ u	
	ɪ		ʊ	
Half-close	e ø	ɘ ɵ	ɤ o	
Half-open	ɛ œ	ɜ ɞ	ʌ ɔ	
	æ	ɐ		
Open	a ɶ		ɑ ɒ	
	Unrounded			Rounded

一九七九年修訂的最新國際音標

二　注音字母、羅馬拼音

　　一九一八年，中華民國教育部公布了「注音字母」。一九三〇年改稱「注音符號」，在一九三二年修訂為三十七個注音符號。這套符號採用漢字的偏旁或依照一些筆劃較簡單的獨體漢字設計而成，臺灣社會一直沿用。至於漢語用羅馬字來拼音，歷史要推得很早，據考證是在明代末年，由外國傳教士傳入。一九二六年，中華民國教育部正式推出了「國語羅馬字」。後來經過一些專家修訂，在一九八四年重新設計一套定名為「注音符號第二式」。

　　此外，有兩套比較流行的漢語拼音符號。其一是「威妥瑪式」（Wade-Giles System），由 Sir Thomas Wade 設計、H.A.Giles 修訂，在一八六七年發表。另一是「耶魯式」（Yale System），由美國耶魯大學遠東語文學院編制，在第二次世界大戰期間沿用。兩套都是由外國人設計，主要方便外國人學習漢語時使用。

三　漢語拼音方案

　　一九五六年，中國大陸政府文字改革委員，為漢字注音和拼寫普通話語音而制定一套「漢語拼音方案」。方案由羅常培、黎錦熙等語音專家擬訂初稿，一九五八年正式批准推行。這套符號採用羅馬字母拼音，一共用了二十六個拉丁字母，分為五個部分。第一部分為字母表，規定字母的順序、讀音和寫法。第二、三部分為聲母表、韻母表，規定聲母、韻母的拼音寫法及規則。第四部分為聲調符號，規定聲調符號和標記方法。第五部分為隔音符號。推行漢語拼音方案，對漢字注音、統一讀音、推廣普通話和語文教學都有重大影響，聯合國及其

他國際組織都用此為拼寫中國人名、地名、專門符號和術語的標準。[10]

以下為「漢語拼音方案」之〈聲母表〉：

b	p	m	f		d	t	n	l
ㄅ玻	ㄆ坡	ㄇ摸	ㄈ佛		ㄉ得	ㄊ特	ㄋ訥	ㄌ勒

g	k	h		j	q	x
ㄍ哥	ㄎ科	ㄏ喝		ㄐ基	ㄑ欺	ㄒ希

zh	ch	sh	r		z	c	s
ㄓ知	ㄔ蚩	ㄕ詩	ㄖ日		ㄗ資	ㄘ雌	ㄙ思

以下為「漢語拼音方案」之〈韻母表〉：

	i ㄧ　　衣	u ㄨ　　烏	ü ㄩ　　迂
a ㄚ　　啊	i a ㄧㄚ　　呀	u a ㄨㄚ　　蛙	
o ㄛ　　喔		uo ㄨㄛ　　窩	
e ㄜ　　鵝	ie ㄧㄝ　　耶		üe ㄩㄝ　　約
ai ㄞ　　哀		u a i ㄨㄞ　　歪	

<hr />

10 上述資料參考《中國語言學大辭典》編委會編：《中國語言學大辭典》（南昌市：江西教育出版社，1991年），頁43，「漢語拼音方案」條。

ei ㄟ 欸		uei ㄨㄟ 威	
ao ㄠ 熬	iao ㄧㄠ 腰		
ou ㄡ 歐	iou ㄧㄡ 憂		
an ㄢ 安	ian ㄧㄢ 烟	uan ㄨㄢ 彎	üan ㄩㄢ 冤
en ㄣ 恩	in ㄧㄣ 因	uen ㄨㄣ 溫	un ㄩㄣ 暈
ang ㄤ 昂	iang ㄧㄤ 央	uang ㄨㄤ 汪	
eng ㄥ 亨	ing ㄧㄥ 英	ueng ㄨㄥ 翁	
ong （ㄨㄥ） 轟	iong ㄩㄥ 雍		

（以上圖表亦見《普通話水平測試大綱》及一般常用字典、詞典。）

四　普通話語音系統

　　普通話，即「現代漢語民族共同語」，以北京語音為標準音、以北方話為基礎、以典範現代白話文著作為語法規範。

　　普通話共有二十二個聲母，除了零聲母，其餘二十一個聲母可按發音部位與發音方法表列如下（〔　〕內是國際音標、〔　〕外是漢語拼音方案音標）：

普通話聲母分類表

普通話二十一個輔音聲母分類表

發音方法／發音部位		塞音		塞擦音		擦　音		鼻音	邊音
		清		清		清	濁	濁	濁
		不送氣	送氣	不送氣	送氣				
唇音	雙唇音	b[p]	p[pʻ]					m[m]	
	唇齒音					f[f]			
舌尖中音		d[t]	t[tʻ]					n[n]	l[l]
舌根音		g[k]	k[kʻ]			h[x]			
舌面音				ʝ[tɕ]	q[tɕʻ]	x[ɕ]			
舌尖後音				zh[tʂ]	ch[tʂʻ]	sh[ʂ]	r[ʐ]		
舌尖前音				z[ts]	c[tsʻ]	s[s]			

　　普通話共有三十九個韻母。按《漢語拼音方案》韻母表，一共列出三十五個韻母，另外還有四個韻母：ê〔ɛ〕、-i〔ɿ〕、-i〔ʅ〕和而 er〔ɚ〕。以下是據開齊合撮四呼分類的韻母表：

普通話韻母總表

普通話韻母總表

四呼／韻母構成	開口呼	齊齒呼	合口呼	撮口呼
單元音韻母		i[i]	u[u]	ü[y]
	ɑ[A]	iɑ[iA]	uɑ[uA]	
	o[o]		uo[uo]	
	e[ɤ]			
	ê[ɛ]	ie[iɛ]		üe[yɛ]
	-i[ɿ]、-i[ʅ]			
	er[ɚ]			
複元音韻母	ɑi[ai]		uɑi[uai]	
	ei[ei]		uei[uei]	
	ɑo[ɑu]	iɑo[iɑu]		
	ou[ou]	iou[iou]		
鼻韻尾韻母	ɑn[an]	iɑn[iɛn]	uɑn[uan]	üɑn[yɛn]
	en[ən]	in[in]	uen[uən]	ün[yn]
	ɑng[ɑŋ]	iɑng[iɑŋ]	uɑng[uɑŋ]	
	eng[əŋ]	ing[iŋ]	ueng[uəŋ]	
			ong[uŋ]	iong[yŋ]

五　《中原音韻》與普通話

　　《中原音韻》記錄了元代的北方語音實況，此書由元朝人周德清在一三二四年，按當時戲曲的用韻而編成。此書收錄五千八百七十六字，分別歸納入東鍾、江陽、支思、齊微、魚模、皆來、真文、寒山、桓歡、先天、蕭豪、歌戈、家麻、車遮、庚青、尤侯、侵尋、監咸、廉纖十九個韻部。聲調分平聲陰陽兩類，上、去、入三聲各一類。近代音韻學者羅常培曾分析書中同音字，歸納出二十個聲母。按中古聲母系統而言，《中原音韻》的聲母已有很大變化發展，與普通話不同之處較少，並發現當時仍有微母，見、溪、曉和精、清、心則未分類。[11]以下為羅氏《中原音韻聲類考》之對比分析：

	《中原音韻》聲母	普通話聲母
1	幫並*	b
2	滂並*	p
3	明	m
4	非敷奉	f
5	微	o
6	端定*	d
7	透定*	t
8	泥娘疑*	n
9	來	l
10	見群*	g、j
11	溪群*	k、q

---

11 見羅常培著：《〈中原音韻〉聲類考》，《中央研究院歷史語言研究所集刊》2.4。另參考陳新雄著：《〈中原音韻〉概要》，收錄於《校訂補正〈中原音韻〉及正語作詞起例》，李殿魁校訂（臺北市：學海出版社，1977年），頁15-52。

	《中原音韻》聲母	普通話聲母
12	曉匣	h 、 x
13	影喻疑*	o
14	照知牀澄*	zh
15	穿徹牀澄*	ch
16	審禪	sh
17	日	r
18	精從*	z 、 j
19	清從*	c 、 q
20	心邪	s 、 x

＊有部分字入此部

至於韻部方面，其十九部之分佈與普通話韻母對應大致如下：

韻目次序	《中原音韻》韻部	普通話韻母	
13	家麻	ɑ	
12	歌戈	e	o
14	車遮	ê	
6	皆來	ɑi	
3	支思	-i	er
4	齊微	i	ei
5	魚模	u	Ü
16	尤侯	ou	
11	蕭豪	ɑo	
9	桓歡		
8	寒山	ɑn	
18	監咸		

韻目次序	《中原音韻》韻部	普通話韻母
10	先天	
19	廉纖	
7	真文	en
17	侵尋	
2	江陽	ɑng
15	庚青	eng
1	東鍾	ong

　　如從中古音系對照來看（見後之中古音及《廣韻》一節），這個音系有三大特點：其一、韻部大量減少，有若干韻尾相同或相近的合併一起。其二、車遮韻部由麻韻分出來，支思由支脂分出來。其三、中古時收入聲韻-p、-t、-k 的全部消失。

　　聲調方面，相對中古音系而言，普通話音系有較大變化：其一、平聲調分陰陽兩類，即是本是清聲母字讀陰平調，濁聲母字讀陽平調。其二、原本是清音和次濁聲母字仍是讀上聲，但原本全濁上聲字則讀作去聲。其三、入派三聲，即是所有中古時收-p、-t、-k 入聲韻尾的讀音，全部分散到平、上、去三聲。

六　廣州話語音系統

　　現代漢語方言，一般劃分為七大方言區（見後頁方言區分布圖）。方言的劃分，主要按各方言語言特點來分。廣東簡稱「粵」，廣東境內方言之一「廣州話」又稱「粵方言」。粵方言主要分布在廣東省中部、西南部和珠江三角洲一帶。香港、澳門使用之主要方言為粵方言。粵方言以廣州話為代表，一般稱廣州話，又稱廣府話、廣東話。

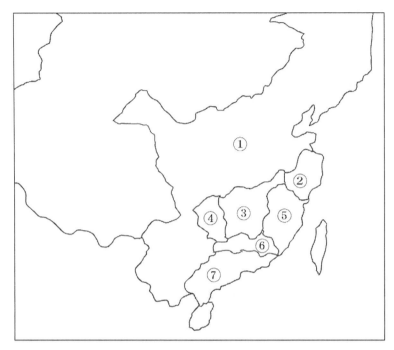

方言區分布圖

① 北方方言　② 吳方言　③ 贛方言
④ 湘方言　⑤ 閩方言　⑥ 客家方言
⑦ 粵方言

　　粵音的語音系統，由於所涉範圍廣闊，按粵語特點之接近或差異情況之不同，可以分粵海片、五邑片、高雷片和廣西片。各地略有不同，廣州話是屬於粵海片，香港及澳門都劃入粵海片之內。

　　以下從聲母、韻母及聲調三方面，介紹廣州話語音系統。

　　*本節所用音標主要依國際音標系統及黃錫凌《粵音韻彙》，如引錄其他音標系統，音標則用〔　　〕標示。

（一）聲母系統

雙脣音	p	p'	m	
	巴	趴	媽	
脣齒音	f			
	花			
舌尖音	t	t'	n	l
	打	他	那	啦
舌葉音	tʃ	tʃ'	ʃ	
	揸	叉	沙	
舌根音	k	k'	ŋ	
	家	卡	牙	
圓脣舌根音 （圓脣塞音）	kw	kw'		
	瓜	誇		
喉音	0		h	
	丫		蝦	
半元音	j		w	
	吔		哇	

連同零聲母計算，一共二十個聲母。

表中各字例一律採用響元音「a」及平聲例子（主要用陰平）。

（二）韻母系統

元音舌位	單元音韻母	複元音韻母	鼻音尾韻母		塞音尾韻母		鼻化韻母	
低元音	a 丫		am 岩		ap 鴨		m̩ 唔	
			an 晏		at 壓		ŋ̩ 五	
			aŋ 罌		ak 軛			
		ai 唉						
		au 坳						
	(ɐ)		ɐm 庵		ɐp 噏			
			ɐn 奀		ɐt 失			
			ɐŋ 鶯		ɐk 呃			
		ɐi 翳						
		ɐu 歐						
半低元音	ɔ 柯		ɔn 安		ɔt 渴			
			ɔŋ 骯		ɔk 惡			
		ɔi 哀						
	œ 靴		œn 津		œt 卒			
			œŋ 羌		œk 腳			
		œy 居						
半高元音		ou 澳						
	ɛ 賒		ɛŋ 腥		ɛk 錫			
		ei 希						
高元音	i		im 閹		ip 業			
			in 煙		it 熱			
			iŋ 英		ik 益			
		iu 腰						
	y 於		yn 冤		yt 月			

元音舌位	單元音韻母	複元音韻母	鼻音尾韻母	塞音尾韻母	鼻化韻母
	u　烏		un　桓	ut　活	
			Uŋ　甕	Uk　屋	
		ui　煨			

廣州話低短元音〔ɐ〕並沒有對應的音義作用，若以上述各類元音及其與輔音之組合計算，一共五十三個韻母。

(三) 聲調系統

廣州話聲調連同入聲之短促調計算一共有九個聲調，有人簡稱之為「九聲」。

由於入聲的高、中、低三調之音高，與非入聲之陰平、陰去、陽去三調相對應，因此廣州話的九個聲調可以算作六種音高，於是有說廣州話有九聲六調。

以下是調類、調值、調號的綜合表列：

調類	舒　　聲　　調						促　　聲　　調		
	陰平〔高平〕	陰上〔高上〕	陰去〔高去〕	陽平〔低平〕	陽上〔低上〕	陽去〔低去〕	陰入〔高入〕	中入〔中入〕	陽入〔低平〕
調號	1	2	3	4	5	6	7	8	9
調值	55 53※	35	33	11	13	22	55	33	22
字例	分	粉	訓	焚	奮	份	忽	發*	佛

用六調的處理，就不分舒聲調和促聲調，調號只用六個：

調類	陰平 陰入	陰上	陰去 中入	陽平	陽上	陽去 陽入
調號	1	2	3	4	5	6
調值	55 53※	35	33	11	13	22
字例	分 忽	粉	訓 發*	焚	奮	份 佛

* 上表各類字調原則上一律主要用元音「ɐ」，由於中入聲有
沒同調字可用，於是改用元音「a」（「發」fat）。其他中入
聲字例有「八」、「殺」、「客」、「格」、「札」等。※ 55、53
超平與高平之分別。

　　由於「中入」聲調是基於廣州話的陰入之元音音色不同而產生，
於是有將「陰入」、「中入」、「陽入」稱作「上陰入」、「下陰入」、「陽
入」。

　　按韻尾的不同，廣州話音節可分兩類。一類是元音韻尾或元音＋
-m、-n、-ŋ 的舒聲韻；另一類是的韻尾收 -p、-t、-k 的促聲韻。出現
舒聲韻的聲調叫舒聲調，出現促聲韻叫促聲調。廣州話聲調是陰陽高
低相配，陰入因為可以再分長短元音，於是分為兩個聲調，長元音的
叫仍舊叫陰入，短元音叫中入。上表中主要用〔ɐn〕做基調。

　　廣州話的陰平調有兩個調值，即是陰平分化為高平調（55）和高
降調（53）兩類。例如，「鷹」、「龜」是讀高平調（55），「高」、
「天」、「開」、「心」等，可以讀兩種不同的陰平調。[12]

---

12 有關說法及例子見饒秉才等著：《廣州話方言詞典》，頁276-277。李新魁著：《香港
　　方言與普通話》（香港：中華書局香港有限公司，1988年），頁46-47。

字例	高平調（55）	高降調（53）
高	高明、高攀、高登、登高	高見、高手、高興、身高
天	天光、天氣、天棚、冷天	熱天、天井、秋天、天才、天文臺
開	開車、開心、開刀、打開	開始、開張、開明、公開
心	心多、心機、好心、良心	心口、心抱、心不在焉、心大心細

　　按實地查考所知，現在港式粵語高降調字很多都讀高平調。此現象可能與社會生活節奏急促，人之說話語速趨向快捷有關。

　　除了高平調（55），廣州話的入聲，即收 -p、-t、-k 的促聲韻，若按六調再分，還有一個上陰入促聲調（35），例如「賞月」的「月（jyt 35）」；另一個下陰入促聲調（33）、「捉棋」的「捉」，老一輩口語中有讀作（tʃuk 33）。

七　廣州話拼音

　　廣州話拼音或稱粵語拼音，在香港較流行而又簡明易記的有《粵音韻彙》、《中華新字典》、《廣州話正音字典》、《廣州音字典》、《常用字廣州音讀音表》、《粵語拼音字表》幾種。此外，另可參考〈粵語拼音方案對照〉（包括聲、韻、調三類）。[13]

八　普通話與廣州話語音比較

　　關於普通話與廣州話的比較分析，近數十年來，陸續有不少學者討論研究，其中具代表而又影響深的有王力、李新魁、詹伯慧等專

---

13 詹伯慧主編《廣東粵方言概要》（廣州市：暨南大學出版社，2002年），頁614-617。

家。[14]以下綜合諸家之說，歸納兩套語音的特點如下：

(一) 聲母方面

廣州話、普通話發音基本上相同的聲母：

b　p　m　f　d　t　n　l　g　k

普通話有七個聲母是廣州話沒有，包括：

舌尖後音（又稱翹舌音）　zh　ch　sh　r
舌尖前音（又稱平舌音）　z　c　s

普通話另一組舌面聲母 j、q、x 亦是廣州話沒有的。此與廣州話之一組舌葉音（即比舌尖前音稍為偏後位置） dz、ts、s 的發音稍為接近。但是 dz、ts、s 不等同 j、q、x。

普通話舌音有二組，廣州話則只一組舌葉音。廣州話沒沒翹舌音 r ，此類字音多讀作半元音 J。

聲母 h 之差異，普通話為舌根音，與 g、k 一組。廣州話聲母 h 則是喉門清擦音，發音部分較普通話的舌根音較後，如「蝦」ha、「峽」hap、「黑」hɐk，兩者之聲母 h 有所不同。普通話前兩音是舌面擦音〔ɕ〕，後者是舌根擦音〔x〕。

廣州話有聲母 ŋ，普通話則沒有。廣州話念聲母 ŋ 的字音，普通話多讀作零聲母，如「牙」，廣州話為 ŋa，普通話讀 ya。又如「咬」，廣州話為 ŋau，普通話讀 yao。

---

14 本節有關粵音之比較，參考〈廣州話和普通話語音比較〉，見詹伯慧主編：《廣東粵方言概要》（廣州市：暨南大學出版社，2002年），頁20-30。

　　廣州話有一組圓脣化聲母 gw、kw（國際音標 kw、kw'），普通話則沒有。現在有些人將廣州音「光」（gwɔŋ）、「剛」（gɔŋ）混為 gɔŋ。然而，普通話諗 guang 與廣州話讀 gwɔŋ，又稍有不同。

（二）韻母方面

　　廣州話、普通話於發音上基本相同的韻母：

a	o	i	u	y（ü）
ai	ei	au（ao）	ou	
an	in	yn（ün）	aŋ	uŋ（ong）

　　普通話有而廣州話沒有：

e　　-i（zhi 組的-i）　　-i（zi 組的-i）　　er　en　eng

　　廣州話韻中沒有 e 韻母。
　　廣州話有前圓脣 œ 為主要元音的韻母，普通話則沒有。

œ	œy	œn	œŋ	œt	œk
靴	壚	敦	央	卒	雀

　　廣州話有一組收-m 韻尾韻母：

am	ɐm	im
監	鵪	炎

此類收 -m 韻尾韻母，普通話讀為 -n，例如：

	廣州話	普通話
貪	tam	tan
鹹	ham	xian
心	sɐm	xin
音	jɐm	yin
廉	lim	lian
添	tim	tian

　　廣州話有收入聲韻，收 -p 韻母，如「葉」、「汁」、「立」；收 -t 韻母，如「質」、「失」、「不」；收 -k 韻母，如「得」、「屋」、「惡」。普通話則沒有入聲韻。

（三）聲調方面

　　從調類而言，廣州話的陰平、陽平、陰上、陰去，可以說相當於普通話的陰平、陽平、上聲、去聲。廣州話有部分陽上聲字（如「上」、「市」）讀為普通話的去聲；廣州話有部分陽去聲字（如「事」、「路」）讀為普通話的去聲。兩者關係可表示如下：

廣州話		普通話
陰平	--------------	陰平（第一聲）
陽平	--------------	陽平（第二聲）
陰上		
陽上		上聲（第三聲）
陰去		
陽去		去聲（第四聲）

以下表列普通話、廣州話調類和調值：

普通話				廣州話			
調號	調類	調值	字例	調號	調類	調值	字例
1	陰平聲	55	分	1	陰平	55/53	分
2	陽平聲	35	焚	2	陰上	35	粉
3	上聲	214	粉	3	陰去	33	訓
4	去聲	51	奮	4	陽平	11	焚
				5	陽上	13	憤
				6	陽去	22	份
				7	上陰入	5	忽
				8	下陰入	3	發*
				9	陽入	2	佛

* 「發」（fat）借用，有關解說見前。

古代漢語語音

　　語音是人類每天生活中都應用的交際工具，隨著時間發展、社會發展，語音也會有所變化。語音學家曾將漢語語音演變歷史劃分成不同時段，目的是要在漢語發展史上規劃出幾個具代表性共時音系，以便系統研究。王力《漢語史稿》分為四個時期，董同龢《漢語音韻學》分為五個時期，現參考鄒曉麗《古漢語入門》（1996）的整理，綜合為四期[15]：

---

15 鄒曉麗著：《古漢語入門》（北京市：語文出版社，1996年），頁66。

1 上古期（西元前十一世紀至二世紀）又稱上古音時期：
主要研究材料是《詩經》與《楚辭》的用韻及其他文獻的注音

2 中古期（西元三世紀至西元十三世紀）又稱中古音時期：
主要研究材料是《切韻》及與它同一體系的《廣韻》

3 近代（西元十四世紀至十九世紀）又稱近古音時期：
主要研究材料是《中原音韻》等韻書

4 現代（西元二十世紀初始）又稱現代音時期：
主要研究材料是方言

以朝代來分，上古是指周秦、兩漢；中古是魏晉南北朝、隋唐宋；近古是元明清。

漢語歷史發展悠長，語音當然也隨著時代進程而發展變化。語言學者通過對文獻資料的查考，包括古籍字音字義之訓解、韻文用韻方式、韻書所收錄的字音及韻部編排，以及古人注音的方法，提出了不少關於漢語語音變化的觀點。要而論之，漢語語音變化大概可扼要歸納為兩類：

1 一個音系中的變化

上古音系沒有輕脣音「f」、「v」，中古音和現代音的「f」，在古代都是讀作「b」、「b'」或「p」、「p'」。例如「幫」、「扮」，當中的示音字形「封」、「分」，現代都讀作「f」，都可以充份反映出古代是沒有輕脣音。

又如韻尾收「-m」、「-p」的字，「林」、「今」；「立」、「急」等字的讀音，在普通話裏已將「-m」變為「-n」，「-p」就脫落不見，廣州

話則仍然保留著這兩類古音的特質。韻尾收「-m」、「-p」的現象，可以在中古時期《廣韻》這部韻書裏發現得到。《廣韻・侵韻》「林」、「臨」、「心」、「任」、「針」、「尋」，在廣州話裏都以「em」為韻，普通話就分別變作「in」、「en」、「un」；「-m」變為「-n」。

2 用字方面的語音變化

從個別字音變化來看，一個字音的變讀會與方言，或近音等情況相關。這些個別變化，有時是難以用音系來理解，只能當是歷史上的個別音變。文獻保留下來的又音、古音，通常會與這個現象相關。例如「睇」、「睩」、「薀」、「揗」等，都是見於古代文獻的粵方言字詞，這些字在秦漢以後的書面語上都甚少出現，但語音仍保留下來。今天廣州話裏可以經常聽得到，例如「睇戲」、「睩大眼」、「薀仔」、「亂揗」。然而，有些字經過長時間的應用，或由於方音影響，發生了語音變化，例如「歲」、「濊」、「劌」；「化」、「訛」、「靴」這兩組，從字形結構來看，它們分別同用一個聲符，在字的讀音方面應該有一定的相同或相近特質。然而，這些字的廣州話讀音就完全不同，要用音系的變化來解釋也比較困難，一般都視之為個別字音的變讀。

上古音

由於語音是為人所用，它是抽象的物質，在使用期間發生了變化是很自然的事情。然而，最準確記下語音方法，就是實地錄音。可是錄音機的發明是近幾十年的事，古音到底怎樣，事實上沒有人知道。今天留下來的古音資料，原則上只有文獻記錄，要研究古代語音，一般都從文獻資料入手。

上古音主要指先秦的聲、韻、調系統。先秦時期的記音方法主要

用讀若法和直音法，東漢許慎《說文解字》是這樣記音：

匚，讀若方。

癶，讀若撥。

亼，讀若集。

澌，讀若哥。

諯，讀若專。

雀，讀與爵同。

龢，讀與禾同。

豊，讀與禮同。

卟，讀與稽同。

悴，讀與《易》〈萃卦〉同。

這種讀若及直音的記音方式，只能讓人知道某些字的同音或近音，但不能清楚知道這些字的具體讀音。（假如兩個同音字都不懂讀，就完全沒法知道應該怎樣讀。若只知其中一音，也不能絕對肯定古代是這樣讀。）後來，有些古音研究者，利用先秦韻文中協韻的字做繫聯分類，歸納出當時的韻部。

一 上古音韻部

上古音研究，按今天文獻記載，較早是宋人吳棫和鄭庠。鄭庠《古音辨》將古韻分為東、支、魚、真、蕭、侵六部，這六個韻目是依唐人詩韻，此與後來金人王文郁《平水新刊韻略》、南宋人劉淵增修的《壬子新刊禮部韻略》之韻目相同。明清時，古音學者顧炎武（《音學五書》）將在唐代流行的《唐韻》韻部分類，分古音為十部。

之後有學者再在十部基礎上研究。清人段玉裁《六書音均表》把《詩經》韻腳作系統歸類，分為上古音十七部。後來又有學者利用先秦詩歌韻腳與散文韻語，把研究範圍擴大，也有借助形聲字之聲符做歸類研究。上古音韻部之分類越分越細，對古音研究頗有影響。

　　以下介紹兩種較重要的古音研究成果，包括其構擬讀音：

1 黃侃的古韻二十八部

　　黃侃是清末古音學專家，他採用清人戴震的陰聲、陽聲、入聲三者對應理論，並在其師章炳麟《成均圖》（分古音為二十三部，「均」即「韻」，古通用）的基礎上，建立了古音二十八部體系。近代學者周秉鈞《古漢語綱要》將之表解如下[16]：

陰聲	灰　　　　歌（戈）	齊模侯　蕭豪咍	
入聲	屑　沒　　　曷（末）	錫鐸屋　沃　德	合　帖
	〔t〕	〔k〕	〔p〕
陽聲	先　魂（痕）寒（桓）	青唐東　冬　登	覃　添
	〔n〕	〔ŋ〕	〔m〕

2 王力的周秦古韻三十部

　　王力採用黃侃陰、陽、入三分主張，又參詳其他學者研究成果，將上古音分為三十部（王力曾考訂《詩經》時代古韻為二十九部、《楚辭》時代為三十部，當中的差異是冬部 uŋ），同時借用國際音標構擬整個音系。王力《漢語史稿》將上古韻部分析為二十九個韻部，其後在《同源字典》以表解方式作如下處理[17]：

16　見周秉鈞編著：《古漢語綱要》（長沙市：湖南教育出版社，1983年），頁160。

17　二十九部之劃分見王力著：《漢語史稿》（北京市：中華書局，1980年），頁60-69，

陰聲			入聲			陽聲		
無韻尾	之部 ə		韻尾 -k	職部 ək		韻尾 -ŋ	蒸部 əŋ	
	支部 e			錫部 ek			耕部 eŋ	
	魚部 a			鐸部 ak			陽部 aŋ	
	侯部 ɔ			屋部 ɔk			東部 ɔŋ	
	霄部 o			沃部 ok				
	幽部 u			覺部 uk			〔冬部〕 uŋ	
韻尾 -i	微部 əi		韻尾 -t	物部 ət		韻尾 -n	文部 ən	
	脂部 ei			質部 et			真部 en	
	歌部 ai			月部 at			元部 an	
			韻尾 -p	緝部 əp		韻尾 -m	侵部 əm	
				盍部 ap			談部 am	

至於王力的二十九部分類詳見下文的「陰陽對轉」一節。

二 上古音聲系

　　上古音聲母指兩漢以前的聲母系統。此聲母系統主要由中古音聲母加以分立而確定。中古音聲母系統主要以三十六字母立說，由敦煌出土唐代卷子《歸三十字母例》做基礎，再經宋人增添六個而成。三十六字母就是三十六個聲母，以三十六個漢字代表：

　　見溪群疑　端透定泥　知徹澄娘　幫滂並明　非敷奉微

　　精清從心邪　照穿床審禪　影曉匣喻　來日

第十節〈上古的語音系統〉。表解見王力著《同源字典》（北京市：商務印書館，1987年），頁13，第十節〈上古的語音系統〉。

　　學者通過一些語音現象分析，從中古音推衍上古音。以下介紹幾條重要定律[18]：

1 古無輕脣說

　　此說由清人錢大昕提出，錢氏認為兩漢前沒有脣齒擦音。即是中古三十六字母中「非敷奉微」四個聲母，在上古都讀成「幫滂並明」，同屬重脣音。錢氏從文獻舉出相當豐富例子，例如「封域」即是「幫域」，「扶服」即是「匍匐」，「蕪菁」即是「蔓菁」，「妃」讀如「配」等。事實上，粵方言也有不少字仍舊讀作重脣音，例如「仆」、「浦」、「裴」等，從文字結構聲符與本字讀音，都可以發現重脣音和輕音的關係，此於不少方言、方音的讀法都可以提供佐證。

2 古無舌上音說

　　此說也是清人錢大昕提出，錢氏認為兩漢前沒有舌上音，即舌尖後塞擦音。即是中古三十六字母中「知徹澄」三個聲母，在上古都讀成「端透定」，都是屬於舌頭音，即舌尖前塞音。錢氏舉出例子有「竺」又作「篤」；「直」又作「特」；「沖子」即「童子」；「追琢」即「彫琢」、「敦琢」；「古讀『根』如『棠』」；「古讀『池』如『沱』」等，論證了上古時此等中古讀作舌上音都一律讀作舌頭音。

3 娘、日歸泥說

　　此說由清末學者章炳麟提出，章氏認為兩漢前沒有舌尖後鼻音和舌尖後擦音。即是中古三十六字母中「娘日」兩母字，在上古都歸併

---

18 有關說法參考馬景侖主編：《漢語通論》（南京市：江蘇古籍出版社，2002年），頁209-212。張世祿主編《古代漢語教程》（修訂版）（上海市：復旦大學出版社，2000年），頁303-304。

一起讀成「泥」母。章氏舉出大量例證，如「涅」是從日得聲，《論語》〈陽貨〉「涅而不緇」有作「泥而不緇」，可見日泥是同音。又論證古音「任」同「男」；「而」同「耐」、「能」。引《白虎通德論》、《釋名》都有「男，任也」；「南之為言任也」的訓解，論證「男」、「南」都是「泥」母。又指出「仲尼」《夏堪碑》作「仲泥」，證明今音尼聲字古音都讀作「泥」。

4 喻三歸匣、喻四歸定

此說由清末學者曾運乾提出，曾氏認為中古音喻母在兩漢前分別是舌尖中塞音與舌面擦音，即兩者是同類。即是中古三十六字母喉音「喻」母字，實際上是兩個聲母，一是喻三，另一是喻四。曾氏在《喻母古讀考》稱喻三為于母（于，粵音讀陽平），喻四仍舊稱為喻母，認為中古喻三在上古音與匣母（舌根濁塞音）同類，中古喻四在上古音與定母（舌尖前濁音）同類。

喻三與匣母字同音例子有：古讀「于」（喻三，曾氏將此類稱為「于」母）如「乎」（匣紐）（紐，即是聲母），古讀「營」（喻三）如「環」（匣紐）。曾氏舉出文獻例證，如古讀「瑗」如「奐」，《春秋‧左氏‧襄二十七年》「陳孔奐」，《公羊》作「陳孔瑗」。又古讀「瑗」如「環」，如《春秋》〈襄二十七年〉「齊侯環卒」，《公羊》作「齊侯瑗」。以上都可證上古音喻、匣兩紐讀音相同。

喻四與定母字同音例子有：古讀「也」（喻四）如「它」（定紐）；古讀「余」（喻四）如「荼」，《易經》〈升卦〉：「來徐徐」；《經典釋文》：「子夏作荼荼，翟同，音圖，王肅作余余」。又如《管子》「易牙」一詞，《大戴禮》、《論衡》均作「狄牙」。「余」是喻紐，「荼」是定紐；「易」是喻紐，「狄」是定紐，可見兩者上古是同類。

5 照二歸精、照三歸知

此說由黃侃提出，是指中古照系二等字在上古屬精系，照系三等字在上古屬知系。例如：「則」是精母，但以「則」得聲的「側」、「測」、「厠」在中古是二等字。又如「且」字，由此得聲的「徂」、「組」、「粗」是中古精母字，但「阻」、「鉏」、「俎」等則是中古二等字。至於照三歸知，就比較複雜，簡要點說，就是將照三一組分為二：一是端透定（舌尖中音）、另一是知徹澄（舌面前），上古音則不分。

6 古音十九紐

黃侃據清人錢大昕「古無輕脣音」、「古無舌上音」等理論及其他學者研究成果，結合個人對《廣韻》古本韻之考證，歸納出古聲母只有十九個聲母。黃氏說：「古聲之數有十九，曰：影、曉、匣、見、溪、疑、端、透、定、泥、來、精、清、從、心、幫、滂、並、明。」（《聲韻略說》）詳見下表：

喉音	牙音	舌音	齒音	脣音
影（喻于）〔o〕	見〔k〕	端（知照）〔t〕	精（莊）〔ts〕	幫（非）〔p〕
曉〔x〕	溪〔k'〕	透（徹穿審）〔t'〕	清（初）〔ts'〕	滂（敷）〔p'〕
匣〔ɣ〕		定（澄神禪）〔d〕	從（床）〔dz〕	並（奉）〔b〕
	疑〔ŋ〕	泥（娘日）〔n〕	心（山邪）〔s〕	明（微）〔m〕
	來〔l〕			

表中（　）內之聲紐於古代沒有，如端紐（知照）都讀作端紐，中古時則分化為知照兩類。

至於上古音聲調研究，歷來意見不同，觀點不一。現擷取較具代表之說如下：

代表人物	年代	對上古音聲調的主張	平	上	去	入
陳第、江永	明清	四聲不拘	/	/	/	/
顧炎武	清	四聲一貫	✓	✓	✓	✓
段玉裁	清	古無去聲	✓	✓		✓
孔廣森	清	古無入聲	✓	✓	✓	
王念孫、江有誥	清	古有四聲	✓	✓	✓	✓
黃侃	清末	先秦有平入兩聲	✓			✓
王力	現代	古無去聲，入聲分長入、短入兩類	✓	✓		✓

中古音

　　按語音史分期而論，中古音主要以隋唐時期語音為代表。按學者研究劃分，由五胡亂華起，直到南宋前期為止，都可以算是中古音範疇。隋末唐初，陸法言匯集諸家之見刊行了一部非常有影響力的韻書──《切韻》。歷來研究中古音的專家都以此書及與之同一系統的韻書作為重要研究材料。一般所謂中古音，是指《切韻》和《切韻》系韻書（包括在宋代重修的《廣韻》）所反映之音系。此外也可利用唐末時出現的三十六字母作對應式參考。中古音聲母系統主要由《切韻》系書的記音方式（反切）歸納而來，一共三十六個。此與三十六字母內容稍有不同：

1　脣音「非敷奉微」歸入「幫滂並明」，即由八個合為四個一組。
2　齒音「照穿床審」分出「莊初崇生」四個，即由四個衍生為八個兩組。
3　喉音「喻」母分出「喻三」、「喻四」，而「喻三」又歸入「匣」母。

綜合研究結果，中古音的聲母總數也剛好是三十六個。

以下為中古音聲母表[19]：

脣音			幫（非）p	滂（敷）p	並（奉）v	明（微）m
舌音	舌頭		端 t	透 t'	定 d	泥 n
	舌上		知 ţ	徹 ţ'	澄 ḑ	娘 ɳ
齒音	齒頭		精 ts 心 s	清 ts'	從 dz 邪 z	
	正齒	照三	照 tɕ 審 ɕ	穿 tɕ'	神 dʑ 禪 ʑ	
		照二	莊 ʧ 生 ʃ	初 ʧ'	崇 dʒ	
牙音			見 k	溪 k'	群 g	疑 ŋ
喉音			影 Ø	曉 x	匣（喻三）ɤ	喻（喻四）j
半舌						來 l
半齒						日 ŋʑ

　　中古音韻母與聲調，主要根據《切韻》系統之《廣韻》來分析。《切韻》是隋朝人陸法言集南北語音學者之見而編成的韻書，書成於西元六〇一年，後來亡佚。北宋時，官方集《切韻》系韻書之大成而編成《大宋重修廣韻》（簡稱《廣韻》），是中國歷史上最重要的韻書。由於《廣韻》因襲《切韻》的反切系統，它所反映之音系，原則上應該是中古時期的語音。

　　《廣韻》全書以平、上、去、入四聲編排，清楚記錄了四聲類別。全書一共二〇六個韻部，平、上、去、入各類韻部互相配應，用反切方法記音。它是研究中古音的首要依據，也是推求上古音的重要

19　見王寧等編：《古代漢語通論》（北京市：北京師範大學，1996年），頁124。

材料。《廣韻》二〇六韻，假如不以聲調計算（例如：東、董、凍都是 uŋ），而按四聲相配處理，可歸納為六十一類韻，一共九十個韻母。詳見下表[20]：

韻目次序	四聲 平上去入	韻目次序	四聲 平上去入	韻目次序	四聲 平上去入
1	東董送屋	21	真軫震質	41	麻馬禡
2	冬湩宋沃	22	諄準稕術	42	陽養漾藥
3	鐘腫用燭	23	臻　櫛	43	唐蕩宕鐸
4	江講絳覺	24	文吻問物	44	庚梗映陌
5	支紙寘	25	欣隱焮迄	45	耕耿諍麥
6	脂旨至	26	元阮願月	46	清靜勁昔
7	之止志	27	魂混慁沒	47	青迥徑錫
8	微尾未	28	痕很恨紇	48	蒸拯證職
9	魚語御	29	寒旱翰曷	49	登等嶝德
10	虞麌遇	30	桓緩換末	50	尤有宥
11	模姥暮	31	刪潸諫黠	51	侯厚候
12	齊薺霽	32	山產襉鎋	52	幽黝幼
13	祭	33	先銑霰屑	53	侵寢沁緝
14	泰	34	仙獮線薛	54	覃感勘合
15	佳蟹卦	35	蕭筱嘯	55	談敢闞盍
16	皆駭怪	36	宵小笑	56	鹽琰艷葉
17	夬	37	肴巧效	57	添忝㮇帖
18	灰賄隊	38	豪皓號	58	咸豏陷洽
19	咍海代	39	歌哿箇	59	銜檻鑑狎
20	廢	40	戈果過	60	嚴儼釅業
				61	凡范梵乏

20 見馬景崙主編：《漢語通論》（南京市：江蘇古籍出版社，2002年），頁205。

根據韻尾的特點，可以將《廣韻》的韻部劃分為三大類：

1　陰聲韻　（即沒有韻尾或以元音收尾）
2　陽聲韻　（即以鼻音 m、n、ŋ 收尾）
3　入聲韻　（即以清塞音 p、t、k 收尾）

上表六十一類劃分，包括陰聲韻二十六個、陽聲韻三十五個、入聲韻三十四個。假如用廣州話來讀，大可發現這六十一類韻的讀音相配情況，基本上與中古音系統完全吻合，可見廣州話音系與中古音關係非常密切，但不能說廣州音系就等同中古音系。

瑞典語音學家高本漢（Klas Bernhard Johannes Karlgren, 1889-1978）曾依據《廣韻》將中古音分為二百九十類，這包括了平上去入四聲。假如用四聲相配分法，再加上四呼開合細分，就有九十個韻。由此配合人類語音學理之元音舌位分析，構擬出一個細緻而具有四聲等呼的《廣韻》音系。[21]

開合指開口、合口兩呼。有介音或主要元音是 u 的韻叫合口呼，不帶 u 介音或主要元音不是 u 的韻叫開口呼。等是指一、二、三、四等，一、二等沒有 i，發音時口腔共鳴空際較大，又稱洪音；三、四等韻有 i 介音，發音時口腔共鳴空際較細，又稱細音。簡要點說，具介音的讀法如普通話的 jiang、zhuang、yüe，讀起來會較沒有介音的音稍為延長。相對而言，沒有 i、u、ü 的讀音就較短促。

21　高氏分析及其表解，可參考王寧等編：《古代漢語通論》（北京市：北京師範大學，1996年），頁126-132。

古今音的差異

　　通過對古音研究，可以發現它與現代音系的異同，兩者在聲、韻、調都存有差異，而又有千絲萬縷關聯。在語言文字學習方面，例如閱讀古代文獻，特別是踫到一些關於用韻文字的讀音、人名地名的讀法，或是文句詞字的訓解，又或是形聲字的聲符讀音等問題，假如具備了古今音知識，就可以得到適當而合理的解釋。[22]

　　以下從讀音與詞義兩方面，分三點舉例論說：

（一）韻腳的理解

　　《詩經》〈小雅〉〈小明〉：「明明上天，照臨下土，我征徂西，至於艽野。二月初吉，載離寒暑，心之憂矣，其毒大苦，念彼共人，涕零如雨，豈不懷歸，畏此罪罟。」這一段應該是用韻文字，假設「土、野、暑、苦、雨、罟」都是韻腳。然而，用現代讀音（廣州話或普通話）來念都很難字字合韻。這應該怎樣理解呢？利用古音學知識分析，合韻問題就可以得到合理解釋。查考一下古代的語音系統，再韻書來對照研究一下，就會發現這組韻腳字在上古都是屬於「魚」部，今天讀起來不合韻，正是因為古今音變而造成的差異。

　　唐人杜牧七言絕詩〈山行〉：「遠上寒山石徑斜，白雲深處有人家，停車坐愛楓林晚，霜葉紅於二月花。」劉禹錫〈烏衣巷〉：「朱雀橋邊野草花，烏衣巷口夕陽斜，舊時王謝堂前燕，飛入尋常百姓家。」兩首都以「斜」與「家」、「花」押韻，可以此推斷在唐時期應該是合韻，這三個字正歸入《平水韻》（古人詩韻）的「六麻」韻。

---

22 有關說法參考：王寧等編著：《古代漢語通論》（北京市：北京師範大學出版社，1996年），第三章〈音韻〉。王寧主編《漢字漢語基礎》（北京市：科學出版社，1997年），第三章〈漢語語音〉。

然而，今天讀起來就不大協韻，廣州話「斜」是收響元音〔ɛ〕，「家」、「花」收〔a〕；普通話「斜」是收前響元音〔ie〕，「家」、「花」則同樣收〔a〕。這是古今音變問題，「斜」之音變（〔ɛ〕／〔ie〕）是元音位置不如〔a〕在低下位置。事實上，翻閱中古時代文人之詩作，「華、家、車、斜、花、瓜」等字都是經常並用為韻。

　　唐人杜甫五言絕詩〈八陣圖〉：「功蓋三分國，名成八陣圖。江流石不轉，遺退失吞吳。」用粵音來誦讀，「圖」、「吳」兩個字雖然同是陽平調，但作為韻腳字並不押韻，「圖」的粵音拼寫是 t'ou 4，「吳」則是 m̠ 4。這是甚麼原由？其實，只要翻查一下唐人韻書或《平水韻》，就會找到答案。「圖」、「吳」兩字，同見於詩韻的「七虞」韻，即是說杜甫這首詩在當時是合韻，今天用粵音讀起來不合，就是因為古今音變，「吳」的讀音變成鼻韻。事實上，音變也有時空和地域性，假如用普通話來念，「圖」（tú）、「吳」（wú）兩音則是合韻。

（二）專名的讀法

　　詩聖杜甫，有人認為「甫」字應讀作重脣音〔p〕。按《切韻》系統來看是對，因為中古雙脣音並未分化出輕脣音，只有「幫滂並明」一組。然而，在唐末宋初時期出現的三十六字母就有「非敷奉微」一組輕脣音。杜甫是中唐人，當時語音可能已開始發生變化，所以有人把「甫」讀成輕脣音〔f〕（音斧）。然而，先秦時，《詩經》中記載的周朝人物「尹吉甫」就似乎不宜讀作輕脣音，因為這是上古階段，界線十分清晰。

　　宋詞牌【青玉案】（南宋詞人辛棄疾曾填此詞，其中「東風夜放花千樹」一闋詞曾是香港高中課文）的「案」字不應讀「ɔn」，因為它不是桌案器物。「青玉案」一詞出自漢人張衡名作〈四愁詩〉，見於全組詩第四首：「我所思兮在雁門：欲往從之雪紛紛，側身北望涕沾

巾。美人贈我錦繡段，何以報之青玉案。路遠莫致倚增嘆，何以懷憂心煩惋」。[23]本詩其實句句用韻，「案」、「惋」押韻，屬上古元部。「青玉案」應該不是一張木製桌案，而是一個玉石小几，几下有小腳，象托盤之類食具。古書記載東漢人梁鴻妻子孟光，貌醜而力大，能舉石臼，她給丈夫送飯時，會把盛飯的盤子高舉齊眉，以示恭敬（詳見《後漢書》〈梁鴻傳〉），因而有「舉案齊眉」這個成語。此詞原意是描述夫妻關係和好，相敬如賓。這個「案」字如當作一張桌案解似乎不大妥當，它應指盛飯器具，其大小甚至重量應近乎今天使用的托盤或「碗」之類器物。

（三）文字的聲符

由「工」作為聲符的形聲字，如「功」、「攻」、「空」、「紅」、「虹」、「貢」、「汞」、「恐」等，這些字的讀音是與聲符「工」的讀音相近或相同，相信很容易讓人理解。但是「江」、「項」、「缸」、「扛」、「鴻」等字中的「工」字讀音，就似乎難與原字的讀音吻合，假如用普通話來念，就更加難以理解說明。其實，這是古今音變的問題，用語音學理論來分析一下，就不難發現所謂音變都是有跡可尋。所謂語音上的差異，其實都可以通過文獻查考，借助韻書韻部分類，找到合理的解釋。又如一些用「易」、「昜」為聲符的形聲字，例如「易」、「剔」、「錫」、「賜」、「惕」；「陽」、「湯」、「蕩」、「盪」、「傷」、「場」、「楊」、「揚」、「暢」等，很多時會令人混淆。然而，假若能掌握其聲韻的類別（「易」之讀音有鼻韻、「昜」收入聲韻），聲符的讀音往往能提示相對的正確寫法和讀法。

---

23 張衡〈四愁詩〉分四段，每段寫一處愁情。每段七句，首句為領句，以下六句分三組，結構十分齊整。（收錄於《昭明文選》卷二十九）

古音知識應用

一　雙聲、疊韻

　　聲母相同，叫雙聲；韻母相同，叫疊韻。古人用文字來表示這種語音的關係，如前提及的三十六字母是聲母，「比」、「博」、「北」、「布」等都屬於幫母，因為發聲相同，同是一組聲母，這些字又稱雙聲字。至於韻方面，古人也用文字來表示，例如古韻有分為「文」、「真」、「元」等部，「奔」、「芬」、「門」、「斤」等都屬於文部，同是一組韻母，又稱疊韻字。不過，由於時和地域的不同，有些字今天讀起來可能不會覺得是雙聲疊韻的關係。舉例說，普通話的「搬遷 bānqiān」、「引進 yǐnjìn」是疊韻；「殘存 cáncún」、「人瑞 rénruì」是雙聲，但廣州話的讀音就不是；又如廣州話的「垃圾 lɐp 22 sɐp 33」、「甘霖 gɐm 53 lɐm 11」是疊韻；「故舊 gu 33 gɐu 22」、「綱紀 g ɔŋ 55 gei 35」是雙聲，但普通話的讀音就不是。然而，不少中國古代文學作品仍保留了雙聲疊韻字，有些字音今天讀起來還可以清楚分辨其發聲、收音的特點。要進一步了解，可以考查該類文字在古聲古韻系統的情況，研究它們之間的音韻關係。

　　下表是一些見於古代文獻之連綿詞，（所謂連綿詞是指由兩個音節聯綴表達一個整體意義而只含一個詞素的詞）：

雙聲		疊韻	
流離	參差	窈窕	須臾
躊躇	倜儻	薜荔	顢頇
蕭瑟	優游	崔嵬	徘徊
踟躕	拮据	婆娑	逍遙

要分析古代字音是否相近，須查考其聲母和韻母是否同時相同或相近。假如對字音的聲和韻有一定的認識，可以從它們之間的音義關係，進一步研究文詞訓解的問題，打通古今音變的阻隔。查考字音的古今讀法，除了《康熙字典》、《辭海》、《辭源》、《漢語大辭典》之類，還可以應用一些專門書籍。例如王力編著《同源字典》、唐作藩編著《上古音手冊》、陳復華、何九盈編著《古韻通曉》、郭錫良《漢字古音手冊》。

要判斷音同或音近的字，宜先查考有否同時具備雙聲和疊韻的關係。雙聲包括了準雙聲、旁紐、準旁紐和鄰紐（傳統上，聲母又稱聲紐，兩者概念相同）；疊韻包括對轉、旁轉、旁對轉和通轉，古人概括為「陰陽對轉」。以下扼要闡釋各類特點：

（一）同紐雙聲

同紐雙聲或同母雙聲指在上古同屬一類聲母的字音（可參考〈上古聲母表〉），例如「剛」、「堅」同是見母〔k〕；「男」、「農」同是泥母〔n〕；「肖」、「相」同是心母〔s〕。

（二）準雙聲

指端組與照組、莊組與精組的發音方法相同的兩個聲紐。例如，「著」、「章」都同是舌音，分別是端、照兩紐；「乃」、「而」也同是舌音，分別是泥、日兩紐。

（三）旁紐

按王力《同源字典》表解，以同類橫行為旁紐。例如，「勁」、「強」兩字，是見群旁紐；「走」、「趨」兩字，是精清旁紐；「背」、「負」兩字幫並旁紐。

（四）準旁紐

　　主要指端組與照組、莊組與精組的發音方法不相同的兩個聲紐。按王力《同源字典》表解，是指同類不同橫行的為準旁紐。例如，「它」是次清，「蛇」是全濁，兩字分別是透、神兩紐；「跳」是舌頭音、「躍」是舌面音，分別是定、喻兩紐。

（五）鄰紐

　　指喉音與牙音，舌音與齒音，鼻音與邊音等。例如，「影」、「景」兩字分別是影、見兩紐；「順」、「馴」兩字分別是神、邪兩紐；「命」、「令」兩字分別是來、明兩紐；「醶」、「醲」兩字分別是疑、泥兩紐。

二　陰陽對轉

　　陰陽對轉，又簡稱對轉，指上古韻部中陰聲韻與陽聲韻之間有相互轉變的關係。用現代的語音學知識來分析，這是韻尾增加或脫落現象。例如，陽聲韻 am、an、aŋ 脫落了韻尾-m、-n、-ŋ，就會變成 a 這個陰聲韻；陰聲韻 ə 增加了鼻韻尾-m、-n、-ŋ，就會變成 əm、ən、əŋ 一類陽聲韻。一般研究上古音學者都主張將上古入聲韻歸入陰聲韻，而入聲韻與陽聲韻之間，又可從互相轉變關係去分析了解，例如 am、an、aŋ 一類可以與 ap、at、ak 一類互相對轉。這種情況又正好與粵音系統互相對應。以下是王力《同源字典》表解[24]：

---

24 見王力著：《同源字典》（北京市：商務印書館，1987年），頁13。本文表解與王書　之排列稍有不同。

【古韻二十九部】

甲	之部 ə	支部 e	魚部 a	侯部 o	霄部 ô	幽部 u
	職部 ək	錫部 ek	鐸部 ak	屋部 ok	沃部 ôk	覺部 uk
類	蒸部 əŋ	耕部 eŋ	陽部 aŋ	東部 oŋ		
乙	微部 əi	脂部 ei	歌部 ai			
	物部 ət	質部 et	月部 at			
類	文部 ən	真部 en	元部 an			
丙	緝部 əp		盍部 ap			
類	侵部 əm		談部 am			

王力對上古音韻的分析，分甲、乙、丙三類，甲類主要是陰聲韻（以響元音為主）、收入聲 -k 及後鼻韻 -ŋ；乙類是陰聲韻（以韻尾收高元音 -i 為主）、收入聲 -t 及鼻韻 -n；丙類是收入聲 -p 及鼻韻 -m。

陰陽對轉原理：

（一）對轉

按王力表解分析，甲、乙、丙三類中同類又同直行的是對轉：

1 這是元音相同而韻尾發音部分也相同，例如，甲類魚部 a 與鐸部 ak 可以對轉。

2 無韻尾韻部與韻尾為舌根音 -k、-ŋ 韻部相對應，例如，職部 ək 與蒸部 əŋ 可以對轉。

3 韻尾為舌面元音 - i 的韻部與韻尾為舌尖音 -t、-n 的韻部相對應，例如，文部 ən 與物部 ət 可以對轉。

4 韻尾為脣音 -p 的韻部與韻尾為脣音 -m 的韻部相對應，例如，盍部 ap 與談部 am 可以對轉。

（二）旁轉

以同類橫行為旁轉，主要原則是元音相近，韻尾相同（或是無韻尾）。例如：

甲類侯部 o 與幽部 u、之部 ə 與支部 e、耕部 eŋ 與陽部 aŋ；乙類文部 ən 與元部 an、質部 et 與月部 at；丙類緝部 əp 與盍部 ap，如此類推。

（三）旁對轉

同類旁轉而後對轉，例如：甲類幽部 u 與沃部 ôk、幽部 u 與東部 oŋ；乙類微部 əi 與元部 an。

（四）通轉

不同類（甲、乙、丙類）而同直行，主要原則是元音相同，而韻尾發音部位不同。例如：甲類之部 ə 與乙類文部 ən；甲類錫部 ek 與乙類質部 et；乙類元部 an 與丙類談部 am。此外，韻尾同是塞音或同是鼻音，也可以算是通轉，如真部 en 與侵部 əm；質部 et 與盍部 ap，但此類較少見。

下表利用古音學理論對聲紐、韻部分析示例：

上古聲紐	分析原理	上古韻部	分析原理
溪 群	旁紐	魚 歌	通轉
心 審	準雙聲	職 屋	旁轉
影 曉	鄰紐	宵 沃	對轉
透 神	準旁紐	微 元	旁對轉

三　古書注音

按秦漢文獻所見，古人在書中注音方法大致上有兩種形式，其一是以字注字，即是如前所述的直音法和讀若法。如許慎《說文解字》：「攽，敷也。从攴也聲。讀與施同。」又如：「劊，楚人謂治魚也。从刀从魚。讀若鍥」。（案：《說文》「讀與某同」之注音較少，「讀若某」則較多。）另一用描述方法注音，如高誘注《淮南子》〈修務訓〉：「駤，讀似質，緩氣言之者，在舌頭乃得」。後來佛教傳入中國，六朝時讀書人受了梵文（來自印度天竺之拼音文字）啟發，領悟出分析字音技巧，於是把字音的發音分析為雙聲與疊韻兩類，再運用這種知識創造反切。

（一）反切

反切有多種不同的稱法，如反語、反言、反音、反紐，或單稱反、翻、切、紐。從東漢到隋唐的反切，一般多數是「某某反」、「某某翻」，唐末以後，皇朝認為反字用得太多（例如當時流行的韻書，所注音都用「反」字，幾乎每頁都有「反」字），犯了忌諱，於是後來都改用「某某切」。「反切」之得名也就如此。今天有人主張把「反切」讀為「翻切」，其實大可不必，因為今天不是唐朝。

反切由兩字拼出一個字的讀音，第一個字叫反切上字，第二個叫反切下字。切音原則是「上字定聲，下字定母；上分清濁（陰陽），下分平仄」，上字與切字的聲母及調的清濁相同，下字與被切字的韻母及平仄相同。平仄是指四種聲調，平是平聲調，仄是上、去、入三調。以下按今天保存最完整的中古音韻書——《廣韻》的切語為例，說明一下反切方法：

被切字	反切上字	反切下字	廣州話拼讀	切音分析

東　德紅切　tɐk＋hUŋ → tUŋ　　（東、德：陰調；東、紅：平聲）

田　徒年切　tʻou＋lin → tʻin　　（田、徒：陽調；田、年：平聲）

否　方久切　f ɔŋ＋kɐu → fɐu　　（否、方：陰調；否、久：上聲）

卯　莫飽切　m ɔk＋pau → mau　　（卯、莫：陽調；卯、飽：上聲）

勸　去願切　h œy＋jyn → hyn　　（勸、去：陰調；勸、願：去聲）

臥　五貨切　ŋ＋f ɔ → ɔ　　（臥、五：陽調；臥、貨：去聲）

朔　所角切　s ɔ＋k ɔk → s ɔk　　（朔、所：陰調；朔、角：入聲）

鶴　下各切　ha＋k ɔk → h ɔk　　（鶴、下：陽調；鶴、各：入聲）

　　以上各條拼音與讀法以廣州話為對應讀音，從中可以看到廣州話的讀法與《廣韻》音系的一些關係。中古四聲可按聲母清濁分為陰陽兩類，全濁、次濁聲母屬陽調，有陽平、陽上、陽去、陽入四種。廣州話四個陽調都全部保存，下列三十六字母表的「全濁」、「次濁」字用廣州話讀音可以驗證。如用普通話讀，中古濁音平聲字變為第二聲，中古入聲分別變讀為平、上、去三聲，傳統聲韻學稱之為「入派三聲」。

發音方法＼發音部位		全清	次清	全濁	次濁
脣音	重脣	幫	滂	並	明
	輕脣	非	敷	奉	微

發音方法 ＼ 發音部位		全清	次清	全濁	次濁
舌音	舌頭	端	透	定	泥
	舌上	知	徹	澄	娘
齒音	齒頭	精 心	清	從 邪	
	正齒	照 審	穿	床 禪	
牙音		見	溪	群	疑
喉音		影 曉		匣	喻
半舌音					來
半齒音					日

廣州話讀音分析：

并：4、陽平　　明：4、陽平　　奉：6、陽去　　微：4、陽平

定：6、陽去　　泥：4、陽平　　澄：4、陽平　　娘：4、陽平

從：4、陽平　　邪：4、陽平　　床：4、陽平　　禪：4、陽平

群：4、陽平　　疑：4、陽平　　匣：9、陽入　　喻：6、陽去

來：4、陽平　　日：9、陽入

　　（數字為調號，全部都用陽聲調，同是濁音。與中古音完全對應，關係並非偶然。）

（二）聲訓

　　聲訓又稱音訓，是一種用同音或近音字來解釋詞義的方法。聲訓作用有三：

1 追溯語源

例如《論語》〈陽貨〉：「歸孔子豚。」此「歸」應作「饋」（《說文》有「餽」篆，字義稍有不同，後來兩字常通用。）《爾雅》〈釋詁〉：「饋，遺也。」解作送贈。饋，群紐微部；歸，見紐微部，兩字同一語源，可通解。

2 探求本字

例如《詩經》〈小雅〉〈常棣〉：「兄弟鬩於墻，外御其務。」毛傳：「御，禦也。務，侮也。」

（引文語譯：兄弟在家時有衝突，但遇外來欺侮，就同心合力對抗。）

3 說明通轉（即同源字關係）

例如，《爾雅》〈釋言〉：「顛，頂也。」《釋名》〈釋言語〉：「公，廣也。」《釋名》〈釋水〉：「川，穿也。」被釋字與釋詞於音義上互相通轉。

聲訓是辨析詞義與語音關係的一種常用方式，有助於理解古籍詞義。

（三）讀破

又稱破讀、改讀。是一種改變某字原來讀音以表示其意義或詞性之轉變的訓讀方式。

例如《詩經》〈周南〉〈關雎〉：「君子好逑。」〔隋〕陸德明《經典釋文》：「好，毛如字（案：毛亨讀好字的本音，即美好之意），鄭，呼報反（鄭玄改讀為去聲，即愛好之意）。」利用語音聲調之變讀，以呈示其詞義之轉變。

下列四條破讀資料，在音義兩方面皆有所不同：

1 「冠枝木之冠」（《莊子》〈盜跖〉）
  第一個「冠」字讀去聲，作動詞用，解戴帽；第二個「冠」讀回本字音，平聲，名詞。

2 「皆衣繒單衣」（褚少孫〈西門豹治鄴〉）
  第一個「衣」字讀去聲，作動詞用，解穿衣；第二個「衣」讀回本字音，平聲，名詞。

3 「押解犯人」
  「解」字讀去聲，動詞，押送，如「解款車」。「犯」文讀只有一音，去聲。可作動詞，如「犯法」、「一犯再犯」。「犯人」作偏正名詞，「犯」為修飾之詞，即犯法之人。

4 「囚犯解鎖」
  「解」字讀上聲，動詞，打開，如「解開」。「犯」本讀去聲。「囚犯」作偏正式名詞，如「罪犯」、「殺人犯」等，粵音口語則變讀作上聲。

四　四聲別義

用改變聲調讀法來區別詞義詞性，原理與「破讀」相同。六朝時有學者利用這種方式去注音，〔隋〕陸德明《經典釋文》就是最佳代表。唐宋人對古典文獻下注釋，也有使用四聲別義的方法。

例如：《左傳》〈隱公元年〉：「敗宋師於黃。」陸德明《經典釋文》：「敗，必邁反，敗他也。」《公羊傳》〈隱公十年〉：「公敗宋師於

營。」陸德明《經典釋文》：「敗，必邁反，凡臨他曰敗，皆同此音。」按反切原理，上字是陰調，文獻中的「敗」應讀「拜」，是一個及物動詞，與「失敗」之詞義不同。北齊人顏之推《顏氏家訓》也談到這個現象：「江南學士讀《左傳》，口相傳述，自為凡例。軍自敗曰敗，打破人軍曰敗（原注：補敗反）」。

　　四聲別義的出現造成了不少異讀字，其中不少還保留在今天的話語裏，例如：「好」（「好壞」、「愛好」）、「惡」（「惡劣」、「厭惡」）、「上」（「上落」、「樓上」）等字都保留著詞性、詞義不同的異讀。

　　下表所列常用字例都具有四聲別義的特性：

字例	讀音①	讀音②
藏	收藏，動詞，平聲。	寶藏，名詞，去聲。
難	難易，形容詞，平聲。	災難，名詞，去聲。
降	投降，動詞，平聲。	下降，動詞，去聲。
屏	屏障，名詞，平聲。	屏除，動詞，上聲。
王	王侯，名詞，平聲。	興旺，動詞，去聲。
中	中央，名詞（方位詞），平聲。	遭受，動詞，去聲。
觀	看，動詞，平聲。	道教廟宇，名詞，去聲。
看	見，動詞，去聲。	看守，動詞，平聲。

＊　表中讀音及聲調以粵讀為例

第三部分
詞匯

導言

　　詞匯是指一種語言所使用之詞的總匯，亦是構成語言的建築材料。它是語言三個組成要素——語音、詞匯、語法之一。與文字、語音一樣，詞匯也是學習語言中的重要部分。詞匯是人在說話、書寫時與人溝通的重要媒介，它直接反映社會的發展和人在認知上的變化。在廿一世紀今天，出現了不少與科學發明有關的專有名詞，也有一些與社會政治文明有關的新詞，這些詞所反映的都是人類文明新事物。詞是人類使用十分頻繁的抽象物，與語音系統和語法結構相比，它比較敏感和容易變化發展。每類範疇之詞的總和，都可以構成一種詞匯，例如廣東方言詞匯、魯迅小說詞匯、書面語詞匯、專業行業詞匯、古漢語詞匯等。學習一種語言，詞匯是重要的根基，它是表達思想感情的載體。詞匯掌握好不好，會直接影響人的表達與溝通。本部分主要針對漢語的詞與詞匯的概念、詞義的辨析、詞際的關係與詞義的內容，作適切探討與分析，同時附以古漢語例子佐證，辨析古今詞匯的發展情況。

詞與詞匯

　　詞是指能夠自由運用的最小音義結合體。以現代漢語為例，如：

「他們／發明／了／新／疫苗。」

從詞的角度來看，這句子可以劃分為五個構造單位。句中每一個單位都是一個詞，全句由五個詞組合而成。這裏每一個詞都能夠獨立運用，同時各自表示一定的意義，由此組成本句的意思。

「最小音義結合體」是指詞作為造句的最小單位，不能夠再分割，假如將「發明」拆分而配成「發現」或「說明」等其他詞，意思就會不同。「發明」是由「發」和「明」兩單音節詞組合而成的詞，它與「發覺」、「發掘」、「闡明」、「照明」不同，是一個具有獨立概念的詞。又如「新疫苗」，它不是最小的單位，因為可以再拆分成「新」和「疫苗」（外來詞，翻譯自 vaccine 一詞）兩個詞，假如配搭「舊」、「好」等詞，句意就會有問題。

「能夠自由運用」是指一個詞可以獨立成句，包括了可以單獨做句子成分或單獨起語法作用。就如上句內容，可以通過提問去測試當中的詞是否能夠獨立成句，如「誰發明了新疫苗？」——「他們」；又如「他們發明了甚麼？」——「新疫苗」。至於句中的「了」，是一個時態助詞，能單獨起語法作用。「能夠自由運用」正好可以把詞區別清楚，同時也可以由此分辨出比詞小一級的語言單位——語素（也稱詞素），例如「發」是一個半自由語素，可以配搭成「發達」、「發生」，也可以配搭成「出發」、「爆發」，但詞義就完全不同，而單獨一個「發」字，在現代漢語裏是不能獨立成詞（廣州話口語則例外，如說「他發咗」，是指他發了財）。至於「新疫苗」是一個詞組（又稱短語），由「新」、「疫苗」兩項組成，在這裏「新疫苗」受動詞「發明」支配。然而，句中這個詞組含義仍未清晰，沒有交代所指是甚麼「新疫苗」。

詞是個體，詞匯是總體。詞匯就是詞的總和，它是語言的建築材

料，功能就是作為造句的材料。詞匯是一種語言中所有的詞和所有相當於詞作用的固定結構總稱，從大類來分，有詞的總匯和固定結構的總匯兩種。詞的總匯，包括基本詞匯和一般詞匯；固定結構的總匯，包括成語、慣用語、諺語等。詞與詞匯的分別：詞是能夠自由運用的最小音義結合體，這主要從語法角度來說；詞匯則是一種語言所使用詞的總稱，可以按不同使用範疇或在特定場合而加以劃分，例如普通話詞匯、教師專業詞匯、《紅樓夢》詞匯等，這些都是屬於集體性概念，也就是從詞匯使用範疇來說。要言之，詞是語言的基本單位，沒有詞就不成句。詞匯則不是語言單位，它是表示語言中詞的類集。詞所表示是個體的概念，而詞匯是表示集合體的概念。例如，我們說某個人的詞用得不好，是指他對該詞的語法或詞義的理解不當或有錯誤；說某個人的詞匯不好，是指他對某類範疇的詞運用得不恰當或表達意思不準確。以下是詞匯系統的內容示意圖[1]：

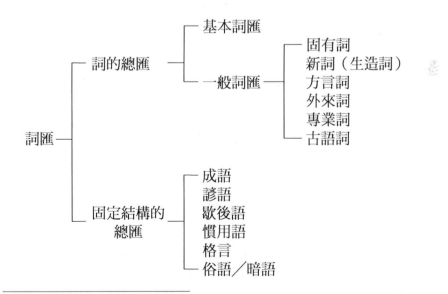

1　上表參考葛本儀著：《現代漢語詞匯學》（濟南市：山東人民出版社，2001年），頁24。引用稍有改動。

詞和語素

　　詞是由語素組合而成，兩者關係密切。古代的詞，單音節較多，例如「十年春，齊師伐我。」(《左傳》〈莊公十年〉) 句中的詞，原則上都是自由語素的單音節詞，每個詞都只有一個語素。[2] 然而，有些雙音節詞是不能拆分成兩語素理解，例如「窈窕」、「彷徨」、「徘徊」等都只有一個語素。到了現代漢語階段，雙音節及多音節詞就相對的大量增加，語素或詞素在詞中的性質也就比較突出，從不同標準來分，語素可以分成各類不同類型。例如用音節來分，有單音節語素、雙音節語素、多音節語素和非音節語素；按構詞能力劃分，可以分為自由語素、半自由語素和不自由語素 (也可稱作黏著語素，可再將之分為定位黏著和不定位黏著兩小類)；按音義的虛實來分，可以分為實語素和虛語素；按所含義位多少來分，可以分為單義語素和多義語素；按在合成詞的位置來分，可以分為詞根語素和詞綴語素。以現代漢語為例，各類詞例表列如下[3]：

語素類別	例子	說明
單音節語素	人、車、手	一詞只有一個音節
雙音節語素	螳螂、逍遙、結他	拆開理解，詞義不同
多音節語素	披頭四、奧林匹克、布宜諾斯艾利斯	音譯外來詞
非音節語素	花兒、小魚兒	兒化韻尾，「兒」字不成音節

2　「十年」不能算是雙音節詞，它是由「十」和「年」，「十年」的組成，與「一年」、「十日」的組成條件相同，其靈活性甚高，應視作詞組或短語。「齊師」也不能算是雙音節詞，它是由「齊」和「師」，同樣與「魯師」、「齊人」的組成情況相同，不算雙音節詞。

3　表中有關分類及例子，參考王寧、鄒曉麗主編：《語法》(香港：海峰出版社，2000年)，頁26-31，〈語素〉一節。

語素類別	例子	說明
自由語素	花瓣、菊花、落花生、交際花	可以自由組合成詞
半自由語素	民眾、市民、貧民區、公民教育	「民」不能獨立成詞
不自由語素	老鼠、苦頭、糊裏糊塗	不能獨立成詞，組合位置固定
實語素	吃、十、看見、漫罵、色士風（薩克管）	詞義反映實在的內容
虛語素	然而、從此、第一、嗎、呢	詞義比較抽象、空靈
單義語素	鐘、筆、瀟灑、八仙桌、辛亥革命	只有一個義位
多義語素	快、解、運動、活動、好日子、過不去	超過一個義位
詞根語素	初一、阿爺、斧頭、桌子、畫家	相對於詞綴的語素
詞綴語素	前者、鼓手、老人家、可行性、程式化	相對於語根的語素

詞匯的發展

　　語言是人每天都需要應用的交際工具，它隨著社會發展而不斷更新發展，從古到今，由現在到將來，都是綿延不斷的向前進發。詞匯是語言中使用得最頻密的材料，它對於社會的各種變化和發展表現得最為敏感，因為詞匯直接與人的生活直接相關，人需要運用各式各樣的詞匯去表達各項活動與交流訊息。例如，「火」這個詞，會跟著人的生活進步而不斷向前發展：「山火」、「火山」等詞，反映出人對由「火」帶來之自然災害的認識；「起火」、「生火」等詞，反映出人利用「火」來煮食；「火攻」、「火藥」等詞，反映出人懂得利用「火」來攻擊敵人；「防火」、「滅火」等詞，反映出人意識到對「火」的防犯和消滅的意識；「光火」、「怒火」等詞，比喻了人的激動情緒；再如建築業的「耐火磚」、「防火板」，紡織業的「火浣布」，太空科技的

「火箭」、「火箭筒」,電腦軟件的「防火牆」等詞,都充分反映出人類文明的發展。

事實上,詞匯發展是緊密跟隨著人類生活變化而發展下去。從歷史時段來分析,漢語詞匯發展可以劃分成先秦、漢唐、宋元明清和二十世紀以來四個時期,這主要由詞匯的不同類別劃分。在這個漫長發展歷程,漢語詞匯由衍生至積累期間,經歷了原生(詞義的聲義相關)、派生(詞義的引申發展)、合成(以單音節合成詞)三個重要歷史階段。

這三個階段主要由詞的表意特點與語音變化來區分。

從詞匯發展的內部規律來看[4],漢語詞匯的發展又可以歸納為以下三種特點[5]:

1 漢語詞匯在長期的發展歷程裏不斷積累更新

以現代漢語詞匯為例,今天書面語所用的詞匯,大部分都是在悠久的語言歷史中經過日積月累、不斷更新發展而來。總的來說,漢語詞匯具有強大生命力,它通常不會以新詞去取代舊詞,而是利用原有的、一直沿用下來的詞,或在原有的材料上加以發展,到有必要製造新詞才出現新造詞。從古漢語由單音詞發展至複音詞的歷史進程來看,可以發現不少複音新詞的出現,是在單音詞的基礎積累而發展,並按著時代步伐,逐漸穩步上升。學者蔣冀騁〈論近代漢語的上限〉曾作出統計表解,將古代一些具代表性文獻的單音詞與複音詞做了統

---

4 詞可分內部和外部兩種情態規律,所謂外部指語音、詞形、組合而成的文字數量,內部則指其詞義、語言傳遞訊息、語素構成內容。有關說法詳見本章之詞的構成分析。

5 以下論點及資料主要參考:張聯榮著:《漢語詞匯的流變》(鄭州市:大象出版社,1997年),頁160-1170。張世祿著:《普通話詞匯》(上海市:上海教育出版社,1985年),頁82-93。

計比較[6]：

書名	時代	調查字數	複音詞數	百分比
《論語》	先秦	15883	378	2.4%
《孟子》	先秦	35402	651	2%
《論衡》	東漢	3582	270	7.5%
《世說新語》	南朝	1998	190	9.5%
《變文集》	唐	2580	349	14%
《西廂記》	元	1473	257	17%
《紅樓夢》	清	2628	466	18%

2 漢語詞匯在歷代的發展時段裏不斷相繼承傳

　　語言的發展和變化，是依從社會的流傳、習慣和使用的過程中進行。現代漢語裏所用的基本詞就是一個非常具體證明，例如「日」、「月」、「山」、「河」、「水」、「火」等詞都是由古代一直保留下來。此外，不少文言詞還是繼續沿用不廢，例如出自《詩經》的「窈窕」、「綢繆」、「君子」、「中央」、「淒淒」、「政事」等詞，到今天還是應用不衰，這正反映出詞匯具有維持語言發展的持續性。事實上，新詞的出現是基於社會發展的需要，但舊詞也不一定就這樣完全被取代而消亡。今天打開唐宋時期的古籍，例如傳奇、話本、詩詞，甚至散文等，除了一些比較遠僻的古文字或古語詞，大部分的字詞都可以讀得懂。這說明了漢語詞匯是具備了一代接一代的承傳性與發展性特質，它具有非常強大生命力，不但具有時代的繼承性，而且還可以看出它保留著基本詞匯的穩固性。

6　表中資料見張聯榮著：《漢語詞匯的流變》（鄭州市：大象出版社，1997年），頁163，轉引。本文於表中增添成書時代一欄。

3 漢語詞匯在漫長的使用過程裏不斷互相轉化

詞匯在使用期間，會因著新事物的出現、發展而創造新詞。然而，這不等於把舊詞完全淘汰，反相，不少舊詞仍然發揮它們的詞義特質，往往會利用轉化、借用等途徑，在語言應用的環境裏繼續發展。按詞由古代的單音節走向雙音節發展，以及普通話詞匯對方言詞的吸納與接受情況而論，詞匯是具有互相轉化功能的特性。很多時，有些詞可以從它交替式的運用發展，而得到進一步驗證。例如：

（1）「陰陽」，本來由兩個基本詞組成，兩字都從「阜」部，分別指山沒有陽照射的陰暗面和山有陽光照射的光亮面。然而，先秦的《周易》就以「陰陽」一詞來說宇宙哲理，漢代更有「陰陽五行」的學說，「陰陽」就成為一個專門術語，有「陰陽家」的專有名詞。詞義發展今天，又有用「陰陽人」去專門指稱一些變性人。

（2）「卑鄙」，本義是指人的身分、地位卑下，如三國諸葛亮〈出師表〉就有「先帝不以臣卑鄙」一句，這本來是一個基本詞。這個詞後來轉化成貶義詞，專指人的行為、心術低劣，它的本義已甚少人依從使用。這可以看出，「卑鄙」的本義雖然在後世消亡，但它又轉化成新義繼續保存下去。

（3）「垃圾」，是廣州話方言詞，與「邋遢」是同源詞，都是指骯髒、不整潔。現代漢語的普通話詞匯吸納了「垃圾」這個詞，將它由方言詞轉化為現代漢語口語詞及書面語詞。其他相同的例子還有「雪糕」、「朱古力」、「的士」、「打的」等。

詞彙的特點

從詞的歷史發展情況來說，漢語詞彙具有以下四種特點[7]：

（一）雙音節化的傾向

原有的單音節詞漸漸走向雙音節詞發展：一是古今漢語的詞，另一是方言中的口語詞。[8]

第一類情況詳見下表：

詞例	古代漢語	出處	現代漢語
月	「匪東方則明，月出之光。」	《詩》〈齊風〉〈雞鳴〉	月→月亮
石	「猶小石小木之在大山也。」	《莊子》〈秋水〉	石→石頭
虎	「雲從龍，風從虎。」	《易》〈乾卦〉	虎→老虎
髮	「昔者越王句踐剪髮文身。」	《墨子》〈公孟〉	髮→頭髮
道	「周道如砥，其直如矢。」	《詩》〈小雅〉〈大東〉	道→道路
織	「耕而食，織而衣。」	《莊子》〈盜跖〉	織→編織
度	「山有木，工則度之。」	《左傳》〈隱公十一年〉	度→忖度
初	「初吉終亂。」	《易》〈既濟〉	初→初時
樂	「有朋自遠方來，不亦樂乎。」	《論語》〈學而〉	樂→快樂
治	「欲治其國者，先齊其家。」	《禮記》〈大學〉	治→治理

表中所見古代漢語詞，以廣東方言口語對應理解，單音節詞字仍保留

7　有關說法參考：王寧編著：《詞彙應用通則》（瀋陽市：春風文藝出版社，1999年），頁28-29。陳阿寶著：《現代漢語概論》（北京市：北京語言文化大學，2002年），頁122-124。王寧、鄒曉麗主編：《詞彙》（香港：海峰出版社，1998年），頁32-36。

8　有關廣州話的單音節詞與古漢語的例子參考：饒秉才等編：《廣州話方言詞典》（香港：商務印書館（香港）有限公司，1996年）。《實用古漢語大詞典》編輯委員會編《實用古漢語大詞典》（鄭州市：河南人民出版社，1995年）。

著古義，不少單音節詞在今天廣州話依舊沿用，如粵語所謂：「今晚個月好靚」、「淨剪髮廿錢」、「織冷衫」、「度身訂造」、「佢隻貓唔治鼠」等，句中的「月」、「髮」、「織」、「度」、「治」都是粵語常用單音節詞。

第二類情況是口語中有傾向於雙音節詞的發展，這方面有兩種情況：

1 由兩個意思相近或相關的詞結合而成雙音節合成詞

如： 門 ＋ 戶 → 門戶

牙 ＋ 齒 → 牙齒

看 ＋ 見 → 看見

歡 ＋ 喜 → 歡喜

戰 ＋ 鬥 → 戰鬥

開 ＋ 啟 → 開啟

超 ＋ 越 → 超越

光 ＋ 亮 → 光亮

夜 ＋ 晚 → 夜晚

先 ＋ 前 → 先前

2 省去多音節詞中某音節而成雙音節合成詞

如：

潛水艇	→ 潛艇	機關槍	→ 機槍	照相機	→ 相機
電燈泡	→ 燈泡	交通警察	→ 交警	教育改革	→ 教改
化學肥料	→ 化肥	電子郵件	→ 電郵	空中小姐	→ 空姐
彩色電視機	→ 彩電	世界衛生組織	→ 世衛	北大西洋公約組織	→ 北約

（二）缺少詞形的變化

詞形變化是指語言中的詞形特點，特別是當詞與詞組合一起時，在詞的形態上發生一些變化。舉例說，英語動詞在不同時態會有不同形態變化，如 see，sees，saw，seen，seeing；代詞有 she，her；they，them。漢語的詞類沒有這些詞形標記。然而，同一個詞形可以有不同的詞類特徵，這些特徵往往要從語法使用時才可以了解。如以下兩句都用了「明確」一詞：

「我們做事目標十分明確。」
「這次會議明確了我們的做事目標。」

第一句的「明確」是形容詞，由副詞「十分」修飾。第二句的「明確」是動詞，主語是「會議」，充當了句中的謂詞。然而，「明確」的詞形在兩句都是完全一樣。漢語表達語法關係的手段並不在詞形變化，因為沒有這種特徵去讓人理解。若要了解漢語的語法關係，一般是會通過語序、虛詞，以及語句含義、語境作出分析。

（三）外來詞以意譯為主

漢語詞彙吸取外來詞會採用音譯和意譯的方法。然而，在使用過程中，一般都傾向接受意譯，理由是意譯文字可以提供若干詞義訊息，容易讓人通過聯想意會詞義。有些外族傳譯的詞則未必照應到詞義，例如來自蒙古語的漢譯詞「安荅」、「薛禪」、「納可」等，詞義與字面意思並沒有任何關聯。事實上，一些表面上只有音譯作用的外來詞（英語），例如，德律風（telephone）現在都一律稱作「電話」；盤尼西林（penicillin），在中國大陸統稱為「青黴素」，很多音譯詞都被

意譯或音譯加意譯的詞所取代。因為只有音譯的詞，在字形上沒法與詞義構成關係，不方便理解和記憶。意譯或者音譯加上意譯的，就保留著一些供人理解詞義的訊息，比較容易理解，容易記憶，便於溝通。漢語吸收外來詞的方式，較傾向於意譯或音譯加意譯，下表是幾種翻譯外來詞（英語）的方式及詞例：

翻譯方式	詞例
音譯	咖啡 coffee　　沙發 sofa 白蘭地 brandy　歇斯底里 hysteria
譯音兼表意	維他命／維生素 vitamin　　俱樂部 club 的確良／的確涼 dacron　　黑客 hacker
半譯音半譯意	冰淇淋 ice-cream　　劍橋 Cambridge 霓虹燈 neon-light　　因特網 internet
音譯加意譯	卡片 card　　啤酒 beer 芭蕾舞 ballet　　保齡球 bowling
原詞仿譯	足球 football　　馬力 horsepower 黑板 blackboard　　自來水筆 fountain-pen
用字母組詞	CD 機　VCD 機　BB 機　T 袖 AA 制　X 光　　IC 卡　卡拉 OK

不過，有些古代異族外來詞，也保留了音譯意譯的特徵，古稱之為借詞，例如「駱駝」（匈奴借詞）、「葡萄」（西域借詞）、「佛」（梵語借詞）、「站」（蒙古借詞）等，都可以從字面上的形義理解到若干關於該等詞義之訊息。

（四）虛詞多從實詞虛化而來

漢語詞類分為實詞、虛詞兩大類。按古代文獻及出土文物資料所見，以虛詞的來源而論，不少虛詞都由實詞演化出來。所謂實詞虛

化，就是指實詞的詞彙功能淡化，而發展成為只具表示語法意義的虛詞。例如，「又」古文字是一隻右手，但甲骨文字「ㄢ」已有用作連詞；「自」本來是人鼻子，像人鼻正面之形，而甲骨文「ㄨㄥ」就有用作介詞。其他有關的實詞虛化例子，還有「其」、「之」、「已」、「勿」、「毋」、「于」、「既」、「從」等[9]。以下試舉幾個例子表列說明[10]：

詞例	古文	實詞內容	虛詞詞義
其	ㄩ	用竹製的容器，即箕籮。	代詞，相當於「他」、「他的」。 副詞，表示請求、願望；或表示推測。
之	业	出，由某處步出。	代詞，相當於「他」、「它」。 助詞，構詞專用。
既	𣝣	吃盡。食完，顧左望右，準備離去。	副詞，表示範圍，相當於「全」、「都」。 連詞，相當於「既然」、「且」。
從	仈	隨行。	副詞，表示起點，相當於「由」、「自」。

詞義分析

　　詞義，就是指詞的含意，即是詞所要傳達的語言訊息。要了解詞義的內容，首先要對詞的構成形式和詞義的性質，有一個清晰的概念。

一　詞義的內部構成

　　詞的構成有兩種表現形式，一種是外部形式，主要是憑著人感官

9　參考張玉金編著：《甲骨文虛詞詞典》（北京市：中華書局，1994年）。

10　有關說法參考：王寧編著《詞彙應用通則》（瀋陽市：春風文藝出版社，1999年），頁28-29。陳阿寶著《現代漢語概論》（北京市：北京語言文化大學，2002年），頁122-124。王寧、鄒曉麗主編《詞彙》（香港：海峰出版社，1998年），頁32-36。

直接感知的外部構成形式。這種方式可以細分成兩類：一是訴諸於聽覺，即人對詞的口頭發音；另一是訴諸視覺，就是書面的形式。

另一種是內部形式，是通過對詞的內容分析才能理解的內部構成形式，即是分析理解詞的語素，以及它們之間的組合關係。

從詞的外部構成形式來看，有單音詞和複音詞兩類。單音詞，是指詞只有一個音節；複音詞，指有兩個或兩個以上的音節的詞。

從詞的內部構成形式來看，有單純詞和合成詞兩類。單純詞，是指詞只用一個語素構成，它可以是單音節，也可以是複音節。合成詞，指用兩個或更多個語素構成的詞。

現舉有關詞例，將上述四類關係圖解如下：

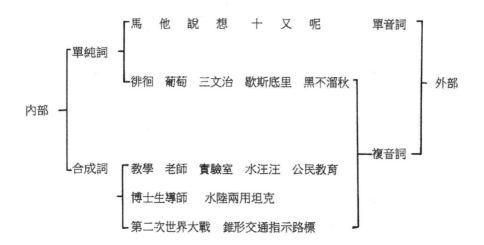

詞的構成形式，在上述四大類中還可以再分成小類理解，例如從合成詞的內容形式來看，可以分複合式和附加式兩類。複合式又可再分為聯合式、述賓式、偏正式、主謂式、補充式、重疊式幾項。附加式是指詞在詞根前或中或後等位置附有詞綴，如上表之「水＋汪汪」就是加了後綴。以下為複合式合成詞的類別及例子：

聯合式：兩個語素意義相同或相反。如「購買」、「呼吸」。

述賓式：前一語素表示動作，後一語素為受支配的對象。如「知
　　　　己」、「保密」。

偏正式：前一語素作修飾，後一語素為主體。如「皮鞋」、「近
　　　　視」。

主謂式：前一語素為陳述對象，後一語素為陳述內容。如「河
　　　　流」、「心痛」。

補充式：前一語素表示動作、行為，後一語素補充說明。如「推
　　　　倒」、「縮小」。

重疊式：由一個單音節語素重疊起來。如「爸爸」、「往往」。

以下用表分類列舉有關詞例：

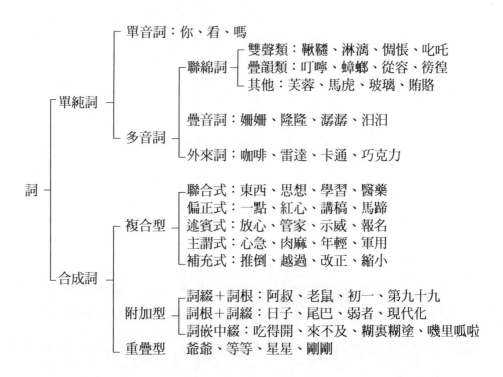

二　詞義的性質

　　詞義是一個詞所要呈示的訊息，是人對人情事態、心理感受、思想意願，乃至客觀物象、事件活動的概括與反映，它具有下列幾種質性：

1 詞義具有客觀性，也有主觀性

　　詞義產生於人對客觀事物的理解與認識，是人類長期思維活動的成果。例如，山、水、日、月、你、我、汽車、交通、疾病、生氣、死亡、喜歡、高大、道德、教育等，大家都會有一個相同的客觀理解。這些詞在使用時，原則上不會做成溝通的問題。然而，詞義也有它的主觀性，因為人對事物的理解也存有主觀的認識。年齡、經歷、感受、認知、文化水平的不同，會對詞義所蘊含的內容，會有不同的理解。對同一個詞，會因為個人的主觀性而存有差異。例如：「朋友」一詞，人會從自己對朋友的態度而有不同的詮釋。不同性格、不同生活背景的人，會對「朋友」這個詞附上一些特別的內容。舉例說有些小學生會認為「朋友」是指和自己情感關係十分要好而又是同一年紀的人；有些成年人會認為「朋友」是一些只有普通交情的人，「朋友」與「知己」的界線分得十分清楚。又如「靈魂」一詞，有宗教信仰的人，會有特別的詮釋，而不同宗教思想背景的人，對「靈魂」的理解更會有差異，各有不同的解釋。

2 詞義具有發展性

　　詞義是人類生活的反映，不同時代、不同文化、不同習俗會影響詞義的發展。例如「槍」本來是一件手持作搏擊用的武器，它的點是有一個尖銳的金屬槍頭，槍身是一條長棒，以快速攻擊為主要特徵。

在中國武術史上，「槍」是十八般兵器的「王」，岳飛、戚繼光都是善於使槍的古代名將，而且有槍法流傳於世。《水滸傳》中的徐寧有一套金槍法，而董平更是一位善用雙槍的武林高手。據古代文獻記載，槍分很多種類，有纓槍、霸王槍、勾鐮槍等，不過形式大同小異，基本上都是一件像矛類的長兵器。據考證，唐末時有以火藥製成武器，如稱火砲、毒藥火球之類。在十二世紀，火器、火槍（是能發射火藥的「槍」）之類傳到亞洲地區，到十三世紀再傳入歐洲。之後，西洋武器又展轉傳到中國，「槍」這個詞義的本質上發生了很大的變化，因為西方製造的「槍」是在槍管內注入火藥去發射攻擊敵人的武器，類型廣泛而繁多，「火槍」、「步槍」、「鳥槍」、「機關槍」、「毛瑟槍」、「卡賓槍」等名詞應運而生。槍的詞義由它具有的發射特點，以及其管狀之型態，又發展到描述其他各類相關活動範疇，例如有供吸食鴉片用的「煙槍」；供運動比賽發號施令用的「起步槍」；供射擊比賽用的「氣槍」；供消防用的「水槍」；供印刷釘裝用的「釘槍」；供五金建築工程用的「玻璃膠槍」；也有科幻小說中所提到的「死光槍」；美容專用的「膠原槍」；醫療科技的「冷凍手術槍」，諸如此類，多不勝數。「槍」這個詞就逐漸被用金字旁的異體「鎗」字取代（《說文》有「鎗」篆，解作鐘聲、《廣韻》解作鼎類）。由此可見，詞義是具有發展性，它隨著人類生產力的發展，科學的進步，思想的活動，以及人對外界事物的認知而不斷發展變化。

　　詞義的發展情況，按一般專家學者分析，大可概括為以下三種[11]：

---

11 有關說法主要參考：張世祿主編：《古代漢語教程》（上海市：復旦大學，2000年），上冊，頁144-150。王寧主編：《漢字漢語基礎》（北京市：科學出版社，1997年），頁383-385。

（1）詞義的擴大

所謂擴大，就是詞義所描述的對象範圍由小發展到大，而詞的義項由少發展到多。

例如「河」，在古代文獻中一般都是專指黃河，如「河南」、「河北」都是指在黃河一帶的地方。後來，「河」的詞義作進一步的擴大發展，可以指黃河以外的河，甚至是一些與河有相近特徵的水道，例如有「運河」、「護城河」、「人工河」之類。也有些與比喻義詞、暗語、專業語有之詞，如「天河」、「河車」、「過冷河」、「沙河粉」、「炒河」、「湯河」等。

又如「憐」，《爾雅》〈四詁下〉：「憐，愛也。」與愛同義，而《吳越春秋》〈闔閭內傳〉：「同憂相救，同病相憐」，則解作「同情」，與憫同義。《戰國策》〈趙策〉：「丈夫亦愛憐其少子乎？」此作寵愛解。至於「可憐」一詞，早見於《莊子》〈庚桑楚〉：「汝欲返性情，而無由入，可憐哉！」這裏解作「憐憫」、「憐惜」。六朝開始，「可憐」的詞義廣大了它的範疇，作褒義詞用，解作「可愛」，如陶淵明的〈讀山海經詩〉有「翩翩三青鳥，毛色奇可憐」。到了唐宋時，兩類詞義都時有人使用，如白居易〈暮江吟〉：「可憐九月初三夜，露似珍珠月似弓」；辛棄疾〈木蘭花慢〉：「可憐今夕夜」，都是解作「可愛」。然而，唐人李白〈青平調〉：「借問漢宮誰似得，可憐飛燕倚新妝」；李商隱〈賈生〉：「可憐夜半虛前席，不問蒼生問鬼神」；南宋辛棄疾〈破陣子〉：「可憐白髮生」，就用了「憐憫」、「憐惜」的詞義。時至今日，「可憐」一詞的「可愛」詞義已經消失，但保留著「憐憫」、「憐惜」的詞義。

（2）詞義的縮小

詞義有縮小發展現象，與詞義的擴大情況剛相反，所謂縮小是指

詞義所描述的對象範圍由大收縮到小，而詞的義項也有時會相應地改變。

　　例如「同志」一詞，見於漢許慎《說文解字》「友」篆下：「同志為友」。《韓詩外傳》〈卷五〉有「同志」一詞，所謂：「同明相見，同音相聞，同志相從」。王充《論衡》〈自紀〉：「心難而行易，好友同志。」孔穎達《周易正義》〈兌卦〉亦釋：「同志曰友」。這些都是解作趣相投，大家有同一志向。到了近代，在某社會國度裏有提及「同志」一詞，其所「同」之「志」乃專指社會主義中的政治思想，詞義範疇是由一般的同一志向縮小為某一政治思想取向。近數十年來，社會上又借用「同志」這個詞去專指一些同性戀者，有「女同志」、「男同志」的稱呼，分別指兩類同性戀者。「同志」的詞義又進一步的收縮，所描述的詞義內容比前一項的範疇更加窄小。

　　又如「愛人」，本來是泛指愛護他人。《論語》〈顏淵〉：「樊遲問仁。子曰：愛人。」《孟子》〈離婁下〉：「仁者愛人，……愛人者，人常愛之。」古義與男女感情無關，後來專指在戀愛中的人或戀愛對象，詞義等同英文的 Lover。在中國大陸「愛人」一詞就進一步縮小，專指有婚姻關係的某一方，收窄了詞義的範疇。

　　詞義擴大的特點是詞義向外擴張發展，明顯與詞義引申相關，也增多了詞的義項。詞義縮小的特點是向詞義本有的範疇收窄，詞義內容趨向集中，排除了若干與詞義範疇內相關的內容，也同樣會增多詞的義項。

（3）詞義的轉移

　　所謂轉移，是指詞義的理性意義發生變改，或是詞義本身具有感情色彩，而產生了褒義、貶義的變化。例如：「犧牲」一詞，本指祭祀時用的牲口，因祭祀而遭宰殺的牛羊就叫犧牲。《左傳》〈莊公十

年〉:「犧牲玉帛弗敢加也。」正是它的本義。後來,「犧牲」解作人為正義目的而捨棄自己生命,詞義保留殉道而死亡的訊息。詞義發展到近代,「犧牲」的殉道本義又作了轉移,改為指專為了完成某事而作出重大的讓步,但未到需要捨棄性命的地步。例如:為藝術而「犧牲」個人的尊嚴;為孩子而「犧牲」自己的青春;為愛情而「犧牲」自己的幸福,等等,這些都是「犧牲」本來義詞的轉移,但詞義內容仍有若干相近及相關的訊息保留下來。至於褒、貶義的轉移,則有由褒義轉到貶義和由貶義轉到褒義兩類,例如:

①「阿Q看見自己的勳業得到了賞識,便愈加與高采烈起來。」（魯迅《阿Q正傳》）

②「有幾個『慈祥』的老闆到菜場去收集一些菜葉,用鹽一浸,這就是他們難得的佳餚。」（夏衍《包身工》）

上文「勳業」、「慈祥」、「佳餚」本來是褒義詞,現在用作貶義詞。

③「但海嬰這傢伙卻非常頑皮,兩三日前竟發表了頗為反動的宣言,說:『這種爸爸,甚麼爸爸!』真難辦。」（魯迅《致增田涉》）

文中「反動」是貶義詞,本指思想及行為上維護舊制度而反對進步及改變,現在用作褒義詞。

④「幾個女人有點失望,也有些傷心,各人在心裏罵自己的狠心賊。可是青年人永遠朝著愉快的事情想,女人們尤其容易忘記那些不痛快。不久,他們就又說又笑起來。」（孫犁《荷花淀》）

文中「狠心賊」本來是貶義詞,現在用作褒義詞。這裏用來表現這些女人對自己丈夫的嗔愛情感。現實口語中也有人喜歡用類似的貶

義詞稱自己的情人或配偶，例如「死鬼」、「冤家」、「衰人」之類。

　　褒貶詞的運用，有修辭學者將之歸入「反語」辭格。綜合而言，詞可以根據感情色彩的不同，分為褒義詞、貶義詞、中性詞三類。

　　褒義詞：具有褒揚感情色彩；如「美好」、「壯烈」、「顯赫」等
　　貶義詞：具有貶斥感情色彩；如「醜陋」、「殘酷」、「巴結」等
　　中性詞：指不帶感情色彩；如「步行」、「買賣」、「思想」等

　　下表是另一些例子：

褒義	中性	貶義
儉樸	艱苦	刻薄
嚴明	嚴格	嚴苛
洋溢	充滿	充塞
精細	小心	妄想
團結	企圖	勾結
宣揚	打算	煽動
禮讓	聯合	古怪
巧妙	退出	浩劫
典範	特別	獨裁
奇妙	傳達	串連
卓見	典型	卑污
雄偉	自主	狡詐
英明	災難	狂傲

3　詞義具有概括性

　　詞義反映出人對客觀事物或宇宙、生活現象的認識，期間經過了

由具體到抽象的概括發展過程。事實上，詞義所反映的正好是宇宙某一類事物或人類生活現象共有的一般屬性。例如「筆」，它是一種書寫工具，是長形管狀而可供書寫的東西。所以當人說「筆」，大家的腦中就會泛起這樣的一個概念，不論是毛筆、畫筆、鉛筆、鋼筆、蠟筆、粉筆、眉筆、原子筆、顏色筆、走珠筆、箱頭筆等，都會與「長形管狀而可供書寫的東西」這個概念相關。然而，倘若我們說「鐵筆」、「判官筆」，情況就有點不同：「鐵筆」是五金行業中的工具，它不能用來寫字，叫「鐵筆」是因為它有與筆相同的表面特徵——長形管狀、前端有尖銳像筆鋒的特徵；「判官筆」是武俠小說裏經常提到的武器，同樣它不能寫字，叫「判官筆」也是因為外型具有上述的概括形象。所以，當我們向別人借筆用時，除非特別聲明，對方一定不會拿來「鐵筆」之類不能書寫的東西，因為詞是有概括性。時至今日，電腦科技及軟件應用發展一日千里，其中有一種新產品叫 powerpoint pointer，中文譯名是「遙控紅外線雷射激光翻頁筆」（有稱作「激光翻頁教鞭筆」，有簡稱為「雷射筆」等），仍基於其具有筆型及指劃之功能特點而以「筆」命名。至於文筆、史筆、詩筆、敗筆、絕筆、筆觸、筆意、筆調、筆債等詞，是抽象的內容，它們的詞義內部組合是有修飾的作用，或是比喻，或是借稱，都是由「筆」本義（書寫工具）而衍生的引申義，此與「筆」的工具性與典型性較少構成直接的關係。

4 詞義具有社會性

　　詞具有交際的功能，助人傳情達意。因此，詞義也具有社會性。詞的音、義關係是經過使用者「約定俗成」而確定下來。不然，甲以某音讀此，乙以某音讀彼，對詞義各有各的理解，人就沒法溝通。由此可見，人必須按照社會大眾認同的事物去理解和運用恰切的詞義表

情達意。應用的詞匯中，專有名詞、數詞、表示度衡單位的詞、法律名詞等，都有非常清晰明確的詞義內容。否則，人就沒法溝通，不能用詞來交際。例如，說：「打的」，會知道是乘搭計程車（的士）；說：「上網」，要看看語境是甚麼？可以與球場活動有關，也可以與使用電子產品有關。

5 詞義具有糊模性，也有精確性

　　詞義是詞的內容，它反映出人對外界事物的認知，但有時並不是很清楚和準確。因為有些詞義具有模糊特性，有稱這類詞為模糊詞。所謂模糊性，是指詞義所反映出的事物或現象，它們本身有不確定或表述界限不確定的內容。例如：「上午」，它的時間範疇很寬闊，很難劃出一個明確的界線。當你約了朋友上午見面，大家的相會時間都很有彈性，也容易給人不準時的藉口。又如：「冷」、「暖」、「熱」等與溫度有關的詞，詞義的描述界線也十分含糊，假如說零度以下就是「冷」，那麼，零度以上一度或半度是甚麼？又如「少年」、「中年」、「老年」，也難以劃出界線，人可以說當自己過了某一天就是「中年」嗎？那麼是不是在這一天之前就是「少年」？要劃界線也難有說服力，難以令人接受。然而，「某某十大傑出青年」的選舉，就定下了參選者年齡界限，清楚指出被提名者的年齡時段，這樣規定其實是為了方便選拔工序的運作。事實上，「青年」是一個糊模詞。

　　詞義具有精確性的特點，可稱之為詞義精確，是詞義學的專門術語。它與「詞義模糊」的概念相對，又稱「語義精確」。詞義精確可以體驗於實際的語言交際之中，它關乎說話人的主觀表達意向與評價的對象，包括詞的指稱對象，上下文語境所規限的理解對象，都具有標準的狀態。例如，在一個公眾場合，突然有人向著群眾大叫「火」，「火」這個詞必然與「火警」等同意義。然而，換上另一情

境，有人從口袋裏拿出一枝香菸，在你身邊輕聲說「火」，「火」這個詞就會與「借火」等同意義。倘若說話人當時用「火警」、「借火」來傳遞訊息，這兩個詞的詞義內容都是十分精確。但當有人對你說：「我火啦」，這就是比喻義，不是用火燒的本義。其他詞如「陽光」、「第一」、「五年」、「癌症」、「渡海小輪」、「三分十三秒」等，都具有精確的詞義內容。詞義精確在大多數情況下是相對，詞義模糊則是絕對，不清楚詞義的範疇就難以劃出界線。[12]

三　義位和義項

義位，是指一個能夠獨立運用的意義，由某個內容形成的語義單位就叫義位。例如「學」，它包括了學習、模仿兩個義位，也就是兩個不同的解釋內容。義項就是詞的意義單位，原則上漢語義位與義項是相對的概念。譬如某個詞有兩個詞義（又如上述提及的「可憐」，有可愛、憐憫兩個解釋），這種意義單位在詞匯學上稱為義位，而在詞典中，因為排成一個一項的解釋，所以稱之為義項。

以下以《現代漢語詞典》（林杏光審定、倪文杰等主編，北京市：人民中國出版社，1994年版）的「零碎」、「拿」作例子說明：

（一）「零碎」，有兩個義項：

　　1〈形〉細碎，瑣碎；

　　2〈名〉細碎的事物或物件。

（二）「拿」，有六個義項：

　　1〈動〉用手或其他方式抓住、取（東西）；

　　2〈動〉用強力取、捉；

---

12 本節說法參考：宋均芬著《漢語詞匯學》（北京市：知識出版社，2002年），頁240-245；王寧、鄒曉麗主編：《詞匯》（香港：海峰出版社，1998年）頁69-73。

　　　3〈動〉掌握，把握；

　　　4〈動〉刁難、要挾；

　　　5〈動〉侵蝕、侵害；

　　　6〈介〉引進所處置的對象。

　　（＊一般詞典中所謂〈名〉是指名詞、〈動〉是動詞、〈形〉是形容詞、
　　　〈介〉是介詞。）

四　義素和義素分析

　　義素，是義位的構成要素，就是將義位分解而得出的最小意義單
位。義素分析，是將詞的義位分解為義素，再將這些義素的成分來闡
釋義位的組成情況，並且將這些義位間之區別加以說明。

　　例如上文提過的「筆」，它的義位是一種書寫工具。「筆」的義位
可以分析出「管狀」、「書寫」、「尖鋒」等幾個義素。具體的分析操
作，有兩個步驟，首先利用「二元對立」原理分析，以「粉筆」一詞
為例，可以分析為不同層次的二元對立特徵：

粉筆：

　　工具／非工具

　　可以書寫／不可以書寫

　　一端可寫／兩端可寫

　　管狀／非管狀

　　有尖鋒／沒有尖鋒

　　書寫有顏色／書寫沒有顏色

　　有粉末／沒有粉末

　　將所分析的二元對立的語義特徵形式化，「粉筆」的義素可以分析為：

　　　　〔工具＋可以書寫＋兩端可寫＋管狀＋沒有尖鋒＋書寫有顏色
　　　　＋有粉末〕

　　義素分析的第二個步驟是採取對比方法，根據同類事物或現象，設立可比較之原則作對比分析。對比之前，先找出與之性質相關的對比詞。以上文的「粉筆」為分析主體，用「鋼筆」、「毛筆」、「鐵筆」、「曲筆」四個詞義單位為比較對象，對比分析具體運作如下[13]：

對比詞　　義素	粉筆	鋼筆	毛筆	鐵筆	曲筆
工具	＋	＋	＋	＋	－
可以書寫	＋	＋	＋	－	－
兩端可寫	＋	－	－	－	－
管狀	│	│	＋	＋	－
沒有尖鋒	＋	－	－	－	－
書寫有顏色	＋	＋	＋	－	－
有粉末	＋	－	－	－	－

　　通過上述對比式表解分析，可以幫助我們準確清楚的理解「粉筆」的義素。上表提出的義素內容，不足以分辨「鋼筆」、「毛筆」的不同特徵，若要加以辨明，需要再設立一些可比較之原則。至於「曲筆」（當然不能理解為彎曲的筆）就完全沒法與所定的可比較性原則相關，由此足以推論「曲筆」不是同類的事物。

───────────────

13 表解分析參考：王寧、鄒曉麗主編《詞匯》（香港：海峰出版社，1998年）頁77。

漢語的詞義

　　詞是最小、能夠獨立運用的音、義結合體。詞義就詞所表示的內容。詞義是人在社會生活裏對各項事物認識的抽象與概括結果。詞可以通過對它的內部理解去分析詞義。假若從一個詞所蘊含的義項數量來說，可以分為單義詞、多義詞兩大類。

一　單義詞

　　同「多義詞」相對。指詞只有一個意義。

　　這些詞無論在哪一個環境、空間、場合都是表示一個相同的意義，一般來說，多是專用名詞、專科術語及一些常見事物的名稱。例如：

宇宙氣象：	月球、颱風、流星雨、雙重日蝕、九星連珠
人物名稱：	堯、孟子、李世民、司馬相如、成吉思汗
時代名稱：	夏、先秦、五代十國、廿一世紀、新石器時代
地域名稱：	新疆、香港、梵蒂崗、達爾汗烏勒、萬徹斯特城
專有名詞：	醫生、楚國、管理處、網絡遊戲、電子書閱讀器
學科術語：	鎳、純數、邏輯、木字旁、平方根、萬有引力、不及物動詞

二　多義詞

　　同「單義詞」相對。指有兩個或以上而又互有聯繫意義的詞。由於這些詞在不同的語言環境可以表示不同的意義，也稱為一詞多義。

例子如下[14]：

古代漢語例：

「短」，有五個義項：

1（名詞）過失。《唐書》〈顏師古傳〉：「指摘疵短。」

2（名詞）才識凡庸。《晉書》〈王戎傳〉：「以臣遇短，當此至難。」

3（動詞）說人壞話。《史記》〈屈原賈生列傳〉：「卒使上官大夫短屈原於頃襄王。」

4（形容詞）與「長」相對。屈原〈卜居〉：「夫尺有所短，寸有所長。」

5（形容詞）缺陷，不足。《淮南子》〈修務〉：「知者之所短。」

「道士」，有四個義項：

1 有道之士。漢劉向《新序》〈節士〉：「謁而得位，道士不居也。」

2 奉道教的人。唐劉禹錫〈再游玄觀〉〈引〉：「人人皆言有道士手植仙桃滿觀。」

3 方士。古代求仙、煉丹等法術之士。唐白居易〈長恨歌〉：「臨邛道士鴻都客，能以精誠致魂魄。」

4 佛教僧侶。宗密《盂蘭盆經疏下》：「佛教初傳此方，呼僧為道士。」

---

14 各例之義項分析及資料出處，主要參考：《實用古漢語大辭典》編輯委員會編：《實用古漢語大辭典》（鄭州市，河南人民出版社，1995年）。林杏光審定、倪文杰等主編《現代漢語辭海》（北京市：人民中國出版社，1994年）。

現代漢語例：

「害」，有五個義項：

1（名詞）禍害、害處。如「災害」、「除害」。
2（形容詞）有害的，沒有益處的。如「害蟲」、「害鳥」。
3（動詞）損害、使受害，殺害。如「害自己」、「殘害」。
4（動詞）患病、得病。如「害病」、「害紅眼病」。
5（動詞）心理上發生不安的情緒。如「害怕」、「害羞」。

「頑固」，有三個義項：

1（形容詞）思想保守，不願接受新事物或改變。如「頑固僵化」、「思想頑固」。
2（形容詞）立場反動，不肯改變。如「頑固分子」、「頑固地拒絕」。
3（名詞）指頑固的人。如「老頑固」、「死頑固」。

按詞的使用功能、發展變化情況來分析，詞義又可以分為本義、基本義、引申義、假借義、比喻義幾類。要了解詞義的發展與衍變規律，就必要認識有關各類詞義的特質，找出它們之間的關係。

三　本義

本義即是詞的本來意義。

例如「本」，從古文字來分析，它是一個指事字，「木」是一棵樹的象形，古文寫作「$\bigstar$」，中間的是樹幹，上是樹枝，下是樹根。「本」字下的「一」是一個指事符號，指出字義的重點在於樹的根，

所以「本」的本義是樹根，如《韓非子》〈揚權〉：「毋使枝大本小，枝大本小，將不勝春風」。「本」可由下基、根本引申與之相關的詞義內容，如「本來」、「原來」、「根本」等。

又如「兵」，古文字的寫法是「𠬪」，描述雙手舉起一件武器（「斤」本義是斧頭）向下劈擊之勢，「兵」的字形構意就是持械攻擊。《史記》〈伯夷列傳〉：「左右欲兵之」，就是本義的示動用法。「兵」的本義應是兵器，雙手高舉斧頭正是對使用兵器的一種具象描述，由此呈示出兵器的特質──具攻擊特質的器械。賈誼〈過秦論〉：「收天下之兵，聚之咸陽」，句中「兵」就是兵器。「兵」又可引申解作軍隊，如《戰國策》〈西周策二〉：「進兵而攻周」。《孫子》〈謀攻〉：「兵不頓而利可全」。

雙音節詞例子，如「學者」，今天指有學問的專家，但它的本義應是求學的人，《論語》〈憲問〉：「古之學者為己，今之學者為人」，就是本義用法，「者」本是語氣助詞，後來成為一個後綴詞，再發展成為實詞。

又如「程式」，今天專指工序或一定的步驟格式，例如數學程式、電腦程式。然而「程式」的本義是指法規，是一個與法律有關的專門術語。《商君書》〈定分〉：「主法令之吏有遷徙物故，輒使學讀法令所謂，為之程式，使日數而知法令之所謂。」（全文意思是：主管法令的官員，假如有遷徙或死亡的，就叫學習的人誦讀法令條文，給他們定出法規，叫他們在幾天內就明白法令條文。）可見「程式」本來是指法規。

綜合而論，所謂本義，就是指記錄這個詞的字形結構與古代文獻的使用例子中所反映出來的原本意義。

四　基本義

　　基本義是指詞的最常用、最基本的意義內容。基本義是按詞的應用來說，詞的基本義往往就是本義，如「車」就是有輪的運輸工具，是本義又是基本義。有些基本義與本義兩者有並不一致，如「兵」的本義是兵器，或以兵器攻擊，不過在古代文獻中已甚少這樣用。古代漢語文獻中「兵」一般用法都是「兵士」，於文獻應用來說，這是它的基本義。再如上述提及的「本」，其基本義是「本來」、「原本」；「學者」的基本義是「學術上有成就的人」；「程式」是指「一定的格式、工作程序」。

　　在現代社會產生的新詞，一般來說，詞的本義和基本義都是一致。從現代漢語的學習和應用來說，能夠掌握詞的基本義就能夠找到理解詞的發展義線索，例如「危險」這個雙音節詞，它的基本義就是不安全。用「危」組合成的詞，如危城、危房、危害、危機、危及、危難、危急、危局、危樓、危亡等詞義，都是明顯與「不安全」相關。至於用「險」組成的詞，如險地、險惡、險峰、險峻、險情、險灘、險象等詞義，也同樣的與「不安全」相關。又如「危機」是指危險的根由、嚴重困難的關頭[15]，有人卻將之拆解成「有危就有機」，說成有危險之時就有解脫機會，這是一種望文生義的解法，不是詞義正解。從古代漢語的學習和研究來說，能夠掌握詞的本義是必要，不然就難以正確理解古代文獻裏所傳遞的訊息。

　　以下舉「得」字作例說明：

　　〔晉〕陶淵明〈桃花源記〉：「復前行，欲窮其林。林盡水源，便得一山。」文中「得」字，一般教科書或坊間注本都不下注釋，有譯

---

15 說法見中國社會科學院語言研究所詞典編輯室編《現代漢語詞典》（修訂本）（北京市：商務印書館，1997年），頁1305，「危機」條。

本將之譯作「發現」。「得」這個詞的現代漢語的常用詞義是「獲取」，按這個解釋去理解上文的「便得一山」，就不妥當。按《實用古漢語大詞典》「得」可作動詞、名詞、助詞、副詞，按上文所述，此應作動詞。「得」在詞典動詞下有六個義項：

1 與「失」相對，《莊子》〈養生主〉：「吾聞庖丁之言，得養生焉。」

2 貪得，《論語》〈季氏〉：「血氣既衰，戒之在得。」

3 能夠，《論語》〈微子〉：「趨而避之，不得與之言。」

4 得意，《史記》〈管晏列傳〉：「意氣揚揚，甚自得也。」

5 適合，《荀子》〈強國〉：「形範正，金錫美，工冶巧，火齊得，剖刑而莫邪已。」（「火齊得」指鑄劍用的火候適合。）

6 過去，曹丕〈與吳質書〉：「歲月易得，別來行復四年。」

上述六項沒有一項可以作「發現」解，也不適用於「便得一山」的解釋。然而，只要追尋「得」之本義解釋，就可以明白「得」能解作發現的理由。

「得」，古文字作「㝵」，從字形的構意可知，本義指人在路上用手拾取錢貝（古代以貝殼之物作貨幣）。許慎《說文》〈彳部〉「得」字的解說是「行有所得也」，可知「得」是先由眼見而後拾取，這也即是發現的意思。陶淵明在文中描寫漁人在林盡水源之處，看見了一座山，解作「發現」當然是最適合不過，解作「得到」就沒有說服力。同一情況見於唐人柳宗元〈始得西山宴游記〉，文題「始得」一詞與文中收結所謂「然後知吾嚮之未始游，游於是始」，正是前後互相呼應。文題之「得」是「發現」的意思，亦與柳宗元在文章前所說的「因坐法華西亭，望西山，始指異之」相呼應。

五　引申義

引申義指詞義由本義推演而形成的意義。例如上述「兵」解作兵士、軍隊，就是由兵器的本義而引申出來。一詞多義主要由引申而來。以下舉兩詞例說明：

「出」，古文字作「」，甲骨文、金文都從「止」，即「趾」，是人的腳；「∨」為門檻、土坑之類。「出」字之「」在「∨」之外，就是踏步出去的意思，本義就是出去。

「出」之本義例子：

1「許之。夜縋而出。」（《左傳》〈僖公三十年〉【燭之武退秦師】）

2「既出，便扶向路。」（陶淵明〈桃花源記〉）

3「出郭相扶將。」（〈木蘭辭〉）

4「西出陽關無故人。」（王維〈渭城曲〉）

5「鼠逡巡自穴中出。」（《聊齋志異》〈大鼠〉）

6「日初出大如車蓋。」（《列子》〈湯問〉【兩小兒辯日】）

7「麋出門，見外犬在道甚眾。」（柳宗元〈三戒——臨江之麋〉）

8「三子出，曾皙後。」（《論語》〈先進〉）

9「出不入兮往不返。」（《楚辭》〈國殤〉）

10「出東門，不顧歸。」（〈東門行〉）

「出」之引申例子：

1 引申為「取出」：

①「出之燁然，玉質而金色。」（劉基〈賣柑者言〉）

②「他出一對雞，我出一箇鵝。」（關漢卿〈四塊玉〉）

2 引申為「出現」、「表露」：

①「流賊張獻忠出沒蘄、黃、潛、桐間。」（方苞〈左忠毅公軼事〉）

②「出技以怒強。」（柳宗元〈三戒──黔之驢〉）

3 引申為「離開」：

①「今者出，未辭也，為之奈何？」（《史記》〈項羽本紀〉【鴻門宴】）

②「永和初，出為河間相。」（《後漢書》〈張衡傳〉）

4 引申為「超出」：

①「古之聖人，其出人也遠矣。」（韓愈〈師說〉）

②「將軍勇冠三國，才為世出。」（丘遲〈與陳伯之書〉）

5 引申為「來自」：

①「愚人之所以為愚，其皆出於此乎！」（韓愈〈師說〉）

②「出淤泥而不染。」（周敦頤〈愛蓮說〉）

6 引申為「露出」、「突出」：

①「近岸，卷石底以出。」（柳宗元〈小石潭記〉）

②「其文辭日進，如水涌而山出。」（歐陽修〈送徐無黨南歸序〉）

7 引申為「發出」、「滲出」：

①「不敢出一言以復。」（宋濂〈送東陽馬生序〉）

②「武松被那一驚，酒都做冷汗出了。」（《水滸傳》〈第二十二回〉【武松打虎】）

又如「背」，其本義是「背脊」，由「北」、「月」構成。「北」是兩人以背相向之形，是「背」字初文，後來增添「肉」字，以分別借

作方向的「北」字。「背」的詞義有三個特點：1. 它是一種方向，如「背面」；2. 是與它所向位置成相反，「背向」；3. 是以「背脊」負載物件，如「背負」。「背」由這三個詞義特點而發展成各項引申義，如「違背」、「背叛」、「背離」、「背誦」、「背書」。「背」的本義、引申義可以下列圖解分析[16]：

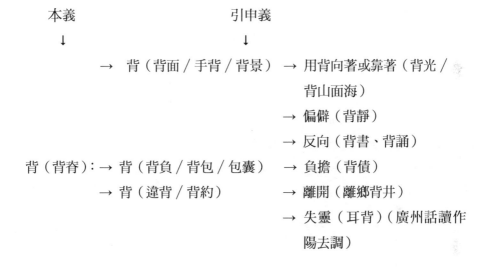

本義　　　　　　　　　引申義
　↓　　　　　　　　　　　↓
　　→ 背（背面／手背／背景）→ 用背向著或靠著（背光／
　　　　　　　　　　　　　　　　背山面海）
　　　　　　　　　　　　　　→ 偏僻（背靜）
　　　　　　　　　　　　　　→ 反向（背書、背誦）
背（背脊）：→ 背（背負／背包／包囊）→ 負擔（背債）
　　　　　　→ 背（違背／背約）　→ 離開（離鄉背井）
　　　　　　　　　　　　　　→ 失靈（耳背）（廣州話讀作
　　　　　　　　　　　　　　　　陽去調）

六　假借義

　　假借義是指詞在使用過程中，因音同或音近假借而產生與本義無關聯的意義。如「歸」的本義是指女子出嫁，《說文解字》〈止部〉：「歸，女嫁也。」《詩》〈周南〉〈桃夭〉：「之子于歸，宜其室家。」所用的正是「歸」的本義。《論語》〈陽貨〉：「歸孔子豚」，就不是本義。「歸」借作贈送解，即是「饋」字，古人注解謂「歸」通「饋」，

---

16 「背」之有關說法及分析，參考宋均芬著：《漢語詞匯學》（北京市：知識出版社，2002年），頁223-224。

即是說「饋」是「歸」的假借義。傳統假借說法，有「本無其字」的假借和「本有其字」的假借兩類。一般又稱本無其字一類為造字的假借，本有其字的為用字的假借。陸德明《經典釋文》〈序錄〉引東漢經學專家鄭玄說：「其始書之也，倉卒無其字，或以音類比方假借為之，趣於近之而已。受之者非一邦之人，人用其鄉，同言異字，同字異言，於茲遂生矣。」鄭氏認為「以音類比方假借為之」，結果造成了「同言異字，同字異言」的現象，而「以音類比方假借為之」的起因是，書寫者在執筆書寫時寫不出應該用的字，於是用了同音、音近字來代替。這是本有其字的假借，是個人用字的問題，與詞義的發展沒有直接關係。

然而，有不少虛詞都是由實詞借來，而且一直借用下去，這就是本無其字的假借。以下用表解舉幾例說明：

字例	古文	本義	借義[17]	古漢語用例
而	而	面毛。《說文》〈而部〉：「而，頰毛也。象毛之形。」	連詞。表示並列、接續關係。	「則施施而行，漫漫而遊。」（柳宗元〈始得西山宴游記〉）
其	其	箕籬。《說文》〈箕部〉：「箕，簸也，從竹。象形。下其丌也。」	代詞。表示第三人稱，相當於「他」、「她」、「它」、「他的」。	「聞其聲，不忍食其肉。」（〈齊桓晉文之事章〉《孟子》）
耳	耳	耳朵。《說文》〈耳部〉：「耳，主聽也。象形。」	語氣詞。相當於「罷了」、「啊」、「也」等。	「用此智耳。」（〈大鼠〉《聊齋志異》）

17 上述各項假借義例子，如有超過一項，只舉一例說明。

字例	古文	本義	借義[17]	古漢語用例
胡	胡	頷下之肉。《說文》〈肉部〉：「胡，牛頷垂也。从肉，古聲。」朱熹曰：「在頷下懸肉。」	代詞。表示疑問，相當於「何」。	「田園將蕪胡不歸。」（陶淵明〈歸去來辭并序〉）
夫	夫	成年男子。《說文》〈夫部〉：「夫，丈夫也。一象簪也。」	助詞。用於句首，發語辭。	「夫戰，勇氣也。」（〈曹劌論戰〉《左傳》）
自	自	鼻子。《說文》〈自部〉：「自，鼻也。象鼻形。」	介詞。表示時間或方位的由始，相當於「從」、「由」。	「秦自繆公以來二十餘君，未嘗有堅明約束者也。」（《史記》〈廉頗藺相如列傳〉）
之	之	草長出貌。《說文·之部》：「之，出也。象艸過中，枝莖益大有所之。一者，地也。」	代詞。指稱人或事的名稱。	「漁人甚異之。」（陶淵明〈桃花源記〉）
焉	焉	鳥名。《說文》〈鳥部〉：「焉，焉鳥。黃色，出於江淮。」	語氣詞。用於句尾，表示感嘆。	「寒暑易節，始一反焉。」（《列子》〈湯問〉【愚公移山】）

七　比喻義

　　比喻義其實是引申義的一種。它的詞義特點是按兩類對象之間所具有的某相似點，構成修辭上的比喻，從而實現詞義的引申。例如：

「關」、「節」、「魚肉」、「手足」、「心肝」、「爪牙」、「落水狗」、「三腳貓」、「酒囊飯袋」、「冠冕堂皇」等等，都不是從詞義的表面去理解，而是有深一層的比喻義。有關分析如下：

詞例	詞義的表面內容	以比喻手段傳達詞義的深層內容
關	指把門閂起來，有封閉的意思。	比喻為一個重要地點，有可通或封閉的功能。如「海關」、「關口」、「雄關」等等。
節	竹的節口，有某一階段或部分的意思。	比喻為一個時段，如「節日」、「中秋節」，可再引申比喻為「節省」、「節制」。
魚肉	魚和肉兩類肉食。	比喻為任由擺布、隨便讓人宰割。
手足	動物的肢體	比喻為兄弟，以手足與身體同屬一個體，強調關係密切，不可割裂。
心肝	動物身體的內臟	比喻為非常重要的東西，通常用來說與某人的情感關係。
爪牙	鳥獸用來捕捉食物的身體工具	比喻為權勢者所依憑的武力。
落水狗	一隻跌進水裏的狗	比喻失勢的人。
三腳貓	一隻只有三腳的貓	比喻學藝不精的人。
酒囊飯袋	盛載酒和飯的器物	比喻只懂飲食而不會辦事的人。
冠冕堂皇	華麗的帽（堂皇的冠冕）	比喻只有華麗的裝扮。

詞是語言中傳情達意的重要元素，它隨著語言適應社會發展的需要，而不斷發展變化。了解詞義的歷史演變，有助進一步認識詞義的種種特質，王寧在《詞匯》〈漢語詞義的歷史演變〉一節，曾引述一些

漢語古今詞義差異的類型，並詳細討論具體積累和把握詞義的方法。[18]
事實上，詞義發展演變的原因與社會歷史的發展、詞義內部系統的變
化、具體語言環境的影響，以及古今文字使用的差異有密切關聯。

詞與詞之間的意義關係

　　詞與詞之間往往出現一些互有相關情況，該等詞所呈現的相關特
徵，就是詞際關係。例如「上」、「下」兩者都可以作為方位詞，如上
面、下面，樓上、樓下；也可以作動詞，如上班、下班，上山、下
海。詞際關係的具體表現，每每體現於兩詞放在一起來理解，這時就
會發現它們具有相對的詞義關係，如「上」、「下」，它們原來有反義
／相對義的關係。其他具詞際特點的相近例子還有「左」、「右」；
「前」、「後」等。將具有詞際關係的詞放在一起研究，可以劃分為不
同類別。有分作同義、反義、同音、同源四類，再將其特質、類型、
成因，逐一引例討論。[19]

一　同義詞

　　同義詞指兩個或兩個以上的詞，它們的意義相同或相近。同義詞
又可以再分為等義詞和近義詞兩類。等義詞又稱絕對同義詞，如「青
黴素」和「盤尼西林」，「父親」和「爸爸」。然而，有些詞義古今有
所不同，如古漢語的「大夫」有多重義項，可指官職、官名、對人之
尊稱；在現代漢語裏「大夫」仍有使用，但指的是「醫生」（「大」在

18　有關說法詳見王寧、鄒曉麗主編：《詞匯》（香港：海峰出版社，1998年），頁95-
117。

19　詳見王寧、鄒曉麗主編：《詞匯》（香港：海峰出版社，1998年），頁119-170。

普通話的讀音也稍有些不同），這則是同形而不同義詞。近義詞是指詞義上有細微的差別，如「細心」和「小心」，「眼睛」和「眼球」，「高興」和「喜悅」等。

二 反義詞

反義詞指詞義相反或相對的詞。它又可以再分為相對反義詞和絕對反義詞兩類。相對反義詞指兩個詞義內容具有相對概念，但並不是絕對否定。如「大」、「小」是相對的概念，兩者之間還存有不大不小的範圍，是通過比較後得出來的概念，其他例子有「長」和「短」、「高」和「低」等。絕對反義詞是兩個意義絕對相反，如「動」和「靜」，不能存在不動不靜或小動多靜的概念，又如「生」和「死」是存在與不存的概念，之間不可以容許第三種含義出現。

三 同音詞

同音詞又稱同音異義詞，是指語音相同而詞義不同的詞。以粵音為例，如「流連」、「榴槤」；「篇幅」、「蝙蝠」；「首都」、「手刀」；「今昔」、「金飾」。至於普通話的例子有「樹木」、「數目」；「界限」、「界線」；「大姐」、「大解」等。粵語與普通話相同的例子有「電賀」、「電荷」；「著名」、「註明」；「達觀」、「達官」；「保安」、「寶安」等。

四 同源詞

同源詞是指讀音相同的字或該字的聲、韻相通，而其詞義又相同相近或相關，這些詞都是來自同一個語源。例如「喬」（高大、樹木

名）、「蹻」（強勇之貌）、「橋」（跨越兩處之建築物）、「驕」（馬壯健貌）、「撟」（將手舉高）、「蕎」（植物名，又稱大戟）、「鷮」（一種巢居於高樹鳥名）、「趫」（善於爬高）、「憍」（自我矜誇）等。這些都是同源詞，「喬」《說文》：「高而曲也」，古文字作喬，表示高聳情貌。上述蹻、橋、撟、蕎等詞皆有高聳意思，其讀音古韻同在宵部，聲母分別見母或溪母，同屬舌根音，而其詞義都有「高大」的意思。[20]

詞匯的構成

　　詞匯是一種語言所使用之詞的總稱。在現代漢語詞匯裏，詞匯的內容包括了詞的總匯和相當於詞之作用的固定結構的總匯（例如成語、諺語）兩個基本部分。[21]以下以詞的總匯、固定結構的總匯兩類分說：

一　詞的總匯

　　可分為基本詞匯和一般詞匯兩大類：

（一）基本詞匯

　　指語言中所有基本詞的總匯，是詞匯中重要部分，亦是語言的基礎內容。基本詞匯中的詞稱為基本詞，它與人的生活有著密切關係，是社會各階層人士都會應用的詞。人初學習語言時，都由學習基本詞開始，因為基本詞記載了人最需要的事物，以及動作、行為的名稱。

---

20 關於詞際與同源觀念參考：王寧、鄒曉麗主編：《詞匯》（香港：海峰出版社，1998年），頁119-170。

21 有關詞匯分類可參考本部分「詞匯系統」之表解。

有關類別及詞例如下：

類別	詞例
自然事物	天、地、水、火、風、天氣、土地、流水、火山、雨水、沙堆
人名稱呼	媽、父親、祖母、弟弟、表姊、阿姨、朋友、上司、同事、老闆
身體器官	手、足、眼、心、肝、鼻、牙齒、臂膊、腳跟、頭髮、十二指腸
動作行為	吃、打、想、走、寫、跳躍、看見、愛慕、妒忌、憎恨、計算
食物飲料	米、粥、糕、餅、魚、酒、牛奶、果汁、豆漿、麵包、白飯

基本詞匯的特性[22]：

普遍性

指一般話語中最必需的詞，是全民族最經常使用的詞。它反映社會生活中最必要的一些內容，使用率十分高，而不分階層，不論文化程度，都會使用的詞，也稱之為全民性。上表各項詞例，都是社會大眾普遍使用的詞。

穩固性

指詞的發展變化較為緩慢，因為這類詞所反映的內容是社會和自然界無時不在的東西，指稱這些事物的詞自古承傳下來，其生命力十分長久，不易發生變化。例如：「人」、「日」、「月」、「山水」、「河流」等詞，都具有高度穩固性。

能產性

隨著社會發展，詞匯不斷增加以適應社會生活的變化。新詞不斷

---

22 有關詞匯特點說法參考：殷煥先著：《漢語知識講話》（上海市：上海教育出版社，1987年），頁20-23。

出現，基本詞成為構成的材料，它具有高度構詞能力，發揮著它的能產性優點。例如「電」，古代專指一種宇宙變化現象，但到了人類發明電力之後，「電」的詞義就起了變化，今天有不少新詞都是由「電」構成，如「電話」、「電視」、「電池」、「電腦」、「電訊」、「電槍」、「充電」、「發電」、「放電」、「漏電」、「無線電」、「交流電」、「高壓電」、「電子郵箱」、「電動汽車」、「電子遊戲機」、「原子能發電站」等。

一般詞匯

指基本詞匯以外之詞的總匯，與基本詞匯相比，其使用範疇比較狹窄，使用頻率比較低，在穩固性和能產性方面都比基本詞匯弱。然而，一般詞匯的內容比較豐富而且廣泛，它包括了固有詞、新詞、方言詞、古語詞、外來詞、專業詞等。以下選幾類舉例說明：

（一）固有詞

又稱一般通用詞，指歷史上承傳下來的詞。與新詞概念相對，指以某一時期為參照，由這時期之前到現在還一直使用的詞。固有詞不同於古語詞，古語詞指古代所用的詞，也可以說是歷史詞語。歷史詞語有其時代特性，其中不少要經歷長期考驗才沿用下來，這些詞就成為固有詞。經過世世代代沿用的詞，也不管其產生時間孰先孰後，存在時間多長多短，總之不是這個時期出現的新詞，都是固有詞。固有詞與古語詞、新詞都是相對的概念，又稱本語詞、既有詞，屬於一般詞匯的範疇。以下所舉的都是現代漢語固有詞：

上　下　左　右　喜　怒　愛　恨　山　水　人
使　用　來　去　我　他　唉　阿　五　千　了
燦爛　殘忍　誕辰　逝世　界限　錯綜　感慨

激烈　就位　拒絕　楷模　浮沉　借鑒　曠野
磊落　良心　獨裁　零丁　拜訪　風雲　推動

要分辨固有詞，直接的方法是在古文獻裏，把不見用於現代漢語中的詞剔去，餘下就是固有詞。葛本儀《漢語詞匯學》就試以宋人王安石〈答司馬諫議議書〉為例，把固有詞和古語詞分辨出來。[23] 這是一個頗易操作及具功效的辨析方法。

（二）新詞

新詞是指在某一個時期新產生而又為社會群眾接受使用的詞。原則上，這些詞是歷史上從來沒有出現的詞。新詞的出現往往與人類生活文化、社會發展、科技創造有關，例如，「原子彈」是近代一個新詞，它標誌著人類軍事科學的發明；「迷你裙」也是一個新詞，它記錄了人類服裝的新發展。又如現在流行的「電腦」、「微波爐」、「手提電話」，也是新詞，它們標記著現代科技與人類生活文化的進步。然而，新詞並不同「生造詞」，新詞必須是在社會廣泛流行而被全民所接受的新詞語，具有相當的普遍性與流通性。「生造詞」則指生硬組合而成的詞，它所流行的範疇並不廣泛，可能是一些民間小道的用語，又或是某些社群中的流行術語，也包括了一些文藝作品中（如新詩、流行歌曲歌詞、現代傳播媒體之用語）的新詞，甚至是暗語、黑語之類也包括在內。有時，生造詞會通過電子網絡傳播媒體而擴大它的流行範疇，一直推廣到社會大眾，最後全民皆用而成為新詞。現時一些流行俗語俗詞，如「銀髮族」、「堅離地」、「中二病」、「佛系」、「網紅」、「中伏」、「激」、「潮」、「爆」等，都可以歸納為生造詞。

---

23 詳見葛本儀主編：《漢語詞匯學》（濟南市：山東大學出版社，2003年），頁67-68。

以下是一些比較流行於中國大陸、臺灣、香港的新詞[24]：

共識　白領　互動　炒家　傳真　代溝　導賞　盜版　曝光　爆紅
打卡　燒炭　反思　放電　搞笑　合資　老外　下海　科盲　陪讀
安樂死　包二奶　愛滋病　便利店　度假村　多媒體　回報率　互聯網
負增長　婚外情　正能量　鐵飯碗　開發商　透明度　自費生　走私菸
對外漢語　黑箱操作　金融風暴　希望工程　傻瓜相機　組合家具
轉廢為能　筆記本電腦　一條龍服務　再就業工程　遠距離錄取
無菌真空包裝　智能數字冰箱　銀色消費市場　中文電腦記事簿
社會承諾服務制　婦女職業輔導所　國家信息中心增值網
句段思維式漢字輸入法　智能人工長途電話交換系統
消脂減肥脈衝治療數碼按摩器

（三）方言詞

　　方言詞是指某種方言所使用的詞。方言詞是一個比較籠統概念，要清楚了解方言詞，必要從方言區作實際調查研究。然而，中國境內之方言範疇龐大、複雜而繁多，到目前為止，全面的漢藏語系方言調查工作還沒有完成。葛本儀（2003）《漢語詞匯學》（山東：山東大學出版社），曾把方言詞概括為三類[25]，現將有關分析加以整理補充如下：

1 指一種方言系統中全部的詞

　　不同方言區裏的方言詞，它們都有語音形式的差異，這其實是語

24　各類新詞參考：林倫倫、朱永鍇、顧向欣編著：《現代漢語新詞語詞典》（廣州市：花城出版社，2000年）。宋子然主編：《漢語新詞新語年編（1995-1996）》（成都市：四川人民出版社，1997年）。

25　見葛本儀主編：《漢語詞匯學》（濟南市：山東大學出版社，2003年），頁76-78。

音系統的差異，所以有不少詞其實是同一個詞在方言中的語音變異，而詞義上沒有較大的分別。例如廣州話「冇」，即是「無」。(「冇」讀陽上調，「無」讀陽平調。)

2 指某一方言區中獨有的詞，是共同語或其他方言中沒有的詞

方言詞可以通過與其他方言詞或共同語（普通話）的對比分析，辨析它的詞義特質，確定它的具體內容。例如廣州話「睇見」，即是「看見」；「睇病」、「睇醫生」，即是「看病」、「看醫生」。但「睇脈」則是「診脈」。

3 普通話中所吸收的方言詞

當某些具有特別詞義或達意功能的方言詞，被普通話吸收，進入了全民使用的範疇，擴大了普通話的詞彙量，豐富了漢語的應用層面和詞義的內容。例如廣州話「雪糕」，即是「冰激凌」（冰淇淋）；「雪條」，即是「冰棍」，現已通用。

以下試以幾個常用詞為例，看看一些方言對詞義內容的不同說法[26]：

例一、表示時間、節令詞：「除夕」
　　　北京：年三十兒
　　　天津：三十兒
　　　保定：大年三十兒
　　　大連：三十兒晚上

---

26 有關說法及詞例參考：陳章太、李行健編：《普通話基礎方言基本詞匯集》（北京市：語文出版社，1996年），頁2217、2331、2645。饒秉才、歐陽覺亞、周無忌編著：《廣州話方言詞典》（香港：商務印書館香港分館，1981年）。

南京：三十晚上

廣州：年卅晚

靈寶：月盡

大同：三十黑夜

成都：三十晚些

例二、親屬、稱謂：「父親」

北京：爸爸

唐山：爹

張家口：大

太原：大大

柳州：阿爸

綏德：老子

廣州：老豆

例三、身體、動作：「彎腰」

北京：彎腰、貓腰

天津：貓腰

青島：貓腰兒

煙臺：弓腰

諸城：蝦腰

天水：蜷腰

達遠：勾腰

徐州：哈腰

然而，因正為方言詞在字音、字形甚至字義都互有差異，所以在

交際溝通上很多時都會造成障礙。張世祿曾歸納出方言詞在溝通使用上的紛歧錯雜現象[27]，現參考張說，稍作增減補充，並附上廣州話例子說明：

1 同音異詞

所用的詞形不同，但語音相同。如廣州話「方」與「荒」同音（普通話則不同），說「方糖」與「荒唐」就容易使人誤會。又如普通話「傳」與「船」同音（廣州話則不同），說「傳來」與「船來」又容易使人誤會。

2 同詞異義

所用的詞形相同，但所表達的意義不同。如廣州話「愛」可以解作「要」（如廣州話說「愛不愛飯」、「要不要飯」，兩者有差異，後者是一種不禮貌的說法），普通話則不同，廣州話說「愛不愛」可以專指「需要不需要」，未必與「喜歡」、「喜愛」相關。又如普通話的「抽」可以與「吸」同義，廣州話則不同，「抽」只解作手的相關動作，與「揪」同義，這些都容易使人誤會。

3 同義異詞

所表達義相同，但用的詞不同，詞形有明顯的不同。例如廣州話叫「傘」作「遮」，「甚麼」為「乜野」，普通話則沒有這樣說。此外，又有些是詞形上的顛倒使用，如廣州話的「雞公」、普通話是「公雞」；廣州話的「人客」、普通話是「客人」，都是同義異詞。

方言詞具有地方色彩，但與共同語存在一定差異問題，它多樣、

---

27 見張世祿編著：《普通話詞匯》（上海市：上海教育出版社，1985年），頁34-37。

豐富和靈活的詞義內容，卻具有非常強烈的生命力。正因如此，方言詞往往成為普通話吸收詞匯的對象。以下參照張世祿的研究成果[28]，綜合介紹幾種吸取方言詞的方式：

1. 利用方言詞的集中化，選出意義近似而有微細差別的同義詞，以增進語言的豐富性和嚴密性。例如「睡」、「眠」、「睏」、「鼾」這些詞，在某些地域的方言有時會混亂使用，普通話吸收後，把其微細差別分辨出來使用，「入睡」用「睡」；「失眠」用「眠」；「睏倦」用「睏」；「打鼾」用「鼾」。

2. 吸收方言中有特別意義的詞，來表達該種特別的詞義內容。詞匯學者符淮青就指出下列詞例都被吸取為普通話詞匯[29]：

西南話：	曉得	耗子	名堂	搞
吳語　：	蹩腳	把戲	貨色	尷尬
閩語　：	葵花	龍眼	馬鈴薯	
湘語　：	過細	過硬		
粵語　：	雪糕			

3. 吸取方言中有歧義的詞，用來表示特別的意義。例如「壺」與「葫蘆」；「孔」與「窟窿」；「角」與「角落」等，在一些方言中本來是一個詞，普通話就吸取成兩個詞：「壺」是陶瓷或金屬的容器，「葫蘆」是植物名；「孔」是洞，「窟窿」用作比喻漏洞或破綻；「角」動物的角或象獸之物，「角落」是兩牆的凹角，或偏僻之處。如此就增加了詞的使用量和功能。

---

28 見張世祿編著：《普通話詞匯》（上海市：上海教育出版社，1985年），頁34-37。
29 見符淮青著：《現代漢語詞匯》（北京市：北京大學出版社，1997年），頁180-181。

4. 從文藝作品中吸取方言詞。有些文學家會利用方言詞來刻劃人物，提升了文藝作品的感染力與傳意功能。當這些作品成為名作而廣被接受時，其方言詞也就成為普通話詞匯，擴大了語言的使用範疇。例如「磨」（「咱們就這樣跟他磨」），「貓」（「他們貓著腰進」）等。著名小說家老舍、鍾阿城，都是善用方言詞的能手。

（四）古語詞

古語詞，指古代漢語中所用的詞，也稱文言詞。它與基本詞不同，構詞力量不強，但是詞義豐富，別具風彩，而且表現力強，在一定情況下為現代漢語所採用。有些古語詞，由於生僻少用，含義比較模糊，又或因為內容陳舊過久，最後只停留在古籍之中，沒有被現代漢語吸取繼續使用。古語詞基本上來自古代文言著作，它可以用來表達特殊的意義、感情和不同的語體色彩。一些要求表現得典雅、莊重、嚴肅的交際場合，諸如公告、宣言、章則、唁文、賀辭等，都會引用古語詞。

假如古語詞運用得當，在一定的程度上，可以增添文章的色彩，加強對讀者的感染力。此外，古語詞的精深和凝煉的語言特質，更可以讓文辭表達濃縮起來，收到精簡、扼要的功效。所謂見諸文言的古語詞，其實就是被具有同樣意義的新詞取代的舊詞。道理很簡單，由於語言的發展，人往往把某些事物或行為狀態改用新的名稱，結果造成了新、舊詞的替代。不少被替代的古語詞，最後被淘汰不用。例如：

> 「旱暵」：沒雨而乾熱。見《周禮》〈春官〉〈女巫〉：「旱暵則舞雩。」

「圈豚」：徐步趨行。見《禮記》〈玉藻〉：「圈豚行，不舉足。」

「惏悷」：悲傷貌。見宋玉〈高唐賦〉：「令人惏悷憯淒，脅息增欷。」

「參譚」：接連不斷之意。見嵇康〈琴賦〉：「或參譚繁促，復迭攢仄。」

「敦趣」：催促。見《唐書》〈馬周傳〉：「遣使者四輩敦趣。」

　　以上這些見於古典文獻之中的古語詞，沒有在現代漢語出現，讀者只有在閱讀古代典籍時才會認識了解，有專家甚至認為這些都是已死古語詞。不過，事實上，並不是所有古語詞都因為被淘汰而死亡。相反，有些會從另一方向轉換發展，再次重生，繼續為人應用。例如：

「畫策」：今作「策劃」。見《史記》〈魯仲連列傳〉：「好奇偉俶儻之畫策。」

「慚惡」：今作「慚愧」。見《漢書》〈王莽傳〉：「敢為激發之行，處之不慚惡。」

「過當」：今作「失當」。見〈三國志〉〈王袞傳〉：「公舉錯有過當。」

「荒忽」：今作「恍惚」。見《楚辭》〈九歌〉〈湘夫人〉：「荒忽兮遠望，觀流水兮潺湲。」

「回忌」：今作「顧忌」。見《後漢書》〈左雄傳〉：「奏案貪滑二千石，無所回忌。」

　　另一類古語詞在形音上保留下來，而詞義則作轉換性發展，直接

融入現代漢語之中。[30]：例如

「本事」：指農業。見《荀子》〈王制〉：「務本事，積財物。」
今義是本領、能力。

「奔波」：水波急流。見《水經注》〈漸江水〉：「濬流驚急，奔
波聒天。」
今義是忙碌地往來奔走。

「電影」：電光。見〔唐〕宋之問〈內題賦得巫山雨〉：「電影
江前落，雷聲峽外長。」
今義指一種由科技器材表現出來的綜合藝術。

「便利」：敏捷。見《荀子》〈非十二子〉：「辯說譬喻，齊給便
利。」
今義是方便、容易。

「地步」：地段。見《宋史》〈河渠志〉：「官只分地步修築。」
今義是境地。

「要道」：重要道理。見《孝經》〈開宗明義章〉：「先王有至德
要道以順天下。」
今義是交通要道。

「顏色」：臉色。見《楚辭》〈漁父〉：「屈原既放⋯⋯顏色憔
悴，形容枯槁。」
今義指色彩，由物體發射、反射或透過的光波通過視覺所產生
的印象。

---

30 以下例子出處及釋義參考：《實用古漢語大詞典》編輯委員會主編《實用古漢語大
詞典》（鄭州市：河南人民出版社，1995年）。中國社會科學院語言研究所詞典編輯
室編《現代漢語詞典》（北京市：商務印書館，2000年）。劉扳盛編著《中華新詞
典》（香港：中華書局（香港）有限公司，2000年）。

「校長」：下級軍官的職稱。《史記》〈彭越列傳〉：「令校長斬之。」

今義是各級各類學校主持教務行政的主要負責人。

「物理」：事物的常理。《晉書》〈明帝紀〉：「帝聽明而有機斷，猶精物理。」

今義是物理學的簡稱。

「天花」：指雪花。陸游〈擬硯臺觀雪〉：「山川滅沒雪作海，亂墜天花自作態。」

今義是痘的別名。

　　古語詞來自古籍，一般來說，除了一些以記錄當時口語為主的文獻外（如宋人朱熹《朱子語錄》等），都算是古代書面語詞。因此，歷代所用古語詞，可以說是具有書面語的共性。綜合而言，古語詞大可概括為下列三種特性[31]：

一　內容古舊

　　指一些歷史上使用的詞，具有古舊詞義內容，所反映的事物多是過時或已消亡。在一般情況下，現代漢語都不會使用，只有在重敘歷史時，才會再現選用。例如：皇帝、謚號、宰相、太監、妃嬪、諸侯、王朝、奏章、詔書、弩、戈、笏等。

二　文義深奧

　　由於古語詞來自古代，語言表達與現在大有不同，不像口語詞般

---

31 有關說法主要參考：謝光瓊、周永惠編著：《古語詞今用詞典》，成都市：四川辭書出版社，1995年。

通俗易明。假如讀者文化水平或國學修養不高，更會覺得難以理解，在字形、字音、字義方面，都令人難以掌握。加上詞字在語法結構上，又不一定能與現代漢語相對應，有時縱然翻閱了古漢語詞典，解決了字義的問題，也不能把整句文義讀通。例如：「三歲貫女，莫我肯顧。」（《詩》〈魏風〉〈碩鼠〉）不能單從字面或語序理解，原文語義是：（我）多年侍候你，（你）一點也不肯照顧我。

三　典故僻遠

　　不少古語詞都含有豐富的故事內容，而且詞義的濃縮性十分高，不容易單從字面去理解。必須對原意加以探索，尋根究柢，鈎沉出處，才可以了解整個詞義的內容。假如不溯本求源，就很難解釋箇中內蘊。例如「結義金蘭」是甚麼意思？為甚麼「金蘭」與「結義」組合成詞，「金蘭」又是甚麼？是否專指女性的結交？這個詞是不可望文生義直解，原來是有典故。「金蘭」一詞出自《周易》〈繫辭上〉：「二人同心，其利斷金。同心之言，其臭如蘭。」原意指兩人志同道合，力量就如刀之鋒利，可以斬金斷鐵。志趣相投的話語，大家互相欣賞，就如蘭花所散發出的幽香。按原典內容，「結義金蘭」男女皆可用，並沒有專指某一性別。「結義」是指一個具體行為，「金蘭」則是兩件東西，各有所指，具有比喻含義。整個意思是朋友間感情投契而結拜為兄弟姐妹，其情操如金般堅固，如蘭花般芳香。

（五）外來詞

　　所謂外來詞，是指在本族固有詞以外的詞，也就是受外族語言影響而出現的詞。在本族語言中夾雜使用外來語言的原詞，並不是外來詞。例如香港人用粵語談話，當中會夾雜一些英語的字詞、片語，這些不能算是外來詞。正真的外來詞是指一種語言從別種語言裏引進的

語詞。漢語外來詞的來源有兩個途徑，一是外國語，例如「雷達」是
來自英語 radar，「菩薩」是來自梵語 bodhisattva；另一是兄弟民族語
（如漢滿蒙回藏五族），例如「戈壁」是來自蒙古語 gobi，「薩其馬」
（一種糕點名稱）是來自滿洲語 sacima。

　　漢語外來詞的第一個重要來源時段是西漢時期，主要來自匈奴和西
域的交流；第二個重要來源時段在漢唐時期，主要來自印度的佛經；第
三次重要的吸取外來詞是近代中國時期，主要是鴉片戰爭前後，受到西
方傳來的科技與文化影響。

　　漢語外來詞按借音的方式和文化的程度分為兩大類，每類再可細
分為幾小類。[32]以下用表解分類：

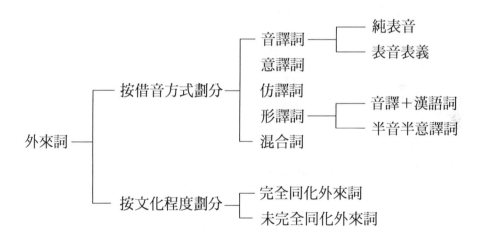

---

32 有關外來詞之分類、詞例及分析，主要參考：陳海洋編：《中國語言學大辭典》（南
　　昌市：江西教育出社，1991年），頁273。劉正埮、高名凱、麥永乾、史有為編：
　　《漢語外來詞詞典》（上海市：上海辭書出版社，1984年）。王寧、鄒曉麗主編：
　　《詞匯》（香港：海峰出版社，1998年），頁257-263。

1 按借音方式劃分

一 音譯詞

指連音帶意一起引進的外來詞。音譯詞的處理方式，用漢字按外語詞（即外國、外族的原有詞，如 bus 是英語詞語，對漢語而言是外語詞）的原來讀音轉寫而成。這類可以細分為兩種：

(1) 純粹表音，所譯字面不表義
例如：「沙發」（英語 sofa）、「彌撒」（拉丁語 missa，天主教的禮拜儀式）、「蒙太奇」（法語 montage，一種電影鏡頭剪輯方式）
(2) 所譯字面表音，同時又表義
例如：「嬉皮士」（英語 hippy；hippie）、「維他命」（英語 vitamin）

二 意譯詞

又稱譯詞。指用漢語原有字詞，採用漢語構詞方式而組成的外來詞。特點是將整個外語詞的語義譯成漢語的詞。例如：「地獄」（梵語 naraka 的意譯）、「資產階級」（法語 bourgeoisie 的意譯）、「激光」（英語 laser 的意譯）。

三 仿譯詞

又稱摹借詞。指按照外語詞的外部及內部結構特徵，通過漢語材料選用，以意譯原則組合成詞。例如「足球」（英語 football）、「蜜月」（英語 honeymoon）。

四　形譯詞

指一些按日本語詞的漢字組合，以連形帶義的方式引進的外來詞。例如：「瓦斯」（日語已有「瓦斯」一詞 gasu，即英語 gas 的音譯）、「手續」（日語已有「手続き」te-tsuzuki）。

五　混合詞

指在翻譯成漢語的外來詞，其中有外來語詞和漢語的組合成分。這一類可再細分為兩種：

（1）音譯加漢語詞

例如「芭蕾舞」（英語 ballet ＋「舞」）、「吉普車」（英語 jeep ＋「車」）。

（2）半音半意譯詞

例如「冰激凌」（英語 ice-cream，「冰」意譯、「激凌」音譯）、「迷你裙」（英語 miniskirt，「迷你」音譯、「裙」意譯）。

2 按文化程度式劃分

一　完全同化外來詞

在音節結構、詞形方面都完全符合借用一方的語言規範的外來詞。例如「魔」（梵語 Mära）、「葡萄」（伊蘭語 Bätaka）、「籃球」（英語 Basketball）、「文化」（日語意譯英語 Culture）。這些詞已進入了基本詞範圍，一般本族詞的使用者已不再意識到這些詞的外來特點，會視作是本語言的固有詞匯。

二　未完全同化外來詞

所指的是在音節結構、詞形方面仍然符有外語詞特徵。例如「舍利」（梵語 Śarira）、「歇斯底里」（英語 hysteria）、「布拉吉」（俄語 платье）。與完全同化一類的情況剛相反，這些詞被本族詞的使用者察覺是外來詞。[33]

下表為一些常見外來詞表解分析：

詞名	來源	本詞	解釋	類別
漫畫	日語	漫畫 manga	用簡單而誇張的手法描繪人物活動的圖畫。	意譯英語 caricature
盲目	日語	盲從 möjõ	盲目隨從	意譯英語 blind obedience
高卡車	英語	go-kart	一種賽車時用的單人乘坐的四輪微型汽車	音譯加漢語詞
車胎	英語	tire, tyre	輪胎，又稱車帶，在車輪外圍安裝的環形樹膠製品。	音譯加漢語詞
場所	日語	場所 bashö	活動的處所	借詞
霓虹燈	英語	neon lamp	一種在真空玻璃管內充入氖或氫等氣體的燈。	意譯英語

（六）專業詞

指各種專門學科以及各行各業所用的術語。這些術語也可以稱為行業語。從專業詞的內部特質而論，一般都是單義詞，都是屬專業範疇內應用的詞。然而，由於現代資訊發達，不少專科或行業語詞已廣泛流傳，部分詞匯更為全民所熟悉，甚至在交際溝通上加以運用，或

---

33 同31。

借以比況，開創成新詞義，突破了專業詞本來應用範疇。例如醫學用語「麻痺」，有用作評述人的思想行為，如某棋手參與比賽「一時**麻痺**大意，失了取勝機會」。又如物理學用語「共鳴」，有用作文學的評論，如說「這些古體韻文在現代社會裏已難以引起廣泛的共鳴」。[34]

以下是一些不同專門學科及行業的專門用語例子：

專業範疇	專業詞
教育	課程　學位　師資　分散識字　活動教學　學能評估　基礎教育
哲學	王道　邏輯　唯物　性惡論　悲觀主義　本然之性　格物致知
電腦	上載　軟件　離線　伺服器　記憶體　無線滑鼠　儲存器參量
音樂	磬　笙　管吹　拍子　高音　夾彈　滾奏　D大調　管絃樂團
交通	班次　斑馬線　雙程票　指揮燈　隧道管制區　交通督導員
政治	選情　下野　示威　內閣　保皇黨　上議院　工業行動　流亡政府
象棋	中局　悶宮　對頭兵　鴛鴦馬　順手砲　雙車脅士　棄子入局
武術	寸勁　弓步　左鈎拳　劈掛門　子午馬　氣聚丹田　雙峰貫耳
烹飪	蒸　焗　炆　片皮　飛水　乾燒　油爆　隔水燉　四成熟　文武火
金融	偏軟　熊市　股價　承接力　對沖交易　外匯基金　恆指期貨

二　固定結構的總匯

固定結構的詞匯，又稱熟語。熟語又稱「習語」，指一些定型的詞組或句子，使用時一般都不能任意改動其結構形態。這類詞匯有成語、諺語、歇後語、慣用語、格言、俗語、暗語等。以下選幾類舉例說明：

---

34 有關說法及例子參考：王寧、鄒曉麗主編：《詞匯》（香港：海峰出版社，1998年），頁237-250。

（一）成語

　　成語是一種習用、定型固定詞組。它的含義凝練豐富，有深遠的詞義內容。成語來源多是對於某一寓言或歷史故事的概括，有些則將名言緊縮截取，又或是把民間或古代一些語句沿用和改造。除了小部分由口語留傳下來，一般來說，成語都有文獻記錄，可以通過查考追溯詞組來源。中國成語具有民族性特質，從內容來看，它包容中國人的文化、思想、智慧與感情。成語按其意義類別，可分為人事、人物、自然、人倫等門類，各門類又可再分其他小類。現舉幾類表列如下[35]：

類別名稱	成 語 例 子				
權勢顯達	一步登天	五子登科	走馬上任	左輔右弼	一夫得道，九族升天
宴遊玩樂	杯中之物	炮鳳烹龍	杯盤狼藉	酒醉飯飽	朝朝寒食，夜夜元宵
吉凶禍福	不祥之兆	飛來橫禍	城門失火，殃及池魚	安危相易，禍福相生	
褒貶人物	鰲頭獨佔	八斗之才	凡夫俗子	強凌弱，眾暴寡	出於其類，拔於其萃
興亡榮辱	枯木逢春	奇恥大辱	成敗榮枯	一落千丈	大勢所趨，人心所向
神態表情	黯然傷神	不苟言笑	眉清目秀	咄咄逼人	精神抖擻　河東獅吼

35　有專家學者將成語分成大小門類，參考韓省之主編《中國成語分類大辭典》（北京市：新世界出版社，1989年）。韓氏將成語按意義的類別排列，分為人事、人物、自然、人倫4門，內分125小類。

　　按成語的語言組織與結構，又可分為不同的形式，一般以四字一句格局較多。從詞的內部組成來看，可作如下分類：

1　詞組的組合結構

　　（1）偏正式：　　　　安然無恙、眾矢之的
　　　　　　　　　　　　　　偏　　正　　偏　　　正

　　（2）聯合式：

　　　　　　動賓＋動賓：　扶老攜幼、論功行賞
　　　　　　　　　　　　　動賓　動賓　　動賓　動賓

　　　　　　偏正＋偏正：　兵荒馬亂、裏應外合
　　　　　　　　　　　　　偏正　偏正　　偏正　偏正

　　（3）動賓式：　　　　連中三元、盡如人意
　　　　　　　　　　　　　　動　賓　　　　動　賓

2　短句的成分結構

　　（1）主—謂：　　　　光芒萬丈、東山再起
　　　　　　　　　　　　　主　　謂　　主　　謂

　　（2）主—謂—賓：　　功虧一簣、白駒過隙
　　　　　　　　　　　　　主　謂　賓　　主　謂　賓

　　（3）主—謂—補：　　水洩不通、氣急敗壞
　　　　　　　　　　　　　主　謂　補　　主　謂　補

（4）主—謂—定—賓：文如其人、手無寸鐵
　　　　　　　　主　謂　定　賓　　主　謂　定　賓

（5）定—主—狀—謂：火傘高張、片甲不留
　　　　　　　　定　主　狀　謂　　定　主　狀　謂

（6）主—謂＋主—謂：年富力強、鳥語花香
　　　　　　　　主　謂　主　謂　　主　謂　主　謂

　　下表是另一些成語的內部組合分類：

類別	成語例子
偏正式	恍然大悟、忐忑不安
聯合式（動賓）	報仇雪恨、乘風破浪
聯合式（偏正）	東奔西走、前倨後恭
動賓式	別具一格、束之高閣
主謂式	聲色俱厲、江郎才盡
主＋謂＋賓式	愚公移山、氣吞山河
主＋謂＋補式	青出於藍、後出轉精
主＋謂（連動）	後來居上、手到拿來
主＋謂＋定＋賓式	狐假虎威、名列前茅
定＋主＋狀＋謂式	死灰復燃、心花怒放
主謂＋主謂	家傳戶曉、任重道遠
主謂（內藏兼語）	利令智昏、風吹草動
謂語後補式	暢通無阻、疲於奔命
謂語兼語式	望子成龍、有目共睹

3　成語的音節結構

除了四字格式外（四音節），還有其他音節組合形式：

（1）三音節：口頭禪、鳥獸散、閉門羹、急就章、莫須有、破
　　　　　　天荒、落水狗
（2）五音節：小巫見大巫、冰炭不相容、兩雄不并立、損人不
　　　　　　利己、慧眼識英雄
（3）六音節：風馬牛不相及、五十步笑百步、無所不用其極、
　　　　　　迅雷不及掩耳、耳聞不如目見、化干戈為玉帛
（4）七音節：無事不登三寶殿、三人行必有我師、不能越雷池
　　　　　　一步、識時務者為俊傑、多行不義必自斃、知其
　　　　　　不可而為之

4　其他結構

除上述分法，有些成語是經過撮要、緊縮而成四音節詞：

（1）撮要式

用四個字各自代表一種訊息，有些具先後次序，有些則不拘於語
序，有些語意概括而包含範疇頗廣。例子如下：

　　起承轉合、生老病死、悲歡離合、盛衰榮辱、之乎者也
　　古今中外、豺狼虎豹、妖魔鬼怪、鰥寡孤獨、青紅皂白

（2）緊縮式

常用四字成語中，部分詞字不是來自文獻，而是經過使用者消化

整理，將之緊縮或改編而成。[36]例如：

①「騎虎難下」

　語出《晉書》〈溫嶠傳〉：「今之事勢，義無旋踵，騎猛獸安可中<u>下</u>哉！」

②「不脛而走」

　語出《文選》孔融〈論盛孝章書〉：「珠玉無脛而自至者，以人好之也。」北齊人劉晝《劉子》〈薦賢〉：「玉無翼而飛，珠<u>無脛而行</u>。」

③「入室操戈」

　語出《後漢書》〈鄭玄傳〉：「任城何休好《公羊學》，遂著《公羊墨守》、《左氏膏肓》、《穀梁廢疾》。玄乃發『《墨守》，針《膏肓》，起《廢疾》』休見而嘆曰：『康成<u>入吾室</u>，<u>操吾矛</u>以伐我乎？』」（「康成」，鄭玄字。）

④「濫竽充數」

　《韓非子》〈內儲說上〉：「齊宣王使人吹竽，必三百人，南郭處士請為王吹竽，宣王說之，廩食以<u>數百人</u>；宣王死，閔王立，好一一聽之，處士逃。」

（3）重疊式

常四字成語中有兩組用字重疊的組合，多數具形容修飾特點：

期期艾艾、渾渾噩噩、鬼鬼祟祟、堂堂正正、熙熙攘攘
轟轟烈烈、戰戰兢兢、家家戶戶、蒼蒼茫茫、林林總總

---

36 有關說法及例子參考：許漢威：《漢語學》（廣州市：廣東教育出版社，1995年），頁260-261。西北師範學院中文系編：《漢語成語詞典》（上海市：上海教育出版社，1987年）。王寧、鄒曉麗主編：《詞匯》（香港：海峰出版社，1998年），頁185-196。

此外，有些是兩字重疊或間隔式重疊用字的成語，例如：

循循善誘、步步為營、逃之夭夭、不了了之、活靈活現、防不
勝防、應有盡有

（4）複句式

除了上述四字格式，有些成語由兩句組成為複句式，句子前後內
容互相呼應。例如：

「既來之，則安之。」（因果句）
「玉不琢，不成器。」（條件句）
「寧為玉碎，不作瓦全。」（選擇句）
「一犬吠影，百犬吠聲。」（遞進句）
「人為刀俎，我為魚肉。」（並列句）
「以子之矛，攻子之盾。」（承接句）

此外，成語在句子中具有語法功能，可以充當造句單位，能夠發
揮相當於詞的語法功能。例如：[37]

①充當句中的主語： 「**好勇鬥狠**必敗。」
「**才高八斗**可用。」
②充當句中的謂語： 「怪事**接踵而來**。」
「遊人**絡繹不絕**。」
③充當句中的賓語： 「他有**雄心壯志**。」
「他主張**按兵不動**。」

---

37 同註35。

④充當句中的定語： 「這是**青黃不接**時候。」

「孫臏是位**足智多謀**軍事家。」

⑤充當句中的狀語： 「工人**夜以繼日**工作。」

「他**如數家珍**演說一番。」

⑥充當句中的補語： 「這件事令人急得**心亂如麻**。」

「他的表現令我佩服得**五體投地**。」

　　成語的規範運用基本上要遵守原典，不可改用文字，不可將詞語次序排亂，不可改動結構，更應顧及詞義的運用，褒貶詞義使用正確。然而，在特殊情況下成語可以接受變動，例如在文學創作、修辭表達方面，有時為了達到某種效果而作出改動，可以打破一般使用慣例。

（二）諺語

　　諺語是人口頭流傳的一種通俗語。特點是語句精練，結構固定，內容寓意深刻，富有哲理和教育意義。諺語源於生活，來自民間，是廣大民眾對事埋觀察的總結，它包容中華文化各項精粹，是中華民族智慧結晶。諺語題材十分廣泛，有專門總結農業生產經驗，有歌頌或揭露人事活動，也有針對為人處世態度。此外，有些題材概述風土景物、物質特產，以及衣食住行等生活細節內容。

　　諺語的句型多是兩句為一個單位，也有單句。內容比較完整，單句式字數不定，以五言及七言為多。兩句式組合，句意連貫，字數傾向齊一，以五言、七言居多。語音方面，雙句式諺語較重節奏，句子會照應平仄相對，有時會用韻，以求達到誦讀諧協，容易上口。

（1）單句式

　　五言：①人勤地不勤
　　　　　②人老心不老
　　七言：①狗口長不出象牙
　　　　　②天下烏鴉一樣黑

（2）雙句式

　　　　四言：①種瓜得瓜，種豆得豆。
　　　　　　　　｜－　｜－　　｜｜｜｜
　　　　　　　②笑口常開，青春常在。
　　　　　　　　｜｜－　▲　　－－－　｜

　　　　五言：①人爭一口氣，佛爭一炷香。
　　　　　　　　－　｜｜｜　　｜－｜｜
　　　　　　　②先下手為強，後下手遭殃。
　　　　　　　　－｜｜－　▲　　｜｜－　▲

　　　　七言：①殺人放火金腰帶，修橋補路無屍骸。
　　　　　　　　｜－｜｜－－　▲　　－－｜｜－　▲

　　　　　　　②畫虎畫皮難畫骨，知人知面不知心。
　　　　　　　　｜｜｜－－｜｜　　－－｜｜－

　　　＊－表示平聲；｜表示仄聲。▲，叶韻。

句子內容可按不同劃分原則，分成不同類別。例如 [38]：

1 事理類，有涉及說理、常理、對比、知行等。
　例子：
　「一枝動，百枝搖。」
　「不經一事，不長一智。」
　「有理說直話，無理說橫話。」
　「人無橫財不富，馬無野草不肥。」
　「得勢不饒人。」

2 修養類，有涉及志向、品行、求知、律己等。
　例子：
　「人有出頭志，鳥有出林心。」
　「橋高通四海，志短寸步難。」
　「三軍可以奪帥，匹夫不可奪志。」
　「吃得苦中苦，方為人上人。」
　「樂從苦中來。」

3 社交類，有涉及社群、交游、應酬、處世、言談等。
　例子：
　「寧犯天條，不犯眾怒。」
　「此地不留人，自有留人處。」
　「星多天色變，人多事興旺。」

---

38 參考中國民間文學集成全國編輯委員會編：《中國諺語集成》（北京市：中央民族大學出版社，1994年）。

「兩拳難敵四手，一刀難戰二槍。」

「君子不念舊惡。」

4 時政類，有涉及國家、官民、法政、軍事等。

　　例子：

　　「國家國家，先國後家。」

　　「人怕當兵，鐵怕打釘。」

　　「得人者昌，失人者亡。」

　　「有仇不報非君子，有恩不報是小人。」

　　「一寸山河一寸金。」

5 生活類，有涉及飲食、服飾、居住、時運、勤儉等。

　　例子：

　　「破傘能遮雨，便飯能充飢。」

　　「鵝餓不怕人，人餓不怕醜。」

　　「吃飯要吃黏米飯，穿衣要穿棉布衣。」

　　「地上走獸，狸肉狗肉；天上飛禽，鵓鴿斑鳩。」

　　「走一處不如守一處。」

6 家庭類，有涉及家政、婚戀、家人、生養等。

　　例子：

　　「寧放三天馬，不當一天家。」

　　「易求無價寶，難得有情郎。」

　　「和順日子容易過，忤逆日子一時難。」

　　「一人節約一尺布，三人節約一條褲。」

　　「婆媳和好古來少。」

7 風土類，有涉及家鄉、風情、習俗、迷信、宗教等。

例子：

「一山有四季，十里不同天。」

「出門肉不香，在家水也甜。」

「張王劉李陳，天下一半人。」

「五百年前一荒洲，五百年後樓外樓。」

「隔山隔水不隔音。」

8 自然類，有涉及天文、曆法、時令、氣象等。

例子：

「春到一日，水暖三分。」

「立秋見西風，三日雨淙淙。」

「天群星皆拱月，地上無水不朝東。」

「要吃飯，望元宵；要穿衣，望花朝。」

「瑞雪兆豐年。」

9 農林類，有涉及農業、林業、牧業、漁業等。

例子：

「人勤地生寶，人懶地長草。」

「不懂莊稼脾氣，枉費一年力氣。」

「治山先治坡，治土先治窩。」

「天怕烏雲地怕霜，人怕疾病苗怕荒。」

「歪瓜正梨。」

10 工商類，有涉及工匠、商貿、商德、手藝等。

例子：

「行行出君子，處處有強人。」

「眼上的貨色，手上的功夫。」

「天下三百六十行，行行吃飯穿衣裳。」

「走一地，吃一地，全靠有門好手藝。」

「自古撐船三分低。」

11文體類（指文娛、體育），有涉及戲劇、書畫、武術、棋牌等。

例子：

「觀其藝，知其德。」

「藝在勤中學，功在苦中練。」

「唱戲的不怕聲大，看戲的不怕臺高。」

「寧要單馬，不要單砲。」

「一膽二力三功夫。」

以下分類為廣州話例子：

事理	初歸心抱，落地孩兒。	修養	小心駛得萬年船。
社交	分甘同味，獨食難肥。	時政	官字兩個口。
生活	上屋搬下屋，唔見一籮穀。	家庭	蠱仔拉心肝，蠱女拉五臟。
風土	年廿八，洗邋遢。	自然	樹大有枯枝，族大有乞兒。
農林	禾稈冚珍珠。	工商	行船跑馬三分險。
文娛	篤過河卒當車使。	技藝	拳怕少壯，棍怕老郎。

（三）歇後語

歇後語是一種傳於群眾中的口頭俗語。它具有強烈的民族特色，

是一種構思巧妙、生動有趣,而文藝味道十分豐富的語言。「歇後」表示這種語體格式是由前後兩個部分組成,所謂「歇後」就是看了前文後,請等一等,思考一下接著而來的下文。簡單說,歇後語就像猜謎語一樣,前句謎面,後句謎底。使用歇後時,有時可只將前一部分說出,而略去後一部分解釋,讓人自己去猜測。按古代文獻記載,三國曹植〈求通親親表〉有「友於同憂」一句,「友於」就是「歇後語」,出自《尚書》〈君陳〉「友於兄弟」一句,曹氏將句中「兄弟」略去而以「友於」代稱。後世歇後語逐漸超越了這種「藏尾」、「縮腳」的形式,發展為一種生動、幽默風趣的熟語。

常見歇後語,都是將前面的比喻和後面的釋義全部說出來,書面運用時在兩句中間,用破折號或逗號將之分開,造成短暫停歇,以引起讀者注意和思考。歇後語精彩之處,在於它語言布局與文義所蘊含的精妙哲理與智慧。歇後語又具濃厚文學特質,經常會以形象化手法,去呈示語言訊息內容。

語言學者陳阿寶指出一般歇後語都會用比喻或雙關之類修辭手法,去表達語句的實際意義,陳氏舉以下例子作說[39]:

前句	後句	實際意義
茅坑裏的石頭	——又臭又硬	比喻名聲不好,但又不服軟
牆頭上的草	——兩邊倒	比喻哪邊勢力強就倒向哪邊
茅坑裏扔炸彈	——激起公糞	雙關「激起公憤」
小葱拌豆腐	——一青二白	雙關「一清二白」
下雨出太陽	——假晴	雙關「假情」

---

39 見陳阿寶著:《現代漢語概論》(北京市:北京語言文化大學,2002年),頁131。

　　從詞的內部組合結構來看，前後兩部分都有不同的形式。以下劃分為若干類別並引例子說明：[40]

1　前部分的結構組合

主謂式：　　　雞食放光蟲──心知肚明
　　　　　　　　　主　謂

動賓式：　　　賣鯇魚尾──搭嘴
　　　　　　　　　動　賓

偏正式：　　　竹織鴨──沒心肝
　　　　　　　　　偏　正

連動式：　　　拆屋子放風箏──只顧風流不顧家
　　　　　　　　　動　　動

聯合式：　　　曹操諸葛亮──脾氣不一樣
　　　　　　　　　名　　名

「的」字結構：屬鼠的──眼睛看寸光
　　　　　　　　　〔的〕

2　後部分的結構組合

主謂式：　　　閻羅王嫁女──鬼要
　　　　　　　　　　　　　　　主　謂

動賓式：　　　大風地裏吃炒麵──張不開口
　　　　　　　　　　　　　　　　動　賓

偏正式：　　　市橋蠟燭──假細心（廣州話例）
　　　　　　　　　　　　偏　正

---

40 有關說法見溫端政著：《歇後語10000條》（上海市：上海辭書出版社，2012年）。本文之類別及例子則稍有變增。

連動式：　　　林沖棒打洪教頭──專看破綻下手
　　　　　　　　　　　　　　　　動　　　　動

聯合式：　　　年晚煎堆──人有我有（廣州話例）
　　　　　　　　主 謂 主 謂

兼語式：　　　諸葛亮擺空城計──化險為夷
　　　　　　　　　　　　　　賓／主

述補式：　　　單料銅煲──熱得快（廣州話例）
　　　　　　　　　　　　　動　補

連鎖式：　　　亞崩叫狗──越叫越走（廣州話例）

固定結構：　　砌牆的磚頭──「後來居上」
　　　　　　　　　　　　　　　四字成語

「的」字結構：諸葛亮弔孝──假的

　　從創作方面來看，歇後語的素材大多來自生活，是一種對現實生活有所觀察的描述，如「刀切豆腐──兩面光」；「孩子放鞭炮──又喜又怕」。此外，有些屬於比喻性想象，如「泥菩薩過江──自身難保」；「床下底破柴──撞板」。有些則具童話、寓言特質，如：「鐵公雞──一毛不拔」；「貓哭老鼠──假慈悲」。也些是具故事性，如「八仙過海──各顯神通」；「諸葛亮用兵──出奇制勝」。

　　從表達形式來分，歇後語可以分為諧音、喻義、故事三類。[41]（＊為廣州方言例子）

---

41 分類及若干例子參考馬景侖主編：《漢語通論》（南京市：江蘇古籍出版社，2002年），頁359-360。

（1）諧音類

①孔夫子搬家──盡是書（輸）

②隔夜茶──唔倒（賭）唔安樂 *

③豬八戒的脊梁骨──悟（無）能之背（輩）

④花旦梳頭──唔駛髻（計）*

⑤三隻青蛙跳下水──撲通（不懂），撲通（不懂），撲通（不懂）

（2）喻義類

①兔子尾巴──長不了

②冇屎雞籠──自出自入 *

③木頭眼鏡──看不透

④大光燈──照遠唔照近 *

⑤牛皮燈籠──點極都唔明 *

（3）故事類

①諸葛亮皺眉頭──計上心頭

②司馬昭之心──路人皆知

③姜太公釣魚──願者上釣

④韓信點兵──多多益善

⑤阿茂整餅──冇嗰樣，整嗰樣 *

（四）慣用語

慣用語就是口頭上習慣使用的詞語，包括見諸方言的詞語，是漢語詞彙中一種別具特色熟語。以下從結構、語義、功能、風格四方

面，說明慣用語的特點。[42]

（一）結構

慣用語的語言結構為定型，即是構成成分與構成形式都是固定。常見慣用語以三音節為多，但也有不同音節類型。類別及例子如下（*為廣州方言例子）：

1 三音節：

馬前卒　小插曲　土皇帝　老虎蟹*　三缺一　門面話　胭脂馬
大合唱　一口氣　一條心　大本營　井底蛙　撬牆腳*　天開眼

2 四音節：

十字路口　三十六行　小道消息　不好意思　開機關槍　不對路數
大吉利是*　無頭公案　打入冷宮　吃大鍋飯　好人難做　如意算盤

3 五音節：

戳穿西洋鏡　踫一鼻子灰　三腳貓功夫　三分鐘熱度　踩到上心口*
亂點鴛鴦譜　吃了定心丸　芝麻綠豆官　開空頭支票　食得禾米多*

4 六音節：

不分青紅皂白　　不費吹灰之力　　大雞唔食細米*　　山大斬埋有柴*

---

42 慣用語說法、分類與例子，參考：陳光磊編注：《中國慣用語》（上海市：上海文藝出版社，1997年）。楊潤陸、周一民著：《現代漢語》（北京市：北京師範大學出版社，1995年）。李新魁、黃家教、施其生、麥耘、陳定方著：《廣州方言研究》（廣州市：廣東人民出版社，1995年）。王寧、鄒曉麗主編：《詞匯》（香港：海峰出版社，1998年）。

5 七音節

不理三七二十一　一百八十度轉變　打得更多夜又長*

冷手執個熱煎堆*

慣用語之定型性又另具特點，可以運用拆開擴展詞字的手段，把固定慣用語作靈活運用，特別是一些具有動賓結構的詞型[43]。例如：

（1）「開夜車」：

①為了應付考試，他開了整整一個星期的**夜車**。

②我經常勸他**夜車**不要**開**得太多。

（2）「戳穿西洋鏡」：

①我覺得要**戳穿**這傢伙的**西洋鏡**並不容易呢。

②你認為這騙子的**西洋鏡**可以**戳得穿**嗎？

此外，有些可按文意發展需要，在詞語之間加插修飾或補充內容。如：

①「一刀切」→「一刀難切」、「一刀盡切」、「一把刀切」、「一刀切下」、「一刀切開」

②「耍花招」→「耍完花招」、「耍盡花招」、「耍不出花招」、「耍幾下花招」、「耍甚麼花招」

---

43 這類拆開用法與離合詞的情況相同，例如「遲到」可拆合為「遲大到」；「發達」可拆合為「發大達」。

（二）語義

　　慣用語的語義具有變異性特質，慣用語的實在語義內容及其語言表面意義，往往是一種相離異的關係。它們不能按常規事理，從字面內容去了解，而必須找出語義的深層含意。如「紙老虎」是比喻義，表面說是一隻紙造的老虎。又如廣州話「食夜粥」是一個關乎練武活動背景典事，具有典故特質。慣用語的語義變異，很多時會通過修辭手段呈示出來。例如「開夜車」，字面意思是在晚上開車，但真實意思根本與「車」沒有關係。「開車」只是一個比喻，表示在深夜不斷工作。又如「炒魷魚」，此慣用語指給雇主辭退工作。為甚麼用「炒魷魚」去表示呢？原來這個詞是描述雇員被辭退的情景，它以比喻手法去描寫雇員將自己帶來的鋪蓋（被褥）捲好，即是執拾行裝準備離去。正因為把鋪蓋卷起與魷魚經油炒後捲曲的情況相近，於是用這個形象化描述來比喻被雇主辭退。被辭退的雇員亦很可能是當伙頭工作，有人就地取材用以「炒魷魚」去表達辭退的實況。由此可見，要清楚而準確的理解慣用語的語義，必要探究它的深層詞義。

　　慣用語除了比喻的手段，還有其他的修辭方式：

借代手段：
　　（1）「掏腰包」，本義指「出錢」，以「腰包」代稱「錢」。
　　（2）「打眼色」，本義指「發暗號」，以「眼色」代稱「暗號」。

諧音手段：
　　（1）「埕埕罉罉」*，本義指情意纏綿，「埕」、「罉」[44]都是盛物
　　　　　瓦器，「埕」與「情」諧音。

---

44 「罉」，粵音讀躂，中入聲。

（2）「賣檔蔗」*，本義指以變賣、典當、賒借過活，以「檔」、
「當」；「蔗」、「借」諧音表示。

節縮手段：
（1）「馬大哈」，本義指粗心大意的人。把「馬馬虎虎、大大咧
咧、嘻嘻哈哈」縮節起來。
（2）「高大衰」*，本義指年長，體型高大，品格不良的青年。
把「身材高，年紀大，品德衰（劣）」縮節起來。

（三）功能

從語言運用來看，慣用語可分為話語性和詞語性兩類。話語性指
一種成句的表述，可視為一種引用，就如格言、諺語之類，例如「好
人難做」、「不好意思」，可以視作一個獨立語應用。至於詞語性一
類，指可作為造句單位，成為句子成分。例如：

充當句中的主語：①一條心為你辦事。
　　　　　　　　　②夫妻大合唱終於結束。

充當句中的謂語：①這件事不用擔心，我吃了定心丸。
　　　　　　　　　②大家看，經理今次又做表面文章。

充當句中的賓語：①他只是一隻馬前卒。
　　　　　　　　　②探子匯報小道消息。

充當句中的定語：①這不再是吃大鍋飯的時候。
　　　　　　　　　②讓我來講些井底蛙的意見。

充當句中的狀語：①老師不分青紅皂白罵了小明一頓。
　　　　　　　　　②小拳王不費吹灰之力就擊倒對手。

（四）風格

慣用語具有通俗、口語化特點。不但有形象生動語感，更有鮮明感情色彩與幽默詼諧情味。一般來說，語意內容之貶義色彩較濃厚，通常用於具諷刺意味的場合。慣用語語意內容，以貶斥、消極、挖苦、嘲諷為多，積極、進取、讚賞為少。以下分兩類，引廣州話方言詞彙例說明：

1 貶義詼諧類

①「裙腳仔」──比喻某小孩性格內向，終日依靠母親。
②「失魂魚」──比喻某人沒記性，做事粗疏。
③「鬼打鬼」──比喻某些行為不正當的人，互不信任，發生內鬨。
④「食零雞蛋」──比喻成績差劣，只得零分。
⑤「甩繩馬騮」──比喻某小孩個性頑皮，沒法管束。

2 褒義詼諧類

①「豬籠入水」──用網狀的竹篾製成豬籠，水入水出的形象，去比喻財源滾滾來、滔滔不絕的情況。
②「當紅炸子雞」──比喻某人正鴻運當頭，情況如剛炸熟的雞一樣，炙手可熱。「鴻」、「紅」諧音。
③「紅透半邊天」──比喻某人事業發展得十分好。
④「密食當三番」──用麻將術語，比喻積少成多的進取態度。
⑤「太公分豬肉」──以傳統文化習俗活動比喻處事的公平性。

第四部分
文言語法

導言

　　文言，又稱「文言文」，是以先秦口語為基礎形成的一種語體，具有詞匯豐富、精練、簡潔、含蓄的語言特點，漢語書面語的一種。古代留傳下來的文獻，自三代兩漢直至清末民初，不少文本資料都是用文言寫成。文言是中國古代常用書面語，基於它的詞匯及語法均與現代漢語不大相同，也許有人會認為它與今天的口語並不對應，似乎是一套沒有用的古舊語文。然而，文言文具有非常強大的參用價值，讀通文言文不但可以深入了解中華歷史文化，可以欣賞我們祖先的學術著作，更可以繼承先哲賢達遺留下的豐富遺產。假若把文言文的語法、詞匯的豐厚營養好好利用，兼收並蓄，它可以啟導我們今天的語文向前發展，提高語體文的表達能力，豐富語言文字的運用技巧。文言文和白話文存在著對應差異，特別在詞匯、語法方面都有一定差異。要把文言文學好，要讀通古代文獻，宜先好好認識文言的特點，掌握它的語言規律。

文言的詞類 —— 實詞與虛詞

　　文言的語法體系，可以從詞類、詞類活用、句式三個部分分析理解。詞類方面，與現代漢語情況一樣，分實詞和虛詞兩大類。[1]以下

1　有關分類及說法參考：汪昌松等編：《語文基礎知識圖示》（武昌市：華中師範大學

各項例子，主要參用中港臺三地之中學文言教材，再輔以其他常見文言資料。若有必要，則援引其他文獻例子。

一　實詞

（一）名詞

名詞是指表示人或事物名稱的詞。

名詞主要特點：不受「不」、「將」等副詞修飾，而可以受「美」、「好」等形容詞修飾。名詞主要功能：可以在句中作主語、賓語、判斷謂語和定語。按語法意義來分，名詞可以分為表示人物、表示事物、表示時間、表示方位四大類：

1 表示人物

包括普通名詞、專有名詞、抽象名詞三種：

（1）普通表示人物名詞，所指的是不同關係、不同社群中表示人的一般名詞，例如親屬名稱。常見有「父」、「舅」、「妻子」等。

（2）專有表示人名名詞，所指的是專有名詞，例如人名。常見有「堯」、「孔子」、「梁惠王」等。

（3）抽象表示人名名詞，所指的是從人的性質等表示人的叫稱，例如一些有感情色彩的稱謂。常見有「汝」、「卿」、「犬兒」等。

出版社，1990年），頁39-45。許仰民編著：《古漢語語法》（開封市：河南大學出版社，1988年），頁1。吳鴻清編著：《古代漢語基礎》（第二版）（北京市：北京大學出版社，2017年），頁137-138。張雙棣等編著：《古代漢語知識教程》（北京市：高等教育出版社，2015年），頁167-168。

2 表示事物

與表示人物相同，也包括普通名詞、專有名詞、抽象名詞三種：

（1）普通表示事物名詞，所指的是一般普通事物的名詞，例如關於天文、飲食、文學之類的名稱。常見有「月」、「羹」、「賦」、「河」、「星宿」等。

（2）專有表示事物名詞，所指的是具體事物的名詞，例如關於朝代、山川、草木之類的名稱。常見有「周」、「城」、「木瓜」、「蒹葭」等。

（3）抽象表示事物名詞，所指的是抽象事物的名詞，例如關於道德、情感的名稱。常見有「善」、「仁」、「大道」、「德行」等。

3 表示時間

所指的是時間概念的名詞。常見有「朝」、「午」、「日景」等。

4 表示方位

所指的是方向位置的名詞。常見有「前」、「東」、「左」等。

（二）動詞

動詞是指表示人或事物的動作、感受、變化、存在的詞。

動詞的主要特點：絕大多數可以帶賓語，可以受否定副詞「勿」、「毋」修飾。

動詞的主要功能：可以在句中作謂語、述語，有時也能作主語等其他成分。

按語法意義來分，可以概括為表示動作、表示心理、表示存在、表示能願、表示判斷五大類。

1 動作動詞

　　動作動詞包括普通動詞和消變動詞兩類：表示一般動作的叫普通動詞；表示消失、變化的叫消變動詞。例如：

　　①「齊師伐我。」（《左傳》〈魯莊公十年〉【曹劌論戰】）
　　②「躬耕於南陽。」（諸葛亮〈出師表〉）
　　③「臣子恨，何時滅？」（岳飛〈滿江紅〉）
　　④「生而知之者，上也。」（《論語》〈季氏〉【論學】）

①、②是普通動詞；③、④是消變動詞。

2 心理動詞

　　指表示人心理活動的動詞。

　　①「奉王大喜。」（《史記》〈廉頗藺相如列傳〉）
　　②「不亦說乎？」（《論語》〈學而〉【論學】）
　　③「操蛇之神聞之，懼其不已也。」（《列子》〈湯問〉【愚公移山】）
　　④「又恐瓊樓玉宇。」（蘇軾〈水調歌頭〉「明月幾時有」）

①、②是表示喜悅的心理活動動詞；③、④是表示恐懼的心理活動動詞。

3 存在動詞

　　指表示人或事物存在或不存在的動詞。

①「北冥有魚，其名為鯤。」(《莊子》〈逍遙遊〉)

②「海內存知己。」(王勃〈送杜少府之任蜀州〉)

③「以為是無能為者。」(蒲松齡《聊齋志異》〈大鼠〉)

④「河曲智叟亡以應。」(《列子》〈湯問〉【愚公移山】)

①、②是表示存在的動詞；③、④是表示不存在的動詞。

4　能願動詞

指表示可能、意願，或應該的動詞。

①「我欲乘風歸去。」(蘇軾〈水調歌頭〉「明月幾時有」)

②「帝鄉不可期。」(陶潛〈歸去來辭並序〉)

③「能挽弓三百斤。」(《宋史》〈南渡十將傳〉【岳飛之少年時代】)

④「肯與鄰翁相對飲。」(杜甫〈客至〉)

①、②是表示個人意欲的抽象性動詞；③、④是表示個人活動能力的具象性動詞。

5　判斷動詞

指能夠對客觀事物屬性作出判斷的動詞。

①「同是宦遊人。」(王勃〈送杜少府之任蜀州〉)

②「桀溺曰：『子為誰？』」(《論語》〈微子〉)

③「無乃杞梁妻？」(〈西北有高樓〉《古詩十九首》)

④「問今是何世。」(陶潛〈桃花源記〉)

①、②、③之判斷動詞與人物身分有關；④之判斷動詞與時間有關。

（三）形容詞

指表示人或事物形狀、性質，或動作、行為、變化狀態之詞。

形容詞主要特點：能受一般副詞修飾或少數副詞的補充，而不可以受副詞「勿」等的修飾。有些描寫狀態，特別是心理狀態的形容詞，可以受「勿」修飾，但不能帶賓語。

形容詞主要功能：可以在句中作謂語、定語，有時也能作賓語等其他成分。

形容詞可以概括為性質、狀態兩大類：

1 性質形容詞

與狀態形容詞相對，表示事物一般屬性。例如：

①「有良田、美池、桑竹之屬。」（陶潛〈桃花源記〉）
②「子謂韶盡美矣，又盡善矣。」（《論語》〈八佾〉）
③「季氏富於周公。」（《論語》〈先進〉）
④「業精於勤荒於嬉。」（韓愈〈進學解〉）

①是形容詞修飾名詞；②是形容詞受副詞修飾；③、④是形容詞帶補語。

2 狀態形容詞

與性質形容詞相對，表示事物一般狀況與情態。古代漢語形容詞多是用作描繪靜態事物，表示出「……的樣子」的訊息。例如：

①「山有小口，髣髴若有光。」（陶淵明〈桃花源記〉）

②「慷慨有餘哀。」（《古詩十九首》〈西北有高樓〉）

③「無邊落木蕭蕭下。」（杜甫〈登高〉）

④「天油然作雲，沛然下雨。」（《孟子》〈梁惠王上〉）

①、②是聯綿字形容詞；③是重言形容詞；④是帶尾詞形容詞。

（四）數詞

數詞是指表示數目的詞。

數詞主要特點：不受副詞及形容詞的修飾。

數詞主要功能：修飾名詞表示物量；修飾動詞表示動量，一般都與量詞結合一起。

數詞可以歸納為下列類別：

1 基數

表示基本數的數詞。例如：

①「魯人從君戰，三戰三北。」（《韓非子》〈五蠹〉）

②「北山愚公者，年且九十。」（《列子》〈湯問〉【愚公移山】）

③「爾來二十有一年。」（諸葛亮〈出師表〉）

④「口技人坐屏幛中，一桌、一椅、一扇、一撫尺而已。」（林嗣環〈口技〉）

⑤「桂陽郡十一城，戶，十三萬五千二十九；口，五十萬一千四百三。」（《後漢書》〈郡國志〉）

①數詞作狀語，現代漢語也有這樣用法；②數詞作謂語，而不省去量

詞；③在十位與個位數中間夾「有（用與『又』同）」作連詞；④數詞修飾名詞而省去量詞。⑤數詞中整數與零數之間不加「有（又）」字，整數與零數直接結合。

2 序數

表示事物或人的排行次第叫序數。例如：

①「治平為天下第一。」（《漢書》〈賈誼傳〉）

②「保氏教國子，先以六書：一曰指事⋯⋯。」（許慎〈說文解字敘〉）

③「仲叔繼幽淪。」（柳宗元〈哭連州凌員外司馬〉）

④「凡用兵之法，全國為上，破國次之。」（《孫子》〈謀攻〉）

⑤「北闕甲第。」（張衡〈西京賦〉）

①用詞頭「第」表示序數。②不用詞頭表示序數。③以「仲」代稱二弟；「叔」代稱三弟。④以「上」、「次」表示高低次序。⑤以天干表示第一位。

3 分數

表示子數與母數分差的數詞叫分數（亦作份數）。例如：

①「冬至，日在斗二十度四分度之一。」（《漢書》〈律曆志〉）

②「關中之地，天下三分之一。」（《史記》〈貨殖列傳〉）

③「於舜之功，二十之一也。」（《左傳》〈文公十八年〉）

④「什一，去關市之徵。」（《孟子》〈滕文公下〉）

⑤「初作中軍，三分公室而各有其一。」（《左傳》〈昭公五年〉）

①即二十又四分之一。②用「分」表明分數關係，與現代漢語用法相同。③不用「分」表示分數關係。④以「十」為母數、「一」為子數。⑤「其」代指「三」，「其一」即三分一。

4　倍數

表示基數成倍增長的數詞叫倍數。例如：

①「事半古之人，功必倍之。」（《孟子》〈公孫丑上〉）
②「今吾以十倍之地請廣於君。」（《戰國策》〈魏策四〉）
③「用兵之法，十則圍之，五則攻之。」（《孫子》〈謀攻〉）
④「三五容色滿，四五始華具。」（鮑照〈中興歌〉）
⑤「或相倍蓰，或相什佰，或相千萬。」（《孟子》〈滕文公上〉）

①沒有基數字，只用「倍」字表明二倍。②用基數詞組成「十倍」詞組表明倍數關係，與現代漢語用法相同。③只用基數詞表示倍數關係。④以兩個基數詞並列一起，表示兩者相乘的結果：三乘五為十五；四乘五為二十，分別是五的三倍、四倍。⑤「蓰」是古代表示五倍的專有詞，「倍蓰」分別表示一倍和五倍。

5　約數

表示大概的數目，又稱不定數。例如：

①「詩三百，一言以蔽之，思無邪。」（《論語》〈為政〉）
②「其雛四五，噪而逐貓。」（薛福成〈貓捕雀〉）
③「北山愚公者，年且九十。」（《列子》〈湯問〉【愚公移山】）
④「奪其軍，可四千餘人。」（《史記》〈高祖本紀〉）

⑤「往歲多至日十數人。」(方苞〈獄中雜記〉)

①用成數「三百」表示大約數目,《詩經》全部一共三百零五篇。②用相鄰兩個基數表示約數,反映出對真實數目的模糊概念。③用副詞「且」表示約數概念,「且」可用現代漢語翻譯為「接近」。④以副詞「可」及整數後的不定零數詞「餘」,表示「四千」的約數。⑤「數」放於整數後,表示約數超於「十」的數目。

6 虛數

表示不準確或誇大的數目,包括極多及極少兩類。例如:

①「古有萬國,今有十數焉。」(《荀子》〈富國〉)
②「公輸盤九設攻城之機變,子墨子九拒之。」(《墨子》〈公輸〉)
③「飛入室者三。」(薛福成〈貓捕雀〉)
④「軍書十二卷,卷卷有爺名。」(《木蘭辭》)
⑤「呼兒將出換美酒,與爾同銷萬古愁。」(李白〈將進酒〉)

①、⑤用誇大的數目「萬」表示極多的虛數。②用個位數中的最大數字強調次數的眾多。③「三」是古文中一般常用的表示多次的數詞,其他例子如「三人行,必有我師焉。」(《論語》〈述而〉)「一日不見,如三秋兮。」《詩》〈衛風〉〈采葛〉。④用超過個位的數詞「十二」表示眾多的虛數。

7 問數

表示所詢問的事物數量或時間的數詞。例如:

①「河漢清且淺，相去復幾許？」(《古詩十九首》〈迢迢牽牛星〉)

②「先生料幾日可完辦？」(《三國演義》〈第四十六回〉【孔明借箭】)

③「將軍度羌虜何如？當用幾人？」(《漢書》〈趙充國傳〉)

④「明月幾時有？把酒問青天。」(蘇軾〈水調歌頭〉「明月幾時有」)

⑤「夜來風雨聲，花落知多少？」(孟浩然〈春曉〉)

①問兩者的距離。②問完成的日程。③問所需人數。④問出現的時間。⑤問落花的數量。

(五) 量詞

指表示事物或人的動作、行為、活動單位的詞。

量詞主要特點：一般不單獨使用，只有與數詞結合，才可以充當句子成分。

從語法意義來看，量詞有兩種功能：修飾名詞表示物量；修飾動詞表示動量。

量詞可以概括分為物量、動量兩大類：

1 物量詞

表示事物的數量。例如：

①「勸君更盡一杯酒。」(王維〈渭城曲──送元二使安西〉)

②「北山愚公者，年且九十。」(《列子》〈湯問〉【愚公移山】)

③「爾來二十有一年。」(諸葛亮〈出師表〉)

④「口技人坐屏幛中，一桌、一椅、一扇、一撫尺而已。」(林嗣環〈口技〉)

⑤「一厝朔東，一厝雍南。」(《列子》〈湯問〉【愚公移山】)

①是數詞與量詞結合，與現代漢語用法相同；②數詞作謂語，而不用量詞；③在十位與個位數中間夾「有」作連詞，此「有」之用法與讀音與「又」相同；④數詞修飾名詞而省去量詞。⑤數詞作主語用，亦省去量詞(「厝」作動詞，解作放置)。

2 動量詞

表示動作的數量。例如：

①「齊人三鼓。」(《左傳》〈莊公十年〉【曹劌論戰】)

②「飛入室者三。」(薛福成〈貓捕雀〉)

③「飛引弓一發。」(《宋史》〈南渡十將傳〉【岳飛之少年時代】)

④「賞賜百千彊。」(〈木蘭辭〉)

①、③都數詞作狀語，修飾句中動詞；②數詞作謂語，省去量詞；④數詞作句中謂語，與「彊」結合成數量詞組。

(六) 代詞

指具有替代、指示作用的詞。一般分以下三類：

1 人稱代詞

指代替人或事物名稱的詞。例如：

①「蓮之愛，同予者何人？」（周敦頤〈愛蓮說〉）

②「吾妻之美我者，私我也。」（《戰國策》〈齊策一〉【鄒忌諷齊王納諫】）

③「五今即撲殺汝。」（方苞〈左忠毅公軼事〉）

④「王師北定中原日，家祭無忘告乃翁。」（陸游〈示兒〉）

⑤「若彼知之，吾計敗矣。」（《三國演義》〈第四十六回〉【孔明借箭】）

⑥「雞肋者，食之無味，棄之有味。」（《三國演義》〈第四十六回〉【孔明借箭】）

⑦「各親其親，各子其子。」（《禮記》〈禮運〉【大同與小康】）

⑧「或曰：『以子之矛，陷子之盾，何如？』」（《韓非子》〈難勢〉【自相矛盾】）

⑨「子曰：『志士仁人，無求生以害人，有殺身以成仁。』」（《論語》〈衛靈公〉）

⑩「愚以為宮中之事，事無大小，悉以咨之。」（諸葛亮〈出師表〉）

⑪「若亡鄭而益於君，敢以煩執事。」（《左傳》〈僖公三十年〉【燭之武退秦師】）

⑫「吾與汝畢力平險。」（《列子》〈湯問〉【愚公移山】）

①、②是第一人稱代詞。③、④是第二人稱代詞。⑤、⑥、⑦是第三人稱代詞。⑧、⑨是無定代詞。⑩是謙稱代詞。⑪是尊稱代詞。⑫用作第二人稱的複數代詞，與單數用法相同。

2 指示代詞

指代替人或事物的詞。

可以分為近指代詞和遠指代詞兩類：

（1）近指代詞

①「是及仁術也。」（《孟子》〈梁惠王上〉【齊桓晉文之事章】）

②「均之二策，寧許以負秦曲。」（《史記》〈廉頗藺相如列傳〉）

③「遷客騷人來會於此。」（范仲淹〈岳陽樓記〉）

④「命童子取土平之。」（劉蓉〈習慣說〉）

①「是」為指示代詞，用作主語。②「之」為指示代詞，用作定語。③「此」為指示代詞，作介詞「於」的賓語。④「之」為指示代詞，用作賓語。

（2）遠指代詞

①「彼童子之師，授之書而習其句逗者。」（韓愈〈師說〉）

②「彼，丈夫也；我，丈夫也，吾何畏彼哉！」（《孟子》〈滕文公上〉）

③「微夫人之力不及此。」（《左傳》〈僖公三十年〉【燭之武退秦師】）

④「其妻獻疑曰：……」（《列子》〈湯問〉【愚公移山】）

⑤「觀其坐高堂、騎大馬、醉醇醴而飫肥鮮者。」（劉基〈賣柑者言〉）

①「彼」為指示代詞，用作定語。②「彼」為指示代詞，第一個作主語，第二個作賓語。③「夫」為指示代詞，置於謂語「微」（「沒」）與賓語「人」之間。④「其」為指示代詞，表特指關係。⑤「其」為指示代詞，在句中充當兼語。

3　疑問代詞

指代替所要詢問的人或事物的詞。

可以分為問人、問事、問處所三類：

（1）問人代詞

①「孰為夫子？」（《論語》〈微子〉）

②「齊王問曰：『畫孰最難者？』」（《韓非子》〈外儲說左上〉）

③「敢問誰之罪也。」（《左傳》〈襄公三十年〉）

④「吾誰與歸。」（范仲淹〈岳陽樓記〉）

⑤「王曰：『誰可使者？』」（《史記》〈廉頗藺相如列傳〉）

①「孰」、⑤「誰」均為主語，「天下事」為句中賓語提前用法。②「孰」作賓語，詞義與「誰」相同。③「誰」用作賓語「罪」的定語。④「誰」是賓語，以倒裝句式表達。

（2）問事代詞

①「殘民以自肥者，何也？」（薛福成〈貓捕雀〉）

②「曰：『何以戰？』」（《左傳》〈莊公十年〉【曹劌論戰】）

③「何事不可為？」（《宋史》〈南渡十將傳〉【岳飛之少年時代】）

④「君美甚，徐公何能及君也。」（《戰國策》〈齊策一〉【鄒忌諷齊王納諫】）

⑤「曷不委心任去留？」（陶淵明〈歸去來辭〉）

⑥「奚以知其然也。」（《莊子》〈逍遙遊〉）

①「何」作獨立語，自成一句。②「何」作介詞賓語。③「何」作定語。④「何」作狀語用。⑤「曷」作謂語中狀語。⑥「奚」作介詞賓語。

（3）問處所

①「安能辨我是雄雌？」（〈木蘭辭〉）
②「沛公安在？」（《史記》〈項羽本紀〉【鴻門宴】）
③「且焉置土石？」（《列子》〈湯問〉【愚公移山】）
④「以小易大，彼惡知之？」（《孟子》〈梁惠王上〉【齊桓晉文之事章】）
⑤「余之遊將從此始，惡能無記？」（袁宏道〈滿井遊記〉）

①「安」作代詞，可譯作現代漢語的「如何」、「怎麼」。②「安」作句中賓語。③「焉」與句中的處所有直接關係，可譯作「那處」或「怎樣」。④「惡」作句中狀語，即「怎樣」，讀作烏。⑤「惡」強調反問訊息，解釋與讀音同上。

（七）象聲詞

象聲詞（又稱擬聲詞）指描擬自然界聲音的詞。有語法學派將象聲詞歸入形容詞，也有歸入嘆詞。基於象聲詞是描擬自然界具體事物發出的聲音，具有確實的詞義，宜歸入實詞的範疇。[2]

從音節的結構組合來看，可分兩大類：

---

2 有關分法參考許仰文著：《古漢語語法》（開封市：河南大學出版社，1988年），頁47-58。張世祿主編：《古代漢語教程》（重訂本）（上海市：復旦大學出版社，2005年），頁129、132-133、160-161。楊劍橋著：《古漢語語法講義》（上海市：復旦大學出版社，2010年），頁154-155。

1 單音節類

（1）純單音節

①「后稷呱矣。」（《詩》〈大雅〉〈生民〉）

②「毋嗷應。」（《禮記》〈曲禮上〉）

③「公嗾夫獒焉。」（《左傳》〈宣公二年〉【趙盾諫靈公】）

④「婦拍而嗚之。」（林嗣環〈口技〉）

①「呱」為嬰兒哭啼聲。②「嗷」為號呼聲。③「嗾」為喚狗聲。④「嗚」為呵叫嬰兒入睡之聲。以上各項皆以象聲詞活用為動詞。

（2）單音節＋尾詞

一般所加尾詞即詞的後綴部分，常見有「然」、「爾」等。例如：

①「砉然嚮然，奏刀騞然。」（《莊子》〈養生主〉【庖丁解牛】）

②「填然鼓之，兵刃既接，棄甲曳兵而走。」（《孟子》〈梁惠王上〉）

③「鏗爾，捨瑟而作。」（《論語》〈先進〉）

④「石之鏗然有聲者，所在皆是也。」（蘇軾〈石鐘山記〉）

①「砉」為皮骨脫離之聲；「騞」為用刀剖切東西之聲。②「填」為擊鼓之聲。③「鏗」為琴絃之聲。④「鏗」為敲打金石之聲。

2 複音節

（1）雙音節類

①「交交黃鳥，止於棘。」（《詩》〈秦風〉〈黃鳥〉）

②「漸聞水聲潺潺。」（歐陽修〈醉翁亭記〉）

③「夜正長兮風浙浙。」（李華〈弔古戰場文〉）

④「車轔轔，馬蕭蕭。」（杜甫〈兵車行〉）

①「交交」為鳥鳴聲，用作定語。②「潺潺」為水流聲，用作補語。③「浙浙」風聲，用作謂語。④「轔轔」為車行走聲，「蕭蕭」馬叫聲；兩者皆作句中謂語。以上四項都是疊音類。

⑤「間關鶯語花底滑。」（白居易〈琵琶行〉）

⑥「狋吽牙者，兩犬爭也。」（《漢書》〈東方朔傳〉）

⑦「飛湍瀑流爭喧豗。」（李白〈蜀道難〉）

⑧「初淅瀝以蕭颯，忽奔騰而砰湃。」（歐陽修〈秋聲賦〉）

⑤「間關」摹擬鶯鳥的叫聲。⑥「狋吽」摹擬兩狗相爭的叫聲。⑦「喧豗」摹擬瀑布急下的聲音。⑧「蕭颯」、「砰湃」兩者均為摹擬風聲。以上四類皆非疊音類。

（2）四音節類

①「喤喤呷呷，盡奔突於場中。」（李白〈大獵賦〉）

②「豈無山歌與村笛，嘔啞嘲哳難為聽。」（白居易〈琵琶行〉）

③「窾坎鏜鞳者，魏莊子之歌鐘也。」（蘇軾〈石鐘山記〉）

④「微聞有鼠作作索索。」（林嗣環〈口技〉）

①「喤喤呷呷」為眾多禽獸的叫鳴聲。②「嘔啞嘲哳」虛指為不好聽的樂聲。③「窾坎鏜鞳」為敲打鐘鼓的聲響。④「作作索索」為老鼠活動的聲音。上述四項，①、④是疊音類，可以視作 AABB 式。②、③為非疊音類，此為 ABCD 式。

（八）副詞

副詞的虛實劃分，可以從它的功能來討論。從詞匯意義來看，副詞的意義較虛，可歸之入虛詞。按語法作用言之，副詞能獨立充當句子成分，用作狀語或補語，可歸之入實詞。[3]

副詞是表示動作、行為、性質、狀態的程度，亦表示範圍，時間，否定與肯定，語氣等語法意義的詞。以下分程度、範圍、時間、肯定與否定、語氣、表謙敬六類並舉例說明。

1　程度副詞

主要關乎動作或性質狀態的程度，一般用來修飾形容詞或表示心理狀態的動詞。例如：

① 「飲少輒醉，而年又最高。」（歐陽修〈醉翁亭記〉）
② 「君美甚，徐公何能及君也。」（《戰國策》〈齊策一〉【鄒忌諷齊王納諫】）
③ 「噪而逐貓，每進益怒。」（薛福成〈貓捕雀〉）
④ 「使無動，稍使與之戲。」（柳宗元〈臨江之麋〉【三戒並序】）

①、②中的「最」、「甚」都是表示極度的程度副詞。③「益」解作更加，有表示進一步的程度。④「稍」解作微略，表示輕微程度的意思。②在句中充當補語，①、③、④在句中皆作狀語。

3　有關說法參考許仰文著：《古漢語語法》（開封市：河南大學出版社，1988年），頁84-89。江灝著：《古漢語知識辨異》（長沙市：湖南教育出版社），頁85-109。張雙棣等編著：《古代漢語知識教程》（北京市：高等教育出版社，2015年），頁167-168。

2 範圍副詞

主要涉及動作、性質狀態或事物的範圍，一般都是用來修飾動詞，也有用作修飾形容詞、名詞和數詞。例如：

①「我亦無他，惟手熟爾。」（歐陽修〈賣油翁〉）
②「同行十二年，不知木蘭是女郎。」（〈木蘭辭〉）
③「煩君最相警，我亦舉家清。」（李商隱〈蟬〉）
④「由是鼠相告皆來某氏，飽食而無禍。」（柳宗元〈永某氏之鼠〉【三戒並序】）
⑤「武留匈奴凡十九年。」（《漢書》〈蘇武傳〉）

①「惟」表示僅獨的範圍。②、⑤「同」、「凡」皆表示共同的範圍。③「舉」表示統括的範圍。④「相」表示相互的範圍。①、③、⑤修飾名詞。②作句中狀語。④修飾動詞；⑤修飾數詞，同是用作狀語。

3 時間副詞

主要指表示動作、行為時間的副詞。例如：

①「初起時，年二十四。」（《史記》〈項羽本紀〉）
②「益習其聲，又近出前後，終不敢搏。」（柳宗元〈黔之驢〉【三戒並序】）
③「蚌方出曝，而鷸啄其肉。」（《戰國策》〈燕策二〉）
④「今南方已定，兵甲已足。」（諸葛亮〈出師表〉）
⑤「十年春，齊師伐我，公將戰。」（《左傳》〈莊公十年〉【曹劌論戰】）

①「初」表示初始起兵之時。②「終」表示終竟之時。③「方」表示方正之時。④「已」表示已發生之時間。⑤「將」表示將會發生之活動。

4　肯定與否定副詞

　　關乎主要動作、行為等活動的肯定性或否定性。例如：

①「若使燭之武退秦師，師必退。」（《左傳》〈僖公三十年〉【燭之武退秦師】）

②「藺相如固止之。」（《史記》〈廉頗藺相如列傳〉）

③「此誠危急存亡之秋也。」（諸葛亮〈出師表〉）

④「過則勿憚改。」（《論語》〈學而〉）

⑤「王道迂闊而莫為。」（李華〈弔古戰場文〉）

①、②、③之肯定副詞皆用作狀語。④、⑤中的否定副詞與「不」之基本用法相同，亦在句中充當狀語。

5　語氣副詞

　　一般用作狀語，主要修飾動詞謂語。以下按語氣的不同類別，舉例說明：

①「相如雖駑，獨畏廉將軍哉？」（《史記》〈廉頗藺相如列傳〉）

②「而貓且眈眈然，惟恐不盡其類焉。」（薛福成〈貓捕雀〉）

③「人之立志，顧不如蜀鄙之僧哉！」（彭端淑〈為學〉）

④「其石之突怒偃蹇，負土而出爭為奇狀者，殆不可數。」（柳宗元〈鈷鉧潭西小丘記〉）

⑤「豈天之生才，不必為人用歟？」(魏禧〈大鐵椎傳〉)

①副詞「獨」表示反詰語氣。②副詞「且」示表尚且語調，與現代漢語的「還」相同。③副詞「顧」表示倒反轉折語氣，與現代漢語的「反而」意思接近。④副詞「殆」表示約略語調，與「幾乎」意同。⑤副詞「豈」表示測度語氣，與現代漢語的「難度」意思接近。

6 表謙敬副詞

表示自己或己方的謙卑和對彼方尊敬的副詞，常見於對話之中，作狀語用。以下按語氣的不同類別，舉例說明：

①「若亡鄭而有益於君，敢以煩執事。」(《左傳》〈僖公三十年〉【燭之武退秦師】)
②「猥自枉屈，三顧臣於草廬之中。」(諸葛亮〈出師表〉)
③「此亡秦之續耳，竊為大王不取也。」(《史記》〈項羽本紀〉)
④「信陵君曰：『無忌謹受教』。」(《戰國策》〈魏策四〉【唐且說信陵君】)
⑤「僕非敢如是也。」(司馬遷〈報任少卿書〉)

①「敢」是敬詞，其意即冒昧地。②「猥」本是謙詞，表示對方放下個人尊嚴，這處謙詞用作敬詞。③「竊」為謙詞，對自己的卑稱。④「謹」為敬詞，表示恭敬。⑤「僕」為自稱謙詞。以上五項之副詞，除③、⑤可譯作第一人稱代詞「我」外，可視作句中狀語。

二　虛詞

古代漢語虛詞可分介詞、連詞、助詞與嘆詞四大類。由於此四類皆不能單獨充當句子成分，所以一律歸入虛詞範疇。

（一）介詞

介詞用作介進名詞、代詞或名詞詞組，而跟用作謂語中心詞的動詞、形容詞發生聯繫，以表示時間、目的、原因、處所、人事等語法意義。以下舉介詞之語法使用例子：

① 「自我不見，於今三年。」（《詩》〈豳風〉〈東山〉）

② 「子燦遇大鐵椎為壬寅歲。」（魏禧〈大鐵椎傳〉）

③ 「戰於長勺。」（《左傳》〈莊公十年〉）

④ 「蒼然暮色，自遠而至。」（柳宗元〈始得西山宴遊記〉）

⑤ 「以其無禮於晉。」（《左傳》〈僖公三十年〉【燭之武退秦師】）

⑥ 「胡為乎遑遑欲何之？」（陶淵明〈歸去來辭〉）

⑦ 「以勇氣聞於諸侯。」（《史記》〈廉頗藺相如列傳〉）

⑧ 「醒能述以文者。」（歐陽修〈醉翁亭記〉）

⑨ 「去時里正與裹頭。」（杜甫〈兵車行〉）

⑩ 「今雖死乎此，比吾鄉鄰之死，則已後矣。」（柳宗元〈捕蛇者說〉）

⑪ 「上官大夫與之同列爭寵。」（《史記》〈屈原賈生列傳〉）

⑫ 「秦與天下俱罷，則令不橫行於周矣。」（《戰國策》〈西周策〉）

⑬ 「小子識之，苛政猛於虎也。」（《禮記》〈檀弓〉）

⑭ 「霜葉紅於二月花。」（杜牧〈山行〉）

①「於」介進時間詞；②「為」亦介進時間詞組，「於」、「為」兩者均為時間介詞。③「於」介進地點；④「自」介進遠處的距離，兩者皆為處所介詞。⑤「以」介進所述的原因；⑥「為」介進遑遑終日之心態，「以」、「為」兩者所介進的都是表述相關的原因，相當於現代漢語的「由於」。⑦「以」、「於」皆介進所用的方式；⑧「以」介進所用的工具，「以」、「於」等詞同是方式介詞。⑨「與」介進施動者「里正」；⑩「比」是介進所要比較之對象，兩者皆是表示人事介詞。⑪「與」用作介詞，介進施事者「上官大夫」。⑫「與」用作介詞，介進被動者「秦」，「天下」則為句中施動者。⑬、⑭之「於」皆為引進所比較之對象，前者為「虎」，後者為「二月花」。

（二）連詞

　　用作連接詞、詞組或句子，具有並列、承接、轉折、遞進、選擇、假設、讓步、目的、條件、因果等關係的語法意義。以下按連詞之在句子中之語法功能，分類舉例說明：

┃ 並列關係

　　①「吾與汝畢力平險。」（《列子》〈湯問〉【愚公移山】）
　　②「秦王大喜，傳以示美人及左右。」（《史記》〈廉頗藺相如列傳〉）
　　③「比及三年，可使有勇，且知方也。」（《論語》〈先進〉）
　　④「劍閣崢嶸而崔嵬。」（李白〈蜀道難〉）

　　①「與」在句中為連詞，與現代漢語的「和」用法相同。②「及」亦用作連詞，用法與①之「與」相同。③「且」此處用作並列關係連詞，連接前後分句的意思，與現代漢語的「同時」、「並且」等用法相近。④「而」用作並列關係連詞，可譯作「又」、「而且」。

2 承接關係

①「欲勿予，即患秦兵之来。」(《史記》〈廉頗藺相如列傳〉)

②「於是懷石，遂自投汨羅以死。」(《史記》〈屈原賈生列傳〉)

③「學而不思則罔，思而不學則殆。」(《論語》〈為政〉)

④「國人皆曰賢，然後察之；見賢焉，然後用之。」(《孟子》〈梁惠王下〉)

①「即」用作承接關係連詞，相當於現代漢語的「就」、「立時」。②「以」用作連詞，表示句中活動的承接關係，「以」在此可以譯作「而」。③「則」用作連詞，表示文義中順承的關係，用法與「就」相同。④「然後」為連詞，表示句意所述之事前與事後在某條件上的承接，詞義作用與「才」相同。

3 轉折關係

①「亡而為有，虛而為盈，約而為泰。」(《論語》〈述而〉)

②「至於斟酌損益，進盡忠言，則攸之、褘、允任也。」(諸葛亮〈出師表〉)

③「我亦無他，但手熟耳。」(歐陽修〈賣油翁〉)

④「子固仁者，然愚亦甚矣。」(馬中錫〈中山狼傳〉)

①「而」為小句中示轉折關係連詞，與之關涉之詞皆有相對或相反的意思。②「至於」用作連詞，表示文中另提一事或一種情況。③「但」用作連詞，表示句意的轉折，與現代漢語「不過」用法相同。④「然」在用作轉折關係連詞，相當於現代漢語的「但是」。

4 遞進關係

①「君子博學而日參省乎己。」（《荀子》〈勸學〉）

②「且庸人尚羞之，況於將相乎！」（《史記》〈廉頗藺相如列傳〉）

③「如太形、王屋何？且焉置土石？」（《列子》〈湯問〉【愚公移山】）

④「管仲且猶不可召，而況不為管仲者乎？」（《孟子》〈公孫丑下〉）

①「而」在句中為遞進關係連詞，相當於現代漢語的「而且」。②「況」為遞進關係連詞，與副詞「尚」連繫兩個分句，表示事情的遞進處境情況。③「且」用作連詞，表示文意中再進一步的問題。④「而況」用作連詞，與關聯詞「且猶」組成遞進關係複句。

5 選擇關係

①「為肥甘不足於口與？輕煖不足於體與？抑為采色不足視於目與？」（《孟子》〈梁惠王上〉）

②「焉足以知是且非邪？」（韓愈〈答李翊書〉）

③「安見方六七十如五六十而非邦也者？」（《論語》〈先進〉）

④「若所市於人者，將以實籩豆奉祭祀、供賓客乎？將衒於外以惑愚瞽也？」（劉基〈賣柑者言〉）

①「抑」為選擇關係連詞，與現代漢語「或者」、「難道」用法相同。②「且」用作選擇關係連詞，表示句意中「是」或「非」的選擇。③「如」用作連詞，可譯作「或」，表示「六七十」與「五六十」兩者

之間的選擇關係。④句中兩個「將」字皆用作連詞，表示句中選擇關係。「將」在此可以譯作「還是」、「抑或」。

6 假設關係

①「苟有險，余必下推車。」(《左傳》〈成公二年〉【鞍之戰】)

②「吾攻趙旦暮可下，而諸侯敢救者，已拔趙，必移兵先擊之。」(《史記》〈信陵君列傳〉)

③「使人之所惡莫甚於死者，則凡可以避患難者何不為也？」(《孟子》〈告子上〉【魚我所欲也章】)

④「若壅其口，其與能幾何？」(《國語》〈周語上〉【召公諫弭謗】)

①「苟」解作假設，是兩句分句的連詞，前一句為假設的可能情況，後一句之活動為假設的行動。②「而」可以用作假設連詞，句中「諸侯敢救」是猜測的行動，當時並未發生。③「使」用作連詞，表示句中分句假設關係。「使」可以譯作「假使」，與現代漢語用法同。④「若」為假設關係連詞，表示可能發生的情景，等同於現代漢語的「假如」。

7 讓步關係

①「其室則邇，其人甚遠。」(《詩》〈鄭風〉〈東門之墠〉)

②「縱不能用，使無去其疆域。」(《荀子》〈君道〉)

③「小大之獄，雖不能察，必以情。」(《左傳》〈莊公十年〉【曹劌論戰】)

④「雖與之俱學，弗若之矣。」(《孟子》〈告子上〉【二子學弈】)

①「則」用作連詞，強調相距之近，是程度的讓步，「則」可以譯作「固然」、「即使」。②「縱」作連詞用，表示假設讓步關係，等同於現代漢語的「即使」。③以連詞「雖」交代出句中讓步關係，表示在「不能察」情況下而可以做到的事情。④「雖」作連詞，以連接後之否定分句，表示「與之俱學」的讓步情況。「雖」可以譯作「縱然」，以表示所讓步的語意內容。

8 目的關係

①「晉靈公不君，厚斂以彫牆。」(《左傳》〈宣公二年〉【趙盾諫靈公】)

②「越國以鄙遠，君知其難也；焉用亡鄭以陪鄰？」(《左傳》〈僖公三十年〉【燭之武退秦師】)

③「封閉宮室，還軍霸上，以待大王來。」(《史記》〈項羽本紀〉)

④「構木為巢，以避群害。」(《韓非子》〈五蠹〉)

①「以」所連接的「厚斂」的目的在於「彫牆」。②第一個「以」用作連詞，表示「亡鄭」而達成「陪鄰」的目的。③「以」用作連詞，交代有關行動的目的。④「以」為連詞，與「來」、「以便」意思相近，表示「構木為巢」的目的是為了「避群害」。

9 條件關係

①「苟余心之端直兮，雖僻遠其何傷？」(《楚辭》〈涉江〉)

②「今王與百姓同樂，則王矣。」(《孟子》〈梁惠王下〉【莊暴見孟子章】)

③「吾恂恂而起，視其缶，而吾蛇尚存，則弛然而臥。」(柳宗元〈捕蛇者說〉)

④「士窮乃見節義。」(韓愈〈柳子厚墓誌銘〉)

①「苟」所述的句意是條件，就是只要本人有正直的心，是不怕被放逐到遠處。「苟」與「只要」意思相同。②「則」用作連詞，交代能「王」的條件是「與百姓同樂」。③「則」為連詞，呼應前句「吾蛇尚存」之情況，表示能夠「弛然而臥」的條件。④「乃」可視為「士窮」與「見節義」兩個詞組的連詞，表示前後條件關係。

10 因果關係

①「吾所以為此者，以先國家之急而後私仇也。」(《史記》〈廉頗藺相如列傳〉)

②「吾少也賤，故多能鄙事。」(《論語》〈子罕〉)

③「君子之於禽獸也，見其生不忍見其死，聞其聲不忍食其肉，是以君子遠庖廚也。」(《孟子》〈梁惠王上〉)

④「因愛鼠，不畜貓犬。」(柳宗元〈永某氏之鼠〉)

①「以」連接「所以為此者」所做的行為。②「故」作連詞，交代與前者相關之因果。③用「是以」詞組表示與上文相關的結果。④「因」置於句首，直接交代其原因。

(三) 助詞

指附在詞、詞組或是句子中表示附加意思、結構關係或語氣的詞。文言助詞可分語氣助詞、襯音助詞、結構助詞三類。[4]以下依次舉例說明各類助詞的特色與功能：

4　此說參考周秉鈞著：《古代漢語綱要》(長沙市：湖南教育出版社，1998年)，頁394。張雙棣等編著：《古代漢語知識教程》(北京市：高等教育出版社，2015年)，頁212-213。楊劍橋著：《古漢語語法講義》(上海市：復旦大學出版社，2010年)，頁125-137。

1 語氣助詞

①「夫戰,勇氣也。」(《左傳》〈莊公十年〉)

②「唯求則非邦也與?」(《論語》〈先進〉)

③「寒暑易節,始一返焉。」(《列子》〈湯問〉【愚公移山】)

④「如有不嗜殺人者,則天下之民皆引領望之矣。」(《孟子》〈梁惠王上〉)

⑤「項王曰:『壯士,能飲乎?』」(《史記》〈項羽本紀〉【鴻門宴】)

⑥「子非三閭大夫歟?何故而至此?」(《史記》〈屈原賈生列傳〉)

⑦「鵬之徙於南溟也,水擊三千里。」(《莊子》〈逍遙遊〉)

⑧「仁者,人也。義者,宜也。」(《禮記》〈中庸〉)

⑨「率天下之人而禍仁義者,必子之言夫!」(《孟子》〈告子上〉)

⑩「王之好樂甚,則齊國其庶幾乎?」(《孟子》〈梁惠王下〉【莊暴見孟子章】)

⑪「子在川上曰:『逝者如斯夫,不舍晝夜。』」(《論語》〈子罕〉)

⑫「已矣哉,國無人莫我知兮。」(《楚辭》〈離騷〉)

⑬「欲呼張良與俱去,曰:『毋從俱死也』。」(《史記》〈項羽本紀〉【鴻門宴】)

⑭「子豈治其痔邪,何得車之多也?子行矣!」(《莊子》〈列禦寇〉)

①、②皆為句首語氣詞,「唯」兼有表示希望之意,「夫」則純為發語之辭。③「焉」為句末語氣助詞,表限止,相當於現代漢語的「罷

了」或「呢」。④「矣」表示必然的結果，與③之「焉」同是陳述語
氣助詞。⑤「乎」為疑問語氣助詞，相當於現代漢語的「嗎」。⑥
「歟」之語氣作用具有反問功能，亦相當於現代漢語的「嗎」。⑦
「也」有提頓作用，將句中語調拖長而至下文。⑧「者」之作用與⑦
「也」相同，不過與「者」一併搭配，以加強其提頓作用。⑨「夫」
用於句末作語助詞，有表示測度的意思。⑩「乎」作用與⑨之「夫」
相同，亦表示推測之意，前者氣稍重，後者較輕。⑪「夫」在句末語
氣助詞，表示感嘆的作用。⑫「矣哉」連用，強調句中「已」的終止
訊息，與後一句互相呼應，表示出慨嘆的感情。⑬「也」句末語氣助
詞，於句中有禁止的語氣。⑭「矣」於句末作語氣助詞，而有祈使的
意思，可以譯為「吧」。

2 襯音助詞

①「式微式微，胡不歸？」(《詩》〈邶風〉〈式微〉)

②「蹇吾法夫前修兮。」(《楚辭》〈離騷〉)

③「夫人必先自侮，然後人侮之。」(《孟子》〈離婁上〉)

④「道之云遠，曷云能來。」(《詩》〈邶風〉〈雄雉〉)

⑤「復駕言兮焉求。」(陶淵明〈歸去來辭〉)

⑥「夫子之求之也，其諸異乎人之求之與？」(《論語》〈學而〉)

⑦「雖然，若必有以也，嘗以語我來。」(《莊子》〈人間世〉)

⑧「今我來思，雨雪霏霏。」(《詩》〈小雅〉〈采薇〉)

⑨「登斯樓以四望兮，聊暇日以銷憂。」(王粲〈登樓賦〉)

⑩「天下騷動，大將得之，若一敵國云。」(《漢書》〈游俠傳〉)

①「式」，朱熹注云：「式，發語辭；微猶衰也。」②「蹇」，王逸注
云：「蹇，辭也。」③「夫」，《孝經》疏引云：「夫，發言之端。」以

上①、②、③項為置於句首襯音助詞。④、⑤「云」、「言」皆為置於句中襯音助詞，沒有別的含義。⑥「諸」不作「之於」合音詞解，用法與④、⑤例同，同是句中襯音助詞。⑦「來」、⑧「思」、⑨「兮」、⑩「云」，均為句末襯音助詞。可以譯為「呢」、「呀」、「啊」等語末助詞。

3 結構助詞

一般置於詞或詞組之後，也有置於兩詞之間，以起語法結構功用。常見例子如下：

①「仁者不憂，知者不惑，勇者不懼。」(《論語》〈憲問〉)

②「齊諧者，志怪者也。」(《莊子》〈逍遙遊〉)

③「始臣之解牛之時，所見無非全牛者。」(《莊子》〈養生主〉)

④「庸主賞所愛而罰所惡。」(《史記》〈范睢蔡澤列傳〉)

⑤「此臣所以報先帝而忠陛下之職分也。」(諸葛亮〈出師表〉)

⑥「見漁人乃大驚，問所從來。」(陶淵明〈桃花源記〉)

⑦「以子之矛，攻子之盾，何如？」(《韓非子》〈難勢〉【古寓言三則】)

⑧「毛先生以三寸之舌，強於百萬之師。」(《史記》〈平原君列傳〉【毛遂自薦】)

⑨「孤之有孔明，猶魚之有水也。」(《三國志》〈蜀書〉〈諸葛亮傳〉【隆中對】)

⑩「宦三年矣，未知母之存否？」(《左傳》〈宣公二年〉【趙盾諫靈公】)

⑪「將虢是滅，何愛於虞？」(《左傳》〈僖公五年〉【脣亡齒亡】)

⑫「二三子其佐我明揚仄陋，唯才是舉，吾得而用之。」（《三國志》〈武帝紀〉）

⑬「安定國家，必大焉先。」（《左傳》〈襄公三十年〉）

⑭「於是焉河伯欣然自喜，以為天下之美盡在己。」（《莊子》〈秋水〉）

①「者」在句中於名詞之後，構成句中的主語，可以譯作「……的人」，或可以與現代漢語中「某某的」等同理解。②「者」在句末與語氣助詞「也」結合而成句中謂語，表述前者的語意內容。③「所」為句中結構助詞，置於動詞之前，有指代某種動作的對象，「所」字結構作主語，可以譯成「（所）……的事情」。④與前例同，不過「所」字結構用作謂語，可以譯作「愛的」、「惡的」。⑤「所」與介詞「以」結合，以表示動作行為的結果、意義或原因等，不能將之視為連詞「所以」。⑥「所」與介詞「從」結合，以表示行為發生的處所。⑦「之」為結構助詞，用於修飾定語之後，可以譯為現代漢語的結構助詞「的」。⑧「之」在此用法與前相同，用於定語之後。⑨「之」處於主謂之中，「孤」、「魚」皆為句中主語；「有孔明」、「有水」皆是謂語，「之」起語法結構作用。⑩「之」的用法與上例完全相同，而句中則以主謂詞組作賓語，「母之存否」為句中賓語。⑪「是」用作結構助詞，使賓語更為突出，有強調功用。⑫「是」為結構助詞，與副詞「唯」構成「唯……是……」格式，起強調作用，常見有「唯命是從」。⑬、⑭之「焉」一般情況都屬於語氣助詞，當在句中使用時相當於「是」、「之」，特別是賓語提前，則起語法結構作用。⑬全句可意譯為「安定國家，必定要先安定大族」。⑭句中「是」為「時」借字，全句可以譯為「在這時候，河伯悠然自得地高興起來，認為天下的美景都在自己這裏」。「焉」是一個比較特殊的虛

詞，有時會具有語氣助詞及代詞之語法功能，在語法學上又可稱之為
「兼詞」。[5]

（四）嘆詞

通常表示感嘆或應答的意思，情況與現代漢語相近。就感嘆所表
示的情感來論，可以有若干不同類型[6]，至於應答的情況則比較簡單。
古代漢語的嘆詞，音單節與雙音節皆有，多音節則較少。一般而言，
古今漢語嘆詞也有相近相通之處。以下按嘆詞一般特徵，舉例說明：

① 「嗚呼！汝病吾不知時，汝歿吾不知日。」（韓愈〈祭十二郎
文〉）

② 「顏淵死，子曰：『噫！天喪予！天喪予！』」（《論語》〈先
進〉）

③ 「嘻！善哉！技蓋至此！。」（《莊子》〈養生主〉）

④ 「於呼！夫齊桓公有天下之大節焉，夫孰能亡之？」（《荀子》
〈仲尼〉）

⑤ 「噫！菊之愛，陶後鮮有聞。」（周敦頤〈愛蓮說〉）

⑥ 「亞父受玉斗，置之地，拔劍撞而破之。曰：『唉，豎子不足
與謀！』」（《史記》〈項羽本紀〉【鴻門宴】）

⑦ 「惡！賜，是何言也！夫君子豈多而賤之，少而貴之哉！」
（《荀子》〈法行〉）

5　「兼詞」之說，見羅邦柱主編：《古代漢語知識辭典》（武昌市：武漢大學出版社，
　　1988年），頁150。

6　本文所分類別參考周秉鈞著：《古代漢語綱要》（長沙市：湖南教育出版社，1998
　　年），頁405-407。楊劍橋著：《古漢語語法講義》（上海市：復旦大學出版社，2010
　　年），頁154-155。楊啟國編著：《古代漢語語法》（北京市：經濟科學出版社，2016
　　年），頁623-633。

⑧「噫吁嚱，危乎高哉！」（李白〈蜀道難〉）

⑨「齊威王勃然怒曰：『叱嗟！而母，婢也。』」（《戰國策》〈趙策三〉）

⑩「江芉怒曰：『呼！役夫！宜君王之欲殺女而立職也。』」（《左傳》〈文公元年〉）

①「嗚呼」與②「噫」之詞義同是表示悲哀的感情，前者為雙音節嘆詞，後者為單音節嘆詞。③「嘻」表示讚許之聲，可以譯作現代漢語的「哈」。④「於呼」為表示讚許之雙音節嘆詞。⑤「噫」與⑥「唉」皆為表示感慨之嘆詞，但沒有像①、②般的強烈感情。⑦「惡」於此為嘆詞，表示驚疑的心理感受。⑧「噫吁嚱」為三音節嘆詞，表示出驚訝的感情。⑨、⑩皆表示怒斥的感情，前者為雙音節嘆詞，後者為單音節嘆詞。

另一類為表示應答之嘆詞，可分呼叫待應、應呼而答兩種。例如：

⑪「黔敖左捧食，右執飲，曰：『嗟！來食！』」（《禮記》〈檀弓〉）

⑫「先生曰：『吁！子前來！』」（韓愈〈進學解〉）

⑬「孔子曰：『諾！吾將仕矣！』」（《論語》〈陽貨〉）

⑭「萬章問曰：『人有言：「至於禹而德衰，不傳於賢而傳於子」。』有諸？孟子曰：『否。不然也。』」（《孟子》〈萬章上〉）

⑪「嗟」為單音節嘆詞，表示命令的呼叫感情。⑫「吁」為表示疑怪而命令之嘆詞，比⑪的「嗟」語氣為輕。⑪、⑫兩例為呼叫待應。⑬「諾」為肯定的答問嘆詞，可以譯作現代漢語的「是呀」、「好」。⑭「否」則為否定的答問嘆詞。⑬、⑭兩例為應呼而答。

詞類活用

詞類活用是指詞於語言環境中臨時具有其他詞類的語法功能。也即是說，在文獻上某些詞可靈活運用，可在文句中改變其原有用法，作另一種詞類使用。這些具有兼類功能的詞，就稱為詞類活用。[7] 以下介紹幾種常見的活用：

（一）名詞的活用及其他語法作用

1 名詞用作一般動詞

有兩類，其一是臨時改變了詞性、其二是活用為動詞。
例如：

①「齊師遂東。」（《左傳》〈僖公三十二年〉）

句中的「東」本來是方位詞，屬於名詞的類別範疇，現臨時變作動詞，表示向東進發，用作動詞。

②「良（張良）業為取履，因長跪履之。」（《史記》〈留侯世家〉）

句中的第二個「履」字本來是名詞，現臨時變作動詞，表示穿著鞋，用作動詞。

7　有關說法參考：許仰民著：《古漢語語法新編》（鄭州市：河南大學出版社，2001年），頁171-214；郭錫良、李玲璞主編：《古代漢語》（北京市：語文出版社，1992年），頁613-626。程希嵐、吳福熙主編：《古代漢語》（長春市：吉林人民出版社，1984年），頁179-203。楊劍橋著：《古漢語語法講義》（上海市：復旦大學出版社，2010年），頁262-284。楊啟國編著：《古代漢語語法》（北京：經濟科學出版社，2016年），頁80-100。

③「魏桓子肘韓康子，康子履魏桓子，躡其踵。」(《戰國策》
　〈秦策四〉)

句中「肘」本為名詞，現在活用為動詞，表示用肘蹴對方。「履」本
為名詞，現活用為動詞，表示穿著鞋踩踏他人。

以下再從詞的語法關係，分析名詞活用為動詞幾種不同情況：

④「驢不勝怒，蹄之。」(柳宗元〈黔之驢〉)

以上為名詞「蹄」用作動詞，在句中與代詞「之」構成動賓關係，名
詞活用為動詞。

⑤「王亦能軍。」(《左傳》〈桓公五年〉)

「軍」在古代漢語為名詞，解作軍隊。現句中用作動詞，表示率領軍
隊。句中的活用動詞與一般常見動詞的語法功能相同，可於前帶有助
動詞及副詞。

⑥「晉師軍於盧柳。」(《左傳》〈僖公二十三年〉)

本句「軍」的用法上與上句相同，都是名詞活用作動詞。然而，本句
用作動詞後，可以附帶介賓短語。

⑦「夫子式而聽之。」(《禮記》〈檀弓下〉)

句中「式」為「軾」的借字，本義是指設於車廂前的橫木，屬於名
詞。現活用為動詞，表示扶軾俯身低頭的動作。本句名詞活用動詞，
並與連詞「而」連接動詞「聽」，表示連動的活動關係。

⑧「妾請母子俱遷江南，無為秦所魚肉也。」(《史記》〈張儀列
傳〉)

句中「魚肉」本為名詞，現活用為動詞，表示如魚肉一樣任由宰割。
以上活用動詞置於介詞「所」之後，與一般古漢語的動詞使用相同。

要判斷名詞臨時活用為動詞，應注意某個名詞在具體語境中，是
否臨時具有動詞的某些功能。

⑨「曹子手劍而從之。」(《春秋公羊傳》〈莊公十三年〉)

「手」本為名詞，現作動詞，表示拿著劍。

⑩「夫鼠，晝伏夜動，不穴於寢廟，畏人故也。」(《左傳》〈襄
公二十三年〉)

「穴」本為名詞，現作動詞，表示穴居，住在穴洞之中。

2 名詞的使動與意動

甲 使動用法

所謂名詞使動用法，是指名詞活用為動詞所表示的動作行為，此
動作並不是由主語發出，而是使賓語所代表的人或事或物，作為該名
詞所代表的人或事或物。

可按這公式理解：動＋賓＝（使）＋賓＋動

①「乘勢，則哀公臣仲尼。」(《韓非子》〈五蠹〉)

句中「臣」本是名詞，句中活用為動詞。此詞作使動用法，就是「臣」變作具使動特質的動詞，可以譯為：使仲尼做哀公的大臣。

②「（秦王）舍相如廣成傳舍。」（《史記》〈廉頗藺相如列傳〉）

句中「舍」本是名詞，解作屋舍，句中則活用為動詞。「舍」作使動用法，將句中賓語「相如」放於附加的使令動詞「使」後，可以譯為：使藺相如居於廣成傳舍。

③「人其人，火其書，廬其居。」（韓愈〈原道〉）

句中「人」、「火」、「廬」本是名詞，句中則活用為動詞。此三字作使動用法，將句中賓語「人」、「書」、「居」放於附加的使令動詞「使」後，可以譯為：使其成為一般人，使其書籍焚燬，使其居所興建為廬舍。

④「先生之恩，生死而肉骨也。」（馬中錫〈中山狼傳〉）

句中「肉」本是名詞，句中則活用為動詞。作為使動用法，句中賓語「骨」放於附加的使令動詞「使」後，可以譯為：使骨生長出肉來。

乙　意動用法

名詞的意動用法，就是將名詞用作動詞帶賓語之後，表示主語有「認為賓語怎樣」或「把賓語當作甚麼」的語意內容。[8]

可按這公式理解：名＋賓＝（以）＋賓＋為＋名

8　有關說法見程希嵐、吳福熙主編：《古代漢語》（長春市：古林人民出版社，1984年），頁190-191。另參考楊劍橋著：《古漢語語法講義》（上海市：復旦大學出版社，2010年），頁270。吳鴻清編著：《古代漢語基礎》（第二版）（北京市：北京大學出版社，2017年），頁99-112。

①「扁鵲過齊，齊桓侯客之。」(《史記》〈扁鵲倉公列傳〉)

句中意思是齊桓侯以扁鵲為客。「之」為代詞，代稱前句之扁鵲，在後句充當活用為動詞「客」的賓語。

②「今也小國師大國，而恥受命焉。」(《孟子》〈離婁上〉)

句中的意思是小國以大國為師。「師」本為名詞，現活用為動詞，在句中充當帶賓動詞，可以譯作學習、仿效。

從意動用法的結構來理解，它具有一種特殊的動賓關係，所表達的內容與兼語結構相近，這種結構關係可以用「以……為……」來轉換理解。當名詞活用為動詞時，一般來說，都具有「認為賓語怎麼樣」或「把賓語當作甚麼」的特質。

3 名詞用作狀語

按名詞在句中語法功能而論，它可以充當句中狀語。此可歸納為四種形式，現逐一說明如下：

(1) 表示方位和處所：

①「上食埃土，下飲黃泉。」(《荀子》〈勸學〉)
②「海運將徙南冥。」(《莊子》〈逍遙遊〉)

①在動詞「食」、「飲」之前加上方位名詞，②在動詞「運」之前加上處所名詞，同樣在句中充當狀語，修飾句中的動詞。

(2) 表示工具和依據：

①「伍子胥橐載而出昭關。」(《史記》〈范睢蔡澤列傳〉)

　　②「肩舉驢上。」（馬中錫〈中山狼傳〉）
　　　　.

①在動詞「載」之前加上名詞「橐」[9]，「橐」成為句中狀語，主要修飾動詞「載」，表示用橐載著的情狀。②在動詞「舉」之前加上名詞「肩」，「肩」在句中充當狀語，起修飾動詞「舉」的作用，表示用肩膊推中山狼到驢背上。

（3）表示待人的行為態度：

　　①「君為我呼入，吾得兄事之。」（《史記》〈項羽本紀〉）
　　　　　　　　　　　.
　　②「齊將田忌善而客待之。」（《史記》〈孫子吳起列傳〉）
　　　　　　　　　　.

①在名詞活用為動詞之「事」前加上名詞「兄」，「兄」成為句中狀語，主要修飾動詞「事」，表示以對待兄長態度來事從對方。②在動詞「待」之前加上名詞「客」，表示待人的態度。「客」在句中充當狀語，起修飾動詞「待」的作用，表示以對賓客態度看待對方。

（4）表示比喻的狀語：

　　①「將不勝其忿而蟻附之。」（《孫子》〈謀攻〉）
　　　　　　　　　　.
　　②「有狼當道，人立而啼。」（馬中錫《中山狼傳》）
　　　　　　　　　.

①在動詞「附」前加上名詞「蟻」，「蟻」成為句中後部狀語，主要修飾動詞「附」，而有比喻作用，表示像蟻般依附著。②在動詞「立」之前加上名詞「人」，同樣，具有比喻作用，「人」在句中充當狀語，起修飾動詞「立」的作用，表示狼像人兩腳站立那樣，站著啼叫。換言之，兩句皆可於名詞「蟻」、「人」加上「如」字理解。

9　橐，《說文》：「囊也。」一種口袋，多以布製成。粵音托。

4 名詞用作謂語

按名詞在句中語法功能而論，它又可以充當句中謂語。例如：

①「管叔，兄也。」（《孟子》〈公孫丑下〉）
②「吾所欲者，土地也。」（《韓非子》〈五蠹〉）

①「管叔」是主語，「兄也」是謂語，兩者之間只需稍作停頓，就可以分開主與謂的關係。「兄」是名詞，此獨立充當句中謂語，用現代漢語翻譯，就需要在主謂之間加上判斷詞──「管仲是兄長」。②「吾所欲者」是主語，「土地也」是謂語，在兩者之間稍作停頓，可體現句中主謂關係。「土地」是名詞，此獨立充當謂語，用現代漢語翻譯，需要在主謂之間加上判斷詞──「我所渴望的是土地」。以上古代漢語句式與現代漢語不同，不必加以判斷詞「是」去理解，現代漢語就必要用「是」、「就是」來連貫主語與謂語。

(二) 形容詞的活用及其他語法作用

1 形容詞作動詞

形容詞活用作動詞，古代漢語比較少見，作使動、意動及名詞的用法則較常見。例子如下：

①「卒使上官大夫短屈原於頃襄王。」（《史記》〈屈原賈生列傳〉）

「短」本是形容詞，現在不是用來修飾名詞「屈原」，即活用作動詞，名詞「屈原」成為賓語。「短」由長短的概念引申，解作說人之短處，可以用「詆毀」翻譯。

②「眾庶莫不多光。」（《漢書》〈霍光傳〉）

「多」本是形容詞，現在不是修飾名詞「光」（霍光），而是活用作動詞，名詞「光」成為賓語。「多」由多少的概念引申，解作讚賞、稱許，可以翻譯為「大眾都沒有不稱許霍光」。

下列為另一些形容詞活用例子，其用法與上相近，可參考所附之語體譯寫。

③匠人斲而小之，則王怒，以為能勝其任也。（《孟子》〈梁惠王下〉）

譯文：木工把那木料砍小，大王就會發怒，認為他負擔不起自己的責任。

④孔子登東山而小魯；登泰山而小天下。（《孟子》〈盡心上〉）

譯文：孔子登上東山，便覺得魯國小了；上了泰山，便覺得天下也不大了。

2 形容詞的使動用法

形容詞的使動用法與動詞的情況相近，是使賓語所代表人物或事情，具有該形容詞所表示的性質和狀態。

結構公式與動詞的情況相同：形＋賓＝（使）＋賓＋形

①「城不入，臣請完璧歸趙。」（《史記》〈廉頗藺相如列傳〉）
②「彊本節用，則天不能貧。」（《荀子》〈天論〉）

①句中「完」解作完整，本是形容詞。②「貧」是形容詞，本意指窮困、不足，與富成相對之詞，現活用為動詞。作使動用法時，①句中

賓語「璧」可放在附加動詞「使」後，可以譯為：「臣答應可以使和氏璧完整回歸趙國」。②則不帶賓語，此可譯為「加強農業生產而又節約開支，上天就不可能使人貧窮」。

3 形容詞的意動用法

形容詞的意動用法，與名詞的情況相近，是主語主觀上認為賓語具有該形容詞所表示的性質或狀態。[10]

結構公式與動詞的相同：形＋賓＝（以）＋賓＋（為）＋形

①「吾妻之美我者，私我也。」（《戰國策》〈齊策一〉）
②「是故明君貴五穀而賤金玉。」（晁錯〈論貴粟疏〉）

①、②句中「美」、「貴」、「賤」都是形容詞，現活用為動詞。作意動用法時，可以將句中賓語「我」（代稱鄒忌）、「五穀」、「金玉」放於「為」之前，按公式可理解為：「我的妻子認為我是美麗」；「以五穀為貴，以金玉為賤」。意動詞的實質就是表示主語所「認為」的意思，而作一般動詞使用，則是表示支配關係，兩者有所不同。（「私」本是名詞，此用作動詞，可譯作偏愛。）

4 形容詞作名詞

形容詞除了可以活用為動詞，也可活用作名詞。例如：

---

10 說法參考程希嵐、吳福熙主編：《古代漢語》（長春市：吉林人民出版社，1984年），頁192。另參考楊劍橋著：《古漢語語法講義》，（上海市：復旦大學出版社，2010年），頁23-26。鄭振峰、于峻嶸著：《古代漢語語法論析》（成都市：巴蜀出版集團巴蜀書社，2012年），頁84-85。吳鴻清編著：《古代漢語基礎》（第二版）（北京市：北京大學出版社，2017年），頁103-104。

①「然則小固不可以敵大，寡固不可以敵眾，弱固不可以敵強。」(《孟子·梁惠王上》)

句中「小」、「大」、「寡」、「眾」、「弱」、「強」皆是形容詞，現在一律作名詞用，當中「小」、「寡」、「弱」充當句中主語；「大」、「眾」、「強」則作謂語句末賓語。從語法意義來看，上述六個詞都包含著一個中心詞「國」，相當於「小國」、「大國」、「弱國」、「強國」名詞性詞組，「寡」、「眾」則相當於「人口稀小之國」、「人口眾多之國」，等同於偏正結構的詞組。

②「將軍身披堅執銳，伐無道，誅暴秦。」(《史記》〈陳涉世家〉)

「堅」、「銳」本來是形容詞，句中用作名詞，與「披」、「執」兩個動詞組成動賓結構詞組，在句中充當謂語。可以譯成「將軍身上穿上堅厚的盔甲，手執鋒利的兵器」。

③「今梁趙相攻，輕兵兒卒必竭於外，老弱罷於內。」(《史記》〈孫子吳起列傳〉)

「老」、「弱」本來是形容詞，句中用作名詞，兩詞聯合一起，組成並列式名詞詞組，在句中充當主語。可以譯成「年老的人和弱小的人，在國內被人罷免不用」。

④「無貴無賤，同為枯骨。」(李華〈弔古戰場文〉)

「貴」、「賤」本來是形容詞，在緊縮句中使用作名詞。按語義而論，兩句可視為一個主謂組合，前句為主語，後句為謂語。「貴」指「身分尊貴」，「賤」指「身分低賤」，可譯成「不論那人的身分是尊貴或低賤」。

（三）動詞的活用及其他用法

1 動詞用作名詞

動詞活用作名詞，其語法特點、語法作用與名詞的情況相同，可在句中充當主語或賓語，也可作謂語，所表現之語法意義亦具有與該動詞相關人或事的意義內容。以下舉幾例說明：

①「又私自送往迎來，弔死問疾，養孤長幼在其中。」（晁錯〈論貴粟疏〉）

「往」、「來」、「死」本為動詞，句中活用為名詞，與前面的動詞組成一個動賓詞組。上述三個動詞，從語法功能來理解，可以相當於一個偏正詞組，即「往」相等於「前往之人」；「來」相等於「走來之人」；「死」為「死者之眷屬」。

②「忽聞水上琵琶聲，主人忘歸客不發。」（白居易〈琵琶行〉）

「歸」本來是動詞，句中活用為名詞，與前面的動詞「忘」組成一個動賓詞組。從語法功能來理解，「歸」在此相當於一個動賓詞組，即相等於「歸家」，作者說所忘記的是「歸家」之事。

③「懲山北之塞，出入之迂也。」（《列子》〈湯問〉）

「出」、「入」本是動詞，句中兩詞構成並列詞組，直接充當主語，全句意思是「回去與外出都要遶道而行」。

④「殫其地之出，竭其廬之入，號呼而轉徙，飢渴而頓踣。」（柳宗元〈捕蛇者說〉）

如上，「出」、「入」本是動詞，句中分別成為賓語，活用作名詞。全

句意思是「用盡他們土地所出產的東西」、「用盡他們家裏所收取的財貨」。

以下為另一些動詞活用為名詞例子，用法與上相近。

⑤「子釣而不綱、弋不射宿。」(《論語》〈述而〉)

「宿」本為動詞，解作居住，句中活用作名詞，解回巢的雀鳥。「弋」[11]是縛上繩的箭。

⑥「夫大國難測也，懼有伏焉。」(《左傳》〈莊公十年〉)

「伏」本為動詞，解作趴下、俯伏，句中用作名詞，解伏兵。

2 動詞的使動用法

動詞的使動用法，一般指不及物動詞用作使動詞。所謂不及物動詞，就是指該類動詞本來是不帶賓語，但卻因為在語句中活用而可以帶賓語，在語法功能上顯出含有使賓語如何的意義。簡單說，「主＋動＋賓」的結構不變，但句子結構的意念關係有變化。當然，有些及物動詞也可以作使動詞用。

①「求也退，故進之；由也兼人，故退之。」(《論語》〈先進〉)

句中「進」與「退」字，作及物與不及物詞皆可。然而，在上述句中作使動用法。「進之」、「退之」同是帶賓結構，但並不等同「進兵」、「退兵」之類用法，因為要結合上句來理解。按孔子的說話，他不是「進」、「退」一個人，而是使某人「進」；使某人「退」，這是一種使動用法。句意是：「冉求為人畏縮，所以使他向前（即鼓勵他）；仲由

---

11 弋，《玉篇》:「繳射也。」一種獵射器具。粵音亦。

好勝過人，所以使他收斂」。「進」與「退」不宜直接作字詞本義前進、後退理解。

②「卒廷見相如，禮畢而歸之。」（《史記》〈廉頗藺相如列傳〉）

句中「歸之」是一個動賓組合，「之」是代詞，代稱前句之藺相如，而不能作「歸家」帶賓式結構理解。這是一種使動用法，句意是「使之歸」，即是「典禮完成之後，使藺相如返回趙國」。

以上兩例為句中作不及物動詞的使動用法，以下介紹及物動詞的使動用法：

①「吾懼君以兵，罪莫大焉。」（《左傳》〈莊公十九年〉）

句中「懼」用作及物動詞，並需從使動用法理解。「懼君」是動賓式組合，但不是作「我怕了君」的「主＋動＋賓」式理解。結合上下文來理解，本句應理解為「我用兵而使君恐懼」，是一種使動用法。

②「沛公旦日從百餘騎來見項王。」（《史記》〈項羽本紀〉）

句中「從」是一個動詞，但不作「跟從」解。「從百餘騎」是動賓式結構，不過此處宜以使動用法理解，句意是「沛公天明使百餘騎軍跟從他去見項王」。

動詞的用法有必要憑藉常識和事理推斷[12]，例如：

③「莊公寤生，驚姜氏。」（《左傳》〈隱公元年〉）

---

12 有關說法參考吳仁甫著：《文言語法三十辨》（上海市：華東師範大學出版社，1988年），頁17-18。另參考張雙棣等編著：《古代漢語知識教程》（北京市：高等教育出版社，2015年），頁191-193。楊劍橋著：《古漢語語法講義》（上海市：復旦大學出版社，2010年），頁18-23。

句中「驚」用作動詞，是「使姜氏受驚」。

④「孟子將朝王。」(《孟子》〈公孫丑下〉)
⑤「丁朝諸侯。」(《孟子》〈公孫丑上〉)

③「驚」之動詞有作「驚動」、「驚嚇」用。④與⑤的「朝」要視上下文理之實情而定，④應是「孟子朝見王」，⑤則相反是「武丁接受諸侯的朝見」。

除此以外，古代漢語有些與「飲食」義相關的動詞，如「飲」、「食」、「嚐」、「啖」等，當帶賓語後，很多時要以使動式去分析，不能從字面意思理解。按傳統訓讀理解分析，這類特殊用法，會用讀破方法處理。例如：

①「晉侯飲趙盾酒。」(《左傳》〈宣公二年〉)

句中的「飲」是動詞，但並不作一般及物動詞用。「飲」後有兩個賓語，近賓是人物趙盾，按文義上下內容理解，屬於使動用法，原文意思是「晉侯請趙盾飲酒」。「飲」破讀為去聲。

②「華元殺羊食士。」(《左傳》〈宣公二年〉)

句中「食」是動詞，不作一般及物動詞用。「食」後賓語「士」不是直接受動詞支配，按文義上下內容理解，應是使動用法，原文意思是「華元殺了羊，把羊分給將士吃」。「食」破讀，與「飼」音同。

③「與君遊於果園，食桃而甘，不盡，以其半啗君。」(《韓非子》〈說難〉)

「啗」是動詞，即「啖」之異體字，此處不能作一般及物動詞理解，

「啗」屬使動式動詞。即是使君啗其桃,原文意思是「以吃剩的半個桃,給自己的君主吃」。

④「嘗人,人死;食狗,狗死。」(《呂氏春秋》〈上德〉)

「嘗」、「食」都是動詞,句中則不作一般動賓式理解。按文義上下理路分析,上述兩個動詞都是使動式。即是給人試吃、飼狗,原文意思是「給人吃,人中毒死了;給狗吃,狗也中毒死了」。

⑤「涉間[13]不降楚。」(《史記》〈項羽本紀〉)

「降」是動詞,但句中不作一般動賓式理解,不解作降服。按上下文語境而論,「降」作使動式用。即是降給對方、向對方投降,原意是「涉間他不願意降給楚」。

⑥「單于愈益欲降武。」(《漢書》〈蘇武傳〉)

與上例相同,「降」是動詞,句中不作一般動賓式理解。按上下文語境而論,「降」之使動是令對方降、招降,原意是「單于很想招降蘇武」。

2 動詞的「為動用法」

動詞的『為動』情況有兩種,一是「為了」、「為賓語怎樣」,這裏「為」讀作陽去聲[14];另一是「作為」、「成為」、「作為賓語的甚麼」,這裏「為」則讀作陽平聲[15]。例子如下:

---

13 涉間,秦末將領。姓涉,名間。

14 讀與粵音「胃」同,陽去。

15 讀與粵音「圍」同,陽平。

（一）為（念陽去聲）動用法

這類為動用法，可再分之為兩種，因為「為動」的「為」有「替」或「給」，以及「為了」的含義。

① 「文嬴請三帥。」（《左傳》〈僖公三十三年〉）

句中「請」是動詞，解作請求，但此處不能以動賓式理解。按全文語境而論，句意是「文嬴為了秦國的三名將領，向晉君求情把他們釋放回國。這是一種為動的用法，假若斷章取義，不理上下文而理解作「文嬴請求三帥」，就誤解原意。

② 「佗脈之。」（《三國志》〈華佗傳〉）

「脈」本是名詞，句中活用為動詞，解作切脈。本句以動賓式直接理解，則只能譯作「診治他（病人——廣陵太守陳登）」。以為動用法分析，則比較清楚明白。句意應是「華佗為他切脈」。

以上兩例的「為動」皆有「替」、「給」的意思，用現代漢語翻譯時，可將「為某」轉換為「替」或「給」。以下是另類例子：

③ 「吾非悲刖也。」（《韓非子》〈和氏〉）

「悲」是動詞，可譯作傷痛。「刖」是割去雙腿之刑，作動詞、名詞理解都可以。從句式結構而論，以動賓組合去理解就比較兀突。以為動用法分析，文意則通暢自然，容易理解。本句應理解為「我不是為了割腿之刑而悲傷」。

④ 「等死，死國可乎？」（《史記》〈陳涉世家〉）

句中「死」是動詞，可以譯作犧牲性命。「國」是賓語，但並不是由動詞「死」直接支配，以動賓組合去理解，很難說得通達。以為動用法分析，文意就豁然明白。原句意思應是「可以為了國家而犧牲自己的性命嗎？」

上述為動用法，可以概括為以下公式：

動＋賓＝（為）＋賓＋動

再看以下兩例：

⑤「伯夷死名於首陽之下。」（《莊子》〈駢拇〉）

句中「死」為動詞，「名」為受支配之賓語，此句宜以為動結構理解，即是為名而死，原句意思是「伯夷為了名節而死於首陽山下」。

⑥「夫人將啟之。」（《左傳》〈隱公元年〉）

句中「啟」為動詞，「之」為受支配之代詞賓語，此句應以為動結構理解，按全文上下理路分析，是為大叔打開城門，句中之開啟動作其實具有深層動機背景。原句意思是「夫人（武姜）為大叔打開城門」。

（二）為（念陽平聲）動用法

這類為動用法，是動詞對其賓語有一種「作為」、「成為」的意思。簡單點說，就是動詞成為了賓語的甚麼。有關用法可以概括為以下公式：

動＋賓＝（為）〔成為／作為〕＋賓＋之（助）＋動

例子：

①「天帝使我長百獸。」(《戰國策》〈楚策一〉)

「長」可作名詞、動詞、形容詞，本句用作動詞，解作成為首長、領導。按公式分析，是「成為」＋「百獸」(賓語)「之」(結構助詞)＋「首長」(句中將名詞「長」變作為動詞使用。原句可譯為「天帝使我成為百獸的領導」。

②「馮諼客孟嘗君。」(《戰國策》〈齊策四〉)

句中「客」活用作動詞，解作成為賓客。按公式分析，是「成為」＋「孟嘗君」(賓語)「之」(結構助詞)＋「客人」(句中「客」活用為動詞)。原意可譯為「馮諼成為孟嘗君之客人」。

③「古之王者建國君民，教學為先。」(《禮記》〈學記〉)

句中「君」活用作動詞，解當了君主、統治。按公式分析，是「成為」＋「民」(賓語)「之」(結構助詞)＋「君」(句中本為名詞而活用作動詞)。整句可譯為「古代的君王建立國家，成為人民的君主後，就會首先推行教育事務」。

④「東郭偃臣崔武子。」(《左傳》〈襄公二十五年〉)

句中將「臣」活用為動詞。此不能以動賓組合理解，否則變成「崔武子成了他的大臣」。本句要以為動用法分析，文意才合理明白。原句意思是「東郭偃成為了崔武子的大臣」。

上述諸項為動用法，一般都是名詞臨時活用為動詞，其中最大特徵是主、謂、賓三者都會由名詞或名詞詞組來充當。從詞序來看，通

常有兩個名詞緊密連接起來，有時甚至有三個名詞並列在一起。[16]

　　名詞活用例子在古代漢語文獻裏經常出現，以下一節文字的「將」字，就有兩種不同用法。

　　⑤「後四年，趙惠文王卒，子孝成王立。七年，秦與趙兵相距長平。時趙奢已死，而藺相如病篤，趙使廉頗將，攻秦。秦數敗趙軍。趙軍固壁不戰。秦數挑戰，廉頗不肯。趙王信秦之間，秦之間言曰：『秦之所惡，獨畏馬君趙奢之子趙括為將耳。』趙王因以括為將，代廉頗。藺相如曰：『王以名使括，若膠柱而鼓瑟耳。括徒能讀其父書傳，不知合變也。』趙王不聽，遂將之。」（《史記》〈廉頗藺相如列傳〉）

文中「趙括為將耳」、「以括為將」之「將」，都是名詞，解作將領。「趙使廉頗將」一句之「將」亦是名詞。然而，以「使……為……」格式而論，此則解作成為將領，屬於使動式用法，應作動詞理解。「遂將之」中的「將」，同樣亦本來是名詞而活用為動詞，但不用上述使動結構格式，此處解作拜／委任為將領，是直接活用為及物動詞。

（四）其他特殊動賓關係用法

　　動詞的用法，除了上述的使動、為動等用法，還有一些比較特別的動賓關係。以下為一些相關例子[17]：

16 以上各項分析參考程希嵐、吳福熙主編：《古代漢語》（長春市：吉林人民出版社），頁195-197。

17 說法及例子參考程希嵐、吳福熙主編《古代漢語》，（長春市：吉林人民出版社），頁197-198。周日健、唐啟運著：《古漢語析疑解難三百題》（廣州市：花城出版社，1991年），頁153-155。

①「君三泣臣矣，敢問誰之罪也？」（《左傳》〈襄公二十二年〉）

句中「泣」為動詞，即「哭泣」，「泣」基本上不能帶賓語使用。句中「泣臣」之理解宜加上介詞「對」或「向」，如此文義就清楚易明。原句應理解為「對我泣哭」，即是「君王多次向微臣哭泣」。

②「諸侯之驕我者，吾不為臣；大夫之驕我者，吾不復見。」
　　（《荀子》〈大略〉）

句中兩個「驕」都是形容詞活用作動詞，詞之本義是「驕傲」，一般不能作及物詞用，即是「驕傲」一詞很難直接帶賓語，亦難以理解。然而，在句中加上介詞「對」或「向」，文義就可以讓人清楚明白。原句可這樣翻譯：「諸侯對我態度傲慢」、「大夫對我態度傲慢」。

　　以上兩例的賓語同是動詞之動作行為的相關對象，可以加上介詞「向」或「對」來理解。有關用法可以概括為以下公式：

　　動＋賓＝（介）〔對／向〕＋賓＋動

③「恭（弘恭）移病出，後復視事。」（《漢書》〈劉向傳〉）

句中「移」是動詞，「移」有多個義項，此處宜解作退出，與「病」組成動賓關係。從字面上看，較難理解。（「移病」於古代漢語可作一個詞理解，即稱病而辭官。如《漢書・疏廣傳》有「即日父子俱移病」。）按文意上下來說，這與事情的因果有關，可以譯成「恭弘因為有病而遷移（調職）出官府，後來又再治理政事」。

④「（灌夫）非有大惡，爭杯酒，不足引他過以誅也。」（《史記》
　　〈魏其武安侯列傳〉）

句中「爭」是動詞，用一般帶賓結構來說，「爭」帶賓語「杯酒」，字面意思是爭飲酒，但此說與文中實情不相符。本句應作為動式理解，原句宜譯寫成「為杯酒而發生爭執」。

以上兩例的賓語意思與動詞之動作行為所產生的原因有關，可加上介詞「因」或「為了」來理解。有關用法可以概括為以下公式：

動＋賓＝（介）〔因／為了〕＋賓＋動

（五）數詞活用為動詞

數詞是指表示數目的詞，古漢語數詞主要用作句中定語、狀語。然而，數詞也可以活用作動詞，充當句中謂語，有時可以帶賓語，或可以受到副詞或能願詞修飾。[18]

①「士也罔極，二三其德。」（《詩經》〈衛風〉〈氓〉）

句中「二」、「三」本為數詞，現在句中活用作動詞，而且還帶賓語，直接支配句中「其德」。「二」、「三」組成並列詞組，本句意思指氓（詩中男角）之品德不專一。

②「此三子者（專諸、聶政、慶忌），皆布衣之士也，懷怒未發，休祲降於天，與臣而將四矣。」（《戰國策》〈魏策四〉）

句中「四」本為數詞，現在句中活用為動詞，本句與①情況不同，沒

---

18 詞類活用之說，語法專家論說頗多。可參考張世祿主編：《古代漢語教程》（上海市：復旦大學出版社，2000年），頁246-256。另參考張雙棣等編著：《古代漢語知識教程》（北京市：高等教育出版社，2015年），頁190-191。鄭振峰、于峻嶸著：《古代漢語語法論析》（成都市：巴蜀出版集團巴蜀書社，2012年），頁85。王寧主編：《古代漢語》（北京市：高等教育出版社，2012年），頁182-199。

有帶賓語。「四」活用作動詞，在此相當於一個動賓詞組，表示成為第四個人，或指連同本人（臣）一起計算是四個。（可以將「四」作「第四人」之緊縮理解，或視之為代稱。）活用動詞「四」之前，「將」為具修飾作用之副詞。整句意思可以譯寫為：「這三個人都是出身平民之有膽識人物，心中憤怒還沒發出來，上天就降示徵兆。現在，加上我就要成為四個人了。」

③「六王畢，四海一，蜀山兀，阿房出。」（杜牧〈阿房宮賦〉）

句中「一」本為數詞，在句中則活用為動詞，充當句中謂語，描述四海之統一。此與前後三句同一句型，都是主謂句式，「畢」、「一」、「兀」、「出」四個動詞在句中皆不帶賓語。

④「食馬也，不知其能千里而食也。」（韓愈〈馬說〉）

句中「千里」是一個數量詞組，在句中活用作動詞，不帶賓語，詞句中能願動詞「能」則作修飾。「能千里」即表示此馬具有「能行走千里」的異常本領。

文言句式

古代漢語句字與現代漢語句子，從定義方面來看，基本上都是相同，同是指一組能夠表達完整思想的語言單位。從句子的外在形式來說，一個句子之所以能夠成立，是基於它具備了以下特點[19]：

---

19 古今漢語句子特點參考：徐芷儀著：《兩文三語——語法系統比較》（臺北市：臺灣學生書店，1999年），頁209-210。北京市語言學會編：《教學語法講座》，（北京市：中國和平出版社，1987年），頁179。左松超著：《文言語法綱要》（臺北市：五南圖書出版公司，2003年），頁204-205。

（一）句子由詞或短語構成。縱使是一個單音節詞，有時在一定的語言環境裏使用，也可以構成一個句子。例如：

①「項王至陰陵，迷失道，問一田父，田父紿曰：「左。」左，乃陷大澤中。以故漢追及之。」（《史記》〈項羽本紀〉）

②「宋將軍欣然曰：『吾騎馬挾矢以助戰。』客曰：『止！賊能且眾，吾欲護汝，則不快吾意。』……言未畢，客呼曰：『椎！』賊應聲落馬，馬首盡裂。」（魏禧〈大鐵椎傳〉）

①文中第一個「左」是一個單音節詞，是一個單句，分別表示了說話者在語境中的語意，即向左方走。第二個「左」亦是單音節詞成為一個獨立單句，表示走向左方。②上文中的「止」、「椎」兩個單音節都是一個單句，分別表示了說話者在語境中的完整思想及行動。

（二）句子具有一定語調和語氣。例如要把②「止」、「椎」兩句讀出來，必要附有一定語氣與感情，方能顯示出文中情節的行動。有些文句更會加上語氣助詞以表示其語態及情境氣氛，例如：

①「子曰：『回也，視予猶父也，予不得視猶子也。非我也，夫二三子也。』」（《論語》〈先進〉）

②「世之為欺者不寡矣，而獨我也乎？吾子未之思也。」（劉基〈賣柑者言〉）

上文①、②每句末處都分別添上了語氣助詞或疑問助詞。

（三）表達一個相對完整的語意訊息。例如：

①「庖有肥肉，廐有肥馬，民有飢色，野有餓莩，此率獸而食人也。」（《孟子》〈梁惠王上〉）

上述引文中五個句子分別各自表達出一個完整的語意內容：

「庖有肥肉」——句意是「廚房有肥嫩之肉」：表述有豐足食糧。

「廄有肥馬」——句意是「馬房有健馬匹」：表述有良好儲備。

「民有飢色」——句意是「老百姓有飢餓之色」：表述民情受苦不妥。

「野有餓莩」——句意是「野外有餓死之人」：表述苦況嚴重。

「此率獸而食人也」——句意是「在上位者率領野獸來吃人」。

綜合上述四種情景對比出領導者殘害人民情況。

②「家貧，拾薪為燭，誦習達旦，不寐。」(【岳飛之少年時代】 節錄自《宋史》〈南渡十將傳〉)

上述引文中四個句子分別各自表達出一個完整的語意內容：

「家貧」——句意是「家境貧窮」：敘說岳飛的家庭經濟情況。

「拾薪為燭」——句意是「拾取柴枝，點火照明」：描述岳飛怎樣取得燈光照明，亦側寫岳飛家貧情況。

「誦習達旦」——句意是「讀書溫習到天亮」：敘說岳飛努力讀書的情況。

「不寐」——句意是「沒有睡覺」：進一步描述前句內容，敘說岳飛的勤苦學習情況。

（四）是獨立的最小的語言使用單位，與詞和短語一樣，有其內在的結構關係。

①「其言不讓，是故哂之。」(《論語》〈先進〉)
　　主＋謂　　　連＋謂

上述前句為主謂結構，後句為動詞謂語句，「是故」是連接兩句的關聯詞，是一種有因果關係的複句。

②「及郡下，詣太守，說如此。」(陶潛〈桃花源記〉)
　　述＋賓　　述＋賓　　述＋賓

以上三句為一個順承複句結構，各句文意有上下相承的關係，而小句的內部結構相一致，都是述賓式。

一　單句的類別與分析

對古代漢語單句的分析理解，與現代漢語的情況相近，可以按句子的主謂結構來劃分，分之為主謂句與非主謂句兩大類。可以按句子的功能來劃分，分之為判斷句、敘述句、描寫句。可以按句子的語氣來分，分之為陳述句、祈使句、疑問句、感嘆句。可以按對事物的肯定或否定內容來分，分之為肯定句、否定句。可以按主語的施動與受動關係來分，分之為主動句與被動句。按詞序來分，可以分之為順序句、倒裝句，等等。事實上，按上述分法，有可能出現多種情況的交互重疊，例如「何也？」既是疑問句，又是謂語句；「何以戰？」可以是疑問句，也可以是主謂句。

以下為常見古代漢語句子類別表解[20]：

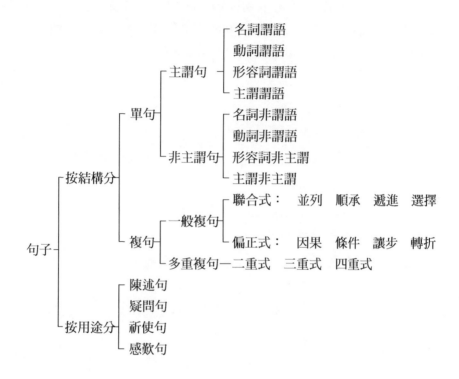

以下分類介紹幾種常見的文言單句：

甲　判斷句

　　判斷句，又稱詮釋句。特點有二：一、用以判斷主語所指和謂語所指是否同屬一物；二、判斷主語所指之人或事物是否屬於某一性質

---

20 古代漢語句型與現代漢語情況基本相同，不少專家學者已有分類及研究，文中表解詳見左松超著：《文言語法綱要》（臺北市：五南圖書出版公司，2003年），頁248-259。另參考董治國著：《古代漢語句型分類詳解》（天津市：南開大學出版社，2016年），頁1-2。楊啟國編著：《古代漢語語法》（北京市：經濟科學出版社，2016年），頁754-778。

或種類的句子。古代漢語判斷句可以分為名詞謂語（此類不用
「是」）和使用判斷詞「是」兩大類，其中肯定式要用表肯定的判斷
詞「必」、「則」、「惟」「乃」、「即」、「果」、「是」等，否定式則用
「非」、「匪」、「不」、「靡」、「勿」等來充當否定詞。[21]

① 「夫魯，齊晉之唇。」（《左傳》〈哀公八年〉）

　　以上為「主＋謂」式。

②「南陽劉子驥，高尚士也。」（陶潛〈桃花源記〉）

　　以上為「主＋謂＋也」式。

③「此沛公驂乘樊噲者也。」（《史記》〈項羽本紀〉）

　　以上為「主＋謂＋者也」式。

④「粟者，民之所種。」（晁錯〈論貴粟疏〉）

　　以上為「主＋者＋謂」式。

⑤「廉頗者，趙之良將也。」（《史記》〈廉頗藺相如列傳〉）

　　以上為「主＋者＋謂＋也」式。

　　以上諸項為名詞謂語式判斷句。各句主謂部分分別由名詞或名詞
詞組充當，陳述內容十分清楚，有附上副詞「者」或「也」，或兩者
皆有，或全不用副詞幾種。

⑥「富與貴是人之所欲也。」（《論語》〈里仁〉）

⑦「騏騮是中，騧驪是驂。」（《詩》〈秦風〉〈小戎〉）

　　以上為「是」字式，在主謂之間加上判斷詞。

⑧「是乃仁術也。」（《孟子》〈梁惠王上〉）

---

21 參考《中國語言學大辭典》，頁393。

以上用副詞「乃」作判斷詞,「是」為代詞,與「此」同,充當句中主語。

⑨「此則岳陽樓之大觀也。」(范仲淹〈岳陽樓記〉)

以上用副詞「則」作判斷詞,「此」是代詞,充當句中主語。

⑩「梁父即楚將項燕。」(《史記》〈項羽本紀〉)

以上用副詞「即」作判斷詞,可譯作「就」、「就是」。「梁父」人名,是句中主語。

以上⑧、⑨、⑩為用其他判斷詞之肯定式判斷句。
以下為否定式判斷句例:

⑪「子非魚,安知魚之樂?」(《莊子》〈秋水〉)
⑫「我心匪石,不可轉也。」(《詩》〈邶風〉〈柏舟〉)
⑬「此非君子之言,齊東野人之語也。」(《孟子》〈萬章上〉)
⑭「晉靈公不君。」(《左傳》〈宣公二年〉)

上述四例皆用了否定判斷句。在判斷句的主語和謂語之間用否定副詞「非」、「匪」、「不」,表明了主語與謂語不是同一事物。句中的主語與謂語,往往有相反的意思。用了否定副詞「非」、「匪」、「不」的判斷句,屬判斷句的否定形式。[22]

---

22 參考王彥坤等編著:《古代漢語教程》(廣州市:暨南大學出版社,2000年),頁235。楊劍橋著:《古漢語語法講義》(上海市:復旦大學出版社,2010年),頁290-292。

乙　敘述句

　　敘述句是指用來敘述一個事件的句子。句子的謂語由動詞或動詞性詞組充當，敘述人或事物的動作、行為發展變化。[23] 例如：「春，齊師伐我。」（《左傳》〈莊公十年〉），扼要地敘述了事情的時間、活動、施動者與受動者。古代漢語敘述句有雙賓語句與動詞「為」作謂語的用法[24]：

（一）雙賓語句式

　　雙賓語句，有以下的語法功能特點：

- 及物動詞同時帶兩個賓語；
- 共用一個主語；
- 疊用一個動詞謂語的句子；
- 句中兩個賓語，其一是直接賓語（簡稱直賓／賓2），另一是間接賓語（簡稱間賓／賓1）；
- 兩個賓語都是受事，同受句中動詞支配；
- 直接賓語以表示事物為主，間接賓語以表示人物為主；
- 有些是間接賓語在前，直接賓語在後──主＋謂＋賓1（間賓）＋賓2（直賓）
- 有些是直接賓語在前，間接賓語在後──主＋謂＋賓2（直賓）＋賓1（間賓）

---

23 參考許仰民著：《古漢語語法新編》（開封市：河南大學出版社，2001年）。董治國著：《古代漢語句型分類詳解》（天津市：南開大學出版社，2016年），頁57-80。

24 參考周大璞主編：《古代漢語教學辭典》（長沙市：岳麓書社，1991年），頁171。廖振佑著：《古代漢語特殊語法》（呼和浩特市：內蒙古人民出版社，2001年），頁245。

1 動詞謂語具有「授予」、「允許」等意義

① 「秦昭王聞之，使人遺趙王書。」（《史記》〈廉頗藺相如列傳〉）

動　賓2 賓1

② 「許君焦瑕，朝濟而夕設版焉。」（《左傳》〈僖公三十年〉）

動 賓2 賓1

③ 「王年少，初即位，委國事大臣。」（《左傳》〈僖公三十年〉）

動　賓1　賓2

（末句意思是把國事交付大臣）

④ 「酒酣而送我以璧，寄之我也。」（《呂氏春秋》〈觀表〉）

動賓1賓2

（末句意思是把璧玉寄存到我這裏）

2 動詞謂語具有「教示」、「請問」等意義

① 「公有嬖妾，使師曹誨之琴。」（《左傳》〈襄公十四年〉）

動賓2賓1

（誨，教導；師曹，衛國樂師。）

② 「姑洗之月，達道通路，溝瀆修利。申之此令，嘉氣趣至。」

動 賓2賓1

（《呂氏春秋》〈音律〉）

（姑洗，農曆三月；申，公告；之，代詞，代稱農民。）

③ 「吾既言之王矣。」（《墨子》〈公輸〉）

動賓1賓2

本句意思，按前文後理可語譯為：「我（公輸盤）已把造好雲梯之事告訴給楚王。」

④「燕王欲傳國子之，問之潘壽。」(《韓非子》〈外儲說右下〉)

動賓1 賓2

第二句的「之」為代詞，為「傳國子之」這件事。

3 一般意義的動詞或動詞謂語

①「君取於吳，為同姓，謂之吳孟子。」(《論語》〈述而〉)

動賓2　賓1

以上為謂說動詞帶賓例子。句意為稱之作吳孟子。

②「王其德之用，祈天永命。」(《尚書》〈召誥〉)

動賓2 賓1

以上為祈求動詞帶賓例子，原句意思是：王應該用德政，向上天祈求長久福命。

③「張儀聞之，謂武王曰：『儀有愚計，願效之王』。」

動賓1賓2

(《戰國策》〈齊策二〉)

以上為進獻動詞帶賓例子。效，解作獻給。末句意思是：願意把這計策獻給武王。

④「還政太甲。」(《尚書》〈咸有一德〉〔孔安國《傳》〕)

動 賓1 賓2

以上為歸還動詞帶賓例子。句意是：把政權歸還給太甲。

此外，尚有為動、使動的雙賓語句式，有關語法特徵已於前之「詞類活用」部分說過，不再贅說。

（二）以動詞「為」作謂語的用法

　　「為」用作及物動詞，可以帶普通賓語及雙賓語。一般帶賓用法，讀陽平，「為」可語譯為「作」、「造」、「就是」、「處理」等。

例子：

①「北冥有魚，其名為鯤。」（《莊子》〈逍遙遊〉）

全句可譯成：「北冥有一條魚，它的名叫鯤。」

②「霓為衣兮風為馬。」（李白〈夢遊天姥吟留別〉）

本句可譯成：「霓當作衣，風當作馬。」

③「生時有大禽若鵠，飛鳴室上，因以為名。」（《宋史》〈南渡十將傳〉【岳飛之少年時代】）

全句可譯成：「因出生時有大鳥飛鳴於屋上而取名叫飛。」

④「子謂伯魚曰：『女為〈周南〉、〈召南〉矣乎？』」（《論語》〈陽貨〉）

全句可譯為：孔子對伯魚說：「你學習過〈周南〉、〈召南〉嗎？」

以上四例為一般用法，下列為另類雙賓語例子：

①「故為之說，以俟夫觀人風者得焉。」（柳宗元〈捕蛇者說〉）

　　　　動賓2賓1

「故為之說」是指因而給他寫這篇〈捕蛇者說〉。「之」是代詞。

②「而為之簞食與肉，寘諸橐以與之。」(《左傳》〈宣公二年〉)
　　　　動 賓2　　賓1

「為之簞食與肉」指給他一筐食物。「簞食與肉」是所給予之物。「之」是代詞，指傳中人物靈輒。

③「且君嘗為晉君賜矣。」(《左傳》〈僖公三十年〉【燭之武退秦師】
　　　　動　　賓2　　賓1

　　「為晉君賜」是指給晉國的君王賞賜。「晉君」是施事者，「賜」是「為」的賓語。

丙　被動句

　　被動詞又稱「受事主語句」、「受事句」。被動句主語是謂語動詞所表示行為之受動者。古代漢語被動句，有在謂語動詞前後，不用表示被動的詞語去表示，即是被動意義在句式上沒有標示出來，這是意念的被動。[25] 有些被動句式則用「於」、「為」、「見」、「被」等被動標誌構成。以下分無標誌式（意念被動）與有被動標誌式兩類，逐一引例分析。

（一）無標誌式被動句

①「屬公弒。」(《左傳》〈宣公二年〉)

---

25 參考程希嵐、吳福熙主編：《古代漢語》（長春市：吉林人民出版社），頁354-355。鄭振峰、于峻嶸著：《古代漢語語法論析》（成都市：巴蜀出版集團巴蜀書社，2012年），頁79-185。楊劍橋著：《古漢語語法講義》（上海市：復旦大學出版社，2010年），頁300-325。

　　句意是說厲公被殺，主語「厲公」後的「弒」是謂語，但不是主動句的主謂關係。要判斷此類被動句意，須配合全文內容及語境理解。以下②、③、④例皆作如是分析理解。

　　②「蔓草猶不可除，況君之寵弟乎？」（《左傳》〈隱公元年〉）

句中的意思是，蔓草沒有被剷除，又何況你的心愛弟弟呢。句中「除」是動詞，但施動者不是主語「蔓草」，應是由人作施動，所以本句是被動句式。此句亦可作省略施動者理解，全句含義是：「那些蔓草你猶不可除去，又何況你那受母親寵愛的弟弟呢？（你可以除去他嗎？）」

　　③「屈原放逐，乃賦〈離騷〉。」（《史記》〈屈原賈生列傳〉）

句中「放逐」是由施動者發出的動作行為，「屈原」一詞雖然在句中是主語，但不是後之謂語「放逐」的施事者，第二句中的「賦」則是前句主語的施動詞，是一個主動句。

　　④「竊鈎者誅，竊國者侯。」（《史記》〈游俠列傳〉）

句中的意思是，竊鈎的被誅殺，竊國的被封為侯。句中「誅」與「侯」的活動（「侯」本是名詞，句中活用作動詞，解作封侯），都是由別人施予，竊鈎者與竊國者都不是句中的施動。

　　這類被動式是意念上的被動，單從①、②、③、④句子的結構形式來看是難以分辨出來，讀者必須根據前文後理推敲研究，才發現到句中主語的行為是被動，即是主語是受事者，不是施動者。

（二）有標誌式被動句

1 在動詞後加介詞「於」引進施事者

①「卻克傷於矢，流血及屨。」（《左傳》〈成公二年〉）

②「君子役物，小人役於物。」（《荀子》〈王制〉）

③「先發制人，後發制於人。」（《漢書》〈項籍傳〉）

④「然而兵破於陳涉，地奪於劉氏者，何也？」（《漢書》〈賈山傳〉）

以上各例均以介詞「於」引進施動者，句中謂語動詞都是表示主語被動的訊息。句子可以用「被（某）所＋動」轉換，如①「傷於矢」可以轉換成「被矢所傷」。②「役於人」可轉換成「被物所役」。③「制於人」可轉換成「被人所制」。④「兵破於陳涉」可轉換成「兵被陳涉所破」。

2 在動詞前加介詞「見」以示被動

①「秦城恐不可得，徒見欺。」（《史記》〈廉頗藺相如列傳〉）

②「信而見疑，忠而被謗，能無怨乎？」（《史記》〈屈原賈生列傳〉）

③「百姓之不見保，為不用恩焉。」（《孟子》〈盡心下〉）

④「愛人者必見愛也，而惡人者必見惡也。」（《墨子》〈兼愛下〉）

以上各例均以介詞「見」（「見」本為動詞，可譯作「呈現」、「出現」，古代漢語有用作介詞）引進施動者，句中謂語動詞都是表示主語被動的訊息。句子可以用「被＋動」轉換，如①「見欺」可以轉換

成「被欺」，②「見疑」可轉換成「被疑」。

3　在動詞前加介詞「為」引進施事者

①「父母宗族，皆為戮沒。」(《戰國策》〈燕策三〉)

②「吳廣素愛人，士卒多為用者。」(《史記》〈陳涉世家〉)

③「兔不可復得，而身為宋國笑。」(《韓非子》〈五蠹〉)

④「今伐其師，楚必救之，戰而不克，為諸侯笑。」(《左傳》〈襄公十年〉)

以上各例均以介詞「為」(「為」亦是動詞，讀陽平調)引進施動者，句中謂語動詞都是表示主語被動的訊息。①、②句子可以用「被＋動」轉換，如「為戮沒」可以轉換成「被戮沒」，「為用」可轉換成「被用」。③、④例句是「為＋賓＋動」式，當中多加一個賓語，直接交代施事者，如「為宋國笑」是「被宋國笑」，「為諸侯笑」是「被諸侯笑」。

4　以「……為……所……」式以示被動

①「申徒狄諫而不聽，負石自投於河，為魚鼈所食。」(《莊子》〈盜跖〉)

②「嬴聞如姬父為人所殺。」(《史記》〈魏公子列傳〉)

③「衛太子為江充所敗。」(《漢書》〈霍光傳〉)

④「今不速往，恐為操所先。」(《資治通鑒》〈漢紀〉【赤壁之戰】)

以上各例均以介詞「為」、「所」組成「……為……所……」句式，而句中謂語動詞皆表示主語被動的訊息。以上各句可用「被＋賓

＋所＋動」轉換，如①「為魚鼈所食」可以轉換成「（申徒狄）被魚鼈所食」，④「恐為操所先」可轉換成「（這件事）恐怕被曹操所領先」。

5 在謂語前加介詞「被」以示被動

①「萬乘之國，被圍於趙。」（《戰國策》〈齊策六〉）

②「國一旦被攻，雖欲事秦，不可得也。」（《戰國策》〈齊策一〉）

③「臣被尚書召問。」（蔡邕〈被收時表〉）

④「禰衡被魏武謫為鼓吏。」（《世說新語》〈言語〉）

以上各例句中的主語後之謂語皆為被動式，並不是有關動作、行為的施動者。「被」字句的結構與現代漢語常見的被動句基本相同。例句①、②沒有交代施事者是誰，③、④則在介詞「被」之後直接引出施動者是誰。

丁　否定句

否定句與肯定句是兩個相對概念，兩者主要區別在於有沒有否定詞。簡言之，可以用有沒有否定詞來加以識別，即有否定詞為否定句，沒有否定詞叫肯定句。以下按古代漢語句中否定詞之語法特質，分三類說明[26]：

（一）用否定副詞（不、弗、毋、非、勿、微、未等）的否定句

①「不可，微夫人之力不及於此。」（《左傳》〈僖公三十年〉）

---

26 說法參考許仰民著：《古漢語語法新編》（開封市：河南大學出版社，2001年），頁271-273。

②「信乃令軍毋乃斬廣武君，有生得之者，購千金。」（《漢書》
　〈韓信傳〉）

③「舉翅不回顧，隨風四散飛。」（白居易〈燕詩〉）

④「因愛鼠，不畜貓犬，禁僮勿擊鼠。」（柳宗元〈永某氏之鼠〉）

⑤「吾子未思之也。」（劉基〈賣柑者言〉）

⑥「思而弗得，輒起，繞室以旋。」（劉蓉〈習慣說〉）

上述各句以否定副詞表示句中否定義，①句中用兩否定詞，又稱雙重否定句。

（二）用動詞「無／无」的否定句

①「人而無信，不知其可也。」（《論語》〈為政〉）

②「寡人無疾。」（《韓非子》〈喻老〉【扁鵲見蔡桓公】）

③「夾岸數百步，中無雜樹，芳草鮮美，落英繽紛。」（陶潛〈桃花源記〉）

④「無絲竹之亂耳，無案牘之勞形。」（劉禹錫〈陋室銘〉）

以上各例句的「無」屬於表示存在的動詞，與動詞「有」意思剛相反。

（三）用代詞／動詞「莫」表示否定含義的否定句

①「莫我知也夫！」（《論語》〈憲問〉）

②「世混濁而莫余知兮。」（屈原〈涉江〉）

③「三歲貫女，莫我肯顧。」（《詩》〈魏風〉〈碩鼠〉）

④「一夫當關，萬夫莫開。」（李白〈蜀道難〉）

以上各例句中的「莫」，①、②屬於否定性無定代詞，代稱沒有誰／沒有人。③、④是表示否定副詞，可譯作「不會」、「不能」。③為倒裝句式，即「莫肯顧我」。

戊　疑問句

疑問句就是表示疑問的句子。一般來說，提出問題的句子都有疑問詞。古今漢語疑問句式的差異主要在於疑問詞，其次是語序不同。文言疑問詞由疑問語氣詞（副詞），如「乎」、「哉」、「歟」、「與」等，及疑問代詞，如「誰」、「孰」、「何」、「安」、「奚」等來充當。要判斷文言句子是否屬於疑問句，可先分辨句中疑問詞。以下從疑問詞用法、否定副詞的疑問句式、疑問句的語序特點，逐一舉例說明：[27]

（一）疑問詞用法

按文言句子內容與結構來論，疑問句式有以下幾種：

⑴「吾與汝畢力平險，指通豫南，達於漢陰，可乎？」（《列子》〈湯問〉）

②「師與商也孰賢？」（《論語》〈憲問〉）

③「誰可使者？」（《史記》〈廉頗藺相如列傳〉）

④「敬叔父乎？敬弟乎？」（《孟子》〈告子上〉）

⑤「君反其國而有私也，毋乃不可乎？」（《禮記》〈檀弓〉）

⑥「子貢問：『師與商也孰賢？』子曰：『師也過，商也不及。』曰：『然則師愈與？』子曰：『過猶不及。』」（《論語》〈憲問〉）

---

27 見許仰民著：《古漢語語法新編》（開封市：河南大學出版社，2001年），頁259-260。另參考董治國著：《古代漢語句型分類詳解》（天津市：南開大學出版社，2016年）頁315-322。

⑦「知我者其天乎？」（《論語》〈憲問〉）

⑧「齊人未嘗賂秦，終繼五國遷滅，何哉？與嬴而不助五國
也。」（蘇洵〈六國論〉）

　　按疑問的人情事態程度、語句表達方式、查問目的情況，句子可
分成若干類別。①為是非問，提問後，對方可以答是或非，即可以答
「可」或「不可」。②③為特指問，提問指定某個重點來發問，可以
問人，可以問事，即是②句中「師」或「商」及③句中「誰」。④是
選擇問，即是提出了兩個或以上問題，企望對方從中選擇一個問題作
出回答，如句中「敬叔父」與「敬弟」，回答者必須針對所提問題加
以辨解說明。⑤是委婉問，是對某一事情先有自己看法，但不便直
說，而以一種婉曲語調說出的疑問句。句中「毋乃不可乎」就是一委
婉提問，呈示出提問者所疑問的語調。⑥句中「師愈與」（顓孫師好
一些嗎）是一種商議式詢問，即猜想如此，但不能作出最終決定，因
而提出來請對方解答的疑問句。⑦是測度問，表示出說話人對某事將
信將疑，並不要求對方予以肯定或證實，句子內容介乎陳述與疑問之
間。⑧是設問句式，是一種自問自答、明知故問的疑問句，通常答案
會接著下句呈示出來。

（二）否定副詞的疑問句式

　　從提問的否定含義來說，疑問句又可劃分一類為否定疑問句。按
其所用的否定副詞，有若干不同組合方式。例如：

①「尊君在不？」（《世說新語》〈容止〉）

②「酒中復有所見不？」（《晉書》〈樂廣傳〉）

③「秦王以十五城請易寡人之璧，可與不？」（《史記》〈廉頗藺
相如列傳〉）

④「項王曰：『壯士，能復飲乎？』」（《史記》〈項羽本紀〉）

⑤「有朋自遠方來，不亦樂乎？」（《論語》〈學而〉）

⑥「獨畏廉將軍哉？」（《史記》〈廉頗藺相如列傳〉）

①、②為與存在動詞一起運用而表達否定意義的句式。③、④為結合能願副詞「可」、「能」一併使用疑問句式。⑤、⑥為具有疑問語氣詞的否定疑問句式。①、②、③「不」作疑問詞時，其用法與「否」同，讀音亦與「否」同。

疑問句的語序特點

文言句子保留了不少等殊語序，其中一些與疑問句有關，例如：

①「吾誰欺，欺天乎？」（《論語》〈子罕〉）

以上為特指疑問句，主語為「吾」，「欺」是謂語，「誰」是賓語，句子語序與一般的「主＋謂＋賓」不同（即是「吾欺誰」），是以賓語置於謂語前。

②「溫曰：『何姓？』宓曰：『姓劉。』」（《三國志》〈蜀書〉〈秦宓傳〉）

以上亦是特指疑問句，謂語為名詞「姓」（句中活用作動詞，可帶賓語），賓語是疑問代詞「何」，句子語序不是「謂＋賓」（即是「姓何」），而是賓語前置。

③「何哉，爾所謂達者？」（《論語》〈顏淵〉）

以上亦是特指疑問句，主語為名詞性偏正詞組「爾所謂達者」，謂語是疑問代詞「何哉」，句子語序與一般「主＋謂」（即是「爾所謂達者何哉」）不同，而是謂語前置。

④*必也*，使無訟乎？」（《論語》〈顏淵〉）

以上亦是反問句式，主語為介謂詞組「使無訟乎」，謂語是副詞短語「必也」，句子語序與一般的「主＋謂」（即是「使無訟必也乎」）不同，作謂語前置。③、④此類前置調動起強調作用。

綜合而言，古代漢語疑問句有多種不同形式，疑問代詞可以是「奚」、「何」、「其」、「誰」、「孰」、「曷」、「胡」、「焉」等；表示疑問語意的語氣副詞，則有「乎」、「為」、「哉」、「邪」、「歟」等；所用疑問副詞，常見有「豈」、「寧」、「庸」、「獨」、「其」等。[28]

二　複句的類別與分析

單句與複句的區分，現在語法學派還未有一致定論。有認為單句可以是由一個詞或一個短語構成，可分為主謂句和非主謂句兩大類，而單句一般以主謂句式為主。複句是由兩個或兩個以上互不充當句子成分的單句構成，複句表達比較複雜的意思，在句末有比較大的語音

---

28 有關疑問句之分析及例子，參考：董國治主編：《古代漢語句型大全》（天津市：天津古籍出版社，1988年），頁29-36。魯立著：《文言文詞法句法例釋》（北京市：中國廣播電視出版社，1994年），頁66-68、116-122、156-158。楊伯峻、何樂士著：《古漢語語法及其發展》（北京市：語文出版社，1992年），頁780-808、858-888。

停頓。複句中各分句可以直接結合，一般會使用關聯詞來聯繫。[29] 由於文言語體之用字用詞及語句都傾向精簡，文言複句並不一定有關聯詞，分析整組句式是否前後句意聯繫一起，反而比較重要。綜合專家學者之見，要判斷一組句子歸入單句或複句時，可參考以下三點[30]：

1　句子是一個主謂結構，還是兩個主謂結構
2　句子中有沒有語音上的停頓
3　句子中有沒有關聯詞

綜合而言，複句類別可以分為一般複句和多重複句兩大類。按句子結構與功能來論，組合結構較簡單的文言複句，可概括稱之為一般複句，這類複句可歸納為以下八種[31]：

（一）並列複句

由兩個或兩個以句子組成。兩句句意互有關聯，表示出平行、並列的關係。一般較少用關聯詞，通常會用「而」、「亦」等連接起來。

29　參考左松超著：《文言語法綱要》（臺北市：五南圖書出版公司，2003年），頁248-272。

30　參考許仰民著：《古漢語語法新編》（開封市：河南大學出版社，2001年），頁279。楊啟國編著：《古代漢語語法》（北京市：經濟科學出版社，2016年），頁754-779。

31　有關分類參考左松超著：《文言語法綱要》（臺北市：五南圖書出版公司，2003年），頁248-272。董治國著：《古代漢語句型分類詳解》（天津市：南開大學出版社，2016年），頁435-558。鄭振峰、于峻嶸著：《古代漢語語法論析》（成都市：巴蜀出版集團巴蜀書社，2012年），頁170-254。楊啟國編著：《古代漢語語法》（北京市：經濟科學出版社，2016年），頁778-784。篇幅所限，本書只分述一般複句。

> ①「阡陌交通，雞犬相聞。」(陶潛〈桃花源記〉)
> ②「南取漢中，西舉巴蜀，東割膏腴之地，北收要害之郡。」
> 　(賈誼〈過秦論〉)
> ③「魚，我所欲也；熊掌，亦我所欲也。」(《孟子》〈告子上〉)
> ④「奪其所憎，而與其所愛。」(《戰國策》〈趙策三〉)

①是由兩個主謂謂句組成的複句，當中沒有用關聯詞。②是由四個非主謂謂句組成的複句，沒有關聯詞。③是由兩個賓語前置的主謂謂句組成的複句，沒有用關聯詞，而用副詞「亦」加強其表達語氣。④是由兩個非主謂謂句組成的複句，「而」是兩句間的連詞，有語氣停頓作用。「與」，解作給予，用作動詞。

(二) 承接複句

　　指後一分句有承接前句的作用，一般來說，是一種時間或事理先後的相承關係，而不能隨意將分句次序顛倒。此類複句有時會用「則」、「遂」、「乃」、「而」等詞連接。

> ①「蔡潰，(齊侯) 遂伐楚。」(《左傳》〈僖公四年〉)
> ②「從臺上彈人，而觀其避丸也。」(《左傳》〈宣公二年〉)
> ③「樊噲覆其盾於地，加彘肩上，拔劍切而啗之。」(《史記》〈項羽本紀〉)
> ④「宰夫胹熊蹯不熟，殺之，寘諸畚，使婦人載以過朝。」(《左傳》〈宣公二年〉)

①為時間上的承接，前句是主謂式，後句為非主謂謂語句，主語省去，以副詞「遂」承接前句的敘述時間。「遂」可以譯作「於是」。②

為兩句非主謂謂語句，主語（晉靈公）相同而省略不提。兩句之間以連詞「而」連接起來，表示兩項活動的先後承接關係。「而」可以譯作「然後」。③用主語帶三組謂語的承接句，最後一句加上連詞「而」去承接有關活動的進一步發展。此處之「而」可譯作「來」。④以主語帶四組謂語的承接句，同樣，最後一句加上連詞「以」去說明有關活動的進展情況。「以」可譯作「著」。

（三）遞進複句

基本上，每個小句在語法上是平等關係，但語義上後一句往往比前一句更進一層，而句中分句的順序是不可以換轉。有些用關聯詞，有些不用。通常用「且」、「況」等詞，或以「猶……況」、「非唯……抑亦」等句式，表示遞進關係。

①「樂歲終身苦，凶年不免於死亡。」（《孟子》〈梁惠王上〉）
②「不能行於易，能行於難乎？」（《論衡》〈問孔〉）
③「比及三年可使有勇，且知方也。」（《論語》〈先進〉）
④「庸人尚羞之，況於將相乎？」（《史記》〈廉頗藺相如列傳〉）

①、②兩句不用關聯詞，此類在古漢語中例子較少。③以「且」作關聯詞，表示下一句在語義上深一層的訊息內容。「且」可以譯作「而且」、「並且」。④以「尚……況」之句型連繫前後兩句，表示句意之間的遞進關係。可以用現代漢語「都……何況」的結構對譯。

（四）選擇複句

指分句所表達的內容具對立特質，只能選擇其中一項，或肯定某一項。這類複句所用關聯詞較豐富，常見有「且」、「將」、「抑」、

「寧」、「意」等，或以「與其……孰若」、「與其……寧」、「與其……
豈若」等結構方式表述。

① 「寧正言不諱以危身乎？將從俗富貴以媮生乎？」（《楚辭》
〈卜居〉）

② 「與其有譽於前，孰若無毀於後？」（韓愈〈送李愿歸盤谷
序〉）

③ 「不識世無明君乎？意先生之道固不通乎？」（《說苑》〈善
說〉）

④ 「不知周之夢為胡蝶與？胡蝶之夢為周與？」（《莊子》〈齊物
論〉）

① 是以兩句組合而成的選擇句，兩句前均以關聯詞領起，成為
「寧……將」之句型結構，表達出說話人對事態有二選其一的行動意
向。② 與上句情況相近，這裏則以雙音節詞作關聯詞。③ 假如不以關
聯詞「意」置於後句，本例可以看成兩個獨立單句。然而，兩句文義
互有關聯，並不是一般連問句式。關聯詞「意」的介入，明顯將前後
句意的選擇含意呈示出來。「意」為「抑」之借字，作選擇句式關聯
詞則比較少見。④ 是不用關聯詞的選擇句，句意的選擇取向，不需用
關聯詞交代。

（五）因果複句

句子之間具有原因及結果的關係，可以是先因後果，可以是先果
後因。有將此等因果句視作偏正複句，表示因的句為偏，表示果的句
為正。常用關聯詞有「以」、「故」、「是故」、「是以」、「以故」、「以
此」、「以斯」、「所以」等。有些則用「而」、「則」、「斯」去呈示因果

關係，也有些因果句不用關聯詞。

①「客之美我者，欲有求於我也。」（《戰國策》〈齊策一〉）
②「彼竭我盈，故克之。」（《左傳》〈莊公十年〉）
③「我欲殺之，為其功多，故不忍。」（《史記》〈留侯世家〉）
④「臣所以去親戚而事君者，徒慕君之高義也。」（《史記》〈廉
　頗藺相如列傳〉）

①前句是果，後句是因。句中不用因果句關聯詞，而清楚地表達出因
果關係內容。②前句是因，後句是果。「故」為常見關聯詞，可譯作
「因此」、「所以」等。③以「為……故」為結構句式，前句是因，後
句是果，可譯作「因為他功勞多，所以不忍心殺他」。④「所以」為
關聯詞，與副詞「徒」組成句式結構，將事情之結果先行交代，而在
後句說明原因。

（六）轉折複句

　　前一分句先說出一種意思，後一分句交代出與之相反或相對的內
容，分句之間句意有輕重之別。與因果句式同屬於偏正複句，前者為
偏，後者為正，正者反映出所轉折的內容。常見關聯詞有「而」、
「然」、「雖」、「縱」、「顧」、「但」、「及」、「然而」、「然則」等，也有
不用關聯詞，而在句意中呈示出轉折的內容。

①「今法律賤商人，商人已富貴矣。」（《漢書》〈食貨志〉）
②「青，取之於藍，而青於藍；冰，水為之，而寒於水。」（《荀
　子》〈勸學〉）
③「吾力足以舉百鈞，而不足以舉一羽。」（《孟子》〈梁惠王上〉）

④「當改過自新，乃益驕溢。」（《史記》〈吳王濞列傳〉）

①沒有用關聯詞，後句表示了轉折的內容。譯寫時可在句子之間加上「可是」。②是兩組轉折句，同是在正句前加上「而」，在語調上呈示出句意的轉折關係。③與上例句相同，「而」是連詞，此具有傳遞轉折意思的作用，可譯作「可是」、「但是」。④「乃」可譯作「竟」、「竟然」，表示分句意思是出乎意料之外，或是與一般規律、常情相反。「益」，副詞，可譯作「更加」。

（七）假設複句

　　由兩分句組成而具有假設內容關係的複句。一般而言，前句先提出一種假設的情況，後句說出預計的結果。由於假設的內容可以是一種條件，後句是說出所產生的結果，因而有稱之為條件句。假設句與上述的因果句及轉折句同屬於偏正複句範疇，以後一句為正句。常見關聯詞有「若」、「苟」、「如」、「令」、「使」、「則」、「即」、「假設」、「向使」、「倘或」等，也有不用關聯詞，而在句中呈示出假設的內容。

　　①「城不入，臣請完璧歸趙。」（《史記》〈廉頗藺相如列傳〉）
　　②「諫而不入，則莫之繼也。」（《左傳》〈宣公二年〉）
　　③「自始合，苟有險，余必下推車。」（《左傳》〈成公二年〉）
　　④「向使能瞻前顧後，援鏡自誡，則何陷於凶患乎？」（《後漢書》〈張衡傳〉）

①句中並沒有關聯詞，然而句中所說的行動與情況，均為預設性質，後句表示在假設情況下之可能結果。②前句敘述了假設情況，後句接著推想在此情況下將會發生的結果。「則」是關聯詞，在語氣上及語

法功能方面，都與現代漢語副詞「就」相同。③「苟」是假設句中常
見而又清楚易明的關聯詞，與後句副詞「必」構成呼應關係。值得注
意的是，假設句所述的事不一定是預設性質，按例句上文下理所知，
說此話者是複述他所曾做的事。文中「自始合」說出這是已經發生的
事情，假如以文義的預設性質作為假設句與條件句的分界線，本句可
以歸入條件句。④以雙音節詞「向使」及單音節詞「則」為關聯詞，
構成「向使……則」假設句式，前兩句為假設情況，後句則以反問方
式表示不在此情況下所產生的結果。

（八）解說複句

兩個分句具有解釋、說明、總括及歸納的關係，一般是前句為被
解說的對象，後句是進行解說的內容。解說複句，多數以語序和語義
來體現句中邏輯關係，較少用關聯詞。

①「天子一位，公一位，侯一位，伯一位，子、男同一位：凡五
等也。」（《孟子》〈萬章下〉）
②「《詩》有六義焉：一曰風，二曰賦，三曰比，四曰興，五曰
雅，六曰頌。」（《文選》〈序〉）
③「先帝創業未半，而中道崩殂，今天下三分，益州疲敝，此誠
危急存亡之秋也。」（諸葛亮〈出師表〉）
④「趙王與大將軍廉頗諸大臣謀：欲予秦，秦城恐不可得，徒見
欺；欲勿予，即患秦兵之來。」（《史記》〈廉頗藺相如列傳〉）

①為先分述，再總結，解說了何謂「五等」。②首句先總領起，再分
述，解說「六義」之內容，有謂此等句式為總分句。[32]③前之四個分

---

32 周大璞主編：《古代漢語教學辭典》稱上述兩例為總分句，頁180。

句都是解說「危急存亡之秋」的情況，用陳述實情的手段，解釋當時之政治處境。④首句先作總述，交代趙王與大臣一起商議，接著用分句講述所商議的內容，包括給予及不給予和氏璧的兩種情況。

第五部分
中文工具書

導言

　　工具書是指一類專門供讀者檢索查考的書籍，包括專門知識、資料或事件等內容。常見有字典、詞典、手冊、年鑒、書目、索引、圖表等。中文工具書是從事語文專業工作及研究者所不可缺少的參考書籍。認識中文工具書的類別與使用方法，可以切實擴闊個人專業知識領域，可以進一步發展個人已有知識，深化學術研究能力和提升專業學問的水平。

　　工具書的特點是能夠迅速提供專門知識或資料線索，它以特定編排形式和檢索方法，將廣泛或具系統的資料呈示出來，方便專題研究者檢索取用。現在電子網絡發達，可以通過電子搜尋引擎秒速發現有關資訊。然而，資料的來源與背景，乃至其真實性與正確性，仍需要靠個人所具有的學科專業知識作出適切判斷。因正如此，有人會覺得難以跟進資料的出處，也難以分辨哪些是工具書，甚至會不明白應該怎樣使用工具書。歸根究柢就是對工具書的源流、體系，及其分類與功用，未有清晰的理解。以下舉實例闡說一下。以文字為例，漢字由古代發展到今天，字量已有好幾萬個，當閱讀遇上不認識的文字應該怎麼辦？當然是查字典。遇上普通字，可以很容易解決，因為一般字典都有收錄。假如遇上僻字，就要利用收字量多和註釋詳細的字典，才可以把問題解決。《康熙字典》、《中華大字典》、《中文大字典》、《中華字海》等工具書是首要的選擇，理由是這些工具書都收錄了數

以萬計漢字，容量龐大，而且編制過程嚴謹，註釋翔實完備，更會將某字體的形義演變逐一清楚說明。又如閱讀遇上詞語的問題，要將該詞語理解清楚，就要翻查解釋詞義的工具書。《辭海》、《辭源》、《漢語大詞典》、《中文大辭典》都是收錄詞條豐富的工具書，書中對每項詞義與出處都有清晰說明和考證，能幫助讀者解決詞義疑難問題。

由先秦至清代，粗略統計，中國所存圖書典籍最少有十八萬種。要檢索這些書籍資料，有必要借助歷代史書的〈藝文志〉。此外，也可以利用一些大型工具書，如《四庫全書總目》、《中國叢書綜錄》、《中國地方志綜錄》、《全國總書目》、《中國大百科全書》等。對於紛紜而複雜的各代名物、制度、典故、歷史事件，以及其發生的年月日等資料，可以利用類書、政書、年鑒、手冊、表譜、圖錄等工具書。

工具書的用途與意義，對於中文本科學術研究相當重要。檢索者對各類工具書內容特點、編制與查閱方法都有所理解，就可以充分利用工具書每一條資料，而工具書的功能與所收錄的知識，也可以得到有效的發揮。事實上，工具書不但可以為讀者提供豐富資料，更可以解答疑難，輔助閱讀，訂正訛誤。工具書的認識和運用，是從事學術研究者所必需具備的知識和技能，是中國語言文字、歷史、文學、文化等各門學科重要基礎知識的鑰匙。

中文工具書的類別與功用

從編制的目的、材料與內容及資料編排三方面，了解中文工具書的特點。第一、中文工具書的編製目的是在於查考資料，它與一般書籍不同，不是供讀者由頭至尾、逐字逐句閱讀，不必有著者個人觀點，或是對某類學問研究的綜述與總結。工具書主要為讀者提供分量充實的查考資料，方便參考，提供引用，以及解決各項有關疑難問題。第

二、中文工具書的材料與內容，一般而言，都具有將有關學術問題作綜合、概括處理的特徵。如《四庫全書》之類的大型工具書，不但內容豐富，採納廣博，而且將有關資料加以剪裁、取捨、整理，有些更標立專題加以論述，或是作綜述式介紹，這都與一般書籍重視連貫性與思想性的情況有所不同。第三、中文工具書的資料編排，具有便於檢索、容易閱覽特點，它與一般書籍以章節劃分情況不同，具有個別、獨特編排形式，或按部首、或依筆劃、或用韻目、或以號碼等分類，將全書內容作系統性處理。有些工具書會因應資料內容特點而加以整理，例如用主題序列，或以年月日、地域環境等編次，將各項資料分門別類，聯綴而成，以檢索方便、查閱簡單、實用易讀為原則。

工具書的類別

工具書種類繁多，從學科內容來分，有醫學工具書、科學工具書、法學工具書等分類；從編撰時代來分，有古代工具書、現代工具書的分類；從刊印形式來分，有書籍、期刊、圖片、報章等分類；從功用特點來分，有字典、詞典、類書、政書、年鑑、手冊、書目、索引、圖錄等分類。按一般通行分類體系，中文工具書按其查檢內容，可作以下劃分[1]：

1　有關分法及類別主要參考王寧、鄒曉麗編撰：《工具書》（香港：和平圖書公司，2003年），第三至十二章。另參考：應裕康、謝雲飛編著：《中文工具書指引》（臺北市：蘭臺書局，1975年）。袁正平著：《中文工具書實用教程》（修訂本）（成都市：四川大學出版社，2002年）。楊敏、北辰編著：《文史工具書應用基礎》（上海市：上海古籍出版社，2004年）。白冰著：《中文工具書使用》（修訂本）（成都市：四川大學出版社，2005年）。武漢大學《中文工具書使用法》編寫組編：《中文工具書使用法》（北京市：商務印書館，1982年）。祝鼎民著：《中文工具書及其使用》（北京市：中華書局，2008年）。

一　漢語文字

　　漢語文字的查檢，主要關乎字典的應用。它除了包括字形、字音（包括聲、韻、調），還有常用漢字、文言用字等的查檢。以下按文字形、音兩大類舉例說明。

（一）文字

　　要查檢各體字形，可以利用《漢語大字典》、《中華字海》等工具書。要查檢古文字字形，可以利用《鐵雲藏龜》、《甲骨文合集》、《甲骨文編》、《金文編》、《古文字類編》、《漢語古文字字形表》、《字形匯典》等工具書。要考究古文字字形，以及其音、義的說解，可以查檢《甲骨文字典》、《甲骨文字集釋》、《甲骨金文字典》、《金文常用字典》、《戰國文字編》等字形工具書。要查檢文字的書體、書寫源流及各類書體的形式，可以查檢《中國書法大字典》、《四體大字典》、《中國古代書法鑒賞辭典》等書法字典，對於一些碑字、俗字的查檢，可以利用《碑別字新編》、《宋元以來俗字譜》等專書。如要查檢簡化字的資料，或是關於異體字、簡化字的規範與標準，可以查檢《第一批異體字整理表》、《簡化字總表》、《第二批漢字簡化方案（草案）》、《語言文字規範手冊》、《規範漢字綜合表》、《國家語言文字政策法規匯編》等專書。關於漢字字形書寫、筆順及字信息處理的標準，可以分別查檢《印刷通用漢字字形表》、《現代漢語通用字表》、《現代漢語通用字筆順規範》及《信息處理用 GB13000.1字符集漢字部件規範》、《漢字屬性字典》等有關書籍。

（二）音韻

　　要查檢字音，關於音韻方面，傳統工具書有《廣韻》、《集韻》、

《中原音韻》、《洪武正韻》、《佩文詩韻》、《詞林正韻》等；由現代專家編撰的音韻工具書有《漢字古音手冊》、《上古音手冊》、《古韻通曉》等；至於新詩韻的工具書有《詩韻新編》、《新詩用韻手冊》、《詩歌韻腳詞典》等。此外，古漢語文字（詞）的讀音查檢，可以利用《漢字古今音表》、《中國上古音表》、《廣韻四聲韻字今音表》等工具書。關於普通話字音方面，可以查檢《漢語拼音方案》、《普通話異讀詞審音表》、《普通話正音手冊》、《普通話水平測試大綱》、《普通話廣州話的比較與學習》等工具書。粵語粵音方面，可查檢《粵讀反切音標兩用正音表》、《粵音韻彙》、《廣州音字典》、《廣州話正音字典》等。

表一

查檢內容		工具書
字形	各體字形	《漢語大字典》、《中華字海》等。
	古文字字形	《甲骨文編》、《金文編》、《古文字類編》、《漢語古文字字形表》、《字形匯典》等。
	古文字字形、音、義	《甲骨文字典》、《甲骨文字集釋》、《甲骨金文字典》、《金文常用字典》等。
	書體、書寫源流、各類書體形式	《中國書法大字典》、《四體大字典》、《中國古代書法鑒賞辭典》等。
	碑字、俗字	《碑別字新編》、《宋元以來俗字譜》等。
	異體字、簡化字、規範字	《第一批異體字整理表》、《簡化字總表》、《第二批漢字簡化方案（草案）》、《語言文字規範手冊》、《規範漢字綜合表》等。
	字形書寫、筆順及文字信息處理	《印刷通用漢字字形表》、《現代漢語通用字表》、《現代漢語通用字筆順規範》、《信息處理用 GB13000.1字符集漢字部件規範》、《漢字屬性字典》等。

	查檢內容	工具書
字音	傳統語音資料及研究工具書	《廣韻》、《集韻》、《中原音韻》、《洪武正韻》、《瓊林雅韻》、《韻鏡》、《四聲等子》、《佩文詩韻》、《詞林正韻》等； 研究工具書有《漢字古音手冊》、《上古音手冊》、《古韻通曉》等。
	傳統詩韻	《平水新刊韻略》、《佩文詩韻》（《佩文韻府》）、《詩韻集成》、《詩韻合璧》等。
	新詩韻	《詩韻新編》、《新詩用韻手冊》、《詩歌韻腳詞典》等。
	古代漢語字／詞讀音	《漢字古今音表》、《中國上古音表》、《廣韻四聲韻字今音表》、《粵讀反切音標兩用正音表》等。
	普通話字音	《漢語拼音方案》、《普通話異讀詞審音表》、《普通話正音手冊》、《普通話廣州話的比較與學習》等。

二　漢語語詞

　　漢語語詞的查檢，主要關於詞義、詞匯的理解問題，與詞典（辭典）的應用有關，這方面包括一般語詞、專類語詞兩大類別的查檢。以下舉例作重點概述：

　　一、一般語詞的查檢，包括三個範疇：其一是現代語詞，與現代漢語常用詞有關的工具書，有《現代漢語詞典》、《四角號碼新詞典》、《現代漢語規範詞典》、《現代漢語實用搭配詞典》、《新編中國詞典》等；與新詞新義有關，有《新詞新語詞典》、《漢語新詞語詞典》、《新語詞大詞典》、《當代中國流行語辭典》、《漢語新詞新義詞典》等；與漢語詞義關係有關，有《簡明同義詞典》、《同義詞詞

林》、《現代漢語同義詞詞典》、《同義詞反義詞對照詞典》、《常用褒貶義詞語詳解詞典》等；與漢語詞頻有關，有《現代漢語頻率詞典》、《現代漢語常用詞詞頻詞典》、《現代漢語詞表》等。其二是古代、近代語詞的查檢，與古代、近代漢語有關的工具書，有《爾雅》、《辭源》（新、舊版）、《國語辭典》、《近代漢語詞典》、《中文大辭典》、《文史辭源》等；與古漢語專門詞匯有關，有《辭通》、《辭通續編》、《聯綿字典》等。其三是語詞的古今演變，可以查檢《漢語大詞典》、《新編古今漢語詞典》、《古今詞義辨析詞典》、《古今詞義對比詞典》等工具書。

　　二、專類語詞的查檢，有關範疇十分豐富，以下簡介三種：其一是虛詞查檢，與文言虛詞有關工具書，有《助字辨略》、《經傳釋詞》、《古書虛字集釋》、《詞詮》、《文言虛字》、《廣釋詞》等；與現代漢語虛詞有關工具書，有《現代漢語八百詞》、《現代漢語虛詞用法小詞典》等。其二是與成語有關工具書，有《漢語成語溯源》、《漢語成語考釋詞典》、《中國成語大詞典》、《成語範例大辭典》等。其三是專書詞語查檢，有《詩經詞典》、《楚辭詞典》、《春秋左傳詞典》、《先秦要籍詞典》、《世說新語辭典》、《水滸語詞詞典》、《紅樓夢語言詞典》、《簡明魯迅詞典》、《簡明巴金詞典》等。

表二

查檢內容		工具書
一般語詞	現代語詞	1. 與現代漢語常用詞有關： 《現代漢語詞典》、《四角號碼新詞典》、《現代漢語規範詞典》、《現代漢語實用搭配詞典》、《新編中國詞典》等； 2. 與新詞新義有關： 《新詞新語詞典》、《漢語新詞語詞典》、《新語

查檢內容		工具書
一般語詞	現代語詞	詞大詞典》、《當代中國流行語辭典》、《漢語新詞新義詞典》等； 3. 與漢語詞義有關： 《簡明同義詞典》、《同義詞詞林》、《反義詞詞林》、《現代漢語同義詞詞典》、《同義詞反義詞對照詞典》、《常用褒貶義詞語詳解詞典》等； 4. 與漢語詞頻有關： 《現代漢語頻率詞典》、《現代漢語常用詞詞頻詞典》、《現代漢語詞表》等。
	古代、近代語詞	1. 與古代、近代漢語有關： 《爾雅》、《辭源》（新、舊版）、《國語辭典》、《近代漢語詞典》、《中文大辭典》、《文史辭源》等； 2. 與古漢語專門詞匯有關： 《辭通》、《辭通續編》、《聯綿字典》等。
	語詞的古今演變	《漢語大詞典》、《新編古今漢語詞典》、《古今詞義辨析詞典》、《古今詞義對比詞典》等。
專類語詞	虛詞的查檢	1. 與文言虛詞有關： 《助字辨略》、《經傳釋詞》、《古書虛字集釋》、《詞詮》、《文言虛字》、《廣釋詞》等； 2. 與現代漢語虛詞有關： 《現代漢語八百詞》、《現代漢語虛詞用法小詞典》等。
	成語	《漢語成語溯源》、《漢語成語考釋詞典》、《中國成語大詞典》、《成語範例大辭典》等。
	專書詞語	《詩經詞典》、《楚辭詞典》、《春秋左傳詞典》、《先秦要籍詞典》、《世說新語辭典》、《水滸語詞詞典》、《紅樓夢語言詞典》、《簡明魯迅詞典》、《簡明巴金詞典》等。

三　百科及專科知識

百科全書有三大類：一類是綜合性質百科全書，所收條目涉及各門學科和所有學術領域，如《中國大百科全書》、《中華百科全書》、《中國大百科辭典》。另一類是專科性質百科全書，所收條目只涉及一門或幾門學科、一個或幾個學術領域，如《中國文學百科全書》、《中國歷史百科全書》等。第三類是專題性質百科全書，所收條目只涉及某一專門課題的學術知識，如《語言文字百科全書》、《中國人教育百科全書》等。

專科詞典又稱專業詞典、學科詞典，指「收列某個（或多個）學科或知識領域的術語和專名，給出專業性釋義的詞典」（《中華人民共和國國家標準・辭書編纂基本術語》）。主要分兩大類：一是綜合性學科詞典，如《文學辭典》、《古代文學史語詞辭典》、《中國語文學家辭典》、《中國儒學辭典》等；另一是專名詞典，如《孔子大辭典》、《李白大辭典》、《古代名人字號辭典》、《澳門大辭典》等。

關於百科、專科知識的查檢，可以從下列四方面理解：

（一）常見詞語、術語查檢

這方面可以利用綜合性百科辭典，如《辭海》、《辭海（百科增補本）》等；另有與其他學科有關的綜合性詞典，如《百科知識辭典》、《中華百科知識詞典》等。

（二）專科知識詞典查檢

如與中國文化有關，有《中國文化史詞典》、《中國風俗辭典》、《中國文化象徵詞典》等；與中國語言文學有關，有《中國漢字文化大觀》、《漢語修辭詞典》、《中國當代文學辭典》、《中國文化語言學辭

典》等；與新聞出版、圖書等有關，有《中國新聞實用大辭典》、《出版詞典》、《中國讀書大辭典》等；與其他科有關，有《中華實用法學大辭典》、《中國教育百科全書》、《圖書學大辭典》等。

（三）綜合學科知識查檢

如《中國大百科全書》、《光復彩色百科大典》、《大美百科全書》等。

（四）專書知識查檢

如《史記辭典》、《文心雕龍辭典》、《全唐詩大詞典》等。

表三

查檢內容		工具書
綜合性質	一般用書	《中國大百科全書》等。
專科性質	一般用書	《中國文學百科全書》、《中國歷史百科全書》等；
	綜合性的學科詞典	《文學辭典》、《古代文學史語詞辭典》、《中國語文學家辭典》等；
	專名詞典	《孔子大辭典》、《李白大辭典》、《古代名人字號辭典》、《澳門大辭典》等。
專題性質	一般用書	《語言文字百科全書》、《中國人教育百科全書》等；
	常見的詞語、術語	1. 綜合性百科辭典：《辭海》、《辭海‧百科增補本》等；2. 與其他學科有關綜合性詞典：《百科知識辭典》、《中華百科知識詞典》等；
	專科知識詞典	1. 與中國文化方面有關：《中國文化史詞典》、《中國風俗辭典》、《中

查檢內容		工具書
專題性質		國文化象徵詞典》等； 2. 與中國語言文學方面有關： 《中國漢字文化大觀》、《漢語修辭詞典》、 《漢語語法修辭詞典》、《中國當代文學辭 典》、《古代格言辭典》等； 3. 與新聞出版、圖書等方面有關： 《中國新聞實用大辭典》、《出版詞典》、《中 國讀書大辭典》等； 4. 其他學科： 《中華實用法學大辭典》、《中國教育百科全 書》、《圖書學大辭典》等；
	綜合的學科知識	《中國大百科全書》、《光復彩色百科大典》、 《大美百科全書》等；
	專書知識	《史記辭典》、《文心雕龍辭典》、《全唐詩大 詞典》等。

四　典故、引言

典故是指文章、詩詞中所引用的古代故事和有來歷及出處的詞語；引言是指篇章中所引錄的文獻語句。查檢典故可分為語文、綜合詞典；專門詞典；專門的典故詞典及類書四大類。以下依類舉例概述：

（一）語文、綜合詞典

這類通常根據典故性質來選擇所使用的詞典，如《現代漢語大詞典》、《詞海》、《詞源》、《實用古漢語大詞典》等都是一般常用詞典，書中所記詞條通常都交代典出背景，方便讀者作進一步跟進。

（二）專門詞典

所謂專門是指有特定專題範疇，如與成語有關詞典，是專門查檢成語解釋、出處和用法，這類書有《中華成語大辭典》、《漢語成語分類詞典》、《漢語成語考釋詞典》、《成語典故辭海》、《二十五史成語典故》等。又如與人名有關詞典，是專門查檢與人物有關的典故，這類書有《古今人名別名索引》、《湖南歷代人名詞典》、《四朝學案人名索引》、《二十四史紀傳人名索引》、《二十五史紀傳人名索引》等。

（三）專門典故詞典

這類詞典一般都具備釋義、典源、用例，有些更交代典事變化與用法。常見有《漢語典故詞典》、《古書典故詞典》、《常用典故詞典》、《多形式典故詞典》、《全唐詩典故辭典》、《全元散曲典故辭典》等。

（四）類書

指中國古代按一定分類的大型工具書，如《藝文類聚》、《類編》、《冊府元龜》、《古今圖書集成》等，讀者可以按書中編例，查考有關事物資料。

查檢引言主要利用專書索引，這類檢索可以分為三類：

1 查檢專書字句索引

有《十三經索引》、《先秦兩漢古籍逐字索引叢刊》、《萬首唐人絕句索引》、《現代漢語語言資料索引》等。

2 查檢引書索引

即是查檢古籍註釋中引錄文獻，這方面工具書有《毛詩註疏引書引得》、《世說新語劉註引書引得》、《文選註引書引得》、《太平廣記篇目及引書引得》等。

3 查檢古代詩文總集的篇目索引

有《全上古三代秦漢三國六朝文篇名目錄及作者索引》、《先秦魏晉南北朝詩作者篇目索引》、《四庫全書文集篇目分類索引》、《清代文集篇目分類索引》等。

此外，還有名句、警語的查檢。與古代詞語有關，可以查檢《佩文韻府》、《駢字類編》、《古典複音詞匯輯林》等工具書。一般詩詞曲文及其他用語，可以查檢《古代詩詞曲名句選》、《中國古代名句辭典》、《引用語詞典》、《百科用語分類大辭典》等。

表四

查檢內容		工具書
語文、綜合詞典	一般用書	《現代漢語大詞典》、《實用古漢語大詞典》、《詞海》、《詞源》等。
專門詞典	一般用書	1. 成語類： 《漢語成語考釋詞典》、《成語典故辭海》、《二十五史成語典故》等； 2. 人名類： 《古今人名別名索引》、《湖南歷代人名詞典》、《二十四史紀傳人名索引》等。
典故詞典	一般用書	《常用典故詞典》、《多形式典故詞典》、《唐詩典故辭典》、《全元散曲典故辭典》等。

查檢內容		工具書
類書	一般用書	《藝文類聚》、《類編》、《冊府元龜》、《古今圖書集成》等。
引言索引	專書字句索引	《十三經索引》、《先秦兩漢古籍逐字索引叢刊》、《萬首唐人絕句索引》、《現代漢語語言資料索引》等;
	引書索引	《毛詩註疏引書引得》、《世說新語劉註引書引得》、《文選註引書引得》、《太平廣記篇目及引書引得》等;
	古代詩文總集的篇目索引	《全上古三代秦漢三國六朝文篇名目錄及作者索引》、《先秦魏晉南北朝詩作者篇目索引》、《四庫全書文集篇目分類索引》、《清代文集篇目分類索引》等。
其他	名句、警語、一般詩詞曲文及其他用語等	《佩文韻府》、《駢字類編》、《古典複音詞彙輯林》、《古代詩詞曲名句選》、《中國古代名句辭典》、《引用語詞典》、《百科用語分類大辭典》等。

五　人名及人物傳記

　　關於人名及人物傳記查檢,可分之為下列五類:

(一) 古今人名

　　關於中國人名,姓氏查檢有《中國姓氏起源》、《中國姓氏大全》、《元和姓纂》、《中國古今姓氏辭典》等;一般人名查檢有《中國人名大辭典》、《古今同姓名大辭典》、《二十六史大辭典・人物卷》、《中國近現代名人辭典》等。關於外國人名,可查檢《近代現代世界名人辭典》、《世界人物大辭典》、《世界文學家辭典》、《外國名作家大辭典》等。

（二）異稱、本名

　　包括人的字、號、室名號、地名、官爵名、謚號等，如《古今人物別名索引》、《室名別號索引》、《歷代帝王廟謚年諱譜》、《歷代人物謚號封爵索引》等。至於筆名查檢，有《中國現代人物筆名詞典》、《中國現代文學作者筆名錄》、《中國現代文學作家本名筆名索引》等。其他異稱查檢，如與排行相稱有關，可以查檢《全唐詩人名考》、《唐人稱謂》等；如與避諱改名有關，可以查檢《史諱舉例》、《歷代避諱字匯典》等。

（三）當代人物

　　可以查檢《中華人民共和國黨政軍群領導人名錄》、《中國當代名人錄》、《中國人物年鑑》、《世界知識年鑑・新聞界名人介紹》等。

（四）人物傳記資料

　　可以再細分為四類：其一、正史人名索引，如《二十五史紀傳人名索引》、《史記人名索引》、《北朝四史人名索引》等；其二、綜合傳記資料索引，如《四十七種宋代傳記綜合引得》、《唐五代人物傳記資料綜合索引》、《古今中外人物傳記指南》等；其三、人物傳記集索引，如《唐才子傳》、《宋元學案》、《明實錄類纂・人物傳記卷》等；其四、人物圖像資料索引，如《中國歷代名人圖鑒》、《中國歷代名人圖繪》、《清代學者像傳第一集》等。

（五）人物生卒年與年譜

　　生卒年有《疑年錄匯編》、《歷代人物年里碑傳綜表》、《中國歷史人物生卒年表》等；年譜有《中國歷代年譜總錄》、《中國歷代人物年

譜考》、《唐宋詞人年譜》等。此外，還有其他與人名及人物有關類
別，如專人關，有《孔子大辭典》、《李白大辭典》等；與文學人物形
象有關，有《文學形象辭典》、《中外文學人物形象辭典》、《古書人物
辭典》等。

表五

查檢內容		工具書
古今人名	姓氏	《中國姓氏起源》、《中國姓氏大全》、《元和姓纂》、《中國古今姓氏辭典》等；
	人名	《中國人名大辭典》、《古今同姓名大辭典》、《二十六史大辭典·人物卷》、《中國近現代名人辭典》等；
	外國人名	《近代現代世界名人辭典》、《世界人物大辭典》、《世界文學家辭典》、《外國名作家大辭典》等。
異稱、本名	一般名號	《古今人物別名索引》、《室名別號索引》、《歷代帝王廟謚年諱譜》、《歷代人物謚號封爵索引》等；
	筆名	《中國現代人物筆名詞典》、《中國現代文學作者筆名錄》、《中國現代文學作家本名筆名索引》等；
	異稱	《全唐詩人名考》、《唐人稱謂》等；
	避諱、改名	《史諱舉例》、《歷代避諱字彙典》等。
當代人物	一般人名	《中華人民共和國黨政軍群領導人名錄》、《中國當代名人錄》、《中國人物年鑑》、《世界知識年鑑·新聞界名人介紹》等；
	正史人名	《二十五史紀傳人名索引》、《史記人名索引》、《北朝四史人名索引》等；

查檢內容		工具書
人物傳記	綜合傳記	《四十七種宋代傳記綜合引得》、《唐五代人物傳記資料綜合索引》、《古今中外人物傳記指南》等；
	人物傳記集	《唐才子傳》、《宋元學案》、《明實錄類纂・人物傳記卷》等；
	人物圖像	《中國歷代名人圖鑒》、《中國歷代名人圖繪》、《清代學者像傳第一集》等；
	人物生卒年	《疑年錄匯編》、《歷代人物年里碑傳綜表》、《中國歷史人物生卒年表》等；
	人物年譜	《中國歷代年譜總錄》、《中國歷代人物年譜考》、《唐宋詞人年譜》等。
其他	與人名及人物有關	《孔子大辭典》、《李白大辭典》等；
	與文學人物形象有關	《文學形象辭典》、《中外文學人物形象辭典》、《古書人物辭典》等。

六　地名及地方文獻

這類的查檢有四方面：

（一）古今地名

關於中國地名，有《中國古今地名大詞典》、《中國古典詩詞地名辭典》、《中國地名錄——〈中華人民共和國地圖集〉地名索引》等；關於名勝古蹟，有《中國歷史文化名城辭典》、《中國名山大川辭典》、《中國宗教名勝》等；關於世界地名，有《世界地名詞典》、《世界歷史地名辭典》、《世界地名譯名手冊》等。

（二）地理沿革

關於某朝地理建置，有《漢書》〈地理志〉、《宋書》〈州郡志〉、《古今圖書集成》〈方輿匯編〉等；關於古今地理沿革，有《歷代地理沿革表》、《清代地理沿革表》、《清代政區沿革綜表》等。

（三）地方文獻

關於古代地理總誌，有《元和郡縣圖志》、《太平寰宇記》、《嘉慶重修一統志》等；關於古代地名誌，有《中國地方志總目提要》、《中國古方志考》、《中國地方志辭典》等；關於當代地名概況，有《中國縣情大全》、《中國分省市縣大辭典》、《中國新方志目錄》等。

（四）地圖集

有《中國歷史地圖集》、《中國抗日戰爭史地圖集》、《世界現代史地圖集》等。

表六

查檢內容		工具書
古今地名	中國地名	1. 一般地名： 《中國古今地名大詞典》、《中國古典詩詞地名辭典》、《中國地名錄——〈中華人民共和國地圖集〉地名索引》等； 2. 名勝古蹟： 《中國歷史文化名城辭典》、《中國名山大川辭典》、《中國宗教名勝》等。
	世界地名	《世界地名詞典》、《世界歷史地名辭典》、《世界地名譯名手冊》等。
地理沿革	一朝地理建置	《漢書》〈地理志〉、《宋書》〈州郡志〉、《古

查檢內容		工具書
地方文獻		今圖書集成》〈方輿匯編〉等；
	古今地理沿革	《歷代地理沿革表》、《清代地理沿革表》、《清代政區沿革綜表》等。
	古代地理總誌	《元和郡縣圖志》、《太平寰宇記》、《嘉慶重修一統志》等；
	古代地名誌	《中國地方志總目提要》、《中國古方志考》、《中國地方志辭典》等；
	當代地名概況	《中國縣情大全》、《中國分省市縣大辭典》、《中國新方志目錄》等。
地圖集	一般用書	《中國歷史地圖集》、《中國抗日戰爭史地圖集》、《世界現代史地圖集》等。

七　古今紀年及編年大事

查檢有歷史紀年的換算、曆日的換算、古今編年大事三大類。

第一類關乎歷史紀年和西元紀年的對照與換算，可以翻閱《辭源》〈歷代建元表〉、《現代漢語詞典》〈我國歷代紀元表〉、《中國歷史年表》。

第二類關於中曆和西曆換算，可以參考《近世中西史日對照表》、《兩千年中西曆對照表》、《二百年曆表（1821-2020）》、《二十史朔閏表》、《新編中國三千年曆日檢索表〔西元前1500-西元2050〕》。

第三類關於古今中外大事發生時間及其有關內容，有《中國事典》、《中華五千年紀事本末》、《中國地方志辭典》等。此類又可細分為綜合性大事記、專題性大事記、年度資料三項。例如，《中外歷史年表》、《中國歷史大事年表》、《中國現代史大事記》、《二十世紀世界大事實錄》等，屬於綜合性大事記；《中國文化史年》、《中國文學史

大事年表》、《上海文化年鑒》等，屬於專題性大事記；《中國年鑒》、
《中國百科年鑒》、《世界知識年鑒》等，屬於年度資料。

表七

查檢內容		工具書
歷史紀年的換算	一般用書	《辭源・歷代建元表》、《現代漢語詞典・我國歷代紀元表》、《中國歷史年表》、《中國歷史年表》等。
日曆的換算	中西曆換算	《近世中西史日對照表》、《兩千年中西曆對照表》、《二百年曆表（1821-2020）》、《二十史朔閏表》、《新編中國三千年曆日檢索表〔西元前1500-公元2050〕》等。
古今編年大事	一般用書	《中國事典》、《中華五千年紀事本末》、《中國地方志辭典》等；
	綜合性大事記	《中外歷史年表》、《中國現代史大事記》、《二十世紀世界大事實錄》等；
	專題性大事記	《中國文化史年》、《中國文學史大事年表》、《上海文化年鑒》等；
	年度資料	《中國年鑒》、《中國百科年鑒》、《世界知識年鑒》等。

八　資料匯編

此為資料性工具書，特點是根據各種不同需要，把有關原始文獻
分門別類匯集成書。包括古代百科資料匯編查檢、專題資料匯編查
檢、圖像資料匯編查檢三方面。古代百科資料匯編主要是類書，隋代
《北堂書鈔》，唐代《藝文類聚》，宋代《太平御覽》，明代《永樂大
典》，清代《淵鑒類函》，近代《古今圖書集成續編初稿》等。

專題資料匯編可分為以下類別：

（1）教學科研資料，如《中國哲學史教學資料選編》、《兩漢教育制度史資料》、《古漢語語法資料匯編》、《魯迅研究學術論著資料匯編》、《二十世紀中國文化史——著名學者光盤資料庫》等；

（2）新型類書，如《中國思想寶庫》、《中國歷代文獻精粹大典》、《中國古代名物大典》等；

（3）圖像資料匯編，主要利用圖錄，有《三才圖會》、《四庫全書名物珍奇大圖典》、《中華吉祥物大圖典》、《中國古代建築藝術百圖》、《西方藝術史圖解辭典》等。

表八

查檢內容		工具書
古代百科資料匯編	一般用書	隋《北堂書鈔》、唐《藝文類聚》、宋《太平御覽》、明《永樂大典》、清《淵鑒類函》、近代《古今圖書集成續編初稿》等。
專題資料匯編	教學科研資料	《中國哲學史教學資料選編》、《兩漢教育制度史資料》、《古漢語語法資料匯編》、《魯迅研究學術論著資料匯編》、《二十世紀中國文化史——著名學者光盤資料庫》等；
	新型類書	《中國思想寶庫》、《中國歷代文獻精粹大典》、《中國古代名物大典》等。
圖像資料匯編	一般用書	《三才圖會》、《四庫全書名物珍奇大圖典》、《中華吉祥物大圖典》、《中國古代建築藝術百圖》、《西方藝術史圖解辭典》等。

九　典制法規

從時代劃分，這類查檢可分古代典章制度、當代制度法令兩大類。
古代包括三方面：

一、歷代典章制度，有《通典》、《通志》、《文獻通考》、《十通分
　　類總纂》等；

二、斷代典章制度，有《歷代刑法志》、《春秋會要》、《皇朝政典
　　纂》、《中國政治制度通史》等；

三、歷代官職沿革，有《歷代職官表》、《中國歷代官制簡表》、
　　《清代職官年表》、《中國官制大辭典》等。

當代包括三方面：

一、政治制度，有《中外政治制度大辭典》、《中華人民共和國職
　　官志》、《中華民國史檔案資料匯編》等；

二、法規、條約，有《中華民國規大全》、《中國法津法規大典數
　　據光盤》、《中外約章匯要大全》、《國際條約集（ 1872-
　　1916)》等；

三、機構簡況，有《中國政府機構名錄〔1992年版〕》、《各國國
　　家機構手冊〔修訂版〕》、《中國社會團體大辭典》等。

表九

查檢內容		工具書
古代典章制度	歷代典章制度	《通典》、《通志》、《文獻通考》、《十通分類總纂》等；
	斷代典章制度	《歷代刑法志》、《春秋會要》、《皇朝政典纂》、《中國政治制度通史》等；

	查檢內容	工具書
	歷代官職沿革	《歷代職官表》、《中國歷代官制簡表》、《清代職官年表》、《中國官制大辭典》等。
當代制度法令	政治制度	《中外政治制度大辭典》、《中華人民共和國職官志》、《中華民國史檔案資料匯編》等；
	法規、條約	《中華民國規大全》、《中國法津法規大典數據光盤》、《中外約章匯要大全》、《國際條約集（1872-1916）》等；
	機構簡況	《中國政府機構名錄（1992年版）》、《各國國家機構手冊（修訂版）》、《中國社會團體大辭典》等。

十　古今圖書

　　古今圖書的檢索，可利用各種圖書目錄，包括古代圖書、現代圖書、叢書、圖書出版信息四類。

　　一、古代圖書的查檢有四方面，分別是歷代著錄及流存；現存古籍；偽書、禁書及分辨書名；古籍專書研究書目。以下逐一介紹：

　　（1）歷代著錄及流存的查檢，與史志書目有關，可以查檢《中史藝文經籍志》、《二十五史補編》、《藝文志二十種綜合引得》等工具書；與提要、版本目錄有關，可以查檢《郡齋讀書志》、《直齋書錄解題》、《四庫全書總目提要》、《書目答問補正》等工具書。

　　（2）現存古籍的查檢，與善本書目有關，可以查檢《中國善本書提要》、《中國善本書提要補編》、《日本藏宋人文集善本鈎沉》等工具書；與普通古籍書目有關，可以查檢

《北京圖書館普通古籍總目》、《中國館藏和刻本漢籍書目》、《現存宋人別集版本目錄》等工具書；與館藏書目有關，可以查檢《北京大學圖書館藏善本書目》、《香港中文大學圖書館藏善本書目》、《中國人民大學圖書館古籍善本書目》等工具書。

（3）偽書、禁書及分辨書名的查檢，與偽書有關，可以查檢《古今偽書考補正》、《偽書通考》、《續偽書通考》等工具書；與禁書有關，可以查檢《清代禁毀書目〔補遺〕‧清代禁書知見錄》、《元明清三代禁毀小說戲曲史料》、《中國禁書大觀》等工具書；與分辨書名有關，可以查檢《同書異名通檢》、《同名異書通檢》、《中國古今書名釋義辭典》等工具書。

（4）古籍專書研究書目的查檢，是指專門介紹研究某一古籍名著的書目。例如《楚辭書目五種》、《史記書錄》、《水滸書錄》、《中國文學目錄學》等。

二、現代圖書的查檢有三方面，分別是中國現代圖書目錄、學術著作提要、外國圖書。以下逐一介紹：

（1）中國現代圖書目錄，關於民國時期書目，有《民國時期總書目》、《民國以來出版新書總目提要初編》等；關於全國總書目，有《全國總書目》、《全國內部發行圖書總目》、《中國國家書目》、《全國書目總匯》等；關於出版書目，有《商務印書館圖書目錄》、《中華書局圖書總目》、《中華民國出版圖書目錄匯編》等。

（2）學術著作提要，有關書目有《二十世紀中國學術要籍大辭典》、《中國學術著作總目提要》、《中華名著籍精華》等。

（3）外國圖書，有關書目有《世界百科著作詞典》、《世界百

科名著大辭典》、《中國學術譯著總目要》、《國際漢學著作提要》等。

三、叢書的查檢，所謂叢書是指「以數人之書合為一編，而別題以總名者」（《四庫全書總目提要》）。分古今兩大類：

（1）與古籍叢書有關，有《中國叢書綜錄》、《叢書總目續編》、《叢書大辭典》等，此屬綜合性叢書目錄類；《四部叢刊書錄》、《四部備要書目提要》、《叢書集成初編目錄》等，此屬叢書專書目錄類。

（2）與近現代叢書有關，有《中國近代現代叢書目錄》、《中國近代現代叢書目錄索引》等。

四、圖書出版信息的查檢，與新書目錄有關，有《全國新書目》、《全國古籍新書目》、《中國可供書目》等；見於年鑒，有《中國哲學年鑒》〈新書選介〉、《中國新聞年鑒》〈中國新聞學書目〉、《中國社會科學版年鑒（1989-1993）·社會學部分書目索引》等。

表十

查檢內容		工具書
古代圖書	歷代著錄及流存	1. 與史志書目有關： 《中史藝文經籍志》、《二十五史補編》、《藝文誌二十種綜合引得》等； 2. 與提要、版本目錄有關： 《郡齋讀書志》、《直齋書錄解題》、《四庫全書總目提要》、《書目答問補正》等。
	現存古籍	1. 一般用書： 《中國善本書提要》、《中國善本書提要補編》、《日本藏宋人文集善本鉤沉》等；

查檢內容		工具書
		2. 與普通古籍書目有關： 《北京圖書館普通古籍總目》、《中國館藏和刻本漢籍書目》、《現存宋人別集版本目錄》等； 3. 與館藏書目有關： 《北京大學圖書館藏善本書目》、《香港中文大學圖書館藏善本書目》、《中國人民大學圖書館古籍善本書目》等。
	偽書、禁書及分辨書名	1. 與偽書有關： 《古今偽書考補正》、《偽書通考》、《續偽書通考》等； 2. 與禁書有關： 《清代禁毀書目（補遺）》〈清代禁書知見錄〉、《元明清三代禁毀小說戲曲史料》、《中國禁書大觀》等； 3. 與分辨書名有關： 《同書異名通檢》、《同名異書通檢》、《中國古今書名釋義辭典》等。
	古籍專書研究書目	《楚辭書目五種》、《史記書錄》、《水滸書錄》、《中國文學目錄學》等。
現代圖書	中國現代圖書目錄	1. 關於民國時期書目： 《民國時期總書目》、《民國以來出版新書總目提要初編》等； 2. 關於全國總書目： 《全國總書目》、《全國內部發行圖書總目》、《中國國家書目》、《全國書目總匯》等； 3. 關於出版書目的： 《商務印書館圖書目錄》、《中華書局圖書總目》、《中華民國出版圖書目錄匯編》等。
	學術著作提要	《二十世紀中國學術要籍大辭典》、《中國學術著作總目提要》、《中華名著籍精華》等；

查檢內容		工具書
叢書	外國圖書	《世界百科著作詞典》、《世界百科名著大辭典》、《中國學術譯著總目要》、《國際漢學著作提要》等。
	綜合性叢書目錄	《四庫全書總目提要》、《中國叢書綜錄》、《叢書總目續編》、《叢書大辭典》等；
	叢書專書目錄	《四部叢刊書錄》、《四部備要書目提要》、《叢書集成初編目錄》等；
	近現代叢書	《中國近代現代叢書目錄》、《中國近代現代叢書目錄索引》等。
圖書出版信息	新書目錄	《全國新書目》、《全國古籍新書目》、《中國可供書目》等。
	見於年鑒	《中國哲學年鑒》〈新書選介〉、《中國新聞年鑒》〈中國新聞學書目〉、《中國社會科學版年鑒（1989-1993）》〈社會學部分書目索引〉等。

十一　報刊論文資料

　　報刊指報章和期刊的合稱，具有內容新穎、資訊迅速、時間持續等特點，自十九世紀六十年代開始，中國人開始創辦中文報章，有《昭文新報》、《循環日報》、《中外紀聞》、《強學報》、《時務報》、《國聞報》等。查考報刊概況可以利用以下工具書：《清季重要報刊目錄》、《晚清文藝報刊述略》、《中國近代文學期刊編目》、《中國現代文學期刊目錄》、《中國刊報大全》、《中國期刊文獻檢索工具大全》等。查考報刊館藏情況工具書：《北京圖書館館藏報紙目錄》、《館藏中文報紙副刊目錄（1898-1949）》、《（1933-1949）全國中文期刊聯合目錄（增訂本）》、《北京大學圖書館中文舊期刊目錄》、《中國刊報大全》、

《中國期刊目》等。至於查考報刊篇目方面，可以查考的工具書有
《中國近代期刊篇目匯錄》、《中文雜誌索引》、《期刊索引》、《日報索
引》、《全國主要報刊資料索引》等。

報刊亦包含不少學術論文資料，除了利用上述報刊索引外，可以
利用專門學術論文索引，此可分綜合性論文索引和專題論文索引兩大
類：

（一）綜合性論文索引

一般綜合性，例如《中國社會科學文獻題錄》、《中文報紙論文類
索引》、《國外社會科學論文索引》等。

（二）專題論文索引

以語言文學為例，有《中國語言學論文索引》、《〈說文解字〉研
究資料及論文索引》、《全國報刊文學論文索引》、《中國古典文學研究
論文索引》、《中國民間文學論文索引》等。

表十一

查檢內容		工具書
報刊論文	報刊名稱	《昭文新報》、《循環日報》、《中外紀聞》、《強學報》、《時務報》、《國聞報》等。
	報刊概況	《清季重要報刊目錄》、《晚清文藝報刊述略》、《中國近代文學期刊編目》、《中國現代文學期刊目錄》、《中國刊報大全》、《中國期刊文獻檢索工具大全》等。
	報刊館藏	《北京圖書館館藏報紙目錄》、《館藏中文報紙副刊目錄（1898-1949）》、《（1933-1949）全國中文期刊聯合目錄（增訂

查檢內容		工具書
		本）》、《北京大學圖書館中文舊期刊目錄》、《中國刊報大全》、《中國期刊目》等。
	報刊篇目及索引	《中國近代期刊篇目匯錄》、《中文雜誌索引》、《期刊索引》、《日報索引》、《全國主要報刊資料索引》等。
學術論文資料	綜合性論文索引	如《中國社會科學文獻題錄》、《中文報紙論文類索引》、《國外社會科學論文索引》等。
	專題論文索引	如中國語言學論文索引》、《〈說文解字〉研究資料及論文索引》、《全國報刊文學論文索引》、《中國古典文學研究論文索引》、《中國民間文學論文索引》等。

工具書的功用

　　工具書是一種將某類知識、資料或事實，匯編而成的參考書籍。由於按著一定編排規律及檢索系統而編制，讀者閱讀資料非常方便。資料匯集與便於檢索，可以說是工具書最基要特點，也是它的基本功能。具體點說，工具書可以為讀者解決疑難問題，能夠讓人了解學術信息，更新已有知識。[2] 然而，從使用者應用情況來看，工具書對於學習者、研究者的實際功用，可以推廣到其他與人生活及文化相關的範疇。語言學大師林語堂曾指出：「無論古今中外，治學工具之書，皆指示修學門徑，節省時間，且可觸類旁通，引人入勝」（《中文參考

2　有關說法參考王寧、鄒曉麗編撰：《工具書》（香港：和平圖書公司，2003年），頁33-34。

書指南》轉引）。文獻學者吳則虞也對工具書的用途作出如此闡釋：
「沿流溯源，校勘舊籍，古逸鈎沉，詩文用典，解答問題，臨時取
便，橫通廣喻，執繁御簡」（《中國工具書使用法》轉引）。

　　按專家學者對工具書的研究心得，綜合其功用為以下十項[3]：

一　指示讀書門徑

　　面對現代社會科技文化迅速發展的世界，要充實自我就要汲取各
方面的知識，單是針對一兩本著作鑽研學問，並不足以應付。事實
上，讀書治學也不是光靠勤奮就能湊效，必須懂得研究的門路。清人
張之洞曾指出：「（讀書若是）汎濫無歸，終身無得；得門而入，事半
功倍。」（《輶軒語・語學》）清人王鳴盛更指出目錄學對治學入門的
重要性，他說：「目錄之學，學中第一要緊事，必從此途，方能得其
門而入。」（《十七史商榷》）工具書的應用在古代就是目錄學，它能
給人指示讀書的門徑。例如，《四庫全書總目》的題解書目，就能向
讀者闡明古代學術源流，同時又評論了圖書內容優劣，既可讓讀者省
去不少翻檢、閱讀資料研究學術源流的時間，又可以使人對古代學術
源流、派別有一個清晰的概念。又如《增訂四庫簡明目錄標注》提及
的版本目錄書籍，可以為讀者揭示古籍版本源流，有助學者對研究材

3　本部分所述十點，綜合參考：1. 武漢大學《中文工具書使用法》編寫組編：《中文
　工具書使用法》（北京市：商務印書館，1984年）。2. 吳則虞著、吳受琚整理：《中
　國工具書使用法》（上海市：上海古籍出版社，1988年）。3. 詹德優等編著：《中國
　工具書使用法》（增訂本）（北京市：商務印書館，1996年）。4. 戚志芬編著：《中國
　的類書、政書和叢書》（北京市：商務印書館，1996年）。5. 詹德優編著：《中文工
　具書導論》（武漢市：湖北教育出版社，1994年）。6. 朱天俊、李國新著：《中文工
　具書教程》，（北京市：北京大學出版社，1991年）。7. 王寧、鄒曉麗編撰：《工具
　書》，（香港：和平圖書公司，2003年）。8. 袁正平著：《中文工具書實用教程》（成
　都市：四川大學出版社，2002年）。

料作進一步的理解和認識，指示了讀書的方向和門路。當然要注意的是，有關指引及評述都是由學者撰寫，這只是反映出他們的閱讀心得，並不代表絕對正確，如有漏洞、不足，讀者需要自行分析判斷。

二　揭示文獻藏所

讀書研究學問，不單要懂得讀甚麼書，要懂得怎樣讀書，而且更要懂得在哪裏找到所需要資料。例如《中國叢書綜錄》、《中國古籍善本書目》、《中國地方志聯合目錄》、《民國時期總書目》、《全國中文期刊聯合目錄》等具索引功能的工具書，能為讀者清楚揭示文獻的藏所，方便尋找與查檢。在選用及核對研究資料方面，讀者既可以得到切實的資料來源指示，又可以省卻四處奔走翻查各地藏所目錄的工夫與時間。然而，今天電子資訊發達，網絡搜尋方便快捷，對所尋獲資料之出處、來源、藏所，甚至讀取時間、位置之類，仍須仔細跟進，特別要注意資料之真實性及其轉引有沒有疏漏、竄改、訛誤等問題。

三　解釋疑難字詞

學習與研究經常會踫到疑難詞字的問題，翻查字典、詞典是一般慣常解決方法。不過，有時一些疑難問題並不是普通字書、辭典可以滿足讀者需要，例如與語法、詞匯、修辭等知識的問題，就需要找尋一些別具特色、專題的工具書才可以把問題迎刃而解。例如，閱讀《史記》〈魏公子列傳〉：「趙王掃除自迎，執主人之禮。」與元積〈離思五首〉之四：「曾經滄海難為水，除卻巫山不是雲。」詩文中的「除」字應樣理解呢？翻查文言詞典等工具書，就會發現「除」原來有「臺階」、「不計算在內」等不同義項，上述問題也就可以清楚辨

明。由此可見，讀者假如對工具書的體系、類別、功能有所認識，就可以選出適當的輔助工具，對症下藥，把有關問題解決。

四　查考疑難問題

讀書學習，除了遇到疑難字詞，也會踫到各種各樣疑難問題。例如，某一個名物的概念和情況，或是某一個人物的生平事跡，或是一個年月日的古今曆法換算，又或是一個古代地名的現代位置、名稱等。這些都有賴查檢各類專題工具書去解決，史學家吳晗指出：「要學好古文，就必須掌握工具書。要學會查《康熙字典》、《辭源》、年表、人名大辭典、地名大辭典等。不懂就查，一點也不能放過。」（《如何學習歷史》）例如「朔望」是古人慣常用來表示時間的詞，它到底指甚麼時候呢？翻查一下《康熙字典》，就會發現原來指一個月的初一和十五兩天。「天貺」、「上巳」、「填倉」等又是甚麼意思呢？它們之間有沒有關係呢？查過有關工具書後，就會知道原來是古代節日名稱，若要深入了解它們的關係，就要查閱年表、節令表等專門工具書。

五　指引資料線索

學術研究講求科學的思想性與系統性，閱讀前人的研究成果，能夠讓人提升個人的知識層面與學問水平，也可以讓讀者累積及開闊個人的知識領域。後人又可以利用前人的研究成果，向前邁步進發，讓科學的研究少走彎路或回頭路。隨著時代的進步及發展，記載前人研究成果的科學文獻，數量和種類都急劇增加。研究者已不能通過逐篇閱讀的方法來搜集和選擇所需要的材料，因而必要借助一種具有索引

性的工具書。與此同時，一些具有提供資料線索功能的工具書，也就相應的湧現出來，幫助研究者進行資料線索的跟進與研究。如類書的引書出處、百科全書的參考文獻、年鑒的書目資料，以及辭典的引用資料等，都可以為研究者提供資料檢索的方便，間接促進了學術研究的發展。

六　提供參考文獻

講求科學態度的學術研究，有多時都需要查閱及引用大量有關的文獻資料。所需查檢的資料，種類繁多，如詩詞典出的來歷，或是法規制度的具體內容，或是數據的來源，或是歷史事件的來龍去脈，或是名物的形體圖像，諸如此類，都可以通過類書、政書、年鑒、手冊、名錄、表譜、圖錄、叢集、匯要等具備資料性、參考性的工具書，找到適合的材料。例如，要研究長江的地理歷史，要了解它的水源出自由處，一共流經多少個城鎮，水流有多長，江水有多深，古代有甚麼文獻曾經記錄過這些資料，這都可以通過《長江大辭典》的查檢得到關的資料，對撰寫與此主題有關的學術論文，具有十分重要的參考意義。工具書能夠為讀者、研究者提供一定的參考材料及資料類別，由此可見一斑。

七　輔助輯佚校勘

歷史上有不少文獻資料，往往因為時代久遠、收藏不善、校對核證不精，而有遺漏、脫失，或訛誤。結果，很多時，研究者從事古代文獻研究，或是要借助古代文獻資料進行有關探索，都需要特別注意古籍的校勘和輯佚的問題。事實上，不少已經亡佚的古籍片斷，散見

於具資料性的工具書之中，其中包括類書、政書、叢集、匯要，以及古籍所引錄之古舊註文。現存古籍，如《藝文類聚》、《初學記》、《太平御覽》等大型類書，都保留著不少用古本文獻之原始材料，學者可以通過對有關資料作出適切而科學的勘證和訂正。當然，也不能迷信古舊材料，不要主觀以為凡古於當世的文獻就一定正確，必要通過系統而科學的分析，才可以推斷出可信的觀點。無可否認，古本原始材料對於從事古代文獻之有關研究，具有非常寶貴的價值。

八　傳播思想文化

工具書是供人參考的書籍，由於體系與分量都十分龐大，很多時要得到政教團體或社會重要階層的支持，才可以順利成功編纂。從古到今，不少具分量工具書編撰，都具有傳播思想文化的特質。例如，漢代劉歆《七略》的編纂，與漢武帝「獨尊儒術，罷黜百家」的政治需要有關。唐代《唐韻》與宋代《廣韻》的編纂和修訂，都與當時的科舉考試有關，沒有朝廷支持就難以成事。清代由康熙推動編撰的《字典》（後稱《康熙字典》），目的是為了「以昭同文之治，⋯⋯官府吏民亦有所遵守」（〈御制康熙字典序〉）。乾隆年間，開館編撰《四庫全書》，紀昀《四庫全書總目提要》的編輯，據說是為了貫徹「為天地立心，為生民立道，為往聖繼絕學，為萬世開太平」（宋・張載語）（說法引自〈四庫全書纂修考〉）的政教目的。清末，康有為、梁啟超編寫《日本書目志》和《西學書目表》，目的是為了推動變法而開展的譯書活動。事實上，中國歷代類書的修訂，一般都會由官方主理，與思想文化的傳揚有著十分密切關係。

九　匯集各類資料

百科全書是蒐集多種多樣知識資料的工具書，這類書籍可以為讀者提供便捷而完備、翔實的資料檢索。利用這類工具書可以有效而快捷去掌握多方面資料。例如，要了解近代語言學家黃侃在儒學方面有甚麼貢獻，有甚麼相關論著，可以查檢《中國儒學百科全書》。又如從事儒家經典《論語》研究，要了解由歷代至今有甚麼專題論著，可以查閱《十三經論著目錄·〈論語〉論著目錄》，書中分門別類記錄了七千多條有關的著述，而且包括了著述收錄位置、傳本內容和發表時間。此外，也可以通過各種年鑒等資料，了解到某一領域或某一地區某年度的各類事業發展、研究成果，以及各種大小事類的統計數據。例如，要了解二〇〇〇年香港、澳門、臺灣三地在教育方面的國際交流情況，可以查檢《中國教育年鑒》。這類工具書籍，對於一些需要查考地域性概況資料，用作研究基礎的工作，有重大助益。

十　積聚各種知識

隨著社會文明推進與發展，人在生活上遇到的東西不斷增多，幾乎無時無刻都會踫到新知識、新事物。事實上，日常生活、學習和工作裏，有不少陌生的知識領域都要我們去了解和認識，這時專門科目或綜合學科，甚至百科全書之類工具書，都是非常實用的指導者。例如，要了解現代中文科課堂教學設計有甚麼特點，可以查檢《實用課堂教學設計全書》、《教育大辭典》、《教師基本功全書》等工具書。又如，要理解中國文字，如甲骨文、篆書、隸書、楷書、簡化字等書體的寫法、構形、發展源流等特點，可以查檢《中國中學教育百科全書》之《語文卷》。這類工具書的編纂內容包羅萬有，一般都有全面

介紹各類不同領域的知識，有些還會指引進入某一知識領域的基本理論和研究門徑，為讀者提供要進一步學習、深究所需要閱讀的基本書目，是打開了各種領域知識的學問大門鑰匙。

傳統工具書常用術語

常用術語指檢閱某類傳統工具書時，會踫到一些闡釋問題的專用詞語，例如字典、詞典的說解體例所引用「引申義」、「比喻義」、「褒義」、「貶義」等術語，這些是詞義學術語，有些詞典會在附錄或凡例加以解釋。事實上，不少工具書解說術語，尤其是見於古代文獻書籍，通常會與解說、詮釋、例證方面相關，所涉及的是聲韻學、訓詁學、校勘學方面專門知識。以下列舉一些常用術語加以說明：

一　讀若、讀如

「讀若」又稱「讀如」，是閱讀古籍、古注常接觸術語。這其實是在反切出現前所用擬音方法。這種方式有時會兼具表示注釋字與被注釋字在意義上的關係，或是用字方面具有假借釋義作用。「讀若」出現於漢代典籍及注文之中，《說文解字》用「讀若」說解字音字義較普遍。例子如下：

> 皕篆下釋曰：「皕，二百也，……讀若祕。」
> 隺篆下釋曰：「鴟屬，……讀若和。」
> 糸篆下釋曰：「細絲也，……讀若覛。」

以上三例都是以近音字注音，所引讀若字之字義，基本上與被訓釋字

沒有關係。

　　《說文解字》又有引雙音節詞作讀若例，如广篆下釋曰：「因广為屋。……讀若『儼然』之儼。」也有讀若字或注音所引字例，與被訓釋字有音義關係，如：

　　　　丌篆下釋曰：「丌，下基也，薦物之丌。……讀若箕同。」
　　　　囧篆下釋曰：「窗牖麗廔闓明，象形。……讀與明同。」
　　　　豊篆下釋曰：「行禮之器也，……讀與禮同。」

　　以上三例所謂「讀若某同」、「讀與某同」，即是篆字與被訓釋字的音、義都是相同。

　　讀若、讀如之術語，在古注中十分常見，漢人鄭玄注經亦經常用這種術語。有關例子，詳見《十三經注疏》。

二　讀為、讀曰

　　「讀為」又稱「讀曰」，是古籍中表示用本字解釋借字的術語。例如，《詩》〈周南〉〈野有死麕〉：「白茅純束，有女如玉。」《正義》曰：「『純讀為屯』者，以純非束之義，讀為屯，取肉而裹束之，故傳云：『純束，猶包之』。」《禮記》〈曲禮〉：「國君則平衡，大夫則綏之。」鄭玄注：「綏讀曰妥」，即是「綏」的讀音是「妥」，同時也當作「妥」來解釋，解作停止。又如《莊子》〈逍遙遊〉：「而御六氣之辯。」郭慶藩注：「辯讀為變」，即是「辯」的音、義都是「變」，解作變化。再如《漢書》〈高帝紀〉：「公巨能入乎？」顏師古注：「巨讀曰詎。詎，猶豈也。」即是「巨」的音、義都是「詎」，解作豈。以上四例的「屯」、「妥」、「變」、「詎」都是所引文獻的本字，「純」、

「綏」、「辯」、「巨」是借字，讀古籍時則必要用本字才可以得到正確的解釋。[4]

三 如字

「如字」，古籍注文常見術語，其意思是表明某字在該處讀音應讀回本來讀音。例如〔唐〕陸德明《經典釋文》：「惡惡，上烏路反，下如字。……好好，上呼報反，下如字。」按陸氏所析，第一個「惡」字報作烏路反，即廣州話「厭惡」的「惡」（Wu3）；第二個「惡」字讀該字本來讀音，即廣州話「善惡」的「惡」（ɔk8）。[5]至於「好」字，第一個讀呼報反，即廣州話「愛好」的「好」（hou3）（按，切語上字的「呼」，古音是喉音 h）；第二個「好」字讀該字本來讀音，即廣州話「良好」的「好」（hou2）。[6]

四 之言、之為言

「之言」又稱「之為言」，訓詁學術語，古書經典注文常見。所謂之言，表示通過聲訓的方式，去揭示訓釋詞與被訓釋詞的音義相通

---

4 有些古書「讀曰」注音其實與古今字相關，《漢書》〈成帝紀〉：「上大說」，顏師古注：「說讀曰悅。」這是指這裏的「說」字，應作「悅」字解，讀音也和「悅」字相同。「說」和「悅」是一對古今字，在先秦漢代，「說」就可以解作「悅」，而「悅」是後出的字。《論語》〈學而〉：「學而時習之，不亦說乎？」《經典釋文》〈論語音義〉：「亦說；音悅，注同。」《左傳》〈昭二十七年〉：「子常殺費無極與鄢將師，盡滅其族，以說於國，謗言乃止。」所用的「說」就是「悅」的古字。

5 普通話讀音「惡」則分別讀e及wu，都是去聲。

6 普通話讀音「好」拼音為hao，分別讀上聲及去聲。有關引例另參考《中學語文教師手冊》編委員編：《中學語文教師手冊》（上海市：上海教育出版社，1983年），上冊，頁531，「如字」條。

關係。例如《周禮》〈小宰〉:「祼將之事。」〔漢〕鄭玄注:「祼之言灌也。」是指「祼」這個詞得名於灌酒這種方式,即是「祼」與「灌」兩字在聲訓上(音與義都有相關,音方面一般會是雙聲或疊韻的關係)可以互通。又如《論語》〈為政〉:「為政以德,譬如北辰,居其所,而眾星共之。」〔宋〕朱熹注:「政之為言正也,所以正人之不正也;德之為言得也,得於心而不失也。」以「正」釋「政」,以「得」釋「德」,正由於訓釋字與被訓釋字都有同音關係,而詞義也可以用來解釋句中文義。

五　反、切

又稱「反切」,唐之前有稱「翻」、「翻切」。是一種古代注音方式,查檢古代韻書、字典、詞典之類工具書經常遇見。反切的注音原理是用兩字拼合成另一個字音,第一個字與所切字的聲母相同,第二個字與所切字的韻母和聲調相同。例如《廣韻》〈一東〉:「東,德紅切。」以「德」(d)為「東」的聲母;「紅」(uŋ)為「東」的韻母和聲調(平聲),結果切出「duŋ」這個音。《康熙字典》、《辭源》、《辭海》等字典、詞典,都收錄了古代具代表性的韻書切音。了解切音的方式,對閱讀古書、古注很有幫助。

中文教學常用工具書

從中文教學所需使用的工具書來看,可分為以下六類,現將各類特點扼要說明:

一　文字類

　　指與文字的字形、結構解釋、部首、部件、書體、文字源流發展等相關內容。當然，查閱這類工具書時，很多時一些與字義、詞義、字音等有關資料，也會同時檢查得到。事實上，一般大型字典、詞典都包含文字的形、音、義三方面資料。以下簡介幾本文字類工具書：

1《康熙字典》（標點整理本）《漢語大詞典》編纂整理，上海市：漢語大詞典出版社，二〇〇二年。

　　本書將張玉書等編撰《康熙字典》重新排版，並加上現代標點，保留原書內容，共收四萬七千零四十三字，包括楷體、篆體，說明字形、字音、字義。書中又附上新、舊筆形對照舉例表，方便讀者了解印刷楷體的字形變化，是查檢字形、字義及傳統讀音（切語）的重要參考書。

2《漢語大字典》，徐中舒主編，成都市：四川辭書出版社，一九九〇年。

　　本書共收楷書字頭五萬四千六百七十八個，將具代表性之甲骨文、金文、小篆、隸書等形體逐一列出，並簡要說明各體結構的演變。字音包括現代讀音（普通話）、中古切音和上古韻部。字義包括常用義、生僻義和僻字義項，此外又收錄複音詞的詞素義，漢字形、音、義各項有關資料，都有具體說明。

3《中國書法大字典》，林宏元主編，香港：香港中外出版社，一九七六年（臺灣光華出版社於一九八〇年再版）。

　　本書按《康熙字典》部首排列，錄取中國歷代著名書法家三百六十多人所寫碑碣法帖三百多種，用剪貼方式影印，盡量保留真跡原貌。全書共收字四三九二個，包括各類書體寫法，例如古文、篆書、

章草、隸書、行書等，重文約四萬七千四百三十個。於每字下註明作者、朝代、出處等重要資料，對各類書體構形、寫法，包括異體字，都可逐一檢視得到，對書法藝術參考價值較高。

4《常用字字形表》，李學銘主編，香港：香港教育學院，二〇〇〇年。

　　本書專為中文教育工作者需要而編撰，書中收錄各種繁體楷書字形寫法，並參考前香港教育署公布《小學常用字形表》及臺灣教育部編訂《常用字形表》，全書共收字四千七百多個，包括常見異體字四十個，以字碼編號排列每個字頭，按編號統計一共收錄四千七百五十九個常用字。內附部首以外畫數、總畫數兩項參考資料，另有「備註」一欄，主要說明須注意的筆畫或字形的取捨。此書尤其適合香港教育工作者及學生參用。

　　此外，《說文解字集注》（蔣人傑編纂，劉銳審訂，上海市：上海古籍出版社，二〇〇九年）；《說文解字今釋》（湯可敬撰，上海市：上海古籍出版社，二〇一八年）；《形音義規範字典》李行健主編，臺灣：五南圖書出版股份有限公司，二〇〇七年）；《古代漢語字典》（《古代漢語字典》編委會編，北京市：商務印書館，二〇〇六年）；《古代漢語字典》（鍾維克著，四川辭書出版社，二〇一五年）；《中國語言文字學大辭典》（唐作藩主編，北京市：中國大百科全書出版社，二〇〇七年）等都是常用的文字類工具書。

二　語音類

　　指與文字的讀音，包括該字的聲、韻、調，所屬的語音系統。例如中古音、上古音，又如現代語音（普通話的讀法）、方音讀法、變讀、多音讀法等與語音相關的資料。與字形類情況相近，查閱這類工

具書時，很多時一些與字形、字義、詞義等有關資料，也會同時檢查得到。以下簡介幾本語音類工具書：

1 《新校互注宋本廣韻》（定稿本），余廼永著，上海市：上海人民出版社，二〇〇八年。

　　以澤存堂本《廣韻》為底本，以《切韻》系諸書為校訂材料，將《廣韻》書中各大小韻字及註文內容逐一校訂，是目前校訂得較好，而材料又較完備的《廣韻》讀本。書中以互注方式處理各項有關資料，包括又音字、又音、切音及註文。此外，又引用現代音標，根據書中所見切語上下字及韻目，將《廣韻》擬測音系的音標逐一標示出來。另附有詳細《校勘記》及索引，對檢索字音和《廣韻》音系的研究，都有高度參考價值。

2 《古韻通曉》，陳復華、何九盈著，北京市：中國社會科學出版社，一九八七年。

　　將漢字上古音與中古音系統，以字頭檢索方法逐一排列出來，用表解方式將每個漢字上古聲母、上古韻部列出，並將該字在中古音系的語音特點，包括見於《廣韻》的切語，所屬聲紐、韻部、開合洪細，以及現代讀音（漢語拼音音標），都一並排列出來。書中同時收錄「諧聲異同比較」及「歸字總論」等重要研究成果，在檢索和研究方面都有高度參考價值。

3 《粵音韻彙》，黃錫凌著，香港：中華書局香港分局，一九八一年。

　　以粵語（廣州話）五十三個韻母、十九個聲母（零聲母不計算在內）為經緯，仿古代韻圖設計，用縱橫排列方式，將每個單字依次列出。韻母按主要元音作先後排列次序，同韻字依聲母（英文字母）順序排列，同韻同聲字以平、上、去、入四聲次序排列；聲母則按音標英文字母次序排列，檢索方式簡易清晰。對於變調、讀書音、口語

音、今讀、舊讀等，書中均有簡要註釋說明，是一部查考粵語讀音的重要工具書。此書尤其適合香港教育工作者及學生參用。

4《漢語普通話正音字典》，馬致葦編著，北京市：中信出版社，一九九八年。

　　按國家語委規定方案，將常見普通話誤讀問題，以編檢字典方式加以訂正和說明。全書辨正對象一共一千七百多個字詞，除了分析說明正讀及誤讀，另有註釋部分包括詞性、出處，並用漢語拼音方案標音，韻目則兼用注音符號。此書對考究普通話的正誤讀音有較重要參考價值。

　　此外，《廣州音正音字典》（修訂版）（詹伯慧主編，廣州市：廣州人民出版社，二〇〇二年）；《廣州音字典》（饒秉才主編，廣州市：廣東人民出版社，二〇〇三年）兩書，將廣州音與普通話作了語音對照分析，是從事粵、普研究重要工具書。還有《漢字古今音彙》周法高主編，張日昇、徐芷儀、林潔明編纂，香港：香港中文大學出版社，一九八九年）、《常用字廣州話異讀字分類整理》何國祥編，香港：香港教育署，一九九四年）、《漢字古音手冊》（增訂本）郭錫良編著，北京市：商務印書館，二〇一〇年）、《上古音手冊》（增訂本）唐作藩編著，北京市：中華書局，二〇一三年，對古今音的變化、研究及考證，都具有重要參用價值。

三　詞語類

　　指關於詞的解釋，包括單音詞、雙音詞、複音詞、同義、近義、反義等詞義解釋，以及與之相關資料，例如詞的典故、出處、使用情況、詞頻、詞的屬性、所屬詞類等。與字形、字音、字義類的情況相

近，查閱這類工具書時，很多時一些與字形、詞形、字義、詞義、多義、古今義、通假義等有關資料，也會檢索得到。可以通過一些專門類別詞典，如《古今義詞典》、《多音多義詞典》、《正反義詞典》查檢有關內容。以下簡介幾本關於詞語類工具書：

1 《漢語大詞典》，漢語大詞典編輯委員會・漢語大詞典編纂處編纂，羅竹風主編，上海市：漢語大詞典出版社，一九九四年。[7]

採用部首檢索編排，所用部首基本源於《康熙字典》二百一十四部，其中若干部首之處理稍有訂改，附有漢語拼音索引，是一部大型而又具歷史性漢語語文辭典。全書共十二卷，所收詞目超過三十七萬條，著重從語詞歷史演變過程加以全面闡述。收錄單字以文獻例證為原則，死字、僻字不收。所引例證都是從古今著作原書摘錄下來，重視第一手資料，參考價值甚高。

2 《現代漢語分類詞典》，董大年主編，上海市：漢語大詞典出版社，一九九九年。

按語義分類編排，收錄字條約四萬九千條，主要是普通語詞和百科詞，包括現代漢語常用詞、詞組等，以及一些常見方言詞和文言詞。全書分十七大類，如分宇宙・地球、生命・生物、人體・醫藥衛生、人類・社會、思想・語言・信息等。大類下再細分小類，共一百四十三小類，如在「數量」下分數目、數量、數學、計量、常用量詞；在「工業・科技」下再分勞作、製造、工業、機器、設備、工具、科學、技術。全書共收三千七百一十七詞群，以同類相屬方式，將有關類別詞語連接起來，實用性十分高。

---

7 《漢語大詞典》光盤於1998年、1999年推出，具備發聲功能。讀者可通過電腦檢索書中資料，可利用多項查檢方法，檢索各類有關知識。

3《漢語學習詞典》，晁繼周、李志江、賈采珠編，南昌市：江西教育
　出版社，一九九八年。

　　對象為中小學中文科教師及其他中等以上程度讀者，主要收錄現
代漢語詞語，也兼收中學生和其他讀者在閱讀時經常遇到的文言詞
語，一共收錄三萬多個詞條。內容古今兼備，釋義除詳解現代義項
外，也列出較常見文言義項。書後附有《現代漢語詞類表》，說明詞
類定義、類別、語法特點及有關例子。

4《通假字典》，夏啟良等編，開封：河南大學出版社，一九九九年。

　　以漢語拼音方案的字母作順序排檢，先列出字頭並作解釋，再於
下引出有關通假字例。各條各字附上注音，包括中古音聲、韻、調及
上古音聲紐和韻部，書證一般採用一至三個，標明書名、作者及出處
等資料來源。此書能解決一般文言通假字問題，實用性頗高。

　　此外，《近義詞反義詞詳解辭典》（陳炳昭、林連通、張儀卿主
編，長沙市：湖南出版社，一九九六年）；《同義詞詞典》（張清源主
編，成都市：四川人民出版社，二〇〇〇年）；《新編古漢語詞典》
（于揚、沙志軍主編，北京市：人民日報出版社，一九九七年）；《漢
語褒貶詞語用法詞典》（王國璋主編，北京：華語教學出版社，二〇
〇一年）；《古語詞今用詞典》（周永惠、謝光瓊主編，成都市：四川
辭書出版社，一九九五年）、《古漢語常用字詞典》（楊希義主編，長
春市：長春出版社，二〇一二年、《故訓匯纂》（宗福邦、陳世鐃、蕭
海波主編，北京市：商務印書館，二〇〇七年、《現代漢語同義詞近
義詞反義詞詞典》（賀國偉主編，上海市：上海辭書出版社，二〇一
六年、《反義詞大詞典》（張慶雲、張志毅主編，上海市：上海辭書出
版社，二〇一六年等，都是非常實用的詞語類工具書。

四　詞匯類

指與詞匯範疇有關工具書，從大類來分，包括古漢語詞匯與現代漢語詞匯。由詞匯編成工具書，有成語、古語詞、外來詞、諺語、俗語、慣用語、格言、隱語、行業語、新詞、方言詞匯等。此外，又包括一些專書著作的詞匯類書籍。與詞語類情況相近，查閱這類工具，很多時一些與字義、詞義、出處、用法、例句等有關資料，也會同時檢查得到。以下簡介幾本詞匯類工具書：

1《中華成語典故大辭典》，葉德本、楊秀蘭主編，吉林市：延邊大學出版社，一九九五年。

　　將散見於經、史、子、集各種古籍中成語典故匯集而成，按所收成語典故內容分為：寓言神話、文學人物、歷史人物、歷史事件、文苑景物五大類。編排體例包括原文、注釋、提示，說解清晰，附有條目筆劃索引，書後有《先秦史籍及二十四史簡介》、《我國古代著名作家和作品簡介》，對有關資料考究、查檢及研究均有高度參考價值。

2《中文大辭典》本書編委會編，臺北市：中國文化大學院出版社，一九八〇年。

　　收單字四萬九千九百零五個，詞匯條目三十七萬多條，字頭按二百一十四部排列，內容包括字形、字音，以及各類常用詞釋義、出處及用法，一般詞書、字典檢索不到的字詞，大都可以查檢得到，參考與研究價值都相當高。

3《實用古漢語大詞典》，實用古漢語大詞典編纂委員編，河南：河南人民出版社，一九九五年。

　　選收單字條目一萬一千個左右，包括繁體字和簡體字；選收多字條六萬五千四百條，包括多音詞、詞組、成語等。除注音、詞類（標

明詞性）、釋義外，另附書證和譯文。書證以先秦兩漢和唐宋散文名著為主，亦選用了一般中學課本、大專院校教材的例句。

4《廣州話方言詞典》，饒秉才、歐陽覺亞、周無忌編著，香港：商務印書館香港分館，一九八一年。

　　以粵音拼音系統排檢粵方言詞，包括單音詞、雙音詞及多音詞，亦有慣用語、短語、俗諺等。除注音、釋義外，每詞條下另附書面語譯文。此外，收錄了一些有音無字的廣州方言詞條，書後附有廣州話普通話字音對照表，對兩種音系提供了對比分析，方便粵普比較研究，參考價值較高。

　　此外，《現代漢語詞庫》（梁揚主編，南寧市：廣西人民出版社，二〇〇三年）、《漢語外來詞詞典》（劉正埮、高名凱、麥永乾、史有為主編，上海市：上海辭書出版社，一九八四年）、《漢語借代義詞典》（韓陳其編著，廣州市：廣東教育出版社，一九九五年）、《中國歇後語庫》（黃晟軍編，鄭州市：中州古籍出版社，一九九七年）、《中國慣用語》（陳光磊編注，上海市：上海文藝出版社，一九九七年）、《常用俗語詞典》（郝長留編著，北京市：北京出版社，一九九六年）、《漢語俗語詞典》（增訂本）（孫洪德主編，北京市：商務印書館，二〇一一年、《漢語成語源流大辭典》（劉潔修著，北京市：開明出版社，二〇〇九年）、《中國大辭林》（《中國大辭林》編委會編纂，福州市：福建人民出版社，二〇一二年）等，都具有高度參考價值。

五　語法類

　　指與語法方面有關工具書，包括詞類、短語（詞組）、句式、句法、語段等資料。通常一些綜合式辭典，可以在同一本書中查閱各類

與語法等專門知識有關資料。語法類工具書與詞語類工具書形式比較相近，很多時一些與詞義、詞匯等有關資料，也同時可以檢查得到，其參考範疇也比較寬闊。以下簡介幾本語法類工具書：

1 《現代漢語語法詞典》，范慶華、李勁柳主編，長春市：延邊人民出版社，二○○一年。

　　以現代漢語常用字、詞為主，解釋漢字五千多個、詞語七萬餘條，每個字、詞都標明所屬詞性，交代各種不同用法，附有例句說明，並有古漢語中常用漢字、詞語及部分慣用語、成語、俗語、短語等。解釋與例句同時附有反義、同義、近義，以及詞的結構組合與句子成分分析。

2 《現代漢語常用詞用法詞典》，顧士熙主編，北京市：中國書籍出版社，二○○二年。

　　利用現代化計算機詞匯統計成果而編制，收詞約六千個，採用四分之三《現代漢語頻率詞典》（一九八六）的詞目。書中除釋義、標明詞類及語素分析外，還有「搭配」、「相關詞群」、「辨析」、「注意」等欄目，方便讀者理解及查考，實用性也較高。

3 《現代漢語辭海》，林杏光審定，倪文杰、張衛國、冀小軍主編，北京市：人民中國出版社，一九九四年。

　　一共收七七八一個現代漢語詞條，包括單字條目、雙字條目及三字條目，除注音、釋義、標詞性外，對構詞、搭配，連語及各詞常見義項，都有詳盡描述。此書對中學及大專學生寫作及詞語運用方面，參用價值較高。

4 《現代漢語重疊形容詞用法例釋》，王國璋、吳淑春、王干楨、魯善夫編著，北京市：商務印書館，一九九八年。

　　收詞條一千五百七十五條，具注音、釋義、用法、擇詞、造句五

種功能。有詳細使用例子並注明出處，又附有形容詞重疊形式表，包括 ABAB 條目、AAB 條目等辨析及分類，對漢語詞語研究有豐富而實用的參考價值。

此外，《現代漢語八百詞》（胡裕樹主編，北京市：商務印書館，一九九九年）；《古漢語虛詞詞典》（王海棻、趙長才、黃珊、吳可穎著，北京市：北京大學出版社，一九九六年）；《現代漢語常用虛詞詞典》（曲阜師範大學本書編寫組編著，曲阜市：曲阜師範大學出版社，一九九五年）、《現代漢語語法信息詞典詳解》（俞士汶等著，北京市：清華大學出版社，二〇〇二年）等，都是具參考價值的語法類工具書。[8] 還有《兩文三語：語法系統比較》（徐芷儀著，臺北市：臺灣學生書局，一九九九年）、《香港粵語語法的研究》（張洪年著，香港：香港中文大學出版，二〇〇七年）；此書談及之香港粵語文法，對香港中文教學工作者及粵語語法研究者，亦有相當重要的參考價值。

六 修辭類

指與修辭有關的辭典，包括各類修辭格及與修辭方面相關資料，有些修辭工具書更會分為古代修辭、現代修辭、文學修辭等範疇。這類工具附上修辭例子、出處和分析，有些更有修辭格的運用、比較等說明。以下簡介幾本修辭類工具書：

1《漢語修辭藝術大典》，楊春霖、劉帆主編，西安市：陝西人民出版

---

8 有關語法類各項專門知識可以參考《中學語文教師手冊》編委員編：《中學語文教師手冊》（上海市：上海教育出版社，1983年），上冊之〈語法〉部分，頁73-101。

社，一九九五年。

　　一共介紹辭格一〇三類，先分析各類辭格特徵，再分小類加以辨明，每類列舉例證及逐一評析，論說內容豐富，分析清楚，書證引例廣泛，古今具備。

2《漢語辭格大全》，汪國勝、吳振國、李宇明著，南寧市：廣西教育出版社，一九九三年。

　　共錄條目六百九十一個，其中獨立辭格二百三十一個。詳細分析各類辭格，辭格正文內容包括出處、定義、舉例、分類、作用、運用、辨異、說明等項。例證古今兼備，並對古籍例子之疑難詞、句子，附上注釋及語譯。另附錄《修辭學著作簡介》及《辭格論文索引》，提供漢語修辭研究史料線索，具高度參考價值。

3《修辭通鑒》，成偉鈞、唐仲揚、向宏業主編，北京市：中國青年出版社，一九九一年。

　　共收條目一千八百餘條，採用辭典編排形式，按微觀修辭及宏觀修辭作順序排列，一共八篇：前四篇是語音修辭、詞語修辭、句法修辭、修辭格，屬於微觀研究範疇；後四篇是篇章修辭、語體修辭、語體修辭、文體修辭、語言風格，屬於宏觀研究範疇。內容包括條目釋義、理論闡發、歷史考證、引證辨異、範例賞析，所引書證例子適切，古今中外名家作品具備，有高度鑒賞及參考價值。

4《中學語文修辭格詳解典》，鄭振濤、鄭振儀編著，北京市：國際文化出版公司，一九九七年。

　　收錄辭格共一百三十六個，其中正格一百零八個，不能獨立和有待探討二十八個。書中依描繪類、換借類、引導類、形變類作順序排列，辭目釋文包括辭格定義、結構、效果、種類、舉例、釋例等。書後附《諸家修格分類表》和《辭格一覽表》，方便檢索、閱覽和比較研究。

此外，《現代漢語語法修辭辭典》（陶然、蕭良、岳中、張志東主編，北京市：中國國際廣播出版社，一九九五年）、《漢語修辭格大辭典》（譚學純、濮侃、沈孟瓔主編，上海市：上海辭書出版社，二〇一〇年）也是非常具參考價值的修辭類工具書。

七　其他

從事中文教學工作，除了經常遇到文字、語音、語法等問題，需要借助有關工具書去解決，很多時也會遇上其他關於語言文字以外的問題，例如文學、文化、歷史、哲學等專門知識，同樣都需要利用有關工具書去進一步探研。以下簡介幾本實用工具書：

1《語言文字應用規範手冊》（廣東省教育廳教材編審室編，廣州市：暨南大學出版社，二〇〇二年。）包羅各類與語言文字規範有關參考內容，包括簡化字總表、筆順規範、通用字表、漢字統一部首表、部首名稱、筆畫名稱、部首規範、新舊字形對照表、普通話異讀詞審音表、漢語拼音正詞法基本規則、標點符號用法、校對符號及其用法等，此書是中、小學語文教師重要參考工具書。

2《中國古典文學辭典》（廖仲安、劉國盈主編，北京市：北京出版社，一九九〇年。）在《中國文學史》（游國恩等著）、《中國文學發展史》（劉大杰著）、《中國詩史》（陸侃如、馮沅君著）等書基礎上編撰而成。全書分作家、總集選本、別集、筆記雜著、小說、戲曲、歷代名篇、文學批評專著、參考書、文學理論名詞術語十項。對有關內容作扼要而具體說明，並注明資料出處，便於參考及研究。

3《作文景物描寫辭典》（端木秀、忻佩貞、李新編著，上海市：漢語大詞典出版社，一九九六年。）分兩大類：景的描寫包括季節描

寫、山川描寫、鄉村描寫、城鎮都市描寫、房屋建築描寫、名勝古蹟描寫；物的描寫則包括動物描寫、植物描寫、用物描寫。全書各類描寫合共八十小類，有一千二百多個辭目，共收錄描寫例段數千段，中外作者作品皆有，引例皆注明作者及篇章名稱。此書對中小學語文教學，尤其是描寫文寫作教學，具有實用意義及參考作用。

4《中國文化史詞典》（楊金鼎主編，上海師範大學古籍整理研究所編，杭州市：浙江古籍出版社，一九九三年。）共分四十六個門類，立目四千多條，基本上涵蓋中國古代文化各類範疇知識，包括史前文化、民族、朝代、歷史地理、名勝古跡、宗法、禮俗、節慶、服飾、飲食、宮室、器用、交通、田制、工商、賦役、美術、書法等。除分類目錄，另有筆畫索引，方便檢索，具高度參考價值。

此外，如《文章體裁辭典》〔修訂本〕（金振邦編著，長春市：東北師範大學出版社，一九九五年）；《文言文學習辭典》（徐昭武主編，南京市：江蘇教育出版社，一九九四年）；《中學語文教師手冊》（姚麟園主編，上海市：上海教育出版社，一九八三年）；《傳統語言學辭典》（許嘉璐主編，石家莊：河北教育出版社，一九九〇年）；《中國語文學家辭典》（陳高春編著，鄭州市：河南人民出版社，一九八六年）；《中國成人教育百科全書：文學・藝術》（林崇德、姜璐、王德勝主編，海口市：南海出版公司，一九九三年）；《漢字簡繁體轉寫字典》（陳月明、戴潔編寫，杭州市：浙江教育出版社，一九九八年）；《中國稱謂辭典》（蔡希芹編，北京市：北京語言學院出版社，一九九四年）；《古代文學史語詞辭典》（王惠、董丁誠、吳正彥、溫源、盧林茂編，成都市：四川人民出版社，一九八七年）；《實用標點符號手冊》（吳直雄著，北京市：國際文化出版公司，一九九六年）；《現代漢語通用字筆順規範》（國家語言文字工作委員會準化

工作委員會編，北京市：語文出版社，一九九七年）等，也具重要參考價值。

其他常用中文工具書

　　除了上述各種與中文教學有關字典、辭典之類工具書，還有一些其他類別書籍，對教學和研究都很有幫助。以下按一般圖書館分類，介紹如下[9]：

一　書目

　　書目是圖書或報刊目錄的簡稱，其特點是展示一批內容相關的書刊文獻。書目按一定次序編排而成，中國很早就有書目著作，如漢代《別錄》、《七略》、《漢書》〈藝文志〉。此後，各朝各代相繼刊出的《簿》、《錄》、《書錄》、《書錄解題》、《書志》、《經籍志》、《記》、《讀書記》、《題記》、《題識》、《考》、《經籍考》、《書目》、《總目提要》等，都是屬於書目性質工具書。

二　索引

　　又稱「韻編」、「通檢」，近代稱「引得」（index）。是一種尋檢方

9　有關資料及說法主要參考：1. 詹德優編著《中文工具書導論》（武漢市：湖北教育出版社，1994年），頁113-244。2. 詹德優等編著《中文工具書使用法》（增訂本）（北京市：商務印書館，1996年），頁150-183。3. 戚志芬編著《中國的類書、政書和叢書》（北京市：商務印書館，1996年），頁4-112。4 王寧、鄒曉麗編著《工具書》，（香港：海峰出版社，1999年），頁300-335。

式，通常把一種或多種書刊文獻資料，以字、詞、句、人名、地名、書名、篇名、專題等作為檢索條目，讓讀者按綱領查檢，是一種提供文獻資料線索的檢索工具。中國古代已有這類索引專書，南宋黃邦先《群史姓纂韻編》及明人張士佩《洪武正韻玉鍵》是目前所見早期文獻索引。

三　文摘

把文獻主要內容及資料作摘要引述，通常把有關篇章或書籍主要論點、意見、數據或有關資料，作簡要摘錄說明。文摘按一定編排方式將有關說明文字逐一列出，以便讀者檢索和閱覽。中國文摘出現較遲，有一八九七年上海出版《集成報》文摘旬刊和一九三七年復旦大學出版《文摘》月刊。

四　類書

屬於一種近似百科全書的工具書，簡要說，是一種資料匯編。內容十分龐雜，詩文、辭藻、人物、典故、典章、制度、飛禽、走獸、草木、蟲魚、天文、地理、山川、河流，無所不包。〔清〕陳夢雷《上誠親王匯編啟》指出類書特點是「凡在六合之內，巨細畢舉」。類書既可查檢有關文學、藝術、歷史、地理、風俗、民情等材料，又可以用來校勘考證古籍，搜輯佚書文獻，功用甚大。〔唐〕虞世南《北堂書鈔》、〔宋〕李昉、扈蒙《太平御覽》、〔明〕解縉、姚廣孝《永樂大典》、〔清〕陳夢雷《古圖書集成》都是參考價值十分高的類書。

五　政書

　　與類書的性質相近，是一種資料匯編。內容龐雜，各類知識範疇具備，無所不包。清人陳夢雷《朱九江先生年譜》指出政書特點是「掌故之都市」。政書除供文人查用，也是歷朝皇室重要參考工具書，輯錄文獻典章制度資料，分門別類並加以編排和敘述，對於查檢和閱讀都非常方便。〔唐〕杜佑《通典》、〔宋〕鄭樵《通志》、〔元〕馬端臨《文獻通考》、〔清〕閻鎮珩《六典通考》都是參考價值十分高的政書。

六　叢刊

　　又稱叢書、叢刻、叢編、匯刻、合刻。編輯者根據一定目的，把有關書籍、著作匯刻而冠以總名的一種著作集。不少叢書都是纂輯型資料書，部頭比較巨大，取材廣泛，內容與資料十分豐富，可以稱得上是文獻資料淵藪，而且編印比較完善，查檢體系便捷，是讀書治學常備工具書。最早以叢書為名的是〔唐〔陸龜蒙《笠澤叢書》，之後有〔南宋〕俞鼎孫《儒學警悟》、左圭《百川學海》。清代編輯了中國歷來最大的叢書《四庫全書》，民國時又出現以收集善本為宗旨的《四部叢刊》以及舉要性質的《四部備要》。

第六部分
修辭

導言

　　修辭，指一種以語文創造方式去造就特定效果的語言活動。它在某情景、題旨下用各類語文表述方式，將語句文辭調整、變化、更新、創造，以提升語言的傳意藝術。傳統的修辭理論和體系有分消極修辭和積極修辭兩大類。簡要點說，消極者指合乎語法規範的修辭方式，其特質是簡潔、明確、貼切；積極者是藝術修辭，指偏離常規、在語法規範以外的修辭方式，其特質是生動、形象化、文藝性較豐富。實際上，兩類修辭都蘊含語體對修辭的制約，兩者都是語言活動的結晶，同樣是社會交際中轉化為語言表達的技巧與手法，包括各類辭格與修辭方式。修辭的分析可以先由語言的組合理解，常規的修辭單位可短至一個詞、一個音節，長至句子、句群、段落，乃至篇章。按語言結構來分，又可分之為音節修辭、詞語修辭、句式修辭、篇章修辭。[1]

1　有關說法參考：楊春霖等主編：《漢語修辭藝術大辭典》（西安市：陝西人民出版社，1995年），〈前言〉，頁4-8。《中國語言學大辭典》編委會編：《中國語言學大辭典》（南昌市：江西教育出版社，1991年，頁407），「修辭」條。成偉鈞、唐仲揚、向宏業編：《修辭通鑒》（北京市：中國青年出版社，1991年），〈序言〉。汪國勝、吳振國、李宇明編著：《漢語辭格大全》（南寧市：廣西教育出版社，1993年），〈前言〉、〈序〉。陳望道著：《修辭學發凡》（香港：大光出版社有限公司，1988年，〈引言〉。

基本概念

一　修辭的來源

　　「修辭」一詞早見於《周易》〈乾（九三）〉〈文言〉：「子曰：『君子進德修業。忠信，所以進德也；修辭立其誠，所以居業也。』」〔唐〕孔穎達《正義》云：「修辭立其誠，所以居業者，辭謂文教，誠為誠實也。外則修理文教，內則立其誠實。內外相成，則有功業可居，故云居業也。」按文中所述，修，整頓；辭，內容；誠，原意。「修辭」是指政治修理教化，所涉範疇比較宏大，本來不是談及寫作、語文表達的事宜。後來「修辭」之詞義發展為專門術語，指說話和寫作時，將語言加工、修飾，以提高表達效果。

　　近代有學者對「修辭」作了不少定義式解釋，陳望道《修辭學發凡》：「狹義：修辭就是修飾文辭」；「廣義：修辭就是調整或適用語辭。」[2]張弓《現代漢語修辭學》：「修辭是為了有效地表達意旨，交流思想而適應現實語境，利用民族語言各因素以美化語言。」[3]臺灣學者黃慶萱《修辭學》：「修辭的內容本質，乃是作者的意象；修辭的媒介符號，包括語辭和文辭；修辭的方式，包括調整和設計；修辭的原則，要求精確而生動；修辭的目的，要引起對方的共鳴；修辭的性質，屬於藝術的一種。」黃氏提出修辭學的定義：「修辭學是研究在不同語境下，如何調整語文表意方法，設計語文優美形式，精確而生動表達出說者或作者之意念，以引起讀者共鳴的一種藝術活動。」[4]

　　綜合而言，「修辭」是一種語言修飾活動。「修辭學」，指一門學

2　陳望道著《修辭學發凡》（香港：大光出版社，1988年），頁3。

3　張弓著《現代漢語修辭學》（石家莊市：河北教育出版社，1993年），頁1。

4　黃慶萱著《修辭學》（臺北市：三民書局，2011年），頁5-10。

科，旨在研究提高語言表達效果之方法、技巧和規律。將語言學的專業知識來分析及使用修辭，可以稱之為應用修辭。應用修辭的意義是：為使語言更富形象化表達，不論任何語境或情況，於文辭語句中運用各類修飾手法（包括文字、語音、詞匯、語法之修飾運用），使之更具文藝表述意義，增強所要表達效果，創造出姿彩豐富之意義內涵。

二　修辭的特質

從語言運用及其表達效能來論，修辭的介入反映了它具有以下幾種特質[5]：

（一）綜合性

修辭要求運用語言時講究韻律協調、詞語錘鍊、句式選擇，因此它具有綜合性特質。從修辭學角度來說，它研究語言的社會交際功能，又與文藝、創作、美術、心理、社會、文化、歷史等學科專業知識及技能息息相關，所以也具有綜合性特質。

（二）模糊性

修辭強調語言交際，怎樣運用修辭，怎樣發展，怎樣創新，標準如何，難以界定，彈性很大。其實，何謂好，何謂不好，沒法定出界線，概念比較模糊。例如某人說這話用某類形式，某人則選擇另一種表達手法，兩者效果如何，各有特點，很難有一個客觀標準。場合不同，時間不同，對象不同，即使用同一句話去表達，交際效果也不同，有時甚至會大相逕庭。這種模糊情況，也是修辭的另一種特質。

5　參考馬景侖主編：《漢語通論》（南京市：江蘇教育出版社，2002年），頁624-625。王漫宇編著：《漢語修辭藝術談》（北京市：中國人民公安大學出版社），2015年，頁62-70。魏聰祺著：《修辭學》（臺北市：五南圖書出版公司，2015年），頁5-20。

（三）文藝性

　　修辭要求把詞語、文句、話語的內容表達得好，也會要求在一定程度上有美感。然而，在語文、文學中的修辭，往往具有很強而深厚的文藝特質。我們檢視一下古人的創作，不論詩、文、詞、曲，或是口語、俗諺、謎語等，大多講究協調，韻律、句式都趨向和諧協調。事實上，不少修辭句式、修辭格，如對偶、排比、回環、聯邊之類，都反映出創作者追求平衡、對稱的文藝心理。

三　修辭的應用

　　所謂應用是指修辭在創作、運用過程中的實際情況，可以概括為以下三個原則：

　　（1）具創造，強調修辭應用的變化，注重語言藝術加工，盡量發揮具繪畫、音樂、意義特色的創作理念，提倡創新，包括重組與新整合。

　　（2）重邏輯，強調通過理性分析辨解，注重語言意義規範，要求將概念意義、聯想意義掌握得穩當合理，表達可信和具說服力。

　　（3）多層次，強調修辭表達具有多層內蘊，注重語境與表述內容統一而豐富，重視語言、語義、文化、文藝各個層面的開拓，創造細緻情意與新穎境界。[6]

　　修辭應用時，宜參考以下三點[7]：

6　參考張春榮著：《實用修辭寫作學》（臺北：萬卷樓圖書公司，2009年），頁22-44。
　　李慶榮編著：《現代實用漢語修辭》（北京市：北京大學出版社，2010年），頁3-9。
　　全國外語院系《語法與修辭》編寫組編著：《語法與修辭》（南寧市：廣西教育出版社，2002年），頁257-266。
7　有關說法參考專家意見與上註同。

（1）新穎思考：著重化抽象為具體，變平凡為新穎，顧及如何高效應用具想像力之有關辭格，如譬喻、擬人、誇張、示現、襯托、圖示等。

（2）恰當事理：著重事情理性發展，審慎考慮如何發揮想像及推理思維，選擇及運用具理性、邏輯特質之有關辭格，如映襯、排比、回環、層遞、倒裝、錯綜等。

（3）深刻意義：著重通篇內容深刻協調，呼應微妙，意在言外，思考如何善用具多義、多變特質之有關辭格，如婉曲、象徵、反諷、雙關、反語、拈連等。

修辭應用的條件

修辭應用要具備兩個條件，其一是其所使用之語言環境，其二是所要傳遞訊息的對象。假若沒有語言環境，沒有接收的語言對象，修辭就可以省卻不用。

1 語言環境

語言環境，又可簡稱為語境，是人類交際活動中一個重要因素。語言環境，可以解釋為與語言活動有關的時間、地點、文化、心理等環境，這些都對語言表達和理解有重大的影響。[8]語境包括社會環境、自然環境、時間環境、空間環境等。語言環境與修辭活動可細分兩類：其一是修辭活動的具體環境，包括時間、空間、對象以及語言所描述之內容。

---

8 參考《中國語言學大辭典》編委會編：《中國語言學大辭典》（南昌市：江西教育出版社，1991年），頁416，「語境」條。

2 語言對象

　　人用語言溝通，受語言對象支配。假如沒有人說話，就沒有接收對象，也就沒有語言。即是說了而沒有人接收，就沒有意義。語言與其發出對象互為關聯，所以有必要考慮所發出語言的接受情況。即是說，要先考慮發出者的傳意目的，能否讓接者正確了解。面對不同交際對象，會採用不同語言交際，發出者會用適切修辭，以達到預期傳意效果。[9]

語言運用的藝術

　　修辭是一種言語表達行為，其本質在於對人的感覺、情意、思想的表達。修辭是人用語言表現情感及思想的活動。它是一個發揮思想、精神、創意的心靈建構過程，即是在修辭活動中完成創作。它同時又是一種文藝加工活動，目的是將所用語言修整到最佳表達境況。修辭本身就是語言運用的藝術。

修辭與語言

　　語言是社會重要交際工具。文字是記錄語言書寫符號，是人交際的重要輔助工具。然而，人交際活動可以是一種修辭活動，語言交際與修辭表達可以密切相關。修辭的應用，在依從語言、文字、詞匯、語法的規律和原則上，可以拓展其傳意功能，如韻律、詞語、句式等各方面的藝術加工，利用不同修辭格與不同語體，以達到其有效溝通、傳意的目的。

9　同上。另參考[英]戴維・克里斯特爾著、任明等譯：《劍橋語言百科全書》（北京市：中國社會科學出版社，1995年），第二章〈語言及其特徵〉。

傳意與溝通藝術

修辭是一種語言藝術，有助傳達思想感情，促使人與人互相溝通。其間必須注意：

（一）語言含義豐富

首先要注意所運用詞語或句式，其意義、用法、色彩、風格是否合理可通。其次是所用修辭手段，能否激活詞語的含義，發揮應有的文辭表達效果。

（二）人物語言個性化

所用文辭語句是否切合身分、經歷和性格，是否有真實、生動、傳神之功效。

運用及表達時，宜注意以下幾點：

1 真純淺白

用人人皆懂皆會的尋常語、口頭語、常用語，不是簡單、淺薄，而是真實、純樸。

如杜甫〈詠懷古跡五首・其一〉：「支離東北風塵際，漂泊西南天地間。」這兩句就簡要有力的概括出當時作者眼中所見、親自經歷之漂泊落難生涯。

2 流暢自然

用流暢文筆，清晰明白，將所思所見，自然展示出來。

如魯迅《藥》開首的描寫：「秋天的後半夜，月亮下去了，太陽還沒有出，只剩下一片烏藍的天；除了夜遊的東西，甚麼都睡著。華

老栓忽然坐起身，擦著火柴，點上遍身油膩的燈盞，茶館的兩間屋子裏，便彌滿了青白的光。」

3 細入準確

用細緻入微筆觸，準確寫出真心動人的情境。

如李白〈送友人〉：「揮手自茲去，蕭蕭班馬鳴。」馬致遠〈秋思〉：「夕陽西下，斷腸人在天涯。」

4 形象鮮明

無論寫人、寫事、寫景、寫情，皆能展示出生動鮮明之意象與畫面。

如羅貫中《三國演義》〈第十六回〉：

「玄德暗祝曰：『只願他射得中便好！』只見呂布挽起袍袖，搭上箭，扯滿弓，叫一聲『著！』正是：弓開如秋月行天，箭去似流星落地。一箭正中畫戟小枝。帳上帳下將校，齊聲喝采。」

文學作品的藝術語言

古今文學作品中，包含著無數構思精妙的藝術語言，小如一個符號，大如一篇小說，例子之多，不勝枚舉。以下以詞語選用為例，讀者宜細心閱讀，品味其藝術文字之精粹：

（一）「諺語」在一定語境中之連貫運用

例子：

施耐庵《水滸傳》〈第二十四回〉：

「（武松）對那婦人說道：『嫂嫂是簡精細的人，不必用武松多

說。我哥哥為人質樸，全靠嫂嫂做主看覷他。常言道：「表壯不如裏壯。」嫂嫂把得家定，我哥哥煩惱做甚麼？豈不聞古人言：「籬牢犬不入。」』那婦人……指著武大便罵道：『你這箇腌臢混沌！有甚麼言語，在外人處說來，欺負老娘！我是一箇不戴頭巾男子漢，叮叮當當響的婆娘！拳頭上立得人，胳膊上走得馬，人面上行的人，不是那等搠不出的鱉老婆。自從嫁了武大，真箇螻蟻也不敢入屋裏來，有甚麼籬笆不牢，犬兒鑽得入來！你胡言亂語，一句句都要下落；丟下磚頭瓦兒，一箇箇也要著地。』」

(二)「成語」變用為文藝化謂語動詞

用喻義文筆去描繪活動的對象，以增添其藝術效果。

例子：

姚雪垠《李自成》：「打江山不是容易的，並不是別人做好一碗紅燒肉放在桌，等待你坐下來狼吞虎嚥。」

(三) 由語音誤讀而造成「飛白」[10]效果

利用字詞之相近讀音營造另一種情韻。

例子：

曹雪芹《紅樓夢》〈第二十回〉：「二人（寶玉、黛玉）正說著，只見湘雲走來，笑道：『愛哥哥，林姐姐，你們天天一處玩，我好容易來了，也不理我理兒。』黛玉笑道：『偏是咬舌子愛說話，連個「二」哥哥也叫不上來，只是「愛」哥哥「愛」哥哥的。回來趕圍棋兒，又該你鬧「幺愛三」了。』」

---

10 「飛白」是一種故意將錯就錯的修辭方式。

修辭類別及其方式

一　構造的區別

陳望道《修辭學發凡》辭格的分類，大體依據所見各類辭格的「構造」，劃分之為「材料」「意境」「章句」「詞語」四類三十八格。

張弓《現代漢語修辭學》以「語言因素和表現手法的關聯性」來區分，歸納為以下三類：

第一類：描述類

主要是利用詞語的轉義條件，構成描繪事物的修辭手法。有比喻、擬人、較物、連物、誇張、代替等。

第二類：布置類

依據詞語排列方式，構成表現事物的修辭手法。有對照、襯托、對偶、反覆、回環、排疊、層遞、聯珠、倒裝、錯綜等。

第三類：表達類

根據語義語氣、語調和各種變通的說法而構成的修辭手法。有同語、反語、撇語、問語、引語、幽默、諷刺、雙關等。

之後亦有其他專家學者按不同原則將辭格分成不同類別，各家說法自成體系，各有理念，於此不再逐一介紹。[11]

---

11 有些專家分作側重表達方式的辭格、側重語義聯繫的辭格、側重本體形式的辭格，也有分作意境、句式、形式的類別，亦有作描繪、引導、換借、變形四類劃分。分法各有不同，多不勝數，將於後之辭格部分再論說。

二　作用的劃分

修辭格又可按其作用加以分析而劃分為以下諸項[12]：

（一）實際需要

各類辭格對事物的形容描畫，按所運用技巧實況歸納分析。

（二）結構特徵

指各類辭格的特徵以及其修飾語言之具體使用情況。

（三）內部分類

按所訂標準在辭格內部再劃分細目，如比喻再分明喻、借喻、暗喻等。

（四）交際意義

指各類修辭手法對接收者，包括聆聽、閱讀兩方所起之作用。

（五）運用條件

各類辭格在實際運用之相關條件，如比喻之本體、喻體等。

（六）語體配合

各類辭格在各種語體中之應用情況，如何配合發展其效能。

---

12 有關分法參考張弓著：《現代漢語修辭學》（石家莊市：河北教育出版社，1993年），頁66。

（七）辭格關係

辭格之間在運用時之差異及其相關使用。例如層遞與回環、反諷與暗喻。

（八）發展創新

各種辭格與人的思想、語言、情感，以及社會、文化、科技等交流發展而作出改進、更新、創造，在表達方面產生了新的形式。

按語言結構來分，又可分之為語音修辭、詞語修辭、句式修辭等。

語音修辭[13]

語音修辭指利用詞語音節的特點，選取適合的詞字作出有機組合及調整，讓文句中之詞語音節整齊均稱、跌宕起伏而產生節奏感和旋律美。一般要求文字語音搭配協調，是指詞語搭配時要音節協調，達致一種特有的音樂性效果。有關創作會利用對應位置安排音節相同或相近的詞語，或形成結構相同或相似的整齊組合，或構成對偶、排比等修辭格句型。

綜合而言，在文辭語句上建構協調音節的作用，可有以下特點：

---

13 關於語音修辭之論說及部分例子參考：馬景侖主編：《漢語通論》（南京市：江蘇教育出版社，2002年），頁646-651。成偉鈞、唐仲揚、向宏業編：《修辭通鑒》（北京市：中國青年出版社，1991年），第一篇〈語音修辭〉。李慶榮編著：《現代實用漢語修辭》（北京市：北京大學出版社，2010年），頁154-186。全國外語院系《語法與修辭》編寫組編著：《語法與修辭》（南寧市：廣西教育出版社，2002年），頁284-297。

（1）形成節奏感

（2）建構整齊美

（3）聲音流暢

（4）文氣貫通

（5）造成協韻效果

一 漢語的音樂性

漢語，即中國語言，語言本身具有音樂性特質。漢語音樂性體現於其語言由一字一音組合而成。每一字一音節，音節主要由聲母、韻母組成，因而有較強烈的節奏感。

漢語的字與字拼合形成不同的音節，例如：「悠揚」、「跌宕」都是兩音節，又稱雙音節詞。「夜光杯」、「呼蘭河」是三音節，「萬里長城」、「三心兩意」是四音節。五言詩句：「大漠孤煙直」，是五音節。七言詩句：「身無彩鳳雙飛翼」，是七音節。賦體句：「落霞與孤鶩齊飛」，是七音節；「余處幽篁兮終不見天」、「余固知謇謇之為患兮」，是九音節。

不同字音有不同高低聲調，可用平仄來標示理解，以上例子（由雙音節至七音節）可作如下標示：

「逍遙」（平平）

「跌宕」（仄仄）

「夜光杯」（仄平平）

「呼蘭河」（平平平）

「萬里長城」（仄仄平平）

「三心兩意」（平平仄仄）

「大漠孤煙直」（仄仄平平仄）

「身無彩鳳雙飛翼」（平平仄仄平平仄）

亦可用○●或－｜標示平仄。漢語字詞組合可依平仄聲調而形成不同語音節奏。中國古代的詩歌一般都具有這些韻律式的節奏。如《詩經》以四字一句為主，漢樂府詩以五言為主，有些漢魏古詩三言、五言、七言糅合一起，唐詩有五言、七言兩大類，宋元之詞曲就與樂章樂譜緊密相配，文詞語音的音樂性自古在文學作品中出現，而且一直變化發展。

（一）音節整齊

音節指語音的基本單位，由一個或幾個音素組成。

基本結構有輔元結構，即輔音＋元音。例如廣州話「趴」，由 p＋a 兩個音素組成一個音節。

元輔結構，即元音＋輔音。例如廣州話「鴨」，由 a＋p 兩個音素組成一個音節。

輔元輔結構，即輔音＋元音＋輔音。例如廣州話「拍」，由 p＋a＋k 三個音素組成一個音節。

除雙音節詞、三音節詞外，常見四字詞／成語、古詩、諺語、對聯等，也同樣可體現出漢語音節整齊的特質。

例如：

「汗馬／功勞」

「瞻前／顧後」

「戰／城南，死／郭北。」

「窈窕／淑女，君子／好逑。」

「養／不教，父／之過；教／不賢，師／之墮。」

「鼠／無／大小／均／稱／老，龜／有／雌雄／總／姓／烏」

「東鳥／西飛／遍地／鳳凰／難／下足，南麟／北走／滿山／禽獸／盡／低頭」

（二）輕重相間

輕重指語調的聲音情況，此與音強、音高、音長之處理相近，一般來說，與發音時用力輕重、使用習慣有直接關係。

如普通話之「了」在語句末多讀為輕聲。

輕重相間可以從詞與詞（字與字）之組合連讀時體現出來，不少四字詞／成語／諺語可以從誦讀中體現出其輕重相間的特點，但無必然定律，輕重處理較主觀，亦往往與社會習性有關。

例如：

「無情無義」（輕重輕重）

「鼠竊狗偷」（重輕重輕）

「藝高人膽大」（輕重輕重重）

「兩面不討好」（重輕重輕輕）

詩詞曲之讀音輕重情況更是多不勝數。

（三）聲調變化

聲調變化可以從四聲別義、文白異讀、口語習性三方面理解。

1 四聲別義

指變調有意義上之分別，例如：「觀看」、「看管」；「相貌」、「互相」；「種類」、「耕種」。

2 文白異讀

指變調有書面語及口頭語之分別，例如廣州話的讀法：「雞蛋」、「蛋糕」；「廚房」、「房間」；「短片」、「一片」，前者為白，後者為文。

3 口語習性

指變調具有社會、文化習性之特色，例如廣州話：「鐵鏈」、「軟件」、「賭錢」、「跨越」、「百葉簾」、「彈道導彈」。

二　語音的形式美

語音形式美可以通過文學作品窺探其特色，以下從搭配與協調、雙音化、雙聲與疊韻、疊音、諧音幾項舉例說明。

搭配與協調

搭配指詞語按其語音形式作出拼合搭配而形成一種音調上的節奏感。所謂協調是指這種搭配中具有音調上之諧協或節奏上之調整，通過這些處理而造成具藝術性、諧協、美感的文辭字句。以下例子之詞字語辭修飾、節奏處理，甚至回文建構，並非偶然，值得細心品味：

例子：

①過雨輕風弄柳，湖東映日春煙，晴無平水遠連天，隱隱飛翻舞燕。　燕舞翻飛隱隱，天連遠水平無晴，煙春日映東湖，柳弄風輕雨過。（吳文英《西江月‧泛湖》）

②且滿牆漢壁，皆係隨依古董玩器之形摳成的槽子。諸如琴、劍、懸瓶、桌屏之類，雖懸於壁，卻都是與壁相平的。（曹雪芹、高鶚《紅樓夢》〈第十七回〉）

（一）雙音化

古代漢語多單音節詞，經過歷代使用，逐漸趨向雙音節發展。現代漢語發展了大量由兩個音節組成之合成詞，語文之雙音節詞相當普遍，優勢十分明顯。例子如下：

①明月照高樓，流光正徘徊。上有愁思婦，悲嘆有餘哀。借問嘆者誰，言是客子妻。君行逾十年，孤妾常獨棲。君若清路塵，妾若濁水泥；浮沉各異勢，會合何時諧。願為西南風，長逝入君懷。君懷良不開，賤妾當何依。（曹植〈七哀詩〉）

②夏宜急雨，有瀑布聲；冬宜密雪，有碎玉聲。宜鼓琴，琴調和暢；宜詠詩，詩韻清絕。宜圍棋，子聲丁丁然；宜投壺，矢聲錚錚然。皆竹樓之助也。（〔北宋〕王禹偁《黃岡竹樓記》）

③話說天下大勢‧分久必合，合久必分：周末七國分爭，併入於秦。及秦滅之後，楚、漢分爭，又併入於漢。漢朝自高祖斬白蛇而起義，一統天下。後來光武中興，傳至獻帝，遂分為三國。推其致亂之由，殆始於桓、靈二帝。桓帝禁錮善類，崇信宦官。及桓帝崩，靈帝即位，大將軍竇武、太傅陳蕃，共相輔佐。時有宦官曹節等弄權，竇武、陳蕃謀誅之，作事不密，反為所害。（羅貫中《三國演義》〈第一回〉）

文藝創作有把單音節補充為雙音節，將超過兩個音節的縮減為雙音節，構成雙音化的詞語，從而發展成一種和諧、統一的美感。例如：

說罷，又吩咐按數發茶葉、油燭、雞毛撢子、笤帚等物，一面又搬取傢伙：桌圍、椅搭、坐褥、氈席、痰盒、腳踏之類。一

面交發，一面提筆登記，某人管某處，某人領某物，開的十分
清楚。眾人領了去，也都有了投奔，不似先時只揀便宜的做，
剩下苦差沒個招攬。各房中也不能趁亂迷失東西。便是人來客
住，也都安靜了，不比先前一個正擺茶，又去端飯，正陪舉
哀，又顧接客。如這些無頭緒、荒亂、推托、偷閒、竊取等
弊，次日一概都蠲了。（曹雪芹《紅樓夢》〈第十四回〉）

也有將構擬成雙音節之詞與其他多音節詞配合成句，構成節奏感
強而起伏有致的語句，從而體現出語音修辭發展和諧、流暢的語感。
例如：

設計者和匠師們一致追求的是：務必使遊覽者無論站在哪一點
上，眼前總是一幅完美的圖畫。為了達到這個目的，他們講究
亭臺軒榭的布局，講究假山池沼的配合，講究花草樹木的映
襯，講究近景遠景的層次。總之，一切都要為構成完美的圖畫
而存在，決不容許有欠美傷美的敗筆。（葉聖陶《蘇州園林》）

（二）雙聲與疊韻

1. 雙聲：相連接兩個字音節的聲母相同。
2. 疊韻：相連接兩個字音節的韻母相同。

使某種聲音得到加強和鞏固而形成重疊節奏，從中增強語言的表
現力和音樂美。

1. 雙聲詞：彷彿、躊躇、伶俐、惆悵、道德、新鮮、豐富等
2. 疊韻詞：荒唐、徘徊、爛漫、婆娑、報告、窈窕、落魄等

下列詩詞、新詩皆用了不少雙聲、疊韻詞語：

颯颯東風細雨來，芙蓉塘外有輕雷。金蟾齧鎖燒香入，玉虎牽
絲汲井回。賈氏窺簾韓掾少，宓妃留枕魏王才。春心莫共花爭
發，一寸相思一寸灰。（李商隱〈無題〉）

江水西頭隔煙樹，望不見江東路。思量只有夢來去，更不怕江
闌住。燈前寫了書無數，算沒個人傳與。直饒尋得雁分付，又
還是秋將暮。（黃庭堅〈望江東〉）

遠遠的街燈明了，
好像是閃著無數的明星。
天上的明星現了，
天像是點著無數的街燈。
我想那縹緲的空中，
定然有美麗的街市。
街市上陳列的一些物品，
定然是世上沒有的珍奇。（郭沫若《天上的街市》）

山峰，高高地昂起峻峭的頭顱，
青藤，就是它們披散的髮束？
幾枝古松倔強地伸出枝幹，
像憤怒的手臂指向蒼天……
哦，在這人跡罕至的深山裏，
一定埋葬過至死不屈的英雄！（趙麗宏《英雄》）

雙聲例：相思、分付、物品、深山等
疊韻例：東風、燈前、無數、頭顱等

至於傳統文學其他體式中也有不少雙聲、疊韻例子：

秋露香<u>佳菊</u>，春風馥<u>麗蘭</u>。
五章紛<u>冉弱</u>，三冬爛<u>陸離</u>。

<u>放暢</u>千般意，<u>逍遙</u>一個心。
疏雲雨<u>滴瀝</u>，薄霧樹<u>朦朧</u>。

嶺頂鷹鳴酩酊英兵挺梃聽
山間雁返懶散番蠻挽彈彈

寄寓客家寂寞寒窗空守寡
遠避迷途退還蓮逕返逍遙

（三）疊音

疊音指相同詞素、詞或音節重疊使用，又稱疊字。
疊音修辭作用在於：
（1）製造語音重疊效果，使字音鮮明，突出節奏感。
（2）具描擬作用，以增強對形象刻劃。
（3）具一定傳意功能，或加重語意，或舒緩語氣。

例子：

①青青河畔草，鬱鬱園中柳。盈盈樓上女，皎皎當窗牖。娥娥紅

粉妝，纖纖出素手。昔為娼家女，今為蕩子婦。蕩子行不歸，空床難獨守。(《文選》〈古詩十九首〉)

②蘇州城裏，有不少這樣別緻的小街小巷：長長的，瘦瘦的，曲曲又彎彎；石子路面，經夜露灑過，陣雨洗過，光滑、閃亮。在它的旁邊，往往躺著一條小河，同樣是長長的，瘦瘦的，曲曲又彎彎。水面活溜溜的，風一吹，蕩漾著輕柔的漣漪，就像有啥人在悄悄地抖動碧綠的綢子。(鳳章《水港橋畔》)

（四）諧音

諧音指利用不同詞語的聲音相同或相近的特點，以達成語言的表現力。

例如：磁場、慈祥，慌張、方將，過獎、果醬，送鐘、送終

諧音的修辭作用：

（1）以相同語音成分的再現或聯想，突出語意內容。

（2）以不同語義之間的語音聯繫，巧妙傳達話語中的思想感情、褒貶態度。

（3）使語言含蓄、生動，語義豐富多變，增添傳情韻味。

例子：

①齊人蒯通知天下權在韓信，欲為奇策而感動之，以相人說韓信曰：「僕嘗受相人之術。」韓信曰：「先生相人何如？」對曰：「貴賤在於骨法，憂喜在於容色，成敗在於決斷。以此參之，萬不失一。」韓信曰：「善。先生相寡人何如？」對曰：「願少間。」信曰：「左右去矣。」通曰：「相君之面，不過封侯，又危不安。相君之背，貴乃不可言。」(司馬遷《史記》〈淮陰侯

列傳〉）

②探春笑道：「我們起了個詩社，頭一社就不齊全，眾臉軟，所以就亂了例了。我想必得你去做過『監社御史』鐵面無私才好。再四妹妹為畫園子，用的東西，這般那般不全，回了老太太，老太太說：『只怕後頭樓底下還有先剩下的。找一找，若有呢，拿出來；若沒有，叫人買去。』」鳳姐兒笑道：「我又不會做什麼『濕』咧『乾』的，叫我吃東西去倒會。」

（曹雪芹《紅樓夢》〈第四十五回〉）

③魯大海　（掙扎）　放開我，你們這一群強盜！

　魯侍萍　（大哭）　這真是一群強盜！（走至周萍的面前）你是萍，……憑—憑甚麼打我的兒子？

　周　萍　你是誰？

　魯大海　媽，別理這東西，小心吃了他們的虧。（曹禺《雷雨》）

①例之「背」，與「背叛」之「背」諧音。②例之「濕」，與「詩社」之「詩」諧音。③例之「萍」與「憑」諧音。

三　韻律的設計與部署

韻律可以概括為構成韻文之音韻和節律。利用語音之長短、快慢、頓挫，以及高低、輕重的變化，在一定位置上，以其相同或相近音質的詞字，通過重複或某些整合方式，去建構一節用韻文字之聲韻、節奏和韻律。不同的韻律部署可以構成不同形式的美感，有些側重整齊美，有些側重抑揚美，亦有些側重回環美。

（一）律詩的韻律

　　唐人律詩，不論五律或七律，皆要求雙數句子押韻，也有首句亦押韻，形成律詩有五句押韻的體式。

1 五律例：

　　天官動將星，漢上柳條青。萬里鳴刁斗，三軍出井陘。
　　忘身辭鳳闕，報國取龍庭。豈學書生輩，窗間老一經。
　　（王維〈送趙都督赴代州得青字〉）

　　胡馬大宛名，鋒棱瘦骨成。竹批雙耳峻，風入四蹄輕。
　　所向無空闊，真堪託死生。驍騰有如此，萬里可橫行。
　　（杜甫〈房兵曹胡馬〉）

2 七律例：

　　孤城上與白雲齊，萬古荒涼楚水西。
　　官舍已空秋草沒，女牆擾在夜烏啼。
　　平沙渺渺迷人遠，落日亭亭向客低。
　　沙鳥不知陵谷變，朝飛暮去弋陽溪。
　　（劉長卿〈登餘干古縣城〉）

　　王濬樓船下益州，金陵王氣黯然收。
　　千尋鐵鎖沉江底，一片降幡出石頭。
　　人世幾回傷往事，山形依舊枕江流。
　　今逢四海為家日，故壘蕭蕭蘆荻秋。（劉禹錫〈西塞山懷古〉）

(二) 新詩的韻律

新詩創作雖然自由，無一定格律形式要求。然而，詩人為求音律藝術美，亦會自發建構一定韻律。例子如下：

①
說是寂寞的秋的清愁，
說是遼遠的海的相思。
假如有人問我的煩憂，
我不敢說出你的名字。

我不敢說出你的名字，
假如有人問我的煩憂：
說是遼遠的海的相思，
說是寂寞的秋的清愁。（戴望舒《煩憂》）

②
今夜，海風的腳步輕，
軍港的燈塔滅又明，
手挽明月上甲板，
今夜我值更。
輕沙般的夜幕落海岸，
岸上萬家窗口亮著燈，
出海的艦艇歸來了，
——載回滿船星。

拍著船舷的海浪啊，

不要打濕水兵的夢，

他們在風浪裏搏鬥一整天，

歸來，又跨過浪山座座峰。（紀鵬《今夜我值更》）

（三）韻字的安排

押韻時將韻字安排在句子一定位置上，從而造成押韻的修辭效果。此類古典文學例甚多。然而，其中有所謂使用暗韻，即是本來不須用韻，而刻意用韻相協。例子如下：

①山抹微*雲*，天連衰草，畫角聲斷譙*門*。暫停徵棹，聊共引離*尊*。多少蓬萊舊事，空回首、煙靄*紛紛*。斜陽外，寒鴉萬點，流水繞孤*村*。

銷魂。當此際，香囊暗解，羅帶輕*分*。謾贏得、青樓薄倖名*存*。此去何時見也，襟袖上、空惹啼*痕*。傷情處，高城望斷，燈火已黃*昏*。（秦觀〈滿庭芳〉）

②蝸角虛*名*，蠅頭微利，算來著甚幹*忙*。事皆前定，誰弱又誰*強*。且趁閒身未老，盡放我、些子疏*狂*。百年裏，渾教是醉，三萬六千*場*。

思量。能幾許，憂愁風雨，一半相*妨*。又何須、抵死說短論*長*。幸對清風皓月，苔茵展、雲幕高*張*。江南好，千鐘美酒，一曲滿庭芳。（蘇軾〈滿庭芳〉）

③小閣藏春，閒窗銷晝，畫堂無限深*幽*。篆香燒盡，日影下簾*鉤*。手種江梅更好，又何必、臨水登*樓*？無人到，寂寥恰似、何遜在揚*州*。

從來，如韻勝，難堪雨藉，不耐風*揉*。更誰家橫笛，吹動濃

愁？莫恨香消玉減，須信道、掃跡難*留*。難言處，良宵淡月，
疏影尚風流。（李清照〈滿庭芳〉）

（①、②兩首〈滿庭芳〉在第二片首句都用韻，分別用韻字為
「魂」、「量」。③則不用。按詞牌要求，首句可不用韻。）

（四）押韻與換韻

文學作品押韻可交替運用，古今亦有，如新詩押韻有用抱韻。所
謂抱韻是指四句中，一四句尾用一組韻，二三句尾用另一組韻。例子
如下：

夜半的北京的長街，
狂風伴著你盡力地呼叫，
「晚報！晚報！晚報！」
但是沒有一家把門開──

我們同樣的悲哀，
我們在同樣荒涼的軌道，
「晚報！晚報！晚報！」
但是沒有一家把門開──

──卷卷地在你的懷，
風越冷，越發緊緊地抱，
「晚報！晚報！晚報！」
但是沒有一家把門開──（馮至《「晚報」──贈賣報童子》）

換韻，指韻文在協韻期間改變韻類（傳統稱為韻轍），又稱轉韻。

韻文換韻可以概括為三種情況：

（1）押韻要求換韻，如兩句換一韻。

（2）按文體規定。如今體詩不能換韻。古典詞曲有換韻、不換韻格局，按詞譜、曲譜而定。

（3）因應創作者對作品表達所需而換韻。

例子：

①你雋永的神秘，你美麗的謊，

　你倔強的質問，你一道金光，

　一點兒親密的意義，一股火，

　一縷縹緲的呼聲，你是什麼？

　我不疑，這因緣一點也不假，

　我知道海洋不騙他的浪花。

　既然是節奏，就不該抱怨歌。

　啊，橫暴的威靈，你降伏了我，

　你降伏了我！你絢縵的長虹——

　五千多年的記憶，你不要動，

　如今我只問怎麼抱得緊你……

　你是那樣的橫蠻，那樣的美麗！（聞一多《一個觀念》）

例子：

②兩個自由的水泡

　從夢海深處升起……

　朦朦朧朧的銀霧

在微風中散去

我像孩子一樣
緊拉住漸漸模糊的你

徒勞的要把泡影
帶回現實的陸地（顧城《泡影》）

例子

③一切都是命運
一切都是煙雲
一切都是沒有結局的開始
一切都是稍縱即逝的追尋
一切歡樂都沒有微笑
一切苦難都沒有淚痕
一切語言都是重複
一切交往都是初逢
一切愛情都在心裏
一切往事都在夢中
一切希望都帶著注釋
一切信仰都帶著呻吟
一切爆發都有片刻的寧靜
一切死亡都有冗長的回聲（北島《一切》）

古詩換韻，如《詩‧衛風‧氓》、〈山鬼〉、〈木蘭辭〉、〈戰城南〉等，於此不贅引說。

詞語修辭[14]

　　詞語修辭是指一些針對詞語的特質而加以選用、調配、重整、變動，甚至拆合、創造的修辭方式。

一　詞語的選用原則

　　詞語選用，又稱「詞語的錘煉」，指選用詞語，要細心考慮其詞義與內容的配合，要能達致生動、準確、鮮明、精練的藝術效果。

　　選用原則可以參考以下幾點：

（1）切合題旨，所用詞語，要符合所要表達之思想感情。

（2）適切語境，所用詞語，要適合所要描述之對象、時間、地點。

（3）表達精確，所用詞語，要恰當、切實交代有關內容，包括背景、活動、情態、處境等。

（4）配合風格，所用詞語，要與所用文學體式之內容相配應。

例子：

①魏武行役，失汲道，軍皆渴，乃令曰：「前有大梅林，饒子，甘酸可以解渴。」士卒聞之，口皆出水，乘此得及前源。（劉義慶《世說新語》〈假譎〉）

---

14 關於詞語修辭之論說及部分例子主要參考：1.成偉鈞、唐仲揚、向宏業編：《修辭通鑒》（北京市：中國青年出版社，1991年），第二篇〈詞語修辭〉。2.張春榮著：《實用修辭寫作學》（臺北市：萬卷樓圖書公司，2009年），頁159-167。3.馬景崙主編：《漢語通論》（南京市：江蘇教育出版社，2002年），第三節〈詞語的錘煉〉。4.李慶榮編著：《現代實用漢語修辭》（北京市：北京大學出版社，2010年），第二章〈詞語的錘煉〉。5.全國外語院系《語法與修辭》編寫組編著：《語法與修辭》（南寧市：廣西教育出版社，2002年），第二章〈詞語的運用〉。

白話譯文：

曹操帶兵行軍，誤入沒水的道路，部眾十分口渴。曹操下令說：「前面有大梅林，結子甚多，又甜又酸，可以解渴！」大軍聽到有止渴梅子，口水都流出來。就靠這句話的鼓勵，找到前面的水源。

②沒有一點遲疑，混亂，他好象要一口氣把整個的心都拿出來。越說越痛快，忘了自己，因為自己已包在那些話中，每句話中都有他，那要強的，委屈的，辛苦的，墮落的，他。（老舍《駱駝祥子》）

（①以精簡詞語刻劃了曹操如何通過心理想像引導隨從繼續前往之心志。②用簡要詞語描繪祥子真誠道出自己艱苦經歷的心情。）

二　同義、反義的選用

利用詞之正反義特點，去強化所要描述之訊息。詞義選用可概括為以下幾類：

（一）交互錯綜

將同義詞交互錯綜（即行文用詞作交互式部署），強化描述空間或範疇。例子如下：

秦孝公據函之固，擁雍州之地，君臣固守，以窺周室，有*席捲天下，包舉宇內，囊括四海之意，併吞八荒之心*。（賈誼〈過秦論〉）

（二）近同設置

按詞義之近同特質，通過相近或相同之巧妙布置，將描述內容具體展示。例子如下：

> 看見外國遊客手裏的電器小玩意，可以對他說：「讓我看看。」但千萬不要說：「送我一個。」我們招待外國旅客，只要客客氣氣，千萬不要低聲下氣，因為，他們只是我們的客人，不是我們的主人！我們可以予他們種種方便，但千萬不要讓他們對我們*隨便*。（於梨華《我們的留美經歷》）

（作者選用近義詞將有關人情事態作對照式描述。）

（三）順承連用

以詞之正反特質，通過正反義的安排，將所述內容作對照展示。例子如下：

> 人主莫不好忠正而惡佞邪。然忠正者常疏，佞邪者常親，以至於覆國危身而不寤者，何哉？誠由忠正者多忤意，佞邪者多順指，積忤生憎，積順生愛，此親疏之所以分也。明主則不然，愛其忤以收忠賢，惡其順以去佞邪。（晉陵尉楊相如玄宗疏文，見司馬光《資治通鑒》卷二一〇）

（上文選用了一系列相對正反詞義，連貫順承而出，揭示明主昏君之分別。）

（四）反義對照

借用相反、相對詞義，以對照角度，將文意強烈突出，以達致特殊效果。例子如下：

①中國公共的東西，實在不容易保存。如果當局者是*外行*，他便將東西糟完，倘是*內行*，他便將東西偷完。而其實也並不單是對於書籍和古董。（魯迅〈談所謂「大內檔案」〉）

②十娘放開兩手，冷笑一聲道：「為郎君畫此計者，此人乃大英雄也！郎君千金之資既得恢復，而妾歸他姓，又不致為行李之累，發乎情，止乎禮，誠兩便之策也。」（馮夢龍〈杜十娘怒沉百寶箱〉）

三　褒義、貶義的選擇

詞有褒義、貶義，因為人使用詞會附帶感情色彩，即是人對事理有情緒反應，表現喜惡愛憎感受。詞語的感情色彩就是指人對客觀事物的情感與態度。

有些詞語除具有理性意義，又有附加成分。這些附加成分往往就是情感，具情感色彩的詞語可分為褒義詞、貶義詞兩大類。例如：英勇、怯懦、卑劣、華麗、鼓舞、荒誕等。

具感情色彩詞語在使用時，可以利用特別設置，將其意義加以反用，如有褒詞貶用、貶詞褒用等方式。

（一）褒詞貶用

例子：

小尼姑全不睬，低了頭只是走。阿 Q 走近伊身旁，突然伸出手去摩著伊新剃的頭皮，呆笑著，說：「禿兒！快回去，和尚等著你……」「你怎麼動手動腳……」尼姑滿臉通紅的說，一面趕快走。酒店裏的人大笑了。阿 Q 看見自己的*勳業*得了賞識，便愈加興高采烈起來。（魯迅《阿 Q 正傳》）

（文中以褒詞「勳業」去形容阿 Q 之不當行為，以收辛辣諷刺之效。）

（二）貶詞褒用

例子：

……但海嬰這家伙卻非常頑皮，兩三日前竟發表了頗為*反動*的宣言，說：「這種爸爸，什麼爸爸！」真難辦。（魯迅《致增田涉》）

（文中以貶詞「反動」去表達父親對幼兒之愛。）

四　詞與詞的搭配

將詞語按照一定條件搭配組合起來，以達到所要表達之效果。一般而言，詞語的搭配組合並非任意而為，而是受到「一定條件」的限制。例如：詞義本身、語言習慣、語詞色彩、語字語音、語言環境、語言文化、發出接收等。[15]

15　本部分說法及部分例子，參用《修辭通鑒》，頁168-172。

（一）語義搭配

指詞句內容所包含之詞義、語義之搭配情況。例子如下：

老栓*慌忙摸*出洋錢，抖抖的想交給他，卻又不敢去接他的東西。那人便焦急起來，嚷道，「怕甚麼？怎的不拿！」老栓還躊躇著；黑的人便*搶*過燈籠，一把*扯*下紙罩，裹了饅頭，塞與老栓：一手抓過洋錢，*捏一捏*，轉身去了。嘴裏哼著說，「這老東西……（魯迅《藥》）

（文中各項動詞之運用，反映出人物活動的緊張節奏。）

（二）色彩搭配

指詞義所蘊含之色彩搭配情況。例子如下：

據阿Q說，他是在舉人老爺家裏幫忙。這一節，聽的人都肅然……

據阿Q說，他的回來，似乎也由於不滿城裏人……然而也偶有大可佩服的地方，即如未莊的鄉下人不過打三十二張的竹牌，只有假洋鬼子能夠叉「麻將」，城裏卻連小烏龜子都叉得精熟的。什麼假洋鬼子，只要放在城裏的十幾歲的小烏龜子的手裏，也就立刻是「小鬼見閻王」。這一節聽的人都赧然了。

「你們可看見過殺頭麼？」阿Q說，「咳，好看。殺革命黨。唉，好看好看，……」他搖搖頭，將唾沫飛在正對面的趙司晨的臉上。這一節，聽的人都凜然了。但阿Q又四面一看，忽然揚起右手，照著伸長脖子聽得出神的王胡的後項窩上直劈下去道：

「嚓！」

王胡驚得一跳，同時電光石火似的趕快縮了頭，而聽的人又都悚然而且欣然了。（魯迅《阿Q正傳》）

（上文利用「肅然」、「赧然」、「凜然」、「忽然」、「悚然」、「欣然」五個詞帶有共同語素「然」，表示出不同意義，其配搭色彩也相應文義內容、人情反應，作出不一樣、不同層次的描述。）

（三）聲音搭配

指文中所用詞字在語音上（通常是疊音詞），互相搭配而成之藝術效果。例子如下：

> *曲曲折折*的荷塘上面，彌望的是*田田*的葉子。葉子出水很高，像*亭亭*的舞女的裙。*層層*的葉子中間，零星地點綴著些白花，有嬝娜地開著的，有羞澀地打著朵兒的；正如一*粒粒*的明珠，又如碧天裏的*星星*，又如剛出浴的美人。微風過處，送來*縷縷*清香，彷彿遠處高樓上渺茫的歌聲似的。這時候葉子與花也有一絲的顫動，像閃電般，霎時傳過荷塘的那邊去了。葉子本是肩並肩*密密*地挨著，這便宛然有了一道凝碧的波痕。葉子底下是*脈脈*的流水，遮住了，不能見一些顏色，而葉子卻更見風致了。（朱自清《荷塘月色》）

（四）超常搭配

指語義、詞類或詞匯等之超常搭配。超常指非一般常見規律搭配，即是在特殊境況下之另類搭配。以下是成語之超常搭配例子：

老通寶一家總算仰仗那風潮，這一晌來天天是一頓飯，兩頓粥，而且除了風潮前阿四賒來的三斗米是冤枉債而外，竟也沒有添上什麼新債。但是現在又要種田了，阿四和四大娘覺得那就是強迫他們把債臺再增高。

老通寶看見兒子媳婦那樣懶懶地不起勁，就更加暴躁。雖則一個多月來他的「威望」很受損傷，但現在是又要「種田」而不是「搶米」，老通寶便像亂世後的前朝遺老似的，自命為重整殘局的識途老馬。他朝朝暮暮在阿四和四大娘跟前曉曉不休地講著田裏的事。講他自己少壯的時候怎樣勤奮，講他自己的老子怎樣永不灰心地做著，做著，終於創立了那份家當。……

（茅盾〈秋收〉）

（將本是主謂結構的成語「老馬識途」改作「識途老馬」，具有強烈諷刺及同情的深厚用意。）

（五）詞性變動

指詞性（詞類）或詞義之臨時變化活用，此與超常搭配一類相近。例子如下：

①此大夫管仲之所以*綱紀*齊國，裨輔先君而成霸者也。
（《國語》〈晉語四〉）
②*紅*入桃花嫩，*青*歸柳葉新。（杜甫〈奉酬李都督表丈早春作〉）
③每一次愛情的結局是別離
每一次別離都始自相遇
雲只開一個晴日，虹只駕一個黃昏

蓮只紅一個夏季，為你

當夏季死時，所有的蓮都殉情（余光中〈訣〉）

④那雪白的蓑毛，那全身的流線型結構，那鐵色的長喙，那青
色的腳，增之一分則嫌長，減之一分嫌短，素之一忽則嫌
白，黛之一忽則嫌黑。（郭沫若〈白鷺〉）

句子修辭[16]

句子修辭指於篇章作品中之文句，其中所運用的修辭技巧。本部
分按文藝作品中所見句子的修辭現象立說，分句子的採用、句子的組
合、句子的調整三類並引例闡釋。

一　句子的採用

一般而言，句子在修辭運用上可以分作緊句、鬆句、整句、散
句、長句、短句幾項。

（一）緊句與鬆句

緊句指句子成分之間的組織是緊密。

---

16 關於句子修辭之論說及部分例子主要參考：1. 成偉鈞、唐仲揚、向宏業編：《修辭
通鑒》（北京：中國青年出版社，1991年），第三篇〈句法修辭〉。2.吳禮權著：《現
代漢語修辭學》（上海市：復旦大學出版社，2011年），頁260-272。3.古遠清、孫光
萱著：《詩歌修辭學》（潛江市：湖北教育出版社，1995年），第三節〈句式的修辭
作用〉。4.李慶榮編著：《現代實用漢語修辭》（北京市：北京大學出版社，2010
年），第三章〈句式的選擇〉。5.全國外語院系《語法與修辭》編寫組編著：《語法與
修辭》（南寧市：廣西教育出版社，2002年），第三章〈句式的選擇和句子的銜
接〉。

1 緊句特點：

結構嚴緊，內容繁複，語氣較急，容量大而集中，具緊迫有力之特色。以下分幾項說明：

（1）單句的緊縮

何處望神州？滿眼風光北固樓。千古興亡多少事？悠悠。不盡長江滾滾流。……天下英雄誰敵手？<u>曹劉</u>。生子當如孫仲謀。（辛棄疾〈登京口北固亭有懷〉）

（小句「曹劉」是曹操、劉備的緊縮。）

（2）定語的緊縮

*抗戰*的中國在我們手裏，勝利的中國在我們面前，新生的中國在我們的望中。（朱自清〈新中國在望中〉）

（「抗戰」是當時「抗日戰爭」的緊縮。）

（3）賓語的緊縮

當然，因為第二卷部頭較大，難免有*蛇足*，在付印前注意不夠，仍然存在。（姚雪垠《李自成》〈前言〉）

（「蛇足」是成語畫蛇添足的緊縮。）

鬆句指句中組織成分鬆散、語氣舒緩。

2 鬆句特點：

略去較長附加成分，句子趨向鬆散，層次清晰。內容集中，語義明白，能強化描繪氣氛。以下分幾項說明：

（1）主語式鬆句

凄慘的喪禮氣氛，可怕的棺材，和半掩在麻布下的小寡婦白皙的面孔顯得很不相稱。她像活人祭品般封在那頂粗麻白布帽和笨重的麻布喪服裏。那半月形的身影，長長的黑睫毛，挺直的鼻樑，甘美的嘴唇，美麗的下巴，在房間那一角的暗處閃閃生輝，供桌上的一對大蠟燭閃耀著蒼白、鬼樣的微光。低低的頭部似乎正抗議這樣的命運。他們知道她二十二歲。照當時最佳的道德傳統，學者或上流富豪的寡婦是不興再嫁的。（林語堂〈紅牡丹〉）

（句中「身影」、「黑睫毛」、「鼻樑」、「嘴唇」、「下巴」，構成偏正短語，與謂語「閃閃生輝」組成鬆句。）

（2）狀謂式鬆句

老王是個很一般的人，很一般到了絕對一般的水平。先說他的那張臉吧，不方、不圓、不長、不扁、不凸、不凹、眼、耳、鼻、口也都各就各位，尺寸適中，這樣組合的結果便也不美不醜、不卑不亢。再說身材，也是不胖不瘦、不高不矮。至於服裝，也很無奇，顏色通常是灰、黑兩種，料子也剛好中檔，不土不洋，不貴不賤。（曹樾〈荒誕的故事〉）

（句中用「不 X 不 X」的狀謂式鬆句，對人物作出細緻刻劃。）

（3）介詞結構式鬆句

我住十一樓，我們走下去，從十一樓到十樓、九樓、八樓、七樓，然後是六樓、五樓、四樓、三樓、二樓……卻沒說一句

話，只有我們兩人劈劈啪啪凌亂的腳步聲。全是腳步聲。（馮
驥才〈船歌〉）

（借助介詞「從」寫「十一樓到十樓」，接著以鬆句寫走過的各
樓層，讀者可以感受其凌亂腳步聲，從中體驗到一種獨特的氣氛。）

（二）整句與散句

1 整句

指一對，或一組，句型均稱、結構相同或相似的句子組合。一些
結構較嚴整的句式，要求做到字數相等，結構相同，甚至平仄相對，
音律諧協。

2 整句特點：

視覺上，整齊對稱、有條不紊。
閱讀上，平仄協調，語音鏗鏘。
聽覺上，抑揚頓挫，和諧悅耳。

例子：

①老年人如夕陽，少年人如朝陽。老年人如瘠牛，少年人如乳
　虎。老年人如僧，少年人如俠。老年人如字典，少年人如戲
　文。（梁啟超〈少年中國說〉）

（上文運用對比論述方式，分四組立說。語義關係屬單一對比層
　次，對比內容則另分小類立說。）

②然而他們都不聽。阿Q進三步，小D便退三步，都站著；小D進三步，阿Q便退三步，又都站著。(魯迅《阿Q正傳》)

（文中用分號斷開句意，所述分句結構相同，又各分為三項。以整句方式描述阿Q、小D二人情勢均衡之局面。）

③說著，進入石洞，只見佳木蘢蔥，奇花爛熳，一帶清流，從花木深處瀉於石隙之下。再進幾步，漸向北邊，平坦寬豁，兩邊飛樓插空，雕甍綉檻，皆隱於山坳樹杪之間。俯而視之，但見青溪瀉玉，石磴穿雲，白石為欄，環抱池沼，石橋三港，獸面銜吐。(曹雪芹《紅樓夢》〈第十七回〉)

（上文分三次整句（1「進入」「只見」；2「再進」；3「俯而視之」「但見」）表述，第三次「但見」句中再分作六項，形成了多層次嚴整句式。）

3　散句

排列在一起之一對或一組，結構相異、詞語不同、長短不等之詞組，或分句所組成之句子。例子如下：

①八一年聽一次《如歌的行板》，用了五分鐘。而《如歌的行板》的人物、情節、感情，我已經積累了四十年，這積累的代價有血，有淚，更有一萬四千六百一十個日日夜夜。(王蒙〈談觸發〉)

（《如歌的行板》本指柴可夫斯基之第一弦樂四重奏第二樂章，作者聽後寫了一篇同名小說。）

②孔乙己是站著喝酒而穿長衫的唯一的人。他身材很高大；青白臉色，皺紋間時常夾些傷痕；一部亂蓬蓬的花白的鬍子。穿的雖然是長衫，可是又髒又破，似乎十多年沒有補，也沒有洗。他對人說話，總是滿口之乎者也，教人半懂不懂的。因為他姓孔，別人便從描紅紙上的「上大人孔乙己」這半懂不懂的話裏，替他取下一個綽號，叫作孔乙己。（魯迅〈孔乙己〉）

（文中寫孔乙己外貌，第一句為總述，接著用散句分開描寫其各類特徵，最後再引述其名字來由。）

（三）長句與短句

長句，指較長的句子，結構較複雜，所用詞語較多。

短句，相對於長句而言，指較短句子，結構較簡單，所用詞語較少。

1 長句

表情達意較嚴密、精確、細緻，節奏相對也較舒緩。例子如下：

①轉眼已快三十年，人生竟然這樣簡單、這樣短促，這樣平常，又這樣幸福，這使我慚愧，使我滿足，也使我惶惑。（王蒙〈悠悠寸草心〉）

②月亮無聲地灑落在山頭、水面、甲板、杯盤，和人們的驚喜而沈思的臉上。（方紀《方紀散文選》）

③這裏有來自福建的水仙，來自山東的牡丹，來自全國各省各地的名花異卉，還有本源出自印度的大麗，出自法國的猩紅玫瑰，出自馬來亞的含笑，出自撒哈拉沙漠地區的許多仙人掌科植物。（秦牧〈花城〉）

（①清晰而流暢說出自己的人生是怎樣。②以長句子交代月光照在哪幾個地方。③用長句指出這裏有不同地方出產的植物。）

2 短句

表情達意較簡潔、明快、活潑、乾淨利落。例子如下：

①六王畢，四海一，蜀山兀，阿房出。（杜牧〈阿房宮賦〉）

②丹崖怪石，削壁奇峰。丹崖上，彩鳳雙鳴；削壁前，麒麟獨臥。峰頭時聽錦雞鳴，石窟每觀龍出入。林中有壽鹿仙狐，樹上有靈禽玄鶴。瑤草奇花不謝，青松翠柏長春。仙桃常結果，修竹每留雲。一條澗壑藤蘿密，四面原堤草色新。（吳承恩《西遊記》〈第一回〉）

③今天，這裏有沒有特務？你站出來！是好漢的站出來！你出來講！憑甚麼要殺死李先生？（聞一多〈最後一次講演〉）

（①用四個短句簡潔交代阿房宮建成的背景。②以幾組短句描繪各處景物及生態。③用簡要短句提出連番詰責。）

（四）長短夾雜

例子：

①但忽然得到一個可靠的消息，說柔石和其他十三人，已於二月七日夜或八日晨，在龍華警備司令部被槍斃，他的身上中了十彈。原來如此！（魯迅〈為了忘卻的記念〉）

②風流貧最好，村俗富難交。拾灰泥補砌了舊磚窯，開一個教乞兒市學，裏一頂半新不舊烏紗帽，穿一領半長不短黃麻罩，繫

一條半聯不斷皂環條，做一個窮風月訓導。（鍾嗣成《醉太平》〈失題〉）

（①用長句具體敘述事件的發生及結果。用短句收結呼應，表示清楚明白。②以短句開展貧富的對比，再用長句分項描述自己的生活態度。）

二　句子的組合

指把不同語言符號組合成具思想感情的篇章內容，將要表達的訊息以各種句式組合一起。

以下分語音、語義、語法及共知中心四種組合[17]：

（一）以語音組合

例子：

颼，一皮帶，嗡，一鏈條，喔噢，一聲慘叫。……颼和嗡，皮帶和鏈條，火和冰，血和鹽。鍾亦成失去了知覺。（王蒙〈布禮〉）

（文中句子以語音為連接點，於繪聲中表述事情之發生。）

（二）以語義組合

例子：

卻說魯肅見周瑜臥病，心中憂悶，來見孔明，言周瑜猝病之

---

17 有關分類及部分例子詳見《修辭通鑒》，頁341-346。

事。孔明曰：「公以為何如！」肅曰：「此乃曹操之福，江東之禍也。」孔明笑曰：「公瑾之病，亮亦能醫。」肅曰：「誠如此，則國家幸甚！」即請孔明同去看病。肅先入見周瑜。瑜以被蒙頭而臥。肅曰：「都督病勢若何？」周瑜曰：「心腹攪痛，時復昏迷。」肅曰：「曾服何藥餌？」瑜曰：「心中嘔逆，藥不能下。」（《三國演義》〈第四十九回〉）

（文中句子連串的共同語義組合，交代人物的說話焦點在於周瑜病況。）

（三）以語法組合

例子：

> 那些沒完沒了「交學費」動輒把幾十萬、幾百萬甚至幾個億的人民血汗錢扔進大海的「賠書記」、「黃廠長」、「胡指揮」和「頂門杠」的下野，成千上萬個邵奇惠的崛起，標誌著中國工人階級和他們的知識分子真正成為支配光，支配電，支配力，支配工業的主宰。（蔣巍《在時代的彎弓上》）

（文中句子以具語法結構之詞組排列，讓讀者理解其所描述之特有事理問題。）

（四）以共知（文中對話者）中心組合[18]

---

18 共知中心之說，見成偉鈞、唐仲揚、向宏業編：《修辭通鑒》（北京市：中國青年出版社，1991年），頁343、345-346。所謂共知中心，簡要點說，指話語中所涉對象，如文中對話人物，他們都是早已共同明白所說的話語含義。相對來說，讀者或觀眾反而未知。

例子：

鲁侍萍　舊襯衣？

周樸園　你告訴她在我那頂老的箱子裏，紡綢襯衣，沒有領子的。

鲁侍萍　老爺那種綢襯衣不是一共有五件？您要哪一件？

周樸園　要哪一件？

鲁侍萍　不是有一件，在右袖襟上有個燒破的窟窿，後來用絲綉
　　　　成一朵梅花補上的？還有一件——

周樸園　（驚愕）　梅花？

鲁侍萍　旁邊還綉著一個萍字。

周樸園　（徐徐立起）　哦，你，你，你是——（曹禺《雷雨》）

（劇中人的對話具有共知中心，就是一個綉有萍字的衣服，此觀
眾讀者全不知情。）

三　句子的調整

把原有句中字詞，按所要強調的文義而加以調動排列，以增強、
突出其所表達的訊息力量。以下分前後呼應、間隔調配、類疊修飾幾
項[19]，引例介紹：

（一）前後呼應

例子：

劉家峧有兩個神仙，鄰近各村無人不曉：一個是前莊上的二諸

---

19 參考成偉鈞、唐仲揚、向宏業編：《修辭通鑒》（北京市：中國青年出版社，1991
年），第三篇〈句法修辭〉之〈句式調整〉，頁333-338。

葛，一個是後莊上的三仙姑。二諸葛原來叫劉修德，當年作過生意，抬腳動手都要論一論陰陽八卦，看一看黃道黑道。三仙姑是後莊于福的老婆，每月初一十五都要頂著紅布搖搖擺擺裝扮天神。（趙樹理《小二黑結婚》）

（先說兩個神仙，分開描述其活動位置及工作，末句寫其裝扮天神，向讀者示現原來是互有關聯。）

（二）間隔調配

例子：

臨谿而漁，谿深而魚肥；釀泉為酒，泉甘而酒洌；山肴野蔌，雜然而前陳者，太守宴也。宴酣之樂，非絲非竹，射者中，弈者勝，觥籌交錯，起坐而喧嘩者，眾賓懽也。蒼顏白髮，頹然乎其間者，太守醉也。（歐陽修〈醉翁亭記〉）

（文中「泉甘」「酒洌」作間隔式交互調動。以事理而論，泉水是冷，應配上「洌」字去形容，而酒本質可以用「甘」香形容。然而，上句已說釀泉為酒，正反映出作者如此調動之合理性。）

（三）類疊修飾[20]

例子：

望著遠方的雲的一株絲杉
望著雲的一株絲杉

---

20 類別及例子見黃慶萱著《修辭學》（臺北市：三民書局，2011年），頁531、頁570。（黃氏引白荻本詩作直排。篇幅及排版所限，本書則橫排處理。）

一株絲杉
絲杉

在
地
平
線
上
一株絲杉
在
地
平
線
上

他的影子，細小。他的影子，細小
他已忘卻了他的名字。忘卻了他的名字。祇
站著。祇站著。孤獨
地站著。站著。站著
站著
向東方。
孤獨的一株絲杉。（白荻〈流浪者〉）

　（作者通過對「杉」之觀察，由遠而近，自上而下，體會到其在宇宙生長的特質，於是利用文字句子詞語的組合排列，將個人所感受的意象呈示出來。）

後記

　　筆者於一九九五年在香港教育學院中文系任教，二零零二年受聘於香港公開大學教育及語文學院擔任行政及教學工作，當時院方主要發展語文教育及普通話科遙距課程。二零零三年開始，校方應香港教育局要求開辦中國語文教師專業學士及碩士課程，其中必須具備面授講課元素。本院中文本科及碩士課程大部分由本人負責籌劃及設計，包括漢字、語音、詞義、詞匯、文言語法、中文資訊檢索、工具書、古典文學、現當代文學、古籍導讀、中華文化專題研究等多個專業學科，亦專責編撰若干中文本科專業遙距教材，其中採用了恩師王寧教授(北京師範大學中文系教授)在香港出版的《漢字》、《詞匯》、《語法》、《工具書》為本大學中文學士學科之指定教科書。之後，又為公開大學撰寫《幼兒教育：語文》《幼兒文學》遙距教材，設計及主講通識學科「趣味語文與妙趣文化」(原題為「趣味語文與文化妙趣」)。二零一三年大學發展全日制應用中國語言榮譽學士學位課程，其中若干中文專門學科，如古代漢語語法、詞匯、詞義、修辭、文學語言等，由本人負責設計及任教。《語文釋要》就是擷取筆者多年來的個人教學修訂講稿。現在重新規劃撰寫，增刪及修訂一些個人觀點與研究心得，由臺北萬卷樓出版，喻此向出版部各有關工作人員懇致謝忱。

　　於此，要鄭重答謝李學銘教授多年熱心支持和鼓勵，他賜贈的序言為本書增添了可讀意義與留存價值。還有，要感謝社會語言學專家柯偉其教授 Prof. Marek KOSCIELECK，他的熱情慈愚與關懷直接玉

成本書能夠及早面世。謹此，再三向兩位大學者，致以萬分謝意。

　　本書篇幅較多，附註、插圖、表解之處理比較繁複，音標符號、古文字掃描工序更異常複雜，加上付梓倉促，校對頗費精神，也基於個人學殖所限，容有疏漏不通之處，尚祈大雅君子，不吝指正，匡所未逮。

馬顯慈

二零二零年二月

參考書目

一　文字類

王玉新著：《漢字認知研究》，濟南市：山東大學出版社，2000年。

王寧、鄒曉麗主編：《漢字應用通則》，瀋陽市：春風文藝出版社，
　　　　1999年。

王　　寧著：《漢字六論》，北京市：中國大百科全書出版社，2017年。

王寧主編：《漢字漢語基礎》，北京市：科學出版社，1997年。

王寧主編：《漢字學概要》，北京市：北京師範大學出版社，2001年。

李孝定著：《漢字史話》，臺北市：聯經出版事業公司，1987年。

李孝定著：《漢字的起源與演變論叢》，臺北市：聯經出版事業公司，
　　　　1986年。

李思維、王昌茂著：《漢字形音學》，武漢市：華中師範大學出版社，
　　　　1996年。

李運富著：《漢字構形原理與中小學漢字教學》，長春市：長春出版
　　　　社，2001年。

胡曉萍著：《漢字的結構和演變》，長春市：東北師範大學出版社，
　　　　2015年。

唐　　蘭著：《中國文字學》，上海市：上海古籍出版社，2001年。

馬景侖主編：《漢語通論》，南京市：江蘇古籍出版社，2002年。

高　　明著：《中國古文字學通論》，北京市：北京大學出版社，1996年。

張世祿主編：《古代漢語》，上海市：復旦大學出版社，2000年。

梁東漢著：《漢字的結構及其流變》，上海市：上海教育出版社，1991
　　　年。

淳于懷春著：《漢字形體演變論》，瀋陽市：遼寧大學出版社，1989年。

許長安著：《漢語文字學》，廈門市：廈門大學出版社，1993年。

許進雄著：《簡明中國國文字學》，臺北市：學海出版社，2000年。

陳海洋著：《漢字研究的軌跡》，南昌市：江西教育出版社，1995年。

曾憲通著：《漢字源流》，廣州市：中山大學出版社，2011年。

黃建中、胡培俊著：《漢字學通論》，武昌市：華中師範大學出版社，
　　　1990年。

楊潤陸著：《現代漢字學通論》，北京市：長城出版社，2000年。

裘錫圭著：《文字學概要》，臺北市：萬卷樓圖書公司，1995年。

臧克和主編：《漢字學概論》，南寧市：廣西教育出版，2001年。

潘重規著：《中國文字學》，臺北市：東大圖書公司，1993年。

鄭也夫著：《文字的起源》，北京市：北京社會科學出版社，2004年。

鄭廷植著：《漢字學通論》，福州市：福建人民出版社，1997年。

龍異騰著：《基礎漢字學》，成都市：巴蜀書社，2002年。

鍾善明著：《中國書法簡史》，石家莊市：河北美術出版社，1983年。

蘇培成著：《二十世紀的現代漢字研究》，太原市：書海出版社，2001
　　　年。

B.A. 伊斯特林著、左少興譯：《文字的產生和發展》，北京市：北京大
　　　學出版社，1989年。

二　語音類

〔清〕萬樹著：《詞律》，上海市：上海古籍出版社，1984年。

王　力著：《詩詞格律概要》，北京市：北京出版社，1983年。

王　力著：《漢語音韻》，香港：中華書局，2002年。

王力主編：《古代漢語》，北京市：中華書局，1981年。

王力主編：《廣東人怎樣學普通話》，廣州市：廣東人民出版社，2002年。

〔清〕王奕清等纂修：《御製詞譜》，臺北市：聞汝賢發行兼出版，1976年。

王寧等著：《古代漢語通論》，北京市：北京師範大學出版社，1996年。

岑運強著：《趣味實用語言講話》，北京市：北京範大學出版社，1998年。

李新魁著：《香港方言與普通話》，香港：中華書局，1988年。

李新魁等著：《廣州方言研究》，廣州市：廣東人民出版社，1995年。

汪昌松等編：《語文基礎知識圖示》，武昌市：華中師範大學出版社，1990年。

汪壽明等著：《漢語音韻學引論》，上海市：華東師範大學出版社，1992年。

周秉鈞編著：《古漢語綱要》，長沙市：湖南教育出版社，1983年。

竺家寧著：《古音之旅》，臺北市：萬卷樓圖書公司，1998年。

香港語言學學會粵語拼音字表編寫小組編：《粵語拼音字表》，香港：香港語言學會，2002年。

唐作藩著：《音韻學教程》，臺北市：五南圖書出版公司，1992年。

唐作藩著：《漢語音韻學常識》，香港：中華書局，1994年。

孫雍長著：《訓詁原理》，北京市：語文出版社，1997年。

涂宗濤著：《詩詞格律綱要》，天津市：天津人民出版社，2000年。

張世祿主編：《古代漢語教程》，上海市：復旦大學出版社，2000年。

張亞新主編：《小學古詩文教學的理論和實踐》，北京市：語文出版社，2002年。

盛九疇編著：《訓詁學與語文教學》，上海市：上海教育出版社，1994
　　　年。

陳復華等編纂：《古韻通曉》，北京市：中國社會科學出版社，1987年。

程希嵐等主編：《古代漢語》，長春市：吉林人民出版社，1984年。

黃錫凌著：《粵音韻彙》，香港：中華書局，1997年。

董同龢著：《漢語音韻學》，臺北市：文史哲出版社，1980年。

董同龢著：《語言學大綱》，臺北市：臺灣東華書局公司，1989年。

董紹克等著：《實用語音學》，濟南市：齊魯書社，1990年。

詹伯慧主編：《廣州話正音字典》，廣州市：廣東人民出版社，2002年。

詹伯慧主編：《廣東粵方言概要》，廣州市：暨南大學出版社，2002年。

鄒曉麗著《古漢語入門》，北京市：語文出版社，1996年。

廖國輝著：《粵語論文二集──語文教學》，香港：鷺達文化出版社，
　　　2002年。

廖國輝著：《粵語論文集》，香港：鷺達文化出版社，2002年。

謝雲飛著：《文學與音律》，臺北市：東大圖書公司，1994年。

羅常培等著：《普通語音學綱要》，北京市：商務印書館，1981年。

饒秉才主編：《廣州音字典》，廣州市：廣東人民出版社，1983年。

饒秉才等編著：《廣州話方言詞典》，香港：商務印書館香港分館，
　　　1981年。

三　詞彙類

史有為著：《漢語外來詞》，北京市：商務印書館，2000年。

任學良著：《漢語造詞法》，北京市：中國社會科學出版社，1981年。

何九盈、蔣紹虞著：《古漢語詞彙講話》，北京市：中華書局，2010年。

宋均芬著：《漢語詞彙學》，北京市：知識出版社，2002年。

李如龍主編：《漢語方言特徵詞研究》，廈門市：廈門大學出版社，
　　　2002年。

李忠初等著：《漢語語法修辭概論》，長沙市：岳麓書社，1996年。

周祖謨著：《漢語詞匯講話》，北京市：外語教育與研究出版社，2006
　　　年。

周　荐著：《漢語詞匯結構論》，上海市：上海辭書出版社，2004年。

武占坤、王勤編著：《現代漢語詞匯學概要》，呼和浩特市：內蒙古人
　　　民出版社，1983年。

馬國凡、高歌東著：《歇後語》，呼和浩特市：內蒙古人民出版社，
　　　1979年。

馬國凡、高歌東著：《慣用語》，呼和浩特市：內蒙古人民出版社，
　　　1982年。

馬國凡著：《成語》，呼和浩特市：內蒙古人民出版社，1978年。

常敬宇著：《漢語詞匯文化》，北京市：北京大學出版社，2009年。

張世祿著：《普通話詞匯》，上海市：上海教育出版社，1985年。

張　博著：《古代漢語詞匯研究》，銀川市：寧夏人民出版社，2000年。

張聯榮著：《漢語詞匯的流變》，鄭州市：大象出版社，1997年。

符淮青著：《現代漢語詞匯》，北京市：北京大學出版社，1997年。

許漢威著：《二十世紀的漢語詞匯學》，太原市：書海出版社，2000年。

許漢威著：《漢語詞匯學引論》，北京市：商務印書館，1992年。

郭伏良著：《新中國成立以來漢語詞匯發展變化研究》，保定市：河北
　　　大學出版社，2001年。

郭良夫著：《詞匯》，北京市：商務印書館，1985年。

溫端政著：《歇後語》，北京市：商務印書館，2000年。

葛本儀主編：《漢語詞匯研究》，北京市：外語教育與研究出版社，
　　　2006年。

葛本儀主編：《漢語詞匯學》，濟南市：山東大學出版社，2003年。

趙克勤著：《古代漢語詞匯學》，北京市：商務印書館，1994年。

劉中富著：《實用漢語詞匯》，合肥市：安徽教育出版社，2003年。

蔣紹愚著：《古漢語詞匯綱要》，北京市：北京大學出版社，1992年。

韓陳其著：《漢語詞匯論稿》，南京市：江蘇古籍出版社，2002年。

羅世洪著：《現代漢語詞匯》，蘭州市：甘肅人民出版社，1984年。

饒秉才等編著：《廣州話方言詞匯》，香港：商務印書館香港分館，
　　　　　1981年。

四　文言語法類

方有國著：《上古漢語語法研究》，成都市：巴蜀書社，2002年。

王　力著：《古代漢語》，北京市：中華書局，1988年。

王力主編：《古代漢語》，北京市：中華書局，1981年。

王彥坤等著：《古代漢語教程》，廣州市：暨南大學出版社，2000年。

王寧主編：《漢字漢語基礎》，北京市：科學出版社，1997年。

左松超著：《文言語法綱要》，臺北市：五南圖書公司，2003年。

任銘善、蔣禮鴻著：《古漢語通論》，杭州市：浙江教育出版社，1984
　　　　　年。

余行達主編：《古代漢語》，長春市：東北師範大學出版社，1997年。

吳仁甫著：《文言語法三十辨》，上海市：華東師範大學出版社，1988
　　　　　年。

李忠初等著：《漢語語法修辭概論》，長沙市：岳麓書社，1996年。

李保初、周靖著：《文言文教學法》，湖北市：湖北教育出版社，1986
　　　　　年。

李家昱著：《古今漢語語法分析》，天津市：天津人民出版社，1993年。

李榮海編著：《中學文言文重點字詞句釋例》，呼和浩特市：內蒙古教
　　　育出版社，1996年。

李蓁非著：《文言文自學顧問》，南昌市：江西人民出版社，1988年。

周日健、唐啟運主編：《古漢語析疑解難三百題》，廣州市：花城出版
　　　社，1991年。

周法高著：《中國古代語法──造句編（上）》，臺北市：中央研究院
　　　歷史語言研究所，1993年。

周秉鈞編著：《古漢語綱要》，長沙市：湖南教育出版社，1998年。

南開大學中文系語言學教研組編：《古代漢語讀本》，北京市：人民教
　　　育出版社，1960年。

胡力文編著：《實用文言文法詳釋》，重慶市：重慶出版社，1986年。

徐芷儀著：《兩文三語──語法系統比較》，臺北市：臺灣學生書局，
　　　1999年。

高慶賜編著：《古代漢語知識六講》，長沙市：湖南人民版社，1979年。

張世祿主編：《古代漢語教程》，上海市：復旦大學出版社，2000年。

張雙棣等編著：《古代漢語知識教程》，北京市：北京大學出版社，
　　　2003年。

許仰民著：《古漢語語法新編》，開封市：河南大學出版社，2001年。

許仰民編著：《古漢語語法》，開封市：河南大學出版社，1988年。

許嘉璐主編：《古代漢語》，北京市：高等教育出版社，1996年。

陳迪明編著：《文言詞匯語法及教學》，廣州市：廣東人民出版社，
　　　1983年。

陳幗雄編著：《中學語文實用語法》，北京市：開明出版社，1999年。

程希嵐、吳福熙主編：《古代漢語》，長春市：吉林人民大學出版社，
　　　1984年。

程希嵐等主編：《古代漢語》，長春市：吉林人民出版社，1984年。

黃若鈺編著：《中學文言文百題解》，北京市：中國致公出版社，1995
　　　　年。

黃漢丞釋：《高中文言難句選釋（續編）》，北京市：知識出版社，
　　　　1984年。

黃漢丞釋：《高中文言難句選釋》，北京市：知識出版社，1983年。

楊伯俊著：《文言文法》，香港：中華書局，1987年。

楊伯竣、何樂士著：《古漢語語法及其發展》，北京市：語文出版社，
　　　　1992年。

董治國編著：《古代漢語句型大全》，天津市：天津古籍出版社，1988
　　　　年。

賈伽等著：《中學文言文教學》，成都市：四川教育出版社，1986年。

鄒曉麗著：《古漢語入門》，北京市：語文出版社，1996年。

廖序東著：《文言語法分析》，上海市：上海教育出版，1981年。

廖振佑著：《古代漢語特殊語法》，呼和浩特市：內蒙古人民出版社，
　　　　2001年。

劉景農著：《漢語文言語法》，北京市：中華書局，1994年。

蔣紹愚著：《古漢語詞匯綱要》，北京市：北京大學出版社，1992年。

魯　立著：《文言文詞法語例釋》，北京市：中國廣播電視出版社，
　　　　1994年。

五　工具類

卜小蝶著：《圖書資訊檢索技術》，臺北市：文華圖書館管理資訊公
　　　　司，1996年。

于翠玲著：《工具書應用通則》，瀋陽市：春風文藝出版社，1999年。

王寧、鄒曉麗編著：《工具書》，香港：和平圖書公司，2003年。

北京圖書館工具書室編：《臺港工具書指南》，北京市：書目文獻出版
　　　社，1991年。

任保禎編著：《工具書辭典》，濟南市：山東教育出版社，1990年。

朱天俊、李國新著：《中文工具書教程》，北京市：北京大學出版社，
　　　1991年。

朱天俊、李國新編著：《中文工具書基礎》，北京市：北京圖書館出版
　　　社，1998年。

吳玉愛編著：《如何利用中文參考資源：工具書、資料庫及網路資
　　　料》，臺北市：文華圖書館理資訊公司，1997年。

吳則虞著、吳受琚整理：《中國工具書使用法》，上海市：上海古籍出
　　　版社，1988年。

吳美美著：《中文資訊檢索系統使用研究》，臺北市：臺灣學生書局，
　　　2001年。

李學勤、瞿林東編：《中華漢語工具書書庫》，合肥市：安徽教育出版
　　　社，2002年。

武漢大學圖書館學系《中文工具書使用法》編寫組編：《中文工具書
　　　使用法》，北京市：商務印書館，1984年。

南京大學圖書館中文系歷史系編寫組編：《文史哲工具書簡介》，天津
　　　市：天津人民出版社，1980年。

姚麟園主編、《中學語文教師手冊》編委會編：《中學語文教師手
　　　冊》，上海市：上海教育出版社，1983年。

徐祖友、沈益編著：《中國工具書大辭典》，福州市：福建人民出版
　　　社，1990年。

徐祖友、沈益編著：《中國工具書大辭典》（續編），福州市：福建人
　　　民出版社，1996年。

祝鴻熹、洪湛侯主編：《文史工具書辭典》，杭州市：浙江古籍出版
　　　社，1996年。

翁永衛、蔣媛媛主編：《現代文獻信息檢索教程》，合肥市：安徽大學
　　出版社，1997年。

袁正平原、鄭紅修訂：《中文工具書實用教程》，成都市：四川大學出
　　版社，2002年。

袁學良著：《古代書目分類法與文學典籍崖略》，成都市：巴蜀書社，
　　2002年。

張懷濤、倪延年主編：《文獻檢索課教學研手冊》，北京市：海洋出版
　　社，1996年。

戚志芬著：《中國的類書、政書和叢書》，北京市：商務印書館，1996
　　年。

陳社潮編著：《文史參考工具書指南》，臺北市：文明書局，1995年。

陳鈞、田贊明、賀修銘編著：《教師獲取信息技能》，長沙市：湖北師
　　範大學出版社，1996年。

陸伯華、李弗蘭、韓雲編輯：《國外工具書指南》，北京市：中國學術
　　出版社，1984年。

傅榮賢著：《中國古代圖書分類學研究》，臺北市：臺灣學生書局，
　　1999年。

黃淵泉著：《中文圖書分類編目學》，臺北市：臺灣學生書局，1996
　　年。

黃慕萱著：《資訊檢索》，臺北市：臺灣學生書局，1996年。

詹德優等編著：《中文工具書使用法》（增訂本），北京市：商務印書
　　館，1996年。

詹德優編著：《中文工具書導論》，武漢市：湖北教育出版社，1994年。

雷潤玲編著：《文獻檢索概論》，上海市：立信會計圖書用品社，1992
　　年。

趙振鐸著：《字典論》，臺北市：正展出版公司，2003年。

劉國華編著：《書目控制與書目學》，湖北市：中國物價出版社，1997
　　　　年。

魯仁編：《中國古代工具書叢編》，天津市：天津古籍出版社，1999年。

〔日〕長澤規矩也編著、梅憲華、郭寶林譯《中國版本目錄書籍解
　　　　題》，北京市：書目文獻出版社，1990年。

六　修辭類

古遠清、孫光萱著：《詩歌修辭學》，潛江市：湖北教育出版社，1995
　　　　年。

左思民編著：《修辭津梁》，上海市：華東師範大學出版社，2017年。

全國外語院系《語法與修辭》編寫組編著：《語法與修辭》，南寧市：
　　　　廣西教育出版社，2002年。

成偉鈞、唐仲揚、向宏業主編：《修辭通鑒》，北京市：中國青年出版
　　　　社，1991年。

何永清、孫劍秋合著：《文法與修辭》，臺北市：五南圖書出版公司，
　　　　2014年。

吳禮權著：《現代漢語修辭學》，上海市：復旦大學出版社，2011年。

汪國勝等著：《漢語辭格大全》，南寧市：廣西教育出版社，1993年。

屈承熹著：《從篇章語法到修辭解釋》，臺北市：文鶴出版公司，2016
　　　　年。

姚亞平著：《當代中國修辭學》，廣州市：廣東教育出版社，1996年。

孫汝健、陳叢耘著：《趣談：漢語修辭格的語用藝術》，北京市：中國
　　　　財政經濟出版社，2015年。

祝敏青著：《文學語言的修辭審美建構》，北京市：人民出版社，2015
　　　　年。

張　弓著：《現代漢語修辭學》，石家莊市：河北教育出版社，1993年。

張春榮著：《實用修辭寫作學》，臺北市：萬卷樓圖書公司，2009年。

郭伏良著：《漢語詞彙修辭論稿》，北京市：人民出版社，2016年。

陳望道著：《修辭學發凡》，上海市：復旦大學出版社，2009年。

陳叢耘著：《現代漢語修辭學》，武漢市：華中科技大學出版社，2014年。

黃慶萱著：《修辭學》，臺北市：三民書局，2011年。

楊春霖等主編：《漢語修辭藝術大辭典》，西安市：陝西人民出版社，1995年。

董季棠著：《修辭析論》，臺北市：文史哲出版社，1994年。

蔡謀芳著：《表達的藝術：修辭二十五講》，臺北市：三民書局公司，2016年。

魏聰祺著：《修辭學》，臺北市：五南圖書出版公司，2015年。

語言文字叢書 1000014

語文釋要

作　　　者	馬顯慈
責任編輯	呂玉姍
特約校對	林秋芬

發 行 人	林慶彰
總 經 理	梁錦興
總 編 輯	張晏瑞
編 輯 所	萬卷樓圖書股份有限公司
排 　 版	林曉敏
印 　 刷	百通科技股份有限公司
封面設計	百通科技股份有限公司

發　　　行　萬卷樓圖書股份有限公司
　　　臺北市羅斯福路二段 41 號 6 樓之 3
　　　電話 (02)23216565
　　　傳真 (02)23218698
　　　電郵 SERVICE@WANJUAN.COM.TW
香港經銷　香港聯合書刊物流有限公司
　　　電話 (852)21502100
　　　傳真 (852)23560735

ISBN 978-986-478-318-2
2020 年 2 月初版
2020 年 5 月初版二刷
定價：新臺幣 600 元

如何購買本書：
1. 劃撥購書，請透過以下郵政劃撥帳號：
　　帳號：15624015
　　戶名：萬卷樓圖書股份有限公司
2. 轉帳購書，請透過以下帳戶
　　合作金庫銀行 古亭分行
　　戶名：萬卷樓圖書股份有限公司
　　帳號：0877717092596
3. 網路購書，請透過萬卷樓網站
　　網址 WWW.WANJUAN.COM.TW
大量購書，請直接聯繫我們，將有專人為
您服務。客服：(02)23216565 分機 610

如有缺頁、破損或裝訂錯誤，請寄回更換
版權所有·翻印必究
Copyright©2020 by WanJuanLou Books CO., Ltd.
All Right Reserved　　　　　Printed in Taiwan

國家圖書館出版品預行編目資料

語文釋要 / 馬顯慈著.-- 初版.-- 臺北市：萬
卷樓, 2020.02

　　面；　公分.--(語言文字叢書)
ISBN 978-986-478-318-2(平裝)
1.語文 2.漢語

802　　　　　　　　　　　　108017361